"大写新时代"原创长篇精品丛书

明媚世界

谢梅李 著

图书在版编目(CIP)数据

明媚世界/谢梅李著. — 福州：海峡文艺出版社，2024.6
ISBN 978-7-5550-3728-6

Ⅰ.①明… Ⅱ.①谢… Ⅲ.①长篇小说－中国－当代 Ⅳ.①I247.5

中国国家版本馆CIP数据核字(2024)第090969号

明媚世界

谢梅李　著

出 版 人	林　滨
责任编辑	刘徐霖
出版发行	海峡文艺出版社
经　　销	福建新华发行(集团)有限责任公司
社　　址	福州市东水路76号14层
发 行 部	0591－87536797
印　　刷	福建新华联合印务集团有限公司
厂　　址	福州市晋安区福兴大道42号
开　　本	720毫米×1010毫米　1/16
字　　数	260千字
印　　张	20.75
版　　次	2024年6月第1版
印　　次	2024年6月第1次印刷
书　　号	ISBN 978-7-5550-3728-6
定　　价	60.00元

如发现印装质量问题,请寄承印厂调换

目录

第一章	001
第二章	010
第三章	018
第四章	026
第五章	034
第六章	042
第七章	050
第八章	057
第九章	065
第十章	071
第十一章	078
第十二章	086
第十三章	089
第十四章	097
第十五章	104

第十六章	*112*
第十七章	*119*
第十八章	*123*
第十九章	*131*
第二十章	*135*
第二十一章	*142*
第二十二章	*145*
第二十三章	*151*
第二十四章	*160*
第二十五章	*167*
第二十六章	*176*
第二十七章	*183*
第二十八章	*190*
第二十九章	*199*
第三十章	*209*

第三十一章	*215*
第三十二章	*222*
第三十三章	*228*
第三十四章	*236*
第三十五章	*243*
第三十六章	*251*
第三十七章	*256*
第三十八章	*262*
第三十九章	*269*
第四十章	*280*
番外篇	*286*
后记：赤溪精神	*321*

第一章

在清流学区三楼会议室里,学区校长潘正义宣布了本年度韩阳师范十八名清流籍贯应届毕业生的分配去向,念到最后一个名字的时候,才是许凡。

许凡只觉眼眶一酸,眼泪就落了下来。泪眼婆娑里,她看到了学区会议室门口站着一个青年人,他用无比同情的目光看着她,神情也因为她的眼泪变得严肃。许凡想起在韩阳师范读书的时候,有次晚自修,他就是这么站在教室的窗外遥遥看着她的,而许凡当时做了个奇葩举动——打着伞坐在教室角落的位置上,这让站在窗外的他哭笑不得。还有一次韩阳师范组织学生干部去夏令营,许凡坐在即将出发的中巴车上,一抬头就看到站在车窗外的他,他将他的行李通过窗子扔到她的怀里,脸上带着捉弄的笑。

是她的景老师啊!她的文采风流、才华横溢的景老师,只有灵龙学姐这样美丽的天鹅才能配得上他,而她许凡是一只粗鄙的丑小鸭。

散会了,许凡低着头走出会议室,经过景老师身边时,景老师喊住了她:"许凡!"许凡从景老师的语气里听到了一丝"恨铁不成钢"。她深吸一口气,回过头给了景老师一个微笑,说道:"景老师,你怎么来我们清流了?"

景老师是韩阳人,他爹是韩阳师范的领导班子成员,景老师从部队退伍后,就被安排到韩阳师范教导处工作。许凡是班上的学习委员，每周末放学后都要把班级一整周的签到表送到教导处景老师的手上，所以景老师与许凡是相当熟悉的。不过灵龙学姐也是她所在班级的学习委员，景老师与她更熟悉，熟悉得更早，熟悉得更久。

看着许凡脸上未干的泪水和强撑的欢笑，景老师皱着眉头，伸出手指在许凡额头轻轻点了点，终究没再说什么。他知道少女的眼泪是什么意思，可是他无能为力，既然行动上什么都帮不了，那千言万语便也没有意义。一个女学生而已，并不是他此生要守护的人，他此生要守护的人——刘灵龙已经意气风发笑容满面从会议室里走了出来，走到他身边，亲昵地挽住了他的胳膊。许凡看着这一幕，露出一个落寞自嘲的笑。

刚走到学区办公楼下，许凡就被张漱叫住了。张漱只比许凡大一届，是去年毕业回乡的，分配在清流下属一个行政村小学教了一年书。就在刚刚结束的学区会议上，学区校长潘正义不但公布了清流籍贯十八名应届师范毕业生的分配去向，还公布了清流学区其他老师的调动情况。刘灵龙调去了中心校，而张漱只调去了镇上的附近学校，步行上班略有点远，需要骑自行车。

看到许凡湿漉漉的眼睛，张漱说："别哭了，你爸妈肯定没花钱吧？我爸妈花了好几千块才把我调到附近校，连中心校都进不去，你以为我心里爽吗？"

张漱一向快人快语，只是许凡没想到她会把行贿这么机密的事随口说出来。

"如果我也能拿到'优秀毕业生'，我就可以像灵龙学姐一样调到中心校了……"许凡真心为自己的无能感到愧疚。

"我同届的李诚儒也是'优秀毕业生'，分配去的村校比我还差劲，"张漱冷哼一句，"你怪自己不够优秀，还不如怪你爸你妈没本事！"

许凡一怔，人生原来是可以互相甩锅的吗？

当许凡红着眼睛走进家门，她妈汪明月就甩了把锅铲过来。她原本是要甩锅的，但锅太重了，锅里还煮着番薯丝饭。许凡忍着手臂被锅铲砸到的疼痛，弯身从地上捡起锅铲，迎着呛鼻的番薯丝半熟不熟的气味怯怯走到灶台边，将锅铲放下，坐到灶膛口拿起火钳拨弄着灶膛里的柴火。因为一路上流了很多眼泪，被火光一烤，脸颊上紧绷绷的。

"又哭又不说话，不用问都知道，是不是分配得很差？"汪明月绕过灶台，走到许凡身边，双手叉腰，居高临下看着许凡。

不是很差，是最差。许凡在心里嘀咕。因为潘正义念到最后一个名字的时候才是她。

"你是死人吗？你说话啊！你到底分配去哪里了？"汪明月一向脾气暴躁，说每句话都像是骂人或和人吵架。

"霞山溪村。"许凡的声音小得像蚊子叫。

汪明月一听"霞山溪村"整个人就炸了，不由分说拉了许凡便走："你跟我找潘校长去！"

别看汪明月是个农妇，她可是在许凡读师范开始就讨好潘正义的，地里长了什么时新蔬菜，她都大袋小袋让许凡往潘正义家里送去。每次送完，她都拉着许凡问，潘校长有没有高兴？潘校长的老婆有没有高兴？许凡难为情说，我看到潘校长家里都是别人送的大鱼大肉，他们不会看上我们送的蔬菜的。汪明月就说，你小孩子家懂什么？潘校长吃惯了大鱼大肉，还是喜欢吃我们家的蔬菜，大鱼大肉天天吃，不腻啊？许凡没法给汪明月答案，因为大鱼大肉她又没吃过，甚至她都不理解她妈为什么要把自家地里最好最新鲜的蔬菜巴巴往潘校长家里送，蔬菜送走一部分，又拿去街上卖一部分，她和弟弟许平就只能配咸菜。番薯皮都没舍得削去晒出来的番薯丝，黑乎乎硬邦邦，煮得半生不熟，再配上总是带着腐烂发臭味道的咸菜，许凡觉得人不如鸟啊！都说"鸟为食亡"，那"食"一定很美味，鸟才肯为它去死吧？

汪明月怒气冲冲拽着许凡冲到了潘正义家里。潘正义已经从学区回来，正在吃饭。汪明月在一桌子鱼啊肉啊中间一眼就看见其中一盘大白菜，虽然天下大白菜都长一个样，但汪明月认定这盘大白菜就是她前几天刚给送来的大白菜炒出来的。为了许凡分配工作的事，她可是豪横地割了地里十来颗大白菜，满满当当装了一麻袋。当时许凡劝她，妈，送几个意思一下就好了，一股脑送这么多，吃不完烂掉多可惜？汪明月就说，你小孩子家懂什么？吃不完他不会送人吗？他家又不是没有乌七八糟的穷亲戚。穷亲戚家里缺的是大白菜吗？缺的是大鱼大肉啊。但是许凡没法和她妈争辩，毕竟她从三岁到八岁再到十八岁，依然是她妈口中的"小孩子家"，小孩子家能懂什么呢？

懂哭。

"你女儿可真爱哭！"潘正义将小带鱼腌制的粉嫩嫩的小醉鱼生夹了一筷子往嘴里送去，一脸嫌弃地看了看汪明月身后的女孩子。女孩子不知道是随了汪明月的基因，还是营养不良，长得很瘦小，一点儿都没有年轻姑娘的活泼烂漫气质，皮肤也不白，一身不知道谁送的旧衣服倒是洗得发白。许凡避开潘正义鄙夷的目光，将视线落在他嘴角的饭粒上。那饭粒随着潘正义的咀嚼一下一下跳跃，仿佛沐浴着带柳醉人的香气跳舞，生动活泼又可爱，让许凡屈辱地吞了吞口水。

雷公都不打吃饭人，汪明月脾气再躁还能躁得过雷公？何况汪明月还没兴师问罪，潘正义就以"你女儿可真爱哭"开局，战术上这就叫"先发制人",汪明月一腔怒火就像被潘正义兜头盖了个锅盖,生生摁灭了。汪明月憋屈得像被浇了冷水的热炭,光冒烟,迸不出火星来。她又急又气又理亏,竟还赔罪起来:"她就是个小孩子家!"

"都要当老师了,还是小孩子家呢?"潘正义扒拉了一大口白米饭,又夹了一筷子带柳。不知道为什么,他当着汪明月和许凡的面不吃大鱼大肉,也不吃大白菜,就吃带柳。饭桌上潘太太还解释了一句,这带柳是我们暑假里从老家带过来的。汪明月立即笑着附和:"带柳最下饭了,我也最爱吃带柳。"汪明月刚说完潘太太就站了起来,找了个干净塑料袋,又搬出碗柜里的小陶罐,掀开盖子,顿时带柳的香气溢满屋子。"许凡妈,你喜欢吃带柳,我给你拿点,你带回去配饭,不是好东西不要嫌弃,配饭香!"

"不用不用不用,你不要装你不要装——"汪明月手忙脚乱去阻止,潘太太却不是装装而已,真给她装了半袋子。见汪明月推拒得厉害,潘太太干脆将半袋带柳塞给许凡提着。许凡接收到汪明月投过来的示意的眼神,丢烫手山芋一般连忙将带柳放回潘家的饭桌上。

在三个女人演了一台戏的工夫,潘校长吃完了饭。他没有从饭桌上站起来,而是放下碗筷,转过身正对着许凡母女,语重心长说道:"许凡妈,我也想给许凡安排个好学校,可是我有难处,学区不是只有我一个领导,我一个人说了不算。""可你是校长,学区你最大。""许凡妈,我只是年龄最大,"潘正义觉得自己此时十分幽默,不但接住了对方的话,还甩出了一个包袱,脸上露出得意的笑容,"不管你信不信,许凡分配工作的事我真的尽力了,学区会议上我也提出让许凡来中心校教书,可是遭到了其他人的反对，因为许凡……她不是'优秀毕业生'。"潘正义竟然颇为幽怨看了许凡一眼。

有"优秀毕业生"就一定能到中心校教书吗？那为什么"优秀毕业生"诚儒学长却被分配到村校教书了呢？好歹送了那么多大白菜，到不了中心校，也不应该让我出现在分配名单的最后一个，送大白菜送出仇来了吗？许凡觉得潘正义是她十八年来见过的最阴险的人，没有之一，因为从潘家出来，汪明月抬手就给了她一巴掌。"我给潘家送了三年白胖胖的大白菜！因为你不是'优秀毕业生'，我的大白菜都白送了！你让我的心血打水漂！你不是很聪明吗？你不是很会读书吗？你为什么连'优秀毕业生'都拿不到？"汪明月捶胸顿足，恨极了，恨不得拉许凡去死。

三年前，许凡初中毕业前夕，班主任多次登门家访，恳请汪明月让许凡去读高中，说许凡成绩好是读书的料，汪明月绝不答应，班主任又折中恳请汪明月让许凡去读师范，汪明月就说只要许凡能考上，她就送她去读师范。许凡真的考上了，超出了录取线四五十分，汪明月也经过了反复的考量——镇上像他们这种家庭的农户极少有让女儿读到初中毕业的，都是十四五岁、十五六岁的年纪就早早打发去东山赚钱了，但是她的女儿考上师范了，师范毕业是有分配工作的，以后就是"捧铁饭碗""吃皇粮"的公家人了，这是老许家往上数多少代才出的一个读书人，虽然是个女孩子，但这个孩子是从她汪明月肚子里滚出来的，就算不为了光宗耀祖，也为了争隔壁许三金老婆田玉琴那个贱人的气。就在前两年，许三金和田玉琴的大女儿许美丽考上了韩阳师范，田玉琴在街坊邻里中趾高气扬了好一阵子，一见到汪明月就抬起下巴又是吐唾沫又是飞白眼的，让汪明月很是郁闷了好一阵子。

在这个位于镇郊的林姓杨姓族人聚居的恒家店村里，仅有的三户许姓是从山上搬下来的移民，往上数几代就是同一个祖宗，但是偏偏有两户的女人成了仇家，那就是汪明月和田玉琴，结仇的原因归属于情感纠纷。就算汪明月已经和许宝山做了二十年夫妻，午夜梦回依然会被新婚夜的情景气到心绞痛。据汪明月讲，新婚之夜新郎官许宝山一度失踪，汪明月离开洞房寻找新婚丈夫下落，却在田玉琴家门外看到许宝山和田玉琴被烛光投射在窗户上的身影。此后漫长的婚姻生涯，许宝山为此受了不少汪明月的拳头、谩骂、眼泪、唾弃，不过他死不认账，每次都辩解是汪明月看花了眼。每当许宝山要大功告成，解开汪明月心结的时候，第三户许家的女人金珠女士就会神奇地跳出来，告诉汪明月她今天又在哪里看见田玉琴和许宝山眉来眼去了，有时是后山地里，田玉琴挑不动一担满满当当的有机肥，许宝山搭了把手，有时是前门那些林姓男人组的牌桌上，许宝山赢了钱偷偷塞给田玉琴几角……金珠是个善于抓细节的高级狗仔，听了她的讲述，很难不让人身临其境，何况是汪明月这种粗线条急性子的人，立马就会暴跳如雷，回家和许宝山大战一场，最厉害的一次，许宝山往空气里摔了把菜刀，而汪明月则直接撕开了他的裤裆……导致许宝山被送去镇上卫生院缝了好几针才保住了命根子，从此再不敢和汪明月犟嘴。

后来，许宝山成了外出打工族，常年在祖国的大西南一带凿隧道、挖矿井，与田玉琴也就少了眉来眼去的机会，汪明月却和田玉琴的梁子越结越深，明里吵架暗里较劲，两家孩子的学业就是较劲的一方面。许美丽考上韩阳师范，没两年许凡也考上了，汪明月总算扳回一局，没落下风太久。然而两个女孩的工作际遇却相差十万八千里，许美丽也就教了半年书，就仗着田玉琴娘家族里一个亲戚在县里当大官被调去县委宣传部改了行，而许凡如今却被分配在穷山恶水的霞山溪村，这让汪明月如何咽得下这口气？

三年，别家的姑娘已经往家里赚回很多钱了，有些家庭已经开始张罗拆除木头房子新建砖房，而她还因为女儿读师范的学费花出去许多。如果分配到镇上中心校也就算了，至少能让方圆数里的人都来巴结她，可是分配到霞山溪村那个鸟不拉屎的穷村子教书，算怎么回事呢？田玉琴那个贱人头一个就会来笑话她，以后抬头不见低头见的时候，田玉琴还不把她踩死？汪明月越想越不是滋味，心里就跟油煎一样。

潘正义家门口通往镇郊许家路上有一条清水沟，妇女们常在清水沟里洗衣服。那清澈流淌的水此刻映现出汪明月青筋爆裂的面孔，那面孔像怒目金刚一样端放在许凡小小的肩头。"你给我去死！你给我去死！"汪明月将许凡推到清水沟边，双手却是紧紧抓住她背上的衣服。她一想到田玉琴那个贱人耀武扬威的模样她就恨，恨不得把许凡推入清水沟里淹死算了，她多想像小时候她母亲因为她一天偷懒没有放牛就将她的头狠狠按进路边臭水沟里那样，将女儿的头也按进清水沟里去，但她终究没有这么做。去霞山溪村教书和在镇上中心校教书拿的工资是一样的，刚才在潘正义家里，潘正义已经和她说明过了。

拿到的钱是一样的，算是个安慰，至于受苦，那是女儿一个人的事情，又不必她这个母亲陪着她去受苦，谁让她不是"优秀毕业生"呢？都是她自作自受！

许凡出发那天，许平背着汪明月偷偷来送。

"你快回去吧，被妈知道了不好。"许凡对许平说道。

"难道她舍得打我？"许平两手一摊，摆出小无赖的样子，许凡"噗嗤"笑了。许平是儿子，汪明月才舍不得打他。从小到大，许平做对了，汪明月打的是许凡；许平做错了，汪明月打的是许凡；许平什么都不做，汪明月打的还是许凡。不过许凡舍不得恨许平，许平是个很可爱的弟弟，对她很不错。

"是我舍不得你走那么多路。"许凡说道。

"我是男的，陪你多走路算什么？把你身上的行李给我。"许平要去拿许凡背上的行李被许凡拒绝了。

"我的行李不重。"天气还没有转凉，许凡的行李里就是一条薄毯和几件衣服。"关键你知道霞山溪村怎么走吗？你不知道，对不对？所以，你陪我多走路也没有用啊，是做无用功，你初中物理已经学到'无用功'了吧？你马上就要开学了，赶紧回去好好学习，小心回头考不上高中，妈是一定要供你上大学的，你可不能让她失望。"许平是个爱学习的孩子，许凡成功将他劝回去了，还因为她不想让许平知道她的路线。

她并不知道霞山溪村怎么走，所以她要去求助外公外婆。外婆家所在的村子叫赤霞村，穿过镇子郊区的一条牛奶河，再爬一座高山就到了。赤霞村就在山顶上。许凡胆小，山路陡峭难走她能克服，山路上不见一个人影，只有层层叠叠的密林，风萧萧而过，仿佛能从树上落下鬼来，这是她无法忍受的恐惧。她一路走一路大汗淋漓，但是为着潘正义那句"你女儿可真爱哭"带来的屈辱感，她生生忍住了眼泪。日出的时候出发，终于在日头中天的时候抵达了赤霞村。

"外公，外婆——"许凡欢天喜地地冲向坐落在村庄入口处不远的一排木头房子，房子前的场院上敲锣打鼓呼呼喝喝吼吼唱唱，热闹得似乎站了十几个人，等许凡走近了却发现也不过只有两个男人。

第二章

　　这是一对父子。父亲四十岁左右,儿子十四五岁光景,两人都是黑黑瘦瘦、风尘仆仆,赶了不少路的样子,却不敢露出疲态,正卖力表演。父亲手里十指翻飞,提拉着系在木偶头、颈、手、足等各个关节部位的纤细悬丝,那穿着奇怪服饰的木偶竟舞枪弄棒活灵活现的。少年不时拿眼睛偷觑他父亲,一边学着他父亲的样子,不过提拉丝线的动作要生疏得多,丝线那端系着的木偶也笨拙得多。两人一边表演一边扯着嗓子用一种奇怪的语言你一句我一句唱着许凡听不懂的歌,又像是讲故事。

　　两个人竟可以闹出这么大的阵仗,让许凡叹为观止,但是外公外婆却并没有一起来观看。

　　"外公外婆——"许凡越过表演的父子"蹬蹬蹬"跑上石头台阶,跑进外婆家的木头屋子。听到许凡的喊声,外婆也从屋子里走了出来。

　　"许凡,你怎么来了?"外婆又惊又喜。

　　许凡将背上的行李放下,靠在外婆家的木门上,虚脱地喘着气,欢喜的,但又想哭。

　　"外婆,外公呢?"许凡朝屋子里看去。

　　外婆说道:"你外公还在山上干活,我回来烧饭,正准备给你外公送去呢,就遇到了这烦人的父子俩。"外婆说着朝石阶下还在叽里咕噜唱着的父子俩努努嘴。

　　"外婆,他们是谁?"许凡问。

"畲族人，"外婆不耐烦地挥手打断了父子俩的表演，说道："你们别唱了，你们今天来得不巧，我家里今天没钱，你们要是过几天来，我那在镇上信用社上班的儿子就会送工资回来，我还能送你们父子俩几角钱。"

一角钱可以买十粒糖果，外婆这么大方的吗？听着外婆的话，许凡顿时知道了那父子俩的身份，他们就是诸如"凤阳讨饭花鼓"那样的讨饭艺人。那木偶身上穿的就是畲族服饰了，他们刚才唱的就是畲族话，怪不得听不懂。

"大婶，没有钱，给我们父子俩两碗饭吃就行，"男人用外婆听得懂的本地话对外婆说道，他的本地话带着一种别扭的腔调，他闻着从屋子里飘散出来的番薯丝的饭香忍不住吞了吞口水，而他的儿子肚子直接"咕咕咕"叫起来，"要不，给我儿子一碗饭吃也行。"

看着那黑瘦的少年眼里长了馋虫的目光，外婆心软了，招呼他们进去。一人一碗纯粹的番薯丝饭，许凡的饭碗里却掺了半碗白米饭。

"只有这一碟咸菜，你们别嫌弃。"外婆对那父子俩说道。

"不会不会，谢谢大婶，已经很打扰你了。"男人很客气，看起来是个老实厚道人。

外婆家的番薯丝比许凡家的番薯丝香多了，是削了皮后再刨丝的，放在白米饭上蒸出来又白又软，连带着白米饭都特香。咸菜也不是放缸里浸泡到快腐烂的，是刚腌制好的，外婆加了辣椒炒出来又香又脆，不过那父子俩十分规矩，并没有夹一筷子，只闷头扒着碗里的番薯丝。

"外婆，你家的番薯丝饭好好吃，你家的咸菜也好好吃啊！"

听着许凡的称赞，那少年终于忍不住伸出筷子，立马遭到他父亲警告。"阿飖！"男人喊了自己儿子的名字，给了他一记眼神，少年只好缩回自己的筷子。外婆善解人意将那碟咸菜往父子俩面前推了推，说道："你们两个人演了半天，我也没钱送给你们，自己家里腌的咸菜不是什么好东西，你们吃吧，不要客气！"

少年先征询地看了他父亲一眼，外婆再三说了"不要客气"，他父亲终于点了头，那少年方才伸出筷子夹了一片咸菜梗放进嘴里，虽然被辣到，但少年脸上立即露出了满足的笑容。

许凡便问他们："你们演的是什么？布袋戏吗？"

"不是，"男人说道，"你说的布袋戏也叫'手操傀儡戏'，和我们这个不一样，我们这个叫'牵丝傀儡''悬丝傀儡'，他们布袋戏是把手直接套入木偶的服装里，我们是用手提线……"涉及老本行，男人说得头头是道，还用手比划，许凡想到起先看到的表演，明白地点点头。

"爸，你不是说我们这个提线木偶戏前面还得加'畲族'两个字吗？"叫"阿飖"的少年嘴里含着饭含糊不清地补充。

他父亲就点点头，对许凡说道："对，我们是县少数民族文化站提线木偶剧团的演员，我们的畲族提线木偶表演制作技艺是两百多年前由漳州漳浦县石椅村蓝谢年传来的，传到我手上是第四代……"

"我是第五代。"阿飖伸出五根手指"嘿嘿"地笑。他脸倒是长得方方大大的，因为瘦就不觉得肥头大耳，但肤色很黑，显得牙齿很白，不过这时牙齿缝里正塞了咸菜丝，笑起来很突兀。

"他学艺不精，所以我带他出来多锻炼，学艺这件事啊台上三分钟台下十年功。"

其实阿飖已经很勤奋了，因为父亲和叔叔伯伯们组成的家族式木偶团的影响，他从小耳濡目染，对这一古老技艺十分痴迷，打小都是一放学就跑回家在床上垫把凳子，踩在凳子上提着木偶练习。假期，他更是跟随父亲出来历练，过两天就要开学了，所以他抓紧跟着父亲再出来练练。

听着父子俩的话，外婆好奇道："那你们平常都到哪里演出啊？"

"翻山越岭进畲村演出，哪里有畲村，我们就去哪里演出，"男人说道，"我们这毕竟叫畲族提线木偶戏，唱的是畲歌，说的是畲语，演的也都是畲族传统历史和故事，比如《锦香亭》《钟景棋》《戏状元雷海清》《钟良弼》这些……"男人如数家珍。

"霞山溪村也是畲族村。"外婆之所以会随口提到霞山溪村，是因为赤霞村和霞山溪村就隔了一座山，从赤霞村有一条直通霞山溪村的山路。

许凡顿时来了精神："那你们也会去霞山溪村演出吗？你们去霞山溪村可不可以带上我？我要去霞山溪村，但我不知道怎么走！"许凡原本想让外公外婆带自己去，但是想到外公外婆要去地里干活，不好耽误外公外婆的时间。

"许凡，你去霞山溪村干什么？"外婆皱眉。

"外婆，我师范毕业了，我们学区分配我去霞山溪村教书，我要当老师了，外婆！"许凡笑眯眯的，无论如何都为自己马上要成为一名老师而开心。

没想到这女孩子小小年纪就要当老师了，男人立即笑着说道："去的，不过要明天才去，小妹妹……老师，你方便等到明天再去吗？"男人憨厚朴地实笑着，并在桌子底下踢了他儿子一脚，阿飖将"不去"两个字吞了回去。

"方便方便，"明天才是到学校报到的日子，因为不知道路怕路上耽搁了，所以许凡特意早一天出发，"那你们明天什么时候来接我?"

"也这个时候吧,"男人又马上说道,"明天我们会吃完饭过来接你。"

从许凡外婆家出来,阿飚就不解地问他爸:"爸,你不是说霞山溪村虽然是畲族村,但是太穷了,去演出也赚不到钱,所以不去吗?"

男人说道:"我们不能白吃了人家的饭,再说那个女孩子去霞山溪村是当老师的,是教书先生啊!咱们把教书先生给霞山溪村人送去,他们一定会很高兴的。"

"高兴了就会给我们钱吗?"阿飚调皮了一句,在他爸抬起手要揍他的时候,他猫下腰,挑起装了木偶和道具的挑子赶紧溜在了前头。

屋子里,外婆一边收拾碗筷一边忧心忡忡问许凡:"怎么分配去霞山溪村呢?不能留在镇上吗?"

因为她不是"优秀毕业生"。许凡心虚地垂下头。

外婆又嘟哝道:"不能留在镇上,去别的大一点的村子也行啊!哪怕是来外婆这里教书,也比霞山溪村强啊!"

就是这个理啊!许凡又理直气壮地抬起头来。

因为要在外婆家留宿一晚,许凡先陪外婆去山上给外公送饭,于是就遇到了田曼玉。

田曼玉今年也十八岁了,是许凡的好朋友。小时候许凡每次到外婆家做客,田曼玉都会来串门。汪明月是赤霞村里唯一嫁到镇上的姑娘,这让汪家在整个村里都特有面子,接济给许家很多吃的大米啊烧的柴啊也很心甘情愿。外孙女许凡是小镇姑娘,每次来村里做客,汪家都跟接待公主一样接待她,村里的大人小孩每次也都跟看大熊猫一样站在汪家的院前屋后,就为了看"小镇公主"一眼。和其他人比起来，田曼玉有特殊待遇，每次都能得许凡"接见"，并一起玩。

"你为什么喜欢和我玩？"小时候的田曼玉问。

"因为你漂亮。"小时候的许凡回答。

田曼玉第二次听到别人夸她漂亮的时候，她已经成了东山的打工族，那一年她才十四岁，不过已经辍学好几年了，她上到小学四年级就辍学了。

"曼玉，你好漂亮啊！"再次听到许凡的赞美，田曼玉已经麻木了。这些年，这种赞美出自各种哥哥弟弟叔叔伯伯爷爷的口，她听太多了，已经宠辱不惊。

"许凡，你怎么没有小时候的灵气了？"田曼玉直言不讳，这让许凡愣了愣。

是什么让田曼玉有了批评许凡的底气呢？是衣裳。人靠衣装嘛。田曼玉穿着修身亮丽的连衣裙，踩着高跟鞋，涂脂抹粉，青春飞扬。许凡穿着土气的短袖、长裤，颜色发旧，站在田曼玉身旁显得灰溜溜的。田曼玉瞅着许凡那灰溜溜的衣服很不顺眼，她将手里的香烟扔到地上踩灭，说道："我回家拿几件衣服送给你吧！"

"曼玉，我们许凡是老师，你的衣服不适合她。"外婆看不过眼，冷着脸拒绝田曼玉，但是到了晚上，田曼玉还是拉了一个行李箱到汪家。"我怀孕了，穿不了，都送你。"田曼玉手里的烟在抖。许凡吃惊地看着田曼玉，田曼玉将烟扔进汪家的灶膛，说道："我没抽，我就是闻闻，手里拿惯了烟，不拿空落落的。"其实许凡惊讶的是，田曼玉才十八岁就怀孕了。

外婆做主替许凡收下了田曼玉的衣服，外婆觉得那行李箱不错，许凡也觉得不错，于是将自己的衣服、被褥都装了进去，这样田曼玉的衣服就装不下了。外婆将那些衣服用麻袋装了扔到柴房。她的衣服谁知道有没有病？外婆嘟哝。田曼玉这些年给家里赚了很多钱，他们家已经把木头房子都拆了，盖上砖房了。曼玉这次是回来养胎的，外婆说，听说她老公很有钱，是个大老板。谁知道真的假的。外婆说着又嘟哝道，她妈嘴里没一句真话，说曼玉的老公只有二十八岁，我看着像三十八岁。

外公不喜欢背后说别人，但外孙女来了不能不说点什么，那就说说自己的宝贝儿子吧。说到宝贝儿子，外公很兴奋，我这些后代里出了两个拿工资的了，一个是你当老师，还有一个就是你小舅，你小舅补了你大外公的员，在镇上信用社上班了。一个教学生读书是管人，一个在信用社上班是管钱，哎哟，我们这汪家真的有风水，整个赤霞村也就咱们汪家出了吃公家饭的。外公太高兴了，太得意了，左边的眉毛有几根是穿过一颗肉痣长出来的，太长了，弯弯地垂下来，蘸着外公的笑容一颤一颤的，像秋天金色的阳光挂在细细的松针上，亮晶晶亮晶晶的。

"外公，我姓许。"许凡绝对不会在外公面前说这样扫兴的话，她甚至想她妈汪明月怎么就没有遗传到外公豁达的心性呢？外公连外孙女都算进自家的风水里，她妈从小到大却只会指着她的鼻子叫她，你这将来泼出去的水！外公打小就疼她，每当她来外公家做完客要回镇上的时候，外公就把她架到脖子上，一路送一路送，直送到山下的牛奶河畔才把她交给汪明月，自己再慢慢往回走。

做人还是读书好啊，外公说，读书了就不用像外公一样做庄稼汉了，你看你小舅要是没有让他读书，他也不能做你大外公的补员。大外公就是外公的兄长。其实小舅也没读多少书，就读到初中毕业，但这比起汪明月来说好多了，汪明月一天学都没上过，一个字都不认识，村里有段时间开"夜学"，汪明月也跟村里的孩子一起去听。"你会读书就是像我，"每次班主任家访向汪明月汇报许凡的成绩时，汪明月就会这样得意地说，"那时候我去村里的'夜学'，老师教的我都会，我比其他大孩子都学得快，但我是女孩子，没机会上学，你也是女孩子，我却供你去上学，我比起你外公好了不知道多少倍。"

是的，许凡很感谢母亲让她读书，许凡发誓要好好报答母亲，她会按母亲的要求把所有的工资都上交，一定要帮着父母一起将许平抚养长大，供许平读大学，为他盖房子，给他娶老婆……三十岁之前绝不谈恋爱不结婚！

"三十岁啊，太老了，会嫁不出去的。"外婆担心地叨叨。

当母亲限定她最早的结婚年龄时，许凡也是这么认为的，三十岁啊太老了，还能嫁给谁呢？汪明月就恼羞成怒，骂她，你才多大你就盼着找男人？你害不害臊？那谁家的姐姐一辈子甘愿抚养弟弟没有嫁人，弟弟长大成人成家立业后，那姐姐就自己去尼姑庵当了尼姑，一辈子干干净净不叫男人摸一根手指头，你看看人家的姐姐，你再看看你！许凡羞愧地低下了头，比没有拿到"优秀毕业生"还要惭愧，仿佛她已经人尽可夫，脏得不能再脏了。

"只要书读得多，有工作，还怕嫁不出去？"外公左边眉毛肉痣上的几根长须依旧乐观地一颤一颤，像挑着金灿灿阳光的松针在风中一颤一颤，外公的笑容亮晶晶亮晶晶的。"你舅舅就初中文凭，他去信用社考试的时候，你大外公都已经帮他走好后门了，他还是吓得两腿发软，还是书读得不够多——"

外公的"多"字在许凡耳边拉成了长音，许凡在那长音里睡过去了，然后她梦见了好多好多的虱子。一个女人坐在外公家门前的长石阶上，随手往头顶一抓就抓下了一把虱子，她一手的食指和拇指从另一手的掌心里捏起一只虱子送进嘴里,"咯嘣"一声,像嗑了粒瓜子。

第三章

梦里的这个女人,许凡见过。

小时候来外婆家见过一次,她坐在外婆家门前的长石阶上,衣服还算整洁,就是头发蓬乱像鸡窝。她伸手探进"鸡窝"里一抓,再把手伸到许凡面前,许凡便看见几只虱子在她掌心里蠕动。她另一手的食指和拇指伸过来捏起一只虱子就往嘴里送去,"咯嘣"一声,又"咯嘣"一声……再咧开嘴冲许凡笑,牙齿上满是血和虱子的尸体,许凡吓得尖叫,外婆就来把许凡拉走。

她是大外婆,大外公的妻子。外婆告诉许凡。许凡问,她为什么吃虱子?许凡的头上总是长虱子,长了虱子奇痒无比,汪明月就拿篦子给她梳头。汪明月粗鲁地用篦子扎进许凡的头皮,狠狠地往下梳,长久未洗的头发打结了不好梳,篦子的细齿又超密,卡在头发的结上很难行进,汪明月就重重往下一扯,篦子上就扯下了一撮断发,许凡痛得哭叫,汪明月就给她一巴掌,从篦子的断发上捏出一只大虱子往她嘴巴里塞去,再哭你就给我吃了它!许凡吓得闭了嘴,梦里的大外婆却咧着嘴对着许凡笑,牙齿上的血和虱子触目惊心。

因为她是个疯子。外婆说,生孩子的时候疯的,孩子死了,她疯了,大外公就没有儿子了。而小舅有工作了,成了大外公的补员，成了清流镇信用社的员工。外公外婆从小就教导小舅，等将来补员后拿了工资要记得孝顺大伯和大伯母，但是小舅补员后不久大外公就病死了，而大外婆死得更早。许凡后来再去外婆家的时候就没见到大外婆的身影了，外婆说她死了。一个失足掉入水沟淹死的疯子！如果她不是疯子掉入水沟就懂得呼救，外婆说，如果她没有难产死了孩子就不会变成疯子。

生孩子的时候是会死人的！所以汪明月生许平难产时，许凡疯了一样爬上后门山。爬过后门山就看见了水电站，水电站脚下那排砖房就是产婆梅医生的家，这比沿着前门清水沟经过潘校长家再到街上再拐进一条河再跑到水电站脚下请产婆要快很多。"许凡，好孩子，你从后门山过，去把梅医生请来！"汪明月躺在床上又是血又是泪又是哭又是叫。"妈，我知道了！"六岁不到的许凡冲出家门冲上后门山，一路上野猫野狗老蛇，还有一头拦路的老牛——

"那老牛用牛角尖将我一遍遍顶起来扔在地上，如果不是我开口骂它，你是个傻子吗？连自己的主人都认不出来，我可能就被它顶死了。那年我才十岁，却已经放了好几年的牛了，那老牛一向温顺，那天是因为我穿了件红衣服，你外公外婆没有告诉我放牛的时候不可以穿红衣服，我这么矮小就是那次被牛顶伤，我就长不高了……"

汪明月不止一次和许凡讲述自己小时候的"老牛历险记"，所以当许凡看见那头"拦路牛"时吓得两腿打颤，号啕大哭。好在那天她穿的不是红衣服，连滚带爬跳进路边的田里，一块田一块田地爬过去，才越过老牛重新走回山路，终于请来了梅医生。许平没有死，许平生出来了，只是梅医生手持剪刀进入汪明月的身体刺破羊水时蹭破了许平一小点头皮。汪明月也没有疯，但每次逼许凡吃虱子时，比疯子还可怕。

阿罴父子俩次日中午如约来到汪家，虽然他们不停说自己吃过了，但外婆还是招待他们每人吃了一碗番薯丝米饭。煮烂的番薯丝被外婆用饭铲子在锅里反复压成泥，再用饭铲挑一些白米饭拌入其中，装了结结实实两大碗，除了咸菜，桌上还多了一碟咸猪肉，腌制好的咸猪肉淋上醉鱼生的汤放在锅里跟着饭一起蒸出来，别提多香了。阿罴少年牛犊饭量大，吃了还想要，但被他父亲一个眼神制止了。

吃了饭，外婆又往许凡的背包里装了煮熟的鸡蛋和咸猪肉，还装了一小袋大米，许凡推辞说自己带了钱的，外婆就说霞山溪村那个地方怕是有钱也买不到吃的，于是拉出田曼玉的行李箱，忧心忡忡让许凡跟着阿罴父子俩上路。许凡跟着阿罴父子俩走出老远回头看，还见外婆站在村口冲她摆手，嘴里嘱咐着什么。许凡的鼻子酸酸的，眼睛也酸酸的。

"许老师，你哭了？"阿罴少年牛犊快人快语，他手里拖着许凡的拉杆箱。拉杆箱的轮子在山路上发出"哐当咔嚓"各种响声，他觉得很稀奇。

"没有，只是昨晚没睡好。"许凡揉了揉眼睛，将昨夜噩梦中大外婆蓬头垢面的疯模样从眼前揉掉。

"阿罴，你不要将许老师的行李箱拉坏，"阿罴父亲一边挑着担子，一边提醒阿罴，"你还是用肩扛好了。"阿罴想要将拉杆箱扛到肩上，但不懂得如何将拉杆箱的拉杆压下去，还是许凡示范了一下，阿罴觉得太新奇了，又自己试了好几遍，才将拉杆箱整个儿扛到肩上，抬头看父亲和许凡已经走出老远，他才小跑着追上。

一路上，许凡已经与阿罴父子俩深聊，知道他们家住哪里叫什么名字，也知道了更多畲族提线木偶剧团的事，还知道他们这次的霞山溪村之行并不是来演出的，就是专门为了给她带路，这让许凡过意不去。终于抵达霞山溪村，阿飔父子俩要送她去学校，许凡看看日头，担心他们赶不及回家拒绝了，但是进了村子许凡就后悔了，她根本不知道学校在哪里，甚至找不到人问路。

之前潘正义说过霞山溪村有二三十户人家百来号人，许凡背着行囊，拖着拉杆箱走在狭窄的村道上，这百来号人就跟神隐了一般，关键连一座房子都没有看见，抬头但见重峦叠嶂山崖陡立，耳边是啁啁啾啾的鸟鸣，更显得村落幽寂，许凡手臂上汗毛也立了起来。依稀有水声潺潺，许凡加紧脚步想要找到发出水声的溪流，但往里走了许久也不见溪流，所幸终于见到一处木瓦房。

木瓦房破破烂烂的，屋顶上瓦片残旧，稀稀拉拉的地方就用干枯的稻草覆盖着，屋身的灰白木墙看得出来年久失修，有的地方已经腐朽发霉，靠近地面的墙角还长出了湿漉漉的青苔。这让许凡十分吃惊，这样的地方能住人？直觉告诉许凡屋里住着人，这木瓦房虽然破旧但有人气存在。许凡大着胆子向内喊："有人在吗？"一连喊了几声虽然不见屋子里有人出来，但终于听到屋内有了回应："谁啊？"

是个年轻女人的声音，这让许凡一喜。她提着行李箱走上石阶推开了虚掩的木门。随着光线涌进打开的木门，许凡看见屋子里没有一件像样的家具，只放着一张破破烂烂的床，床上怯弱坐着一个年轻女人。那女人头发乱乱绑在脑后，身上是一件打了补丁的男人的白背心，下身则裹在一条黑乎乎的薄被单里，这让许凡又是一愣。而对于那床上的女人来说，提着行李箱出现在她家门口的年轻姑娘那一身齐整的衣裳让她羡慕坏了。

"我是清流学区分配到霞山溪村教书的老师，我叫许凡，这位嫂子,请问一下,霞山溪小学怎么走啊?"

听到许凡的询问,床上的少妇先是惊讶继而面色古怪,半晌才吭声:"我说不清楚。"

"那你可以给我带路吗?"许凡期待地看着那女人。毕竟是进村后遇到的唯一的人类,许凡像落海者抓住浮木般不愿意放过这女人。见她犹疑,许凡又问她是不是生病了,她摇头。许凡盯着她裹在被单里的腿,心想难道是残疾人?就在许凡腹诽之际,女人才难为情道出实情,原来她没有裤子穿。"我家里只有一条裤子,让我婆婆穿到山上采茶去了。"女人说着尴尬地低头,直到一条裤子被递到她面前来。

穿上裤子的女人主动要帮许凡提行李箱,许凡将行李箱的拉杆抽出来又按回去,示范了几次,那女人就像少年阿翩一样新奇地也试了几次,尔后拉着拉杆箱"哐当咔嚓"走在羊肠小道上。她身上的白背心洗得都发烂了,根本遮不住她身前,许凡走在她身边觉得难为情,她让女人稍等,又从行李箱里拿出一件上衣出来给女人穿上,想着下次还是要经过外婆家把田曼玉送的衣服都带来才好。

这一路,许凡已经知道了女人的名字叫蓝花,她的丈夫叫李先荣。

许凡一直以为畲族的姓氏只有蓝、雷、钟,没想到还有李姓,其实还有盘姓。畲族的李姓最早是汉族人,唐朝的时候有个部落首领,因为帮助朝廷打战有功,唐朝的皇帝就赐他李姓,后来唐朝灭亡了,他的后代逃难途中被畲族人所救,就招他做了畲族女婿,于是畲族便也有了李姓。

许凡和蓝花一路走一路攀谈,竟觉无比投缘。蓝花面黄肌瘦的,说话时声音很细,气力不足,笑起来眼睛弯弯的,看着许凡时眼里都是羡慕。而许凡看着蓝花眼里流露的是怜惜。蓦地，许凡驻足，抬头环顾四维的群山环绕，侧耳倾听，只觉耳边始终有溪水声潺潺不绝。

"蓝花嫂，咱们霞山溪是有一条溪吗？"许凡问道。

"许老师，你从镇上到我们霞山溪这一路应该有经过崖下几百米处的那条溪吧？"蓝花说道。

许凡是从镇上到赤霞村再绕路到霞山溪村的，所以并没见到那条溪。

"这水声就是从那条溪传来的，我们霞山溪之所以叫霞山溪，就是说要下山之后才能见到那条溪，我们霞山溪村人有一句俗话叫'前门听水声，后门听鸟鸣'，就是说在村子里，我们只能听到那条溪流的声音，但看不见它的溪水，而在我们房子的屋后都紧贴山崖，你看——"

顺着蓝花手指的方向，许凡看见了一间紧贴陡崖的茅草屋，比蓝花家的木瓦房还要破烂，大概是刚刚经历了一场风雨，茅草屋被掀翻了，一个孕妇正站在木梯上想要将屋顶的茅草拨拉齐整。

蓝花已经跑了过去，"阿英，你都快要生了，怎么还爬那么高，万一摔下来……"

蓝花刚才走路说话都有气无力的，此刻冲过去倒是快得很，已经扶住了孕妇脚下的梯子。

"蓝花，没办法啊，我快要生了，这茅草房不修，万一又遇到刮风下雨，那我坐月子怎么办？"

"这修房子的大事还是让大钟哥来。"蓝花说道。

阿英苦笑："你家大钟哥天不亮就上山砍竹子，半天砍竹子，半天扛下山到镇上去卖，哪有时间修房子？我马上就要生了，家里一点粮食都没有,我是没关系,可是孩子一落地就多一张嘴吃,不能饿着孩子吧?你家阿荣又不是没砍过竹子,咱们霞山溪村就是'挂'在山腰上的,单肩扛一百斤毛竹下山,可比平路挑两三百斤还要吃力,一百斤毛竹才值一块钱,这起早贪黑的,才赚几个钱?你家大钟哥前几年卖毛竹攒的钱娶我的时候都给我娘家作了聘礼,我嫁过来的时候,他家里不但没有积蓄,还欠着外债……"

阿英愁眉苦脸絮絮叨叨,猛地打住话头,看着突然多出来的那个人。

"阿英嫂子,你好。"许凡冲木梯上的阿英打了招呼。

蓝花便向阿英介绍道:"阿英,许老师是学区分配到我们霞山溪村教书的老师,正宗的师范生!"

阿英眼睛顿时亮了,在蓝花和许凡的帮助下下了木梯,她激动得手足无措,"村里多少年都没有老师了?去年还是每家每个月凑十块钱从隔壁村请过来一个民办老师教孩子们读书,但是没教几天就跑了,待不住。我这一怀孕每天都在犯愁,以后孩子生出来吃好吃坏是一回事,没有书读可怎么办?不能像我们一样都做睁眼瞎吧?"

阿英说话时,蓝花拼命点头,伸手摸阿英圆滚滚的肚子:"现在好了,咱们霞山溪也有老师了,还是正宗的师范生,不用我们村人再凑钱请老师了,镇政府就能给许老师发工资吧?你家这小子有福气啊,以后生出来就跟许老师念书。"

许凡干笑着也伸手摸摸阿英的肚子,说道:"阿英嫂,你快要生了还是担心些比较好。"

阿英也要送许凡去学校,许凡哪里肯?嘱咐阿英好好休息,就和阿英告别,又跟着蓝花继续往学校走去。走出老远回头看阿英,阿英还在目送她们,见她回过头来,就冲她挥手。许凡也向她挥手，视线落向她肚子的方向，不知为何心头有些郁郁。

终于抵达霞山溪小学，就是村里的祠堂。祠堂大概是村里最漂亮的房子了吧？屋顶的瓦片勉强完整，除了窗户破了，木墙木门都算完好。祠堂外间是教室，放着破破烂烂的桌椅，墙角架子上架一块刷了黑漆的木板当黑板，还供着霞山溪村人的祖先牌位，里间放了一张床，还砌了灶台，算是老师的宿舍。"等我家阿荣晚上回来，我让他来给你修窗户。"蓝花热情地说着，又帮许凡收拾起来。祠堂水缸里还有半缸水，蓝花装了半盆水，找来抹布，就麻利地擦擦洗洗。"我身上的衣服，我回头给你洗干净了再还给你。"

许凡想到蓝花家里是"婆媳同穿一条裤"，就说道："不用了，借你穿吧，我还有带换洗衣服呢。"许凡此刻心里乱糟糟的，这霞山溪小学比她想象中要差了不知多少倍，不知道村里有几个孩子，都上什么年级，但看起来学校只有她一个老师，也就是所有年级所有科目都要她一人教学，这简直是开玩笑，和她普三下学期在韩阳实小实习时期的学校比起来简直是天壤之别。好在村民是热情的。

到了晚上，不但李先荣来了，阿英家的大钟哥也来了，村里的青壮年男人们都来了，大家点着蜡烛，在祠堂里敲敲打打补缺补漏。还有女人和一些孩子跟过来看热闹。男人们光着膀子，男孩子光着屁股，光着脚丫子……等所有人都散去，许凡一个人躺在宿舍木板床上糟心地想：潘正义为什么要这样对待她？这种分配结果显然是报复！

而比糟心的感觉更糟糕的是害怕。祠堂外间的牌位、窗外呼啸的山风都让她的心紧揪着，在一片恐惧中祠堂外还响起了拍门声——

第四章

竟然是蓝花和李先荣。

许凡掬一把额头的汗，点了蜡烛，去给二人开门。原来夫妻俩担心许凡一个人会害怕，决定让蓝花来陪许凡睡，从李家到学校，一路黑灯瞎火、山路崎岖，蓝花也害怕，李先荣又送了蓝花过来。夫妻俩想得这样周到，让许凡感动不已，不停道谢。

蓝花搂着许凡的肩膀，指着李先荣骄傲地说："不用谢，他之前是生产队队长，现在是村民小组组长，这些都是他应该做的。"

烛光映衬出李先荣憨厚老实的笑脸，他看起来只有二十多岁，和蓝花一样瘦瘦的，两颊瘦削，但给人沉稳的感觉。嘱咐蓝花和许凡早点睡，李先荣就离开了。他手里握着一把手电筒，这是家里唯一稀罕的东西，在来时他一路打开给妻子照明，回去路上却舍不得打开。

许凡和蓝花吹灭了蜡烛，躺下却没有那么快睡着。蓝花是从另一个村子嫁过来的，对镇上充满向往，不停询问许凡镇上的生活怎么样，对许凡小镇女孩这种出身羡慕不已。许凡心里苦笑，虽然她出生在小镇，不过是家住镇郊的农村女孩，和整个霞山溪村没有一亩水田不同的是，她家原本有几亩水田，却被原生产队的人连哄带骗强霸占了去，用相同面积的山地对换。种了粮食后，汪明月才发现山地贫瘠，哪比得上水田肥沃，适合种庄稼？但白纸黑字签字画押，一切已无从改变，汪明月只能将窝囊气在家里对着许凡撒一撒，骂她为什么不是长子，如果她不抢在许平前头出生，那别人就不会欺负她家男丁弱小而霸占她家的水田。

令蓝花意想不到的是，镇上来的女老师一点也没有小镇人的优越感，相反，与她还很有共同语言，比如谈到番薯丝。

"你也是吃番薯丝长大的？"房间黑咕隆咚，伸手不见五指，但许凡感受到蓝花已经兴奋地仰起上半身，并扭头看向她。

"我还刨过番薯丝呢。"许凡说。

从小就跟着父母刨番薯丝，许凡印象深刻。父亲先是将番薯从山地里一垄一垄挖出来，她和母亲将番薯去茎断根，擦去泥土，用箩筐拉到整平的山地去。父亲在地上架几个木头叉子，叉子与叉子之间横上大木头，拿出几张竹排，竹排的一端搭在大木头上，另一端放在地上，这样，晒番薯丝的工具就准备好了。开始刨番薯丝了，父亲、母亲还有她，人手一个"刨"，先将番薯皮刨满一个筐，抬去倒在竹排上，摊平，晒太阳。去皮的番薯心刨成丝，抬去新的竹排上晒。晒出来的两种番薯丝市面上价格不一样，自然番薯心的丝要贵很多，于是通常拿去卖，番薯皮刨出来的丝则留下来当全家人的口粮。

刨番薯丝是属于冬天的活，双手冻得僵硬通红，还要捧着冰冷的番薯刨丝。金属刨被嵌在一条长木板上，用肚子顶着木板一端，另一端抵着木桩，这样刨就固定住了。小孩子的手掌小，得双手捧着番薯刨丝，将番薯刨去大半个，才能学着大人的样子单手刨，一个不小心，手指就跟着番薯刨去一块皮肉，顿时鲜血滴在黄嫩的番薯肉上，疼痛在冰冻的冷风中显得尤为锥心。每当这时候许凡也不敢声张，害怕遭来汪明月的斥责，很可能还会挨几巴掌。番薯丝晒干装进编织袋，用扁担挑回家。一担番薯丝至少上百斤，这活许凡无论如何胜任不了，汪明月就会朝她丢白眼，女孩就是不中用，如果是男孩就挑得动！也就你娇气，我小时候你外公还不是让我挑重担，我长这么矮都是挑番薯丝挑的！

读师范的时候，汪明月会让许凡带一编织袋的黑番薯丝去学校，每次去食堂蒸饭的架子上取饭盒的时候都是许凡最自卑的时候，因为大多同学的饭盒里都是白米饭，或者是掺了一半的番薯丝，即便是掺了番薯丝的，也是用番薯心刨出来的白番薯丝，好在师范学校每个月都会给学生发几十块生活费，这对许凡来说是笔巨款，她省吃俭用，到毕业后身边还攒了不少钱。

许凡不知道自己是什么时候睡着的，总之梦里置身晒番薯丝的竹排间，没完没了地刨着番薯丝，一个不小心，手指就被刨削掉了一块皮肉，鲜血四溢，疼痛锥心。许凡尖叫着醒来，蓝花刚好从祠堂外走进来。

"做噩梦啦？"她关切地问。

窗外的天才蒙蒙亮，许凡一边起床一边问蓝花："蓝花嫂这么早哪里来？"

"我跑回家喂猪去了，"蓝花说，"我看到你这里锅碗瓢盆都没有，我家离学校远，大钟哥家离这里近一些，你带上粮食去大钟哥家里借灶煮吧。"

村里能养上猪的人家不多，在人都吃不饱的情况下，给猪吃的泔水严重不足，只能靠挖野草给猪煮猪食。光吃野菜长膘难，一头猪往往要养个一两年才能出栏卖钱，卖的钱作为全家的经济支柱，用于看病吃药办大事，杀猪吃肉的事情想都别想。

当许凡在大钟哥家里将大米、咸猪肉、鸡蛋这些食物从背包里取出来放在大钟哥家的灶台上时，蓝花的眼睛都直了，挺着大肚子的阿英更是狠狠吞了吞口水。

"白米饭，我们只有坐月子的时候才能吃上几顿。"阿英喃喃，因为她生产在即，而大钟还没有攒够钱买大米回来让她坐月子吃，所以天不亮就起来，吃了碗野菜和番薯丝混着煮的饭就上山砍竹子去了。灶台上还放着大钟哥刚用过的碗，另一碗配饭的汤水就是盐巴调的开水。两个碗都是破了一角的。灶台上一只脸盆用于装碗，没有一只碗是完好的，就连那只脸盆都是缺角、掉漆的。

因为窗外有天光透进来，阿英生完火就吹灭了半截蜡烛，见许凡用一只破碗舀了满满一碗大米就要放进锅里不由吓了一跳，赶紧来阻止，说道："许老师，你一个人可吃不了这么多饭。"

"我们三个人一起吃啊，"许凡说着看一眼阿英的肚子，"是我们四个。"说着又塞给蓝花和阿英一人一只鸡蛋，她们哪里肯收，无论如何都不会吃许凡的粮食，最后许凡提议用她的大米混上阿英家里的番薯丝煮了一锅稀饭，三个人合起来配了一个鸡蛋，至于咸猪肉就蘸了点汤，肉是谁也不肯吃上一口。这顿饭吃得许凡心里五味杂陈，她家再艰难，比起大钟哥家里的光景又要好上很多，而蓝花和阿英却得到了极大的口腹满足。

因为还要在大钟哥家里蹭灶火，许凡就将食物全都留下，自己回学校去等学生们来报名。从昨晚到今天，霞山溪村人都知道学校来了老师，也都知道今天开学报名，可是许凡在学校坐了大半日，才等到三个来报名的学生，只有两个完整缴纳了学费，另外一个家长则请求老师先让他欠一半的学费，说等到冬天家里的番薯收成了卖钱后补上。除了这三个孩子，其他孩子呢？霞山溪村可有二十多户人家。许凡决定一家家去催，这就遇到了李小贤。

李小贤十三四岁，按道理该上初中了，可他才读完四年级。霞山溪小学是初小校，只有一到三年级，所以李小贤去年一年是到山下的漆溪小学读的四年级。

"我可以回霞山溪读五年级吗？"李小贤喘着气问许凡。他是一路从家里跑过来的，少年和村里的大人们一样，长得黑黑瘦瘦，一副营养不良的模样。他手里揣着学费见到许凡就一把塞在她手里。

"我们学校只能收到三年级，四到五年级要去漆溪完小校读，这是学区的规定。"许凡想要把学费还给李小贤，李小贤向后退了一步，不肯接。"之前是因为没有老师，现在有老师了啊，村里大人说你是初中毕业去考的师范生，漆溪小学里的老师有的初中都没毕业，他们教得还不如你，"李小贤说着有些心酸，"我每天早上天不亮就得出发，走大约8公里山路才能到漆溪小学，傍晚上完课还得赶这么远的路回家，关键，这山路那么难走，一路上还有野猫、猴子，我有次就被一只猴子抓伤了，从山路上摔下去……"少年本来想向女老师展示一下伤口，但又不好意思掀起衣服。

看着少年一脸想哭的样子，许凡不忍拒绝，心里想着毕竟是个孩子。"等大家都报完名了，我去学区领书的时候，帮你问问校长。"李小贤立即振作起来露出笑容，为了报答许凡，他自告奋勇为许凡带路。有了李小贤这个向导，许凡一整天时间终于将霞山溪有入学儿童的人家都走了一遍，对整个霞山溪也有了更为直观的了解，心也越发凉飕飕了。

霞山溪人的生活用"衣不蔽体、食不果腹"八个字来形容一点都没有夸张，一户人家与另一户人家之间坡壁陡立，石墙高砌，来往十分艰难，有的甚至距离五华里崎岖村道。另外几个没有来报名的孩子都是因为家里根本拿不出学费。李小贤带着许凡往回走，看到野菜就忍不住蹲身挖起来。在李小贤身后岩石边有一小块地，一个二十出头的男人正在干活，不时发出重重的咳嗽声。李小贤听到咳嗽声，回头看见男人便同他打招呼："阿劳叔，你生病了，怎么还下地？"

男人答他："不洒点农药杀虫，冬天就收不了番薯了，没有番薯，一家人吃什么？"

"让你两个弟弟下地呗。"李小贤嘟哝一句便捧了一捧的野菜，同许凡说道："阿劳叔父母都死了，家里有三个兄弟，阿劳叔最大，是一家之主，但是阿劳叔病了。"

病了该去看的啊。许凡向那块叫"眉毛丘"的岩石地里的男人看去，心情越发沉重，自然是没有钱去看病的吧？否则谁生病了愿意拖着？

这一夜，蓝花依旧来陪许凡睡，许凡打定了主意，明天一早就回镇上一趟，将村里的情况和潘正义汇报一下。村民都没钱替孩子交学费，她实在不知道该怎么办了。次日一早在大钟哥家里吃过饭后，蓝花就将许凡送到村口那条通往漆溪村的山路上，不放心地问她，许老师，你不会走了就不回来了吧？许凡笑着说，放心吧，不回来我能去哪里？

霞山溪村往漆溪村的山路果然如李小贤所说难走得很，狭窄陡峭，路面山石凸起，许凡一路下山摔了两三次，又被树丛里不时传出的野猫叫吓出一身冷汗。自己是个成年人尚且害怕，何况李小贤是个孩子？这条路走了一回，许凡就理解了一早上在阿英家里听大钟哥唱的那首民谣："昔日穷村霞山溪，山高路险足迹稀。早出挑柴换油盐，晚归家门日落西。"大钟哥今早盛情难却，也喝了一碗加入白米的番薯丝稀饭，上山砍竹子的时候整个人都神采奕奕的。

终于下了山，许凡看见了那条霞山溪村人"只闻其声，难见其形"的溪水，溪水清澈，溪流两岸山中种满漆树。漆溪村正是因漆树得名。漆树是古老的经济树种，耐寒，坚实，用刀划破树皮就能流出漆树液，漆液煮沸就变成漆油胶，涂刷在木制家具上，令家具表面晶莹明亮，颜色经久不退。漆树的功能吸引了不少浙江人远道而来收集漆胶。但偌大的村子却只有漆树一项收入来源，根本不能带领全村人脱贫致富。作为行政村的漆溪村尚且如此，它下辖的自然村更不例外。其他村庄如何窘困，许凡不得而知，但霞山溪村的贫困她却已经深有体会。

从漆溪再徒步走回镇上，已过了午饭时间。潘正义早从学区下班，许凡便直扑潘正义家里，不料潘正义中午并没有回家。正值开学季，县教委来人检查，潘正义陪着教委来的领导吃饭去了。

"这不是许凡吗？"潘家楼梯上传来"啪嗒啪嗒"拖鞋后跟打在楼梯木板上的声音。

这是一个和许凡年龄相仿的女孩子，十八九岁，烫成大波浪的头发，随着下楼在她肩头波澜起伏的，太过隆重，与身上的家居睡袍不太搭。她五官很像长相英俊的潘正义，化的又是浓妆，大大的眼睛显得妩媚，大红唇很性感。走到许凡跟前，整整比许凡高出一个头，身材也丰满，显得许凡越发小家子气上不得台面。

"我爸不是把你分配去霞山溪小学教书了吗？你怎么会在这里？"眼前的姑娘正是潘正义的宝贝独生女潘俏俏，不管是看着许凡的眼神，还是同许凡说话的语气都带着一种明晃晃的优越感，她唇边傲慢的冷笑更是扎眼。

"我来找潘校长，他在家吗？"许凡给了潘俏俏一个礼貌的笑。

"不在。"

"那他在哪里？我有事找他。"

"我爸没空见你，他是学区校长，每天要接待多少客人！"

潘俏俏一凛，许凡已经转身走向门口。

"许凡！"潘俏俏高声喊住她，"你就不问问我为什么会知道你分配去霞山溪小学吗？"

许凡回头笑笑："你爸是学区校长，你当然是听你爸说的，清流学区每一个师范生的去向你肯定都清楚的啊。"

"不是我听我爸说的，而是我爸——听我说的。"潘俏俏带着得意的笑容大步走向许凡，她如愿在许凡脸上看到了惊讶，但遗憾的是那惊讶并没有转为愤怒，而是很快消失不见。

许凡脸上又恢复了礼貌的浅笑，说道："你得逞了，不过，你真幼稚！"许凡轻描淡写说完转身就要走，潘俏俏却一下拉住了她的胳膊，带着一脸恼羞成怒，质问道："你什么意思？"

"就是嘲笑你啊！"许凡眉毛一挑，笑容顿时布满整张脸，原本不上台面小家子气的女孩子此刻竟熠熠生辉起来。

"你还敢嘲笑我？落难的凤凰不如鸡，何况你现在就是落难的鸡，你还敢嘲笑我？你凭什么嘲笑我？"潘俏俏紧紧拽住许凡的手不放，拽得许凡的手臂一阵阵发疼。许凡并没有挣脱她，仿佛是为了让那疼痛警醒自己，有些耻辱是不可以忘记的。她说道："凭什么，你不知道吗？就凭我学习成绩好！"

"你，学习成绩好，了不起啊？"潘俏俏气急败坏咬牙切齿。

"当然，"许凡抬起下巴，用下巴尖对着潘俏俏的脸，"就凭我学习成绩好，能让当年你爸跟哈巴狗一样来求我，让他的宝贝女儿——你潘俏俏小学毕业考的时候坐在我的座位后抄我的考卷！为了这件事，你爸亲自跟我说，你妈亲自跟我说，你爸还委托班主任来跟我说了一次，还有你啊，为了这件事委曲求全跟我做了一个月的好朋友。你记不记得那年你生日，全公社的孩子，你就邀请了我一个，你们家那么大那么漂亮的蛋糕给我一个人吃，你陪着我吃，你平常有多看不起我们穷人家的孩子，可是小学毕业考前的那一个月，你却得来巴结我，一定跟吞了口苍蝇一样恶心吧？"

潘俏俏的脸越来越黑，黑成了一块铁，许凡的笑容却越来越甚，仿佛整个春天的花都开在了这张脸上。

"可是烂泥扶不上墙就是扶不上墙，监考老师都把我整张考卷拿到后座给你抄了，你呢？四百度近视眼考场上却不戴眼镜，上题抄下题，这不是你自己的错吗？你因为你自己的错记恨我？你是你们家大鱼大肉吃傻了吗？脑回路跟别人长得不一样！"

潘俏俏再也受不了了，扬起巴掌就要打人却被许凡伸手挡住了。

"你倒是提醒我了，当年出了考场后，你爸拿着考卷和你对答案，知道你把答案都抄错了，就当着我的面气得摔了你一巴掌！"

潘俏俏半边脸全红了，红得滴血，就像当年在清流公社小学操场上被潘正义摔了一巴掌后脸上毛细血管全炸开的样子。

"霞山溪小学怎么了？我觉得挺好的，怎么说也是吃公家饭。你的成绩根本考不上师范，你爸就是想分配你去霞山溪小学教书他也没机会啊！"许凡一把甩开潘俏俏的手，走出了潘家。一走到潘家门外，她的笑容就残了，眼泪就落了下来。

第五章

从霞山溪赶了几公里路才到镇上，又马不停蹄和潘俏俏吵了一顿架，许凡口干舌燥赶回家里，拿起竹制长柄茶勺去灶台上的黑陶罐里舀了一勺茶水灌下去。茶水是热乎的，锅里的饭菜也是热乎的，许凡掀开锅盖一看愣住了：锅里竹篦子上赫然蒸着一盘肥瘦参半的猪肉，透过宽宽的竹篦子的缝，许凡看见锅里的饭竟有一半是白米饭，另一半则是漂亮的白番薯丝。猪肉香和着米饭和番薯丝的香味肆无忌惮往许凡鼻子里钻去，它们像无往不克的利器顿时就攻克了胃壁，每一道肠子都发出"饿"的呐喊。

门外传来脚步声，还有汪明月同许平说话的声音，许凡快速盖上锅盖，从后门逃了出去，躲进柴垛里。许凡也不知道自己为什么要躲，完全是本能的反应。

"你放学回家就直接吃饭好了啊，去山上找妈干什么呢？还帮妈干活，你这孩子，你的手是用来拿笔的，不是用来拿锄头的。"

"我姐才是拿笔的，你不也让她拿锄头？"

"她是女孩子，和你不一样，快吃饭了，看妈今天给你煮了什么。"

柴垛里，许凡听见锅盖从锅上被掀开的声音，继而是许平的欢呼声："又有猪肉和白米饭哪！"

"你现在是长身体的时候，要吃肉才能长高，你以后可是咱们家的顶梁柱！"屋子里，汪明月装了一碗结结实实的白米饭递给许平，给自己则装了一碗番薯丝，有条番薯丝上粘了粒米饭，她也用筷子挑出来弹回锅里去了。

"我姐要是在家就好了，每次吃白米饭配猪肉的时候我姐就不在家，她怎么这么倒霉呢？"许平坐在长条凳上，大口扒拉白米饭，对于灶台上放着的那碟猪肉他却没有大快朵颐，而是将蘸满汤汁的猪肉放进嘴里吸了一口发出"哈"的一声，又一整块放回碟子中。

"你吃啊，吃啊，不用这么省。"汪明月看着许平，眼睛里全是亮晶晶的波光。

许平摇头，说道："还是省点配吧，留一些等我姐周末回来配饭，还有这大米，妈你可别全煮完，留一点我姐回来的时候再煮，也不知道我姐在那个什么村怎么样了，村子里的人会不会欺负她……"

柴垛里，许凡抹一把泪，悄悄从后门土坎爬了上去。

站在后门山上，映入眼帘的是她家的山地，稻谷已经在暑假里割完了，割稻谷的时候她没拿好镰刀，刀尖一下就扎进了她的脚腕，拔出来时刀尖上的血伴着汪明月的骂声"滴滴答答"落在稻谷上。眼下地被重新翻好，已经撒上了菜种。山地对面是一座矮矮的山，半山坡上种着一片李子林，一座小庙掩映在林中。小庙旁是一条山路，那一年她正是从这条山路跑去水电站脚下梅医生家里请来梅医生给汪明月接生的。

许凡通过这条山路到了水电站脚下，经过梅医生家的那排砖房，沿着河岸走到了清流镇街上。清流镇农村信用合作社就坐落在街道与河流交汇处。下班时间，信用社营业厅的门都关了，留一道小门通往后面的宿舍区。宿舍区一楼全是厨房，有家室的能分到大间的厨房，单身的分到的厨房就小些。此刻，汪明亮正在他自己小厨房的小餐桌上吃面，不经意抬头就看见外甥女许凡站在窗外。汪明亮连忙站起来招呼许凡进去，见许凡眼睛红红的，就问："又是你妈骂你了？"

汪明亮不似汪明月，长得人高马大的，相貌是天庭饱满地阁方圆，说话又大嗓门，走出去颇有官相，偏偏一坐到柜台办业务就怂了。他不过是拿了初中文凭，并没有在课堂上认真上过什么课，有时候是下地挣工分，有时候是跟着红卫兵斗斗地主，肚子里并没有装进去什么文化知识。因为大伯没有子嗣，他得了补员的机会，成了信用社的工作人员，但实际还是粗人一个。他的同事看他是山上下来的，肚子里又没有真才实学，还好大喜功，满嘴跑火车，都从心底里看不起他，连对象都不愿意帮他介绍。汪明亮是个粗线条，也不在意这些，他现在不用下地劳作，只要负责信用社里最简单的后勤工作，诸如早上起来开门，晚上下班后关门这样的活就能和其他员工领一样的工资，他实在满意得很。

不管外人怎么看她这个舅舅，许凡眼中舅舅是个好舅舅，对她很不错。她考上师范那一年，舅舅愣是沿着信用社旁边这条河一直追到车站，趁汪明月不注意塞给她二十块钱。此刻，许凡饥肠辘辘，汪明亮就给她煮了一碗肉片。吃完一整碗肉片，连汤都喝得一滴不剩，许凡整个人都活过来了，告诉汪明亮自己分配去了霞山溪村教书。一听"霞山溪村"四个字，汪明亮就拍着大腿叫声"皇天哪"，接着大骂潘正义是贪官污吏，欺负许家没人没钱没后壁山，然后拍着胸脯保证，凡凡哪，不要哭，有舅舅在，别人不敢欺负你，回头舅舅给你介绍一门好亲事，等你嫁了一个好老公有了靠山，看潘正义那条狗吃着屎也要来巴结你。

好可爱的舅舅，许凡红着眼睛笑起来。

告别了汪明亮，从信用社出来，许凡去学区等潘正义。潘正义和几个学区班子成员正在陪教委的人吃午饭，偌大的学区只有总务主任在上班。总务主任正在清点地上的教科书，清点好一叠，就让村校的校长把书领走。许凡连忙跑过去，对总务主任赔笑脸说，主任你好，我是霞山溪小学的，我来领霞山溪小学孩子的书。

总务主任正在应付各个村校的人，忙得不可开交，随手指着最里面一间办公室，说道，先把报名费去会计那里交一下。许凡一愣，继而怯怯问，可以先领书吗？报名费回头再补交。总务主任从人群和书堆里抬起头，皱眉看一眼挤在人群中的女孩子。是许凡哪！作为清流学区出了名的好学生，总务主任自然认得许凡。你不会把学生的报名费挪用了吧？总务主任声音不大，但村校的校长们都扭头看许凡，许凡顿时脸上热辣辣起来，好像她真的已经贪了学生们的学费。她还是等潘正义回来好了。

从学区楼上下来，许凡站在马路边上左右张望。站了大概半小时，终于看见潘正义的身影。他坐在一辆人力三轮车上，从街尾慢慢上来，在快要抵达学区楼下时，"哇"的一声吐了。顿时，经过人体器官加工后已经变味的酒香弥漫了整条街道。潘正义在三轮车上缓了好久的劲才晃悠悠下来，脚一着地就跟踩了棉花一样，地上他吐出的污秽物也因为这一脚像棉花一样炸开。眼前一片天旋地转，好在有一双手及时搀扶住他，让他不至于摔倒。

许凡，怎么是你？潘正义张了张醉眼朦胧的眼睛。你还没有去学校报到啊？这可不行啊，你还要不要拿国家的工资了？要拿国家的工资就得付出劳动……酒能助兴，每当喝了酒，潘正义口才都特别好，特别能骂人，滔滔不绝，劈头盖脸。潘正义一阵唾沫横飞之后，直接把自己给骂吐了。"哇"的一声，地上又是一摊，许凡捏着鼻子逃开了。一个小时之后，许凡终于得以站在潘正义的办公室里。彼时，潘正义酒已醒了几分，只是脸上还红红的。

许凡，看不出来你真能耐啊，起先你在学区楼下都跟教委的领导说了些什么？潘正义忍着怒气，看着站在眼前其貌不扬的女孩子横竖不顺眼。也没有什么，就是说了两点，一是霞山溪小学的孩子交不起报名费能不能先领书上课报名费慢慢补，还有就是李小贤想在自己村里上五年级的事情。许凡也没有想到县教委的领导那么雷厉风行，对于她的诉求竟然立即就向潘正义作出了指示，她只是看着几个人从三轮车上下来去搀扶吐了的潘正义，听到其他人称呼其中一人某某股长，便斗胆上前一试。

那一时刻，许凡觉得自己悲壮得像拦轿喊冤的秋菊，而显然，她这个秋菊幸运地遇到了"青天"，某某股长为了确保潘正义能将许凡的诉求落实到位，不但给许凡留了他办公室的电话号码，还自报家门告诉许凡他的名字。言下之意，不言而喻，如果潘正义没有解决许凡的诉求，许凡是可以打电话去投诉的。

"霞山溪的学生以后上小学都可以在霞山溪直接上，他们也得感谢清流学区给他们分配去了一个师范生，才能让他们上学有这样的便利，"潘正义得意地将功劳揽到自己身上，但他的笑容旋即一冷，"但是许凡，你怎么证明霞山溪的学生交不起学费？我怎么知道是不是你已经收了村民的学费，又把学费私吞了呢？你要是能把那些村民都叫到学区来替你作证，我就相信你。"山高路远，村民们起早贪黑自顾不暇，怎么可能赶到清流学区来作证呢？霞山溪小学的孩子辍学是常态，相比吃饱肚子，他们又不是非上学不可。

"潘校长的意思是，如果我不能把霞山溪学生的学费上缴给学区，今天就不能把书领走？"许凡问。

"交多少个领多少本，"潘正义说着将一张报纸甩过来，"你看看，现在新闻报道都在报道农民发家致富，你在这边跟我说还有农民穷得交不起学费，谁信哪？你以为你还活在旧社会呢？都什么时候了？十一届三中全会早就开过了，全国上下都在搞改革开放，农村面貌早就发生了巨大变化，到处都在报道'万元户''亿元村''小康镇'，你在这边跟我说村民穷得交不起学费，你是不是想给我们社会主义社会抹黑？我记得你还是党员呢！"

师范毕业前夕，许凡以"党外积极分子"的身份入的党。这原本是许凡引以为傲的事情，此刻却成为潘正义嘲笑她的理由。

"别以为读了一个师范生就鼻孔朝天……"潘正义还在嘤嘤嘤嗡嗡嗡骂骂咧咧不死不休,许凡充耳不闻,只从地上捡起那张报纸,报纸上映入眼帘的是一个名字:桐山县报道组组长王隽。

夜幕降临的时候,许凡背着一捆书出现在了赤霞村外婆家。第二天一早,她又从赤霞村出发前往霞山溪村,除了一捆书,她还背了一袋米,以及一袋田曼玉的旧衣服。

日上三竿的时候,许凡汗水淋漓出现在了霞山溪村,熟门熟路找到了蓝花的家,但是蓝花却不在家,许凡想蓝花有了裤子穿,应该是跟着她婆婆上山采茶去了吧,于是留下几件田曼玉的衣服,又背着东西去找阿英嫂,阿英嫂也不在家。阿英嫂临盆在即,难道也去山上干活了?许凡将大米和衣服都留下,只背着书往学校走去。她读师范三年攒下的百来块生活费,拿出一大半先替霞山溪小学的孩子缴纳了学费,才领到这些书本,此刻背在肩头沉甸甸沉甸甸的。而当她去会计那里缴学费时,潘正义和总务主任交流了一下眼神,一副"我就知道""果然如此"的样子,更让许凡心头也沉甸甸沉甸甸的。她知道他们的眼神是什么意思——他们认为她果然想要昧下霞山溪小学学生的报名费。霞山溪村距离镇上实在太远,来回实在折腾不起,许凡也懒得争辩了。

快要走到学校的时候,看到一支送葬的队伍,队伍中的人有熟悉的李先荣、大钟哥等人,关键,那不是一副棺材,而是破破烂烂的三副用木板简单钉在一起的完全不能称之为棺材的棺材。许凡震惊地站在羊肠小道上,看着村里人抬着那三副"棺材"艰难攀爬着岩石凸出的山路远去,虽然周身被阳光普照,依然感到毛骨悚然。

"许老师——"李小贤不知从哪里窜出来,一把接过她肩头的编织袋,"你真的帮我们把书领回来了?"

"嗯。"

"那我呢？"

"不用去漆溪小学了，就在咱们村里上五年级。"许凡的目光依旧追随上山的送葬队伍。

"许老师，阿劳叔和他的两个弟弟都死了。"

许凡"啊"了一声，震惊得无以复加，"就是那天我们遇到的那个在番薯地里干活的男人吗？"

李小贤点了下头，脸上很悲伤："怪不得阿劳叔亲自下地干活，原来他两个弟弟也早就病了，但是家里没钱，三个人就只能在家里干耗着，阿劳叔是大哥，所以生了病也得下地干活，就是那天我们看到他在番薯地里干活，回去之后他就连夜大吐血，上半夜就没了，他两个弟弟是下半夜没的，和阿劳叔一样，死之前都吐了很多血，如果不是李组长给他们家送药去，也不知道要死多久才会被发现。"

李小贤说到这里突然号啕起来，我们霞山溪村又多了一个无主户！少年哭得可怜，许凡心情沉重，只能抬手拍拍少年的头以示安慰。

阿劳家三兄弟的死已经给了许凡十分的震动，令她没想到的是，也就隔了一个星期，阿英嫂就因难产去世了。许凡放了学就去阿英嫂家里吃午饭，她是故意不买锅碗瓢盆的，这样就能让阿英嫂月子里也蹭上她从外婆家带来的白米饭。但还没走到大钟哥家里就已经听见鬼哭狼嚎的一片，一个老妇人拉扯着一个年轻女人从大钟哥家里出来。

是蓝花和她的婆婆。

"一定是阿劳三兄弟死的时候，阿英去给他们擦洗身子了，真是倒霉啊，作孽啊，那天你也去了，你赶紧跟我回家，我给你烧些纸头头脸脸都驱驱邪——"

"妈，可是阿英她……我要留下来……"蓝花哭求着，她婆婆哪里肯？拽着蓝花直往家里赶去。

"蓝花你可行行好，你不能不替我们家阿荣着想啊，你可是我们李家倾家荡产娶回来的儿媳妇，你要是也倒了霉，你让我们阿荣怎么办？"

蓝花被她婆婆生拉硬拽带走了，许凡也无心和她们打招呼，一头冲进大钟哥家里，眼前的一切让她惊呆了：阿英嫂此刻就躺在墙角的破床上，身上的破被子连她的头脸都盖住了，被子中间有高高隆起的部分，那是一条未见阳光的生命。而大钟哥和其他村民们就跪在地上，叩头跪拜，哭爹喊娘，乱纷纷喊着："菩萨啊，保佑啊，老天爷啊——"

眼泪瞬间就迷住了许凡的视线，那眼前的一切都模糊了，什么也看不清，什么也听不清了。

第六章

天气不是一下子入冬的，但一旦进入冬天，寒流就势不可挡席卷县城的每个角落。一个三十来岁的中年男人从桐山县委大楼里走出来，迎面吹来的北风让他皱了皱眉，但他很快像往常一样露出他与人为善的笑容和同事们挥手说再见，骑着他的凤凰牌自行车下班。当自行车骑出大院大门的时候，他习惯性地按着喇叭提醒经过的路人。"丁零零，丁零零"，这声音听起来如此清脆悦耳，预示着当下的生活多么美好。他穿着厚夹克，夹克里面是妻子亲手打的羊绒毛衣，"的确良"衬衣的领子挺括地翻在毛衣的圆领外头，令他的精气神也倍儿高亢。

不远处，大榕树下，一个二十来岁的姑娘笑嘻嘻冲他挥手。姑娘穿着北京长城风雨衣公司出厂的黄色风雨衣，脚上蹬一双黑色漆皮鞋，头上戴一顶橘红色贝雷帽，扫地的"喇叭裤"，不长不短压在脖子上的黑色烫发，从头到脚都是时髦的元素，让她成了县城街头一道亮丽的风景线。

"哥！"姑娘奔向自行车上的男人，男人及时按住了手刹，一只脚踮地，一只脚踩在自行车的脚踏板上，一双眼睛欣喜看着眼前的姑娘，声音因为激动变得高昂："丽春，你什么时候回来的？"

"就是今天，早知道等哥下了班再跟哥一起回家了……"王丽春轻轻一跃就坐上了她哥王隽的自行车后座，双手紧抓着她哥腰间衣服，絮絮叨叨向她哥哥投诉她下午到家时她妈对她这一身行头提出了多少批评。王隽已将自行车踩出老远，一路上都听着他妹妹王丽春带着撒娇的抱怨，忍不住哈哈大笑。他妹妹大学毕业后直接留在北京工作，自然赶了京城人的时髦，莫说身上的衣着，就连说话都带着京腔，每句话最后一个字说完还要卷一下舌头。他妈妈一个朴素的农村妇女要接受起这些的确费劲，就是他载着妹妹从桐山街头招摇而过，也会引来很高的回头率。

"新鲜的事物总是需要接受更多的关注和议论，这是正常现象，你要习惯。"王隽这样开导他妹妹。王丽春立即娇俏一笑，说道，还是哥理解我。一路上，王丽春都在细数北京的工作生活，一路说一路笑，多少亲昵，多少依赖，最后干脆将脸贴在她哥哥后背上躲风取暖，不过依然没有停止汇报。王隽听了一路，偶尔点评一两句，脸上始终挂着微笑。

他们是兄妹，更像父女。父亲过世那年，他十二岁妹妹三岁，长姐已经出嫁，只能靠他稚弱的肩膀承担起赡养母亲、抚养妹妹的重担。无论是放牛还是在生产队劳动，他都不觉得苦，唯一的痛苦是不能上学。为了交学费，他周六上山砍柴，周天挑到村子所属的行政村去卖，只卖了几毛钱，还需要已经出嫁的大姐帮衬才勉强读上初一。从自己家的小山村赤脚走二十五公里路去另一个乡镇上初中，到了学校才舍得把妈妈缝的鞋子拿出来穿。饶是如此，还是遇到三年自然灾害，不得不辍学回家。虽然不能继续坐在学校里学知识，但也没有停止他对知识的渴望。白天干活，晚上读书，家里困难买不起煤油灯，就抓萤火虫装在蛋壳里照明，没有钱买书，就借，逮着一切机会借书学习，效仿古人雪案萤窗，终于依靠自己的写作天赋和勤奋刻苦逐步成长为小有名气的农村通讯员，踏上了与文为友的写作生涯。

一路走来，他深知读书的机会对一个人的人生意味着什么，自己没能上学读书，他就拼了命也要供妹妹读书，妹妹也争气，从小就学习优秀，而他咬紧牙关努力赚钱省吃俭用供妹妹读完大学，在北京有了体面的工作，成了一名独立自强的事业女性，与他的母亲、姐姐相比有了截然不同的人生，而他自己也因为顽强拼搏艰苦奋斗，从一名农民成长为一名体制内的干部。现如今，他身兼数职，既是桐山县委办公室副主任，又是新闻科科长兼报道组组长，从事他最热爱的新闻报道工作。他总是在清晨迎接第一缕阳光时，动容地想：这世界如此明媚！

二人抵达家里，老母亲和妻子已经张罗好饭菜了，兄妹二人将冬天的寒冷留在家门外，暖暖地吃了一顿饭。虽然家很小，只有几十平方米，可总算是在县城有了一个窝，一家人团聚在一起心头就暖融融的。王丽春提前休假回家准备过年，给家人带回了很多礼物，给老母亲带回的是各种养生保健品，一直被老母亲说浪费钱；给侄子带回了很多书；给嫂子带回的是时髦的衣服帽子，米白色的贝雷帽一戴到她嫂子头上就被慌忙摘下来，嘴里连说不敢戴，戴了不敢出门。王隽哈哈笑着对王丽春说，你嫂子朴素，可不敢要你这些时髦的东西。王丽春小嘴一撅，那我回头送给我姐戴去。她母亲便打击她，你姐可更不敢戴，你还不如退了这些东西直接给你姐家送钱。

大姐王丽秋早年嫁到另一个村子，生活过得很清苦，但依然不忘周济困苦的弟弟和妹妹，如今依然住在乡下。王丽春既然回乡探亲，自然要去乡下看望她姐姐，如今有了老母亲的提示，王丽春立即就准备了几件自己不穿的旧衣服，再备一些钱，趁着第二天是周末和她哥王隽一起去乡下看望她姐姐。

王丽秋一大早就上山干活去了，冬天正是收番薯的季节，她要赶在晴天出太阳将刨好的番薯丝都晒干。王丽秋已经过了四十岁，常年的劳动让她有着男人一样健硕的体魄，挑着百来斤的番薯丝去山上平地里晒依然走路带风。她的小叔子要来帮她，被她挥手拍开了。王丽秋最常挂嘴边的一句话就是，小叶，你是读书人，这些粗重的活可不能让你干。王丽秋称呼小叔子"小叶"，称呼自己的丈夫就叫"老叶"，她不叫他们的名字，因为两个人的名字里都有个"秋"字，和她撞了名。叶家这两兄弟，大的叫叶念秋，小的叫叶知秋，据说他们父母早年给他们取名之所以会选中这个"秋"字，就是因为秋天是丰收的季节，他们希望自己的孩子一辈子吃喝不愁，娶媳妇也是挑着有叫"秋"的姑娘娶。

王丽秋娶进门没几年就赶上了三年大饥荒，公公婆婆都饿死了，小叔子叶知秋那时候还是个娃娃，是由王丽秋拉扯大的，说

"长嫂如母"一点儿也不为过。王丽秋夫妇俩都没怎么读过书，倒是将小叔子叶知秋供到了师范毕业，已经分配在思宝乡一所村校教了好几年的书。每个周末，叶知秋都要赶回家帮着兄嫂干活，尽管每次王丽秋都拒绝，叶知秋还是跑前跑后，尽自己所能能干多少是多少。不过这个学期，叶知秋周末回家的次数明显少了，看着嫂子一个女人家挑着百来斤的重担在山地里行走，叶知秋心里很愧疚。他小跑着跟在一旁，等他嫂子的挑子一落地，他就帮着她抬起一筐番薯丝倒在架好的竹排上，动作麻利地将番薯丝在竹排上摊平。

"有女朋友了吗？"王丽秋老生常谈例行问话，这一次叶知秋说"没有"的时候有些迟疑，还微微红了脸，但他嫂子是个粗线条，不会关注这些细微的东西，只是叹口气哀伤道："都怪咱们家穷，都怪哥嫂没本事，没能给你在乡里盖个房子，现在的姑娘都很精明，没房子没钱怎么愿意嫁过来呢？"

叶知秋安抚他嫂子："哥嫂已经把我养大成人，还供我读师范，让我有了一份稳定的工作，结婚这种事就靠我自己，嫂子你不要操心。"

王丽秋怎么可能不操心呢？叶知秋是她一手养大的，就像自己的长子似的，可是自己还有两个儿子要抚养，吃喝拉撒读书都是不小的开支，靠她夫妻两个在田地里起早贪黑的收入，还要给小叔子盖房子娶老婆，是想也不敢想的事情。她除了叹气不知道还能怎么办。就在她叹气的时候，她的小儿子金宝就跑来告诉她家里来客人了，是舅舅和小姨，王丽秋兴奋地挑起空箩筐就往家跑去。

王丽秋的大儿子元宝也从另一片地里把他爸爸叶念秋给喊了回来。夫妻俩在家里热情款待了王隽和王丽春。过去，王隽和王丽春年纪小，长姐对他们的帮衬如果没有姐夫睁只眼闭只眼完全做不到，如今王隽和王丽春各有各的出息，也很愿意孝敬姐姐姐夫。姐夫喜欢抽烟，不过抽的是装在老竹水烟筒里的水烟，王丽春就特意给他买了条香烟让他尝尝鲜。叶念秋很识相将那条香烟交给王丽秋保管，香烟可以拿去换钱，买米买菜交学费贴补家用，而王丽秋有更好的打算，将香烟退掉的钱攒起来给小叔子结婚做彩礼用。

王丽春特意嘱咐她姐，这是我孝敬姐夫的，你可不要拿去卖钱。王丽秋自然含糊应承着"晓得晓得"，而叶念秋则说自己抽惯了水烟抽不来香烟，王丽春就笑着说，所以才买来让你尝尝鲜哪！叶念秋拿着烟筒"吧嗒吧嗒"抽几口老水烟，连连摆手，绝对不可以尝鲜，要是上了瘾就糟了。王丽秋就过来拿走丈夫手里的水烟筒，说这东西抽了也上瘾，又骂他不该当着她弟弟和妹妹的面抽这臭水烟，会熏到她弟弟和妹妹。她弟弟妹妹如今可都是体面的读书人，想到这个，王丽秋的腰杆子就挺得倍儿直，在丈夫跟前越发精神起来。

王丽秋动作麻利很快给王隽和王丽春煮了两碗面，拿出了家里珍藏的香菇和虾干作为浇头，并给两人各打了一双荷包蛋。金宝、元宝两个毛头小子看着那两碗香喷喷的面直吞口水，王隽和王丽春就拿来碗要将自己的面分给两个外甥吃，王丽秋就立即打发两个儿子去山上把小叔子叶知秋请回来吃饭。

"小叶已经工作四五年了吧？"王隽一边吃面一边和姐夫攀谈起来。提到自己当教师的弟弟，叶念秋的腰杆子也挺起来，他叶家也是出了读书人的。"当了老师，和阿舅你一样，也吃了公家饭，就是你在城里，他在乡下，我这个家境又不好，娶老婆不好娶。"叶念秋一双眼睛在王隽和王丽春身上来回转着，心里生出许多主意来,他咳了咳,在八仙桌另一边坐正了,斟酌了一番说道,"小春这次回来过完年后还去北京工作吗?"不等王丽春回答,他又说下去,"你一个女人家,去那么远干吗?读再多书,不也得回来嫁人吗?姐夫告诉你,你可千万不要嫁在外地,那要是被丈夫打了骂了,娘家离这么远,姐夫和你哥都没法赶去给你出头……"

"丽春一个大学生难道还会嫁一个莽夫?自然是要嫁个读书人的,读书人都疼老婆,不像你这粗人。"

叶念秋便顺着他妻子的话说道:"我们家小叶也是读书人呢,肯定懂得疼老婆,不会是打老婆的莽夫。"叶念秋这么一说,王丽秋就明白了她丈夫打的什么主意了,立刻将水烟筒塞他手里堵他的嘴。一旁吃面的王隽和王丽春当然也听懂了姐夫话里的意思,未免尴尬,二人都埋头吃面不吭声。

叶知秋被两个侄子一边一个拉着下山,却见嫂子王丽秋等在路边。王丽秋让金宝、元宝先滚回家去,留下叶知秋慢慢走。叶知秋知道他嫂子特意等在路边肯定有事,就问:"嫂子,什么事啊?"其实,王丽秋这一路都在纠结,她虽然觉得叶家很穷,不希望妹妹嫁到叶家受苦,可是自己毕竟是叶家一分子,如果妹妹能嫁给自己的小叔子,也是美事一桩。妹妹上过大学有文化,小叔子是个教书先生,也不算委屈了妹妹,至于房子啊钱啊,只要夫妻齐心,这些东西都会慢慢有的。王丽秋就这样一边嗔怪自己的丈夫不该"癞蛤蟆想吃天鹅肉",一边又开始心软心动,觉得丈夫说得有道理。她是个没文化的妇女,觉得嫁个好丈夫是一个女人人生头等大事,妹妹已经二十好几,年纪也不小了,别人家姑娘早就当妈了,而她坚信自己一手养大的小叔子绝对会是个好丈夫。

"小叶，你觉得小春怎么样？"王丽秋看着叶知秋，眼里含着母亲般的慈爱、温柔，"你以前是见过小春的，她漂亮，又是大学生，年龄也和你差不了多少，你要是喜欢她，嫂子愿意帮你牵个线搭个桥——"王丽秋觉得先要了解叶知秋的内心想法才好采取下一步行动，如果小叔子根本不喜欢她妹妹，那她这个做嫂子的也就没必要多事，甚至还会让自己妹妹没面子。

叶知秋听懂了他嫂子要给他介绍对象的意思，但对象竟是嫂子娘家的亲妹妹，这让叶知秋非常感动，感动于嫂子对他的一片赤诚慈母心。"嫂子，小春她怎么看得上我？"叶知秋非常有自知之明，但王丽秋却误会他这是喜欢却不敢，便一拍胸脯，说道，只要你有这个意思，小春那边嫂子去给你磨。叶知秋"别"字还没说出口，王丽秋就虎虎生风走在前头，一阵风工夫就没影了，风里只留下她那句"小叶，你快回家吃面"，叶知秋笑容尴尬：嫂子真是风一样的女子！

因为姐夫先前一通弦外之音，让王丽春乍然见到叶知秋时竟红了脸，明明光明磊落，却莫名心虚。到底是个读书人吧，叶知秋可比自家姐夫长得好看多了，文秀清隽，出现在姐姐家陈旧的房子里像一竿玉树临风的翠竹。但长得再好看又怎么样？王丽春对自己的人生可有清晰的规划，她既然读了大学，留在了大城市，就不可能再回归乡土，所以她很快掩去面颊上害羞的神色，将心头的一丝小雀跃抚平，一副坦荡荡不叫人误会的模样。她还在斟酌该如何措辞拒绝姐姐姐夫的"乱点鸳鸯谱"，就听叶知秋特别好听的声音响起来："嫂子，其实我已经有喜欢的人了——"

第七章

从思宝乡回城关的中巴车上,王隽扭头看了王丽春一眼,唇角绽露一抹含义深刻的笑:"小春对叶知秋其实有好感?"王丽春正沉浸在自己的思绪里,被王隽一问,立即惊呼起来:"怎么可能?"越是大声越是想要掩饰什么。王隽笑笑,伸手将她的贝雷帽戴正,说道:"小叶是个不错的年轻人,喜欢也正常。"王丽春将戴正的贝雷帽又歪到一边,一脸小傲娇不理会她哥。王丽春心里非常清楚自己对叶知秋绝对没有任何关于男女之间的感觉,只是姐姐姐夫好心牵线,叶知秋竟率先跳出来拒绝,这让王丽春有点没面子,只是没面子,绝对不是有想法,何况叶知秋已经有女朋友了。

"如果他真的有女朋友,就不会叫不出女朋友的名字了,"叶念秋一副了然于胸的架势对他的妻子王丽秋说道,"小叶啊,就是不想让你这个嫂子为难,他觉得咱们叶家家境不好配不上小春,才故意说自己有女朋友的。你们王家也不要看不起我们叶家,谁家不是苦出身?就拿阿舅来说,想当初连初中都没钱读,我这个当姐夫的也是有功劳的,当年刚娶你的时候也资助过他上学,你看他现在当了大官了……"

叶念秋还没说完就挨了王丽秋一拳,并遭来一记白眼。"跟你说了多少次了,我弟弟他不喜欢大家说他当官,他就是个写新闻的,他说他就是那个什么……记者!对对对,记者!"王丽秋的说辞叶念秋可不买账,他冷哼一声,没好气应他妻子:"阿舅这样说还不是怕我们去给他添麻烦?"丈夫阴阳怪气,王丽秋不乐意了，揪住她丈夫不放："你什么意思？有话直说有屁就放，我弟弟哪里对不住你了？他小时候你是资助过他上学，可他后来出息了也没少报你的恩，你看他和小春今天来又是烟又是酒又是钱地孝敬你，都把你当爹孝敬了，你还有什么不满意？"说就说谁怕谁？叶念秋捋起袖子梗着脖子粗着嗓子："他明明都当了县委的领导，却偏偏说自己不是当官的，不就是害怕我们要因为小叶的事情去麻烦他吗？"王丽秋忍不住翻白眼，觉得丈夫简直不可理喻，她弟弟当的是县委领导又不是媒婆，难道因为当了官还要给自家小叔子发一个老婆来不成？叶念秋看着自己四肢发达头脑简单的妻子，恨铁不成钢，憋了一口气半晌才吐出来："他是在县委当官的，人面广，认识的人多，就不能走走后门，将我弟弟从村校调去乡里教书？如果他愿意，调去城关教书也不是不可能。"原来丈夫是为这个介怀，王丽秋顿时就原谅了丈夫刚才的鲁莽。

其实在叶知秋师范毕业分配那一年，王丽秋就想去找王隽帮忙，可是想到弟弟只是个写新闻的记者，并没有什么实权，如果要帮叶知秋分配个好学校，少不得要托人面。求人赔笑脸说好听话，这些王丽秋相信王隽肯定做得到，只是总不能叫王隽空口说白话两手空空去求领导办事吧？去找关系难道不得给领导送礼？烟啊酒啊钱啊……一想到这些王丽秋就打了退堂鼓，不在王隽跟前提起此事了。王隽倒是主动问起过，王丽秋担心弟弟是个客气的人，又为着小时候承了叶家那微不足道的恩情，走关系的花费会自己扛去，便同他说小叶在村里教书挺好的。王隽虽然在县委上班，但到底是农村出身的人，心还是向着农村的，觉得多一些师范生留在农村教书，农村的孩子就有希望了。于是就不再过问此事。

此一时彼一时，如今叶知秋在村校教书已有几个年头了，终身大事始终没有着落,这让王丽秋这个当嫂子的不免操心,又听丈夫念叨:"如果在城里或者乡里教书,说不定还能找个女老师当老婆,在村里,想找个好女人结婚太难了!"王丽秋登时就打定了主意,无论如何得去麻烦王隽帮忙了。

王丽秋去山上晒番薯丝的平地里找到了叶知秋,招呼他说:"小叶,把这些番薯丝扔给你大哥就行,你赶紧回家收拾收拾跟嫂子进一趟城,有些事得找你王隽大哥说清楚。"王丽秋挺后悔没拦住王隽和王丽春,让他们那么快就走了,事关叶知秋的工作调动和终身大事,耽误不得,如今只能自己领着小叔子进一趟城找王隽说一说了。不料叶知秋却不以为然,他的身子在几个竹排架间穿梭,双手不时翻动晾晒的番薯丝,说道:"嫂子,真的不必了,我起先已经和小春说清楚了。"王丽秋想起来妹妹王丽春离开前的确和叶知秋两人走到一边咬耳朵去了,"说清楚?你和小春说了什么?"

中巴车上,王隽也问了王丽春同样的问题,你和小叶说了什么?

说了什么?王丽春讪讪然笑着,她就是没面子所以拉叶知秋去一旁说悄悄话了。我姐我姐夫是好意,你也不用为了面子说谎话,我不会因为你的家境瞧不起你,也不会因为我是大学生而瞧不起你,我觉得两个人结婚最重要的是爱情……王丽春是大学生,自认胸怀不能和一般女子一样忸怩,她得磊落,她得坦荡,无事不可对人言,然而叶知秋也特磊落坦荡笑笑说,小春姐,我真的没有说谎,我有喜欢的人了。如果你真的有女朋友了,那你说她叫什么名字!王丽春负气问道。

许凡。

王隽第一次听到这个名字,并没有什么特别的感觉,这就是一个平平凡凡的名字，只是这个名字从妹妹口里说出来，带了点酸溜溜的味道。王隽完全想不到，此后自己的人生会因为这个名字演绎一段波澜壮阔的故事。而王丽秋却没能从叶知秋口里听到"许凡"这个名字，或许是出于对许凡的保护吧，面对嫂子的询问，叶知秋始终没有说出许凡的名字，如果嫂子知道许凡这个人，势必要打听她家住哪里，以嫂子对他的关爱程度，隔天就亲自上门提亲都有可能。许凡太难了，他不想因为自己增加许凡的负担。

"看起来你大哥说的是对的。"王丽秋嘀咕。

"我大哥说什么了？"叶知秋笑着问。

王丽秋看着自己高高瘦瘦相貌清隽的小叔子，心疼说道："你大哥说你其实没有女朋友，是为了不让我为难才故意骗大家的，小叶，你放心，小春和你的婚事不成没关系，你工作调动的事就包在嫂子身上吧。"王丽秋打定了主意，就算软磨硬泡也要让王隽帮自己小叔子一把。

提到工作调动，叶知秋的眼睛亮了。

霞山溪小学的门被打开，寒冷的风卷了进来，跟着风一起进来的是一个少年。许凡的眼睛也亮了，她激动叫着少年的名字，李小贤！

李小贤穿着很薄的单衣，在风口瑟缩着身子，在许凡走过去之前他率先将祠堂的门关上了。霞山溪地处高山上，冬天比山下的气温要冷很多，风又大，呼呼作响，吹得祠堂摇摇晃晃。祠堂内，许凡正生火取暖，李小贤跑过去凑到火堆旁才稍稍舒展了身子。许凡看了他一眼，起身去宿舍里拿了一件自己的棉袄出来，说道："穿上吧。"李小贤迟疑了一下，许凡就严肃说道："黑色的，不分男女，总比冷死强吧？"

李小贤尴尬解释："不是的，许老师，我是怕把你衣服弄脏。""我都不怕，你怕啥？"许凡反问。

李小贤这才胡乱将衣服穿上，见许凡盯着紧闭的门，嘴里喃喃："马上就要期末考了，还是只有你一个人来上课啊？"

李小贤心情也很沉重："许老师，你知道的，他们不是故意不来上课。"

许凡点点头，在霞山溪教了快一个学期的书，她知道霞山溪小学的孩子都很勤奋，不是偷懒耍滑不爱学习的孩子，只是因为入冬了，天气太冷，他们又没有衣服穿，各家各户距离学校又远，一来一去路上冻着了生病了，又没有钱买药，就算有钱也得下山去镇上买药，太远了。许凡想想都很气馁。

"这样下去可不行，我干脆去每个人家里给大家上课吧。"

李小贤立即附和："许老师，弟弟妹妹们的书我都读过，我也可以帮你教几个，如果我不懂的地方，你可以先教我，我再去教弟弟妹妹们。"

这是个好主意，霞山溪只有十几个学生，又有李小贤帮着分担，一周下来，许凡终于给每个学生都补上了课，只是令她担忧的是，一个学期马上就要结束了，新的学期眼看着又要到了，学费怎么办？这个学期，极少有村民能偿还她垫付的学费，下个学期还是没钱交学费，这是可以预见的事情。许凡心头忧心忡忡的时候，蓝花和李先荣就到祠堂来找她。

李先荣衣服单薄，蓝花身上倒是穿了一件棉袄，那是入冬前许凡经过外婆家特意向田曼玉讨来的。不过只一件棉袄也完全无法抵挡隆冬高山上的寒风。所以这一路，蓝花是被丈夫夹在胳肢窝底下走到祠堂来的。两个人一进门就围着地上破炭盆里的火取暖，缓了好一会儿才让僵硬的手脚舒活过来。

"我和阿荣想好了，过年前我们把家里那头猪卖了，让孩子们交下个学期的学费，"蓝花带着歉意看着许凡，"只是这个学期你垫出去的学费，我们霞山溪村恐怕还不上了。"许凡既然垫了这笔钱就没想过让村民还，只是蓝花家里唯一的指望就是那头猪，卖了给孩子们交学费，那他们自己的处境就更艰难了。

"这只是我们夫妻二人的打算还没有告诉我妈，"李先荣说道，"我和蓝花商量好了，我是村民小组组长，这是我应该做的，许老师，只要你能一直留在霞山溪村教书，以后的学费我保证一定不让许老师你为难。"李先荣是有情怀的，身为村民小组组长，他也是有担当的，但是给他的摊子实在太烂，霞山溪村是长在穷根儿上的，巧妇难为无米之炊。李先荣最担心的就是好不容易分配来的师范生会调走，而对于许凡来说，她何尝不想调走？

霞山溪村太穷了，条件太差了，她不可能在这里教一辈子书，只不过短短半年，她的眼泪已经流成了一条河，但是工作调动这种事是她想调就能调的吗？她不过一个十八九岁刚刚踏出校门的稚嫩青年，关于那些复杂的社会关系、人脉背景来龙去脉七七八八她完全不懂，她不知道调动工作要靠关系，她甚至不知道调动工作是怎么回事，可以怎么调动，父母是没有任何关系网的农民，斗大的字不识一个，不能给她提供任何帮助，甚至还希望从她身上获取利益，她不过就是侥幸生来会读书，考上师范，有了一份"铁饭碗"，从祖辈的农民阶层跳脱出去，成了知识分子里的一员，不过也是最没有竞争力的一员。

前途一片渺茫。

站在霞山溪村通往漆溪村的山路上，看着冬天的暖阳洒满眼前的青山绿水，犹如给秀丽江山涂上明亮油彩，她不由在心头慨叹：这世界如此明媚，而她的前途却是一片迷雾。迷雾中，一个高高瘦瘦，相貌清隽的青年人向她走来，他在陡峭崎岖的山路上攀登着，艰难行进却一脸盼头。

"师哥——"许凡太激动了，不小心绊倒了，从山路上滚了下去，好在叶知秋及时拉住了她。

并肩坐在山路上，让双脚在山崖一边悬空，叶知秋用棉签蘸了碘酒替许凡手臂上的擦伤处理了一下，问道："疼吗？"

相比一个人走山路的害怕，这种疼实在算不了什么。"见到你太高兴了！"许凡笑成一个傻子，没有什么比孤单的旅途突然出现同行的同伴更叫人开心的事了。"只是我不是说了吗？从你们思宝乡到我们清流镇，再从镇上到漆溪村又到霞山溪村，这么远，你不要再来接我了。""见到你，我也会很高兴啊！"突然而来的一缕风，冰凉中被注入一丝甜蜜的味道，让周围的一切陷入很微妙的安静。许凡别开脸去看对面的山，那座山与这座山隔了一条溪流，溪水潺潺，在霞山溪村里，却是常年"只闻其声，不见其形"，现在，许凡因为低头，将那条溪流尽收眼底。

"师哥，你的背包是百宝箱吗？什么都有。"许凡看着叶知秋将碘酒棉签收进包里，没话找话说道。

"村里的孩子调皮，磕磕碰碰跌倒摔倒在所难免，我得准备这些以备不时之需。"叶知秋说着背好背包，站起身，将手伸给许凡。那手白皙的，手指修长的，手掌上的纹路都那么清秀，许凡痴迷地看了一眼，却不敢把手放上去，而是自己撑地站起来。

叶知秋笑笑不说话，他们之间本来就没有捅破窗户纸，女孩子的矜持是情理中事。叶知秋不懂，在许凡心中，没有什么矜持，只有自卑。母亲说过，她得好好帮衬弟弟许平，不到二十八岁不能嫁人。这是20世纪80年代，清流镇上哪有超过二十五岁还没嫁人的女孩子？她可不能耽误了叶知秋。许凡决定等下了山就和叶知秋摊牌，请他以后不要再来接她了，他的心意她都懂，但是他们之间是不可能的。

到了山下，叶知秋率先说道，许凡，我要带你进城见一个人。许凡一怔，谁？叶知秋胸有成竹，一只手伸到背后触摸到背包里那条烟，那是王丽春送给他大哥叶念秋抽的烟，但是他嫂子王丽秋将烟给了他，让他拿去给王隽替他跑调动的事情。他特意支开了嫂子，他要自己去请求他大哥的小舅子——县委办副主任王隽，不过不是为他跑调动，而是为许凡。一个年轻女孩子无论如何都不能在霞山溪村这样的穷乡僻壤教书，所以，许凡比他更需要调动！

王隽啊！许凡乍听到这个名字，却一点都没有陌生，这不就是那个常常在报纸上写歌颂文章的记者吗？

第八章

潘俏俏在落地的试衣镜前转了一圈，手扶在米白色贝雷帽上，露出满意一笑。透过试衣镜，她看到王丽春坐在床沿上冲她笑。潘俏俏转身，扬着下巴对王丽春说道："春儿，我好看吗？""好看，送给你了。"王丽春终于为自己的贝雷帽找到了主人感到开心，的确，相比自己老土的嫂子和大姐，这洋气的贝雷帽更适合潘俏俏。潘俏俏便戴着贝雷帽用她一双杏眼环顾房间，王丽春的房间狭小逼仄，可没有她潘家的房间宽敞舒适，房间内的家具摆设更是简陋陈旧，如果不是因为她上过大学，还有个在县委办当副主任的哥哥，潘俏俏才不屑和王丽春做朋友。王丽春在北京上学工作，气质、见识和小镇、小县城的土老帽可不一样。她父亲潘正义教导她，做人朋友圈子很重要，朋友圈子的档次决定了你做人的品质。潘俏俏盯着王丽春，心里经过了一番计较揣度，王丽春这个朋友是可以提升她潘俏俏做人档次的，所以有交往的价值。

"俏俏，你盯着我看干吗？"王丽春摸了下自己的脸，"我脸上长痣了？"

潘俏俏收起自己的小心思，笑眯眯说："不是，我盯着你看还不是因为你好看哪！"好听话谁人不爱？王丽春"噗嗤"一笑，"我哪有你好看？""既然你觉得我好看，那你跟我回家吧！"潘俏俏是诚心邀请，王丽春也豪爽答应："好啊！"潘俏俏是王丽春前一两年回乡过节时认识的，是她在桐山县为数不多的朋友之一，也算投缘，难得回来一次，去她家里串串门做做客也是情理中事，毕竟年后她又要回北京工作了，什么时候才能见面也不好说。王丽春起来简单收拾了一下，带了睡衣、洗漱用品等，和家人交代了一声，便跟着潘俏俏出门去。

与王丽春手挽手走下县委宿舍楼，潘俏俏不由愣住了。不远处老榕树底下迎面钻出两个人来，一男一女两个年轻人，那年轻男人高高瘦瘦，气质文秀，五官身形都长在潘俏俏审美的点上。而他旁边的女孩子更是眼熟，竟然是许凡！只看了许凡一眼，潘俏俏便感到气结。而显然，许凡也看到了她，同样的，面上的神色也是为之一滞。不明就里的王丽春和叶知秋正和对方打招呼。

"小叶，你怎么来了？这是……"王丽春将视线落在许凡身上，顿悟，"她就是许凡？"许凡讶异于有人见第一次面就已经知道了她的名字，而叶知秋急忙掩饰地咳嗽，说道："是的，小春姐，王隽大哥在家吗？我们找他有事。""周末没上班，在的在的。"得到王丽春确定的答复，叶知秋拉着许凡急急走进了县委宿舍楼。

潘俏俏问王丽春："你认识他们？"

"是我大姐的小叔子，那女孩子是他的女朋友。"王丽春言简意赅。潘俏俏目光跳了跳，女朋友！她扭头去看，叶知秋和许凡的背影已经消失在县委宿舍的楼梯口。

家里来了客人，老人孩子非常礼貌地躲进了房间，王隽妻子在厨房快速端出两碗荷包蛋也躲到房间去。之前王丽秋特地去村委会借了电话机往王隽办公室打了电话，说了叶知秋调动的事情，所以王隽一见到叶知秋就知道他是为了调动的事情登门拜访，就说道："小叶啊，你大嫂已经给我打过电话了，你的事我都知道了，我会尽力帮忙的，你先吃荷包蛋。"如果是别人，王隽绝不会做这么干脆直白的表态，但是自己亲大姐的亲亲小叔子，就没必要遮遮掩掩。叶知秋哪有心情吃荷包蛋？他开门见山地说："王大哥，你不用帮我，你帮一帮许凡吧。"年轻人面对的是自己亲大哥的亲亲小舅子也不遮遮掩掩，又或者总归只是个单纯的教书匠，不懂官场上的弯弯绕绕，像一头莽撞的牛犊。他从包里取出那条烟放在桌上，说道："我嫂子给我的这个，王大哥你先拿着跑关系用，回头还需要些什么，王大哥直接和我说……"

许凡。是许凡哪。王隽想起来，王丽春和他说过这个名字。原来就是这个女孩子。衣着朴素，其貌不扬，坐在饭桌旁丝毫不起眼。"女朋友？"王隽看着许凡，问叶知秋。

此时此刻，叶知秋必须说"是"，他希望王隽看在这层关系上能够答应帮许凡调动，但显然叶知秋很天真，王隽很为难。王隽的为难又不好当着许凡的面和叶知秋明说，他就那么为难着，完全没了先头的爽快。在叶知秋的一再要求下，王隽只好说道："小叶啊，馒头要一个一个吃，不要心急，还是先解决你的调动问题，至于许老师——""王大哥，你放心，我和许凡一定会结婚的，你先帮许凡调动。"话说到这份儿上，许凡始终不发一言，她知道叶知秋一直强调"女朋友""会结婚"并不是要占她便宜，而是为了取得这位县委领导的信任，让他帮她调动，而她，这么渴望调动。"还是等你和许老师结婚以后再说吧，或者我和你大嫂再商量商量。"王隽头脑清醒，这种人事资源绝不可能去给一个不相干的人使用。

"可是我等不了了。"一直沉默的女孩子突然开口，王隽和叶知秋不由都看向许凡。女孩子努力压制着自己的激动，眼里已经盈满委屈的泪水，嘴唇颤抖着，声音也带了哭腔，"我不想再待在霞山溪村那样偏僻穷困的地方教书。"

女孩子的斩钉截铁看在王隽眼中不过是年轻人的娇气、不肯吃苦。

"许老师，农村总要有人去的，年轻人要多一点吃苦的精神，要多一些奉献精神……"

王隽的说教许凡丝毫不买账，她拼命隐忍也没能压制住自己的不平和委屈："年轻人应该吃苦没有错，为什么只让我们这种没有背景的年轻人吃苦呢？有钱有势的年轻人为什么就不用像我们这样吃苦？你是县委的领导，可你知道霞山溪村有多穷吗？婆媳同穿一条裤，孩子们因为没衣服穿只能躲在家里不能来上学，他们没米下锅只能吃番薯丝和野菜，用盐泡开水当作配饭的汤，生病了没钱买药，一家三兄弟一夜之间全部死绝，大米只有女人坐月子的时候才能吃上几顿，丈夫辛辛苦苦砍竹子到山下去卖，好不容易攒了几斤大米，可是妻子生孩子难产一尸两命，再也吃不到他的大米了，如果可以请到接生的大夫如果有钱买药，也许她就不会死——"

豆大的泪珠从年轻女孩子的眼眶里掉落，并未给人楚楚可怜的感觉，反而显得倔强、不屈不挠，她质问此时已经一脸震惊的县委办副主任："我是年轻人我应该吃苦,所以我就活该替整个村子的学生垫付学费吗?我也很穷,我母亲也等着我拿钱回去帮衬家里,可是我的钱却必须先替村里的孩子交学费,凭什么?"

叶知秋也是第一次听许凡如此详细讲述霞山溪村的点点滴滴,亦是震惊得无以复加。虽然自己也在村校教书,但自己所在的村子绝不可能穷到霞山溪村这样的地步。

叶知秋都感到惊诧,王隽就更觉不可思议了,"许老师,你想要调动的心情我可以理解,但是也不能这么夸大其词,现在改革开放了,农民都富起来了,哪还有这么穷的地方?"

"呵呵,王主任是坐在办公室里的领导,只知道写文章歌功颂德,报喜不报忧,如果你肯跟我去霞山溪村走一走看一看,就知道我说的是不是事实,有没有夸大其词。"刻薄的冷笑、尖锐的言语让原本毫不起眼的女孩子突然变得生动烂漫,就像默默的仙人掌突然开出花来,给了王隽极大的冲击力。

真的有这么穷的地方吗?真的有这么穷的现象吗?这个问题一直困扰着王隽,让他连日来都夜不能寐。他不相信,却又不能完全不信,眼前总是浮现女孩子坚毅的面容、倔强的泪水,耳听为虚眼见为实,终于,王隽决定去霞山溪村一探究竟。连日的冬雨也随着王隽的决定突然停住了,冬日暖阳为他照亮了出行的前路。

王隽一大早就向单位告假,从县城赶头一班车抵达清流镇,再从清流镇翻山越岭来到漆溪村,通过向村民打听,终于找到了那条通往霞山溪村的山路。山路狭窄、崎岖、陡峭,遍布荆棘,怪石嶙峋,王隽几乎是手脚并用着攀爬上去。王隽边行路边想到那个年轻的女孩子,她每周要往返两次走这条山路,的确不容易。王隽也不知自己一共走了多少路,大概是二三十公里吧,疲惫不堪,又饿又渴,幸好先头经过清流镇时买了路边小店里的一串光饼可以充饥，只是没带水。王隽口干舌燥爬上了村子，终于发现了一眼山泉，他再也忍不住蹲身掬一捧泉水就要喝，被一个声音喝止了。

"别喝！"

王隽抬头，熟悉的身影映入眼帘，是许凡。

见到王隽，许凡心头讶异，没想到这位县委办的领导还真的来了！

"别喝山上的生水，不知道水里有没有寄生虫，万一有，你喝了就生病了。我爸从前就因为喝了山泉水大病了一场，你先跟我去学校，我那里有烧好的开水。"许凡说着在前头领路。

跟着许凡向学校走去，许凡偶尔指着远处岩石边的房子，扭头对身后的王隽说："喏，那就是村民住的房子。"

那哪是房子啊？不是破旧的木瓦房就是湿漉漉的茅草屋，而许凡口中的学校就是一间小祠堂。"这是村里最奢华的房子了。"许凡打趣。她捧着一碗热水递给王隽，又打趣说："这是村里最好的碗，如果你去村民家里，是不可能看见这么好的碗的，他们用的碗都是豁口的。"

很快，王隽便在村民家里见到了许凡口中豁口的碗，还有豁口的盆、豁口的锅，破破烂烂的家具，大白天裹着棉被躲在床上的小媳妇，婆媳同穿一条裤的不止蓝花一家，还有那些衣衫单薄，甚至光着屁股、光着脚丫躲在灶膛口取暖的孩童……许凡没有夸大其词，这个被深山老林湮没的村庄，的确生活着一群衣不蔽体、食不果腹的村民。

听说村里来了县委的领导，村民小组组长李先荣从山上跑了回来，他陪着王隽"参观"了整座村庄，令王隽震惊的是村里竟然没有一丘水田可以种稻谷，都是从岩石边开垦出些边边角角细细碎碎的农地种些番薯。"还不够填饱肚子,却得年年交公粮、征购粮,我们都不知道该怎么办才好。新中国成立前,村里还有百来号人,可是从那以后这三十多年里,人口没有增加反而减少,村里太穷了,村里的姑娘争着往外嫁,外头的女人谁也不肯嫁进来,光棍越来越多,只有几个能生育的妇女,现在又赶上了计划生育政策,就算没有计划生育政策,也不敢生啊,怕养不活……"李先荣自己就迟迟不敢让媳妇蓝花怀孕,多一张嘴就多一份口粮,难哪!

王隽是怀着极度复杂的心情离开霞山溪村的。回到县城已是夜深人静时分,王隽辗转难眠,一闭上眼睛就看见面黄肌瘦的村民、衣衫褴褛的孩童、灶台上的野菜、破破烂烂的茅草屋,还有那年轻的女老师含泪对他说,王主任,我可以不要求调动,但是请你想办法帮帮这里的村民吧,他们太苦了。女孩子的眼泪一颗颗落得王隽心烦意乱,他一骨碌爬起来,没有惊动酣睡的妻子,径直披衣下床,到书桌旁打开了台灯。

台灯微弱的亮光照进王隽心头,令他纷乱的思绪渐渐有了头绪:霞山溪这个自然村不但是畲族聚居地,还是革命老区基点村,叶飞等老一辈革命家曾在这一代打过游击,过去,村民的先辈们曾为革命付出过鲜血和生命,如今,怎能让烈士的后代过着如此贫苦狼狈的生活?应该要呼吁社会给予扶贫,帮助他们摆脱困境!

有了这样的决意,王隽便振作起来,找来纸笔,捋起袖子,饱含深情写道:"编辑同志:实行农业生产责任制以来,广大农民积极性空前高涨,农村形势发生了巨大变化。但是,还有一些地方,特别是偏僻边远的山村,至今仍处在穷困落后的状态。在宁东桐山县一条深山峡谷里,有一个穷山村,这里地名叫霞山溪……"

凌晨两点，他终于放下了笔，看着书桌上写就的题为《穷山村希望——实行特殊政策治穷致富》的信件长长松了口气。他已决定好先将这封信给县领导过目，再带上这封信去省城。他认识省城一家省级媒体的资深编辑，希望能通过他的帮助让这封信在内参上刊登出来，引起上级领导的关注，从而达到帮助霞山溪村扶贫的目的。

许凡抱着饭盒正准备给正在后山刨番薯丝的汪明月送去，一走出家门就看见了叶知秋，她吓了一跳，差点打翻手里的饭盒，好在叶知秋及时扶了她一把。

"姐，我陪你一起去给妈送饭。"许平从屋子里跑出来，见到叶知秋也愣住了。

叶知秋迅速放开握着许凡手腕的手，笑着和许平打招呼："是许平吗？常常听你姐提起你，小伙子长得很帅哦！"

"常常听我姐提起我？"许平扯扯许凡的衣服，在她耳边小声问道："男朋友？"

"别胡说，不是你想的那样，千万别告诉妈，不然我死定了。"许凡立马警告弟弟，已经是初中生的少年长得比他姐还要高了，笑吟吟说"放心吧"，就抢过她手里的饭盒跑后山送饭去了。

许凡紧张地左右张望，还好，此时，邻居们都不在家，许凡赶紧将叶知秋拉进了家门，紧张兮兮问他："师哥，你怎么突然来了？"

"我是来找诚儒玩的，顺道来看看你，"见许凡一副吓坏了的模样，叶知秋在心里叹气，他知道许凡在担心什么，只好长话短说，"你放心，我马上就走，不会让你妈妈发现也不会给你造成困扰的，我就是来给你捎句话，王隽大哥问你能不能陪他去一趟省城。"

叶知秋将王隽的电话号码留给了许凡，就依依不舍地离开了许家，去找自己的学弟兼好朋友李诚儒。

第九章

叶知秋边走边眺望远处。

远处的棋盘山重峦叠嶂，山体陡峭，山顶平缓如棋盘。李诚儒的家就在棋盘山脚下。

叶知秋先是经过一座全部用长石条垒成，横跨在河水两岸的石板桥，桥头一株繁茂的古榕树树冠如伞覆盖了一座古亭。站在亭下，一条古香古色的旧式老街便映入眼帘。这是宁东最古老的集市和街区之一，一度繁华到达鼎盛。整条街长达千米，由两道古风古韵的拱形跨街城门将整条古街隔成上街、中街、下街三个部分，沿街建筑大都是两层两进民居，美观与实用兼具，其间夹杂着三座大宅院，有城堡式的，欧式风格的，还有一座三进四合院，那便是李家厝。

李家厝所在位置曾是古街的中心地点、繁华所在，李氏一族祖上是经商的，商人有钱，不仅购置大量房田产，经营半街店面，还斥资供族里子弟读书，因而李氏一族出了不少国学生、太学士，不过，白驹过隙，曾经的望族早已风光不再，李诚儒所在的这一支更是贫困落魄。

叶知秋走进李家厝的大厅，看见了百来根木柱和几十个相通的住户，他熟门熟路走进其中一个天井，找到了李诚儒的家。

此刻，李诚儒的祖父李老汉正在讲故事。对于坐在他面前的三个年轻人来说，他讲的是故事，而对于他自己来说，他讲的则是自己的人生和古街的历史。

诚儒是十六岁考上韩阳师范的，李老汉说，我十六岁的时候已经在清流港码头当了一名明矾搬运工。数百年前，清流镇因和浙南赤山毗邻，赤山盛产明矾，明矾从清流港装船运往全国各地销售，因而清流人，办矾厂的、开矾馆的、挑明矾的、挑柴竹的、编矾篓的、装矾包的，以及当码头工的、当船工的，不胜枚举，可以说全镇人，都靠明矾为生。但事物总有正反两面，一时的经济效益带来的却是严重的环境破坏，赤山烧矾严重污染了清流镇的农田和滩涂，后来浙南官府判决赤山向清流农户和养殖户作出赔偿。随着明矾运输方式改变，不再经过清流港，清流古街也就很快衰落了。

成也明矾，败也明矾，李老汉心头不是滋味。他看着面前自己风华正茂的孙子和另外两个如花似玉的姑娘，忆起自己的青春，怅惘而心酸。他的青春是和明矾、苦力交织一起，血泪不可分割的。

想当年，爷爷像你们这个年纪的时候，每天凌晨两三点钟就到赤山挑矾，那时候清流镇有几百号"挑矾工"。从赤山到清流镇上，沿途建了不少茶亭和古道，山岭上还有官府设立的关隘城墙和茶馆。每个人肩头都挑着一担满满的明矾，嘴里吆喝着，披星戴月、浩浩荡荡向清流镇走来，累了就喝一点茶亭里的茶水继续赶路，大概五六点钟天还没亮的时候，"挑矾工"们就挑着明矾抵达清流港。

"往那条岭上去，爬上那个坡，再越过那个山头，又从那座山下去……我穿了一双草鞋，稻草编的，扁扁的，用麻绳绑在脚上，还有人连草鞋都没有，光着脚在石头路上走，硌脚，太疼了，我年纪小只能挑一两百斤，也有人挑两三百斤……"李老汉总是炒剩饭一样说这些，无非是为了鼓励李诚儒能够珍惜来之不易的读书的机会，好好学习天天向上，而李诚儒也没有辜负祖父的期望，从小就品学兼优，一举考上了韩阳师范。他们这一支终于也出了读书人了！李老汉每次忆苦思甜都激动得热泪盈眶，只是今天当着两个年轻姑娘掉眼泪，这让孙子李诚儒有些尴尬，好在叶知秋光临了。

叶知秋一进门就看到了王丽春，王丽春和另一个姑娘正端坐在两把靠背已经断掉的竹凳上听李老汉讲故事。那一个姑娘戴着米白色贝雷帽，长波浪卷发散在肩头，相比王丽春的认真亲和，她脸上明显带着不耐。这张漂亮的脸蛋有些面熟，叶知秋再看了一眼就记起来，这个姑娘曾在县委宿舍楼下见过。

"这是潘俏俏，这位是她的好朋友王丽春。"李诚儒介绍潘俏俏时脸上闪过青年人的羞涩。这抹羞涩被叶知秋捕捉到了，他立即想起来诚儒曾跟他提过他正和清流学区校长家的千金交往，看来这位就是潘家的千金。叶知秋礼貌地和潘俏俏点了下头，就和王丽春打招呼。李诚儒惊奇道："你们认识？""不止认识，我们还是亲戚。"王丽春大大方方回应。这让叶知秋心里很欣赏她，如果不是王丽春主动说出"亲戚"这层关系，他是不敢说的，怕有攀龙附凤的嫌疑。一对是情侣一对是亲戚，两男两女的聚会顿时变得妙趣横生，不过这妙趣只有李诚儒一个人能够领会，其他人则各有心思。叶知秋想的是，如果许凡也能来参加年轻人的聚会该有多好啊！但是他的许凡要劳动，没有空。

午休的时候，叶知秋躺在李诚儒简陋的房间里简陋的床上，两个人却做着十分绮丽的梦。"如果可以的话，我真想去她家，帮她一起干活，而不是躺在这里什么都干不了，可是我怕给她造成麻烦，毕竟她有一个严厉的妈妈。"叶知秋苦笑。沉浸在与潘俏俏恋情里飘忽找不到北的李诚儒好几次话到嘴边都打结，但看着叶知秋的烦闷，他终于忍不住说道："有句话不当讲，但我还是要讲，这样才是真朋友，师哥，许凡不合适，你还是再打算吧！"

见叶知秋坐起身皱眉瞪眼，李诚儒忙也爬起来，解释道："师哥，我不是说许凡这个人不合适，许凡是个好姑娘，但她的家庭不合适啊，结婚难道只是两个人的事情？明明是两家子的事情。"潘正义为了推销女儿向李诚儒做的这番说辞早已深深刻在李诚儒这个穷书生的脑海里，经过自己的内化又外输给叶知秋。"你想你结婚找老婆，不得找个对你将来有帮助的，难道还要找个方方面面拖你后腿的？许凡虽然也是老师，可是她教书的地方太偏僻了，他们家又没有能力将她调回镇上，而且她妈是出了名的重男轻女，将来你要是和许凡结婚，不得在聘礼上被她妈敲一笔？"李诚儒句句肺腑，为了表示自己真是个铁杆兄弟，他还不惜拿自己开涮："师哥，你就比如说我，我要是早点和俏俏谈恋爱，可能我今年已经从村校调到中心校了……"潘正义暗示过他，只要他和潘俏俏稳定发展，明年就能调到中心校。每每想到这个，李诚儒就一腔激动，终于体会到"少奋斗二十年"是什么意思了。

对于潘正义来说，他为什么要选择李诚儒做自己的女婿呢？李诚儒家境不好，非富非贵，但李诚儒有一份铁饭碗，自己的女儿却没有。潘俏俏没能谋到一份领国家工资的职业，在婚恋市场上就是低人一等，如果他潘正义有个领国家俸禄的儿子，会选择一个没有正式工作的姑娘做自己的儿媳妇吗？绝对不会，将心比心，所以潘正义不要去那些门当户对的人家挑女婿碰钉子。潘家门户是好的，但谁让女儿没有正式工作呢？只能退而求其次。放眼清流学区这些年轻男老师，李诚儒家境一般，又是韩阳师范的"优秀毕业生"，智商高将来可以改善他潘家下一代的基因，背景一般，好拿捏，女儿不会吃亏。拳拳慈父心，让潘正义不惜亲自在李诚儒和女儿之间牵线，而李诚儒果然是个聪明孩子，没有辜负潘校长对他的另眼青睐，与潘俏俏交往的这几个月时间里，潘俏俏对他的表现较为满意。

对于李诚儒的肺腑之言，叶知秋并没有感动，只是叹道，诚儒你变了，变得市侩了。李诚儒说，师哥，做人还是要向现实低头比较好，不然会遭到社会的毒打。两个人说到这里，显然已经话不投机，只能睡觉。不过，李诚儒没睡成，潘俏俏把他叫了出去。李诚儒穿戴整齐，带着满脸坠入爱河的笑容和叶知秋挥手说再见的时候，叶知秋将自己埋进被窝里，他承认他羡慕了。不过他不是羡慕李诚儒能和校长家的千金谈恋爱，他只是羡慕他们可以光明正大地谈恋爱，而他和许凡在清流镇上并肩走一走的机会都没有。这就是他为什么每周要和其他老师调课，在周六上午腾出半天时间远赴霞山溪村接许凡的原因了。只有那条艰难崎岖的山路上，他才有与许凡独处的机会。而那坎坷的旅途是他恋情的写照，它们一样困难重重，充满挑战。

只要坚持，坚持到底就能胜利。叶知秋对自己说。他坚持了好一会儿，也没有睡意，于是干脆起来看书。李诚儒房间的破书桌上摆着一本《三国演义》，叶知秋信手翻开，还没看到三分之一，李诚儒就回来了，情绪低迷，郁郁寡欢。叶知秋扔下书本走过去问他："你怎么了？和潘俏俏吵架了？"如果是吵架就好了，只是吵架他还有机会哄一哄。李诚儒看着满脸关切的叶知秋，一时之间难以启齿。两个小时前，他还在师哥面前高谈阔论找一个有靠山的女朋友对自己的人生会有怎样的裨益，还说做人要向现实低头，的确，现实打脸来得太快——他被潘俏俏甩了！

"分手？"叶知秋倒是不以为意，"他们好家庭出身的姑娘总是比较娇气，你哄一哄就好了。"他的许凡从来没有生气的资格，他的许凡只有哄别人的份儿。

叶知秋的安慰让李诚儒内心总归还保留着一丝希望，在刚分手的那几天，李诚儒一直抱着和叶知秋一样的想法，他不停给潘俏俏写信，他有极好的文笔，倾诉情思总是能引经据典，还做到情真意切，殊不知潘俏俏生平最厌恶会读书的人，她一个天生学渣视每一个品学兼优的人为眼中钉，就如很多家境贫困的学生也妒忌她有个当学区校长的爹，即便成绩不好，依然可以成为老师的宠儿一样。当最后潘俏俏回过一封信来，骂了他一句"神经病，变态"，李诚儒才如梦初醒，他的恋情的确告吹了，一起告吹的还有潘正义将他调到镇上中心校的打算。

叶知秋是过年前才接到李诚儒写给他的信，得知他的确和潘俏俏分手的消息的，此前的某天，他正陪着许凡跟随王隽坐在去往省城的长途公共汽车上。为了这趟旅程，叶知秋准备了很多零食，但是许凡晕车，吐得胆汁水都流出来，哪里还能吃得进东西？叶知秋不禁懊恼，后悔自己忘了买晕车丸。而许凡同样也很惭愧，她吐了一阵缓过劲的时候，就不停向叶知秋和王隽道歉。

王隽歉然道："许老师，该说不好意思的人是我，本来不应该叫你陪我同行的，但是我觉得我带着你去，描述起霞山溪村的贫困面貌时，更有说服力，更能让人信服……"

许凡点头又摆手，嘴里说道："王主任您不用解释，我明白的。"

第十章

许凡明白王隽让她同往省城的用意,她毕竟在霞山溪村工作生活过,是那里贫穷面貌的直接见证人,至于叶知秋为什么也要同行,许凡是何等冰雪聪明的人,自然也是明白的。若王隽只与许凡同行,孤男寡女难堵悠悠之口,而"三人行必有我师",旁人也不好将他们三个硬推到"瓜田李下"去。从这个意义上来说,叶知秋此次省城行像极了可以澄清浑水的明矾。

桐山县最早一班车抵达省城已是八小时之后,王隽要去的省级媒体单位还差一两个小时就下班了,三人马不停蹄顾不上吃饭,饿着肚子直扑目的地,找到了一位老编辑。这位老编辑此前与王隽相熟,是个不错的前辈。王隽带着极大的希望找到他,掏出那封揣在身上还带着体温的信件交到了老编辑手里。老编辑戴着眼镜将王隽花了一夜时间写就的信件从头到尾一字不落地看完了,抬起头定定看着王隽。王隽心想老编辑大概是在怀疑他信上内容的真假,有没有夸大其词,这是一个新闻工作者必须具备的职业素养,而那样一个贫困的村庄的确让人吃惊,即便是自己第一次听许凡提到的时候也是不肯轻易相信的。

老编辑的疑虑在王隽意料之中,但他早有准备,他拉过许凡对老编辑说道:"信上所说句句属实,作为一个新闻记者,我绝对遵守新闻的真实性原则,老编辑您若不信我,就问问这位许凡老师,她可是在霞山溪村教过书的,亲眼见证了那里村民的困境,她最有发言权。"许凡是第一次到省城,第一次到这样的媒体单位,第一次见到老编辑这样的大人物,她有些胆怯,但还是鼓足了勇气决定要当好这个"证人"。然而,老编辑根本没有给许凡发言的机会,许凡准备了良久为此还失眠过的那些"证言"一个字都没有机会说出口。甚至老编辑都不看许凡一眼,只严肃地问王隽:"王隽,你给我这封信的目的是什么呢?"

王隽的目的很明确,"希望老编辑能帮忙将这封信刊登在内参上……"

"然后呢?"老编辑没有露出一丝笑意。

"然后?"王隽愣了愣,旋即说道,"希望能够引起上级领导的关注。"

王隽是有备而来,写信如实反映霞山溪村的贫困以外,他还在信中献言献策,恳请给予特殊的政策扶持,比如他在信中指出霞山溪村拥有一千二百多亩的山场,可以办养羊基地,可以将现有的灌木林改成杉木、柳杉的混交林,同时大量种植毛竹、棕树,提高经济效益。他还恳请有关部门要舍得花一笔投资,提供资金、种苗等,同村民联办羊场、林场,创造条件从外地引进人才,帮助村民搞开发性生产,同时保送村里的青少年去外地学文化学技术,然后回村领导生产。

王隽的信件写得越诚恳越详尽,老编辑的脸色就越不好看。如果是别人,他此刻就会大手一挥,将信扔回去,但因为是王隽,这是一个他一直以来颇为关照的新闻后辈,又是风尘仆仆坐了八小时长途汽车奔他而来,老编辑颇心疼他,但也不能不提点他。

老编辑从办公桌后站起身,走到王隽跟前,将那封信重新装进信封,塞还到王隽手里,语重心长说道:"王隽啊,你看看你在信中都写了什么,你说霞山溪村人均只有百斤粗粮,给国家交完征购粮后,口粮所剩无几,你这不是危言耸听吗?你还要求领导干部能够去霞山溪村走一走,你这是怎么想的?现在全国各地都在宣扬农村富裕的大好形势，你却披露缺吃少穿的黑暗面，这不是给三中全会路线抹黑吗？领导干部不去南边画圈的地方看改革开放成果，却因为看到你这封信就往那山沟沟里钻，这不是扯吗？年轻人做事不能只凭冲动，要经过大脑，不要总是异想天开。"

一旁的许凡只觉老编辑这话耳熟，想当初她在学区校长办公室向潘正义讲述霞山溪村村民的生活窘迫时，潘正义就说过类似的话，只不过比起潘正义的疾言厉色，这位老编辑温和得多。

再温和也是一根硬钉子，也是一盆兜头泼过来的冷水。

从老编辑办公室出来，省城的天空已经暮色沉沉。王隽心情低落，叶知秋和许凡也不敢说话。三人沿着省城的大街走了许久，才觉饥肠辘辘。让两个年轻人跟着自己一整天都没有吃饭，又在省城街头吹了一路的冷风，王隽过意不去，但也知道作为三人中最年长的前辈，自己不带头振作，他们两个年轻人自然不敢"造次"。于是，王隽打起精神，露出笑容，说道："先吃饭！"

三人找了一家面馆坐下，王隽给两个年轻人各点了一碗牛肉面，自己则点了一碗清汤面。三碗面上桌了，叶知秋又将自己碗里的牛肉都拨到许凡碗里，许凡看看叶知秋又看看王隽，特意跟老板讨了个空碟来，她将自己碗里的牛肉悉数拨到空碟里，平均分成三份，还多出的一片牛肉，她没有客气夹到了自己碗里。小姑娘认认真真平均分配牛肉的样子刻板又有趣，王隽忍不住哈哈笑起来。王隽笑了，饭桌上的气氛终于缓和了。

"对不起，王主任。"吃完最后一口面，将汤汁喝得一滴不剩，许凡终于鼓起勇气说道。

"你随小叶喊我一声王大哥就可以了，"王隽善解人意看了叶知秋一眼，又对许凡说道，"你干吗道歉？这件事还要谢谢你才对，如果不是你，我都不知道霞山溪村这么困难。"一提到那个穷困的村子,王隽脸上就笑不出来了,那日在霞山溪村看到的村民们的窘状又历历在目,每个画面都是一块沉重的石头,沉甸甸压在他心头,压得他透不过气来。

许凡也跟着沉重,俗话说"眼不见为净",如果王隽不知道村民们的困境就不会跑到省城来看人脸色,费钱费力不说,还徒劳而返。王隽的困扰都是自己带给他的,所以许凡很愧疚,向王隽说"对不起"。王隽明白许凡的心思,一点儿也没有怪她,反而安慰她:"没关系,许老师,事在人为,大不了我多跑几趟,明天我给你和小叶买回去的车票,我自己留在省城再去找找老编辑,精诚所至金石为开嘛。"

王隽是个好大哥,让好大哥频频看人脸色,叶知秋也于心不忍。他劝道:"王大哥,要不算了吧?霞山溪的贫穷也不是你造成的,你没必要将这个摊子揽到自己身上,老话说'木秀于林,风必摧之''出头的椽子先烂',大哥你不要再冒险了,你跟我们一起回去吧!万一因为这件事连累了你,害你受处分,那我和许凡罪过就大了。你再想想我大嫂,想想小春,想想你的母亲、妻子、孩子……王大哥,咱们还是算了吧。"叶知秋只是一个农村老师,远见卓识本来就不如王隽,而老编辑的态度和言语更直接影响了他。叶知秋的担忧王隽明白。自己是真正的农门出身,能进入体制内成为一名副科级干部,完全靠自己辛苦奋斗得来。他是家族的荣耀,也是家族的主心骨和希望,如果因为这件事受到处分,使自己半生奋斗付诸东流,那不仅仅是他个人的损失,更是整个家族的损失,势必让所有亲人陷入悲伤和痛苦。

在省城旅馆里住下的这个夜晚,王隽辗转难眠,老编辑的劝告,叶知秋的劝告,霞山溪村民的贫困与哀告,无不折磨着他。许凡同样心情沉重,以至于叶知秋提议带她去走走,逛逛省城的夜市，她都没有心情。就这样胡乱过了一晚，三个人次日一早退了旅社，又搭乘八小时长途汽车回到了县城。看着满城人们都在置办年货热热闹闹准备过年的场景，王隽更加牵挂霞山溪那群吃不饱饭的村民们，却也只能拖着沉重步伐和许凡、叶知秋两人道别。

终于有了二人独处的机会，又兼这一别又要好久才能相见，叶知秋越发依依不舍。他想要买些年货让许凡带回家去，许凡却拒绝了。

"我突然提着东西回家，在我妈面前没法交代啊，她肯定会问我东西哪里来的，你又不是不知道我刚毕业，这学期的工资，学区还没发给我们呢。"汪明月已经不止一次跑去潘正义家里问许凡工资的事情，清流镇上每个师范毕业生刚分配的这一学期，工资是要等过年的时候一块儿发的。潘正义说，这是镇政府的决定，每个老师的工资都由镇政府发，他也没办法。即便她拿到了工资，也必须一分不少上交给汪明月，汪明月早对这笔工资虎视眈眈，哪里能让许凡自己支配？但是这些，许凡不想和叶知秋说太多。

许凡就算不说得那么详细，叶知秋也能想象一二。他劝许凡勇敢一点，叛逆一点，不必事事都听母亲的话，许凡苦笑，说道："她是我妈，怎么反抗？"这样的许凡未免让叶知秋恨其不争，两个人各揣心事，分别乘坐回思宝乡和清流镇的末班车回家。坐在班车上，想着越来越远的许凡，叶知秋心情郁郁。而许凡看着窗外越来越低的暮色，想着越来越近的家和家里的母亲，心情也越来越低沉。或许三十岁四十岁的许凡有能力去反抗汪明月的专制与霸道，还不足二十岁的许凡绝对没有能力，甚至没有这样的觉悟。她就像一条从小被驯化的狗，畏惧主人，又听从主人的话，汪明月每一次尖酸刻薄的言语每一次谩骂对她来说，都是主人对自己驯化的狗发出的指令，她一边畏惧委屈一边条件反射地屈从。在那个家里，汪明月是绝对的权威，父亲带头屈服于那个权威，给许凡做下了很坏的榜样。想到父亲，许凡又心酸又欢喜，年关要到了，父亲要回来了吧？

思宝乡新月村此刻已经亮起了灯火，这是全乡最早通电的村庄，得益于村里出了一位在县里当副处级领导的官员。家家户户虽然通了电，但村里还没有路灯，叶知秋打着手电筒向自己大哥大嫂家走去。远远的，便看见一个少年的身影飞奔而来，那是他的大侄子元宝。元宝一边撒欢跑来，一边喊着："二叔——"

叶知秋笑着走过去，问道："你是特地来迎我的吗？你怎么知道你二叔我这个时候能到家？"

元宝自然不可能未卜先知，也并非和叶知秋叔侄连心，他接到了叶知秋便兴奋抢过叶知秋手里的手电筒，稀奇地边打量边拉着他二叔的手往回走。

"你要看路，你这样拿手电筒看不见路，我们两个都要摔跤的。"叶知秋疼爱地揉揉大侄子的脑袋，少年的头发已经很长了，叶知秋决定明天带元宝和金宝兄弟俩去乡里理发店剃个头过年。

元宝将手电筒的光打在自己脸上冲叶知秋扮鬼脸，又打在叶知秋脸上逼着叶知秋扮鬼脸，鼓捣了好一阵方才让手电筒的光正常打在路面上，然后说道："二叔，我妈早早就让我在这条路上等你了。"

"等二叔干吗？怕二叔不知道自己家的路吗？"叶知秋打趣。

元宝却抬头用一种奇怪的眼神看着叶知秋，说道："二叔，你什么时候交了女朋友？"

"女朋友"三个字让叶知秋本能想到许凡，一想到许凡，想到这两天他们共同的旅程，叶知秋的心头就涌起一股甜蜜。

"你的女朋友今天来家里找你了，但你昨天就出门了，你出门怎么也不告诉你的女朋友？不过我妈告诉她你今天晚上会到家，那女人就留在家里等你了。"大侄子的话让叶知秋一头雾水，这两天他都和许凡在一起，这个"女朋友"绝对不可能是许凡，那她是谁？

叶知秋跟着元宝快速回了家，就听见他大嫂王丽秋正和一个年轻姑娘在说话。他大嫂说："你也太客气了，你人来我就很高兴了，你怎么还带这么多东西过来？这得花多少钱？"那姑娘说："嫂子你才客气，这些东西又不用钱，都是我从家里直接带过来的，我爸我妈只有我一个女儿，我又不是小孩子，家里这么多东西我怎么吃得完？再说这些鱼啊肉啊，又不是只有小孩子可以吃，嫂子，你和大哥也可以吃啊。与其放在我家里吃不完烂掉，还不如送来给大哥大嫂改善一下伙食。"

这姑娘的声音好熟悉啊！叶知秋站在家门口突然有些不敢迈进门去。元宝拉他："二叔，你怎么了？到家了！"是啊，到家了，两天的长途奔波，他累极了，本来打算一到家饭也不吃洗漱一下倒头就睡，但是现在家里多了一个"女朋友"，将他的疲累吓得一丝不剩，整个人被刺激得就像回光返照一样精神起来。

"妈，二叔回来了，我接到二叔了！"元宝兴奋地拉着叶知秋往内走，听到声音的王丽秋忙迎出来，拉亮了外间的灯泡。瓦数不高的白炽灯发出昏黄的光线，也足以照清跟在王丽秋身后的年轻姑娘的面孔。她穿着大红色的羊绒毛衣，下身是一条雪白色裙子，雪亮的黑色漆皮鞋，外套一件雪白色风雪衣，化了精致的妆容，大红色的贝雷帽压着大波浪的卷发，这衣着品位甚至比"京漂"王丽春还要时尚。这时尚与这间砖木结构的简陋房子显得格格不入，和她一旁朴素的农妇王丽秋比起来，更是一个天上一个地下。这是一个压根就不应该出现在这个房子里的女人。而这女人越过王丽秋走到他面前来，当着他大嫂和大侄子的面挽住了他的胳膊，头亲密地倚在他肩上，嘴里娇滴滴抱怨着："知秋哥，你怎么到现在才回来啊？人家等你很久了。"

这举动让王丽秋和元宝母子俩有点不敢看，而叶知秋的脑子已经跟不上节奏了：潘俏俏！她怎么会出现在这里？

叶知秋猛地回神，赶紧推开潘俏俏，严肃问道："你怎么会在这里？"

"自然是来看你的啊，顺便看看大哥大嫂，还有元宝金宝。"

听这些称呼，赫然是已经把自己当作叶家人了。

叶知秋还想说什么，就听他大哥叶念秋在房子外头喊他："小叶，你出来一下。"

自从潘俏俏来到叶家，叶念秋就找借口干活躲出去了，在山上捱着冷风干了些完全可以不干的活，终于熬到天黑，熬到叶知秋到家。听自己大哥唤自己唤得急，叶知秋暂时撇下潘俏俏走出去见他大哥。

第十一章

夜色中，远处的山黑魆魆的，近处的灯火一点一点散布于村子各个角落，还有一点火星在叶知秋眼前忽明忽暗，那是他大哥叶念秋正在抽烟。这是潘俏俏送来的烟，叶念秋本来是拒绝的，但王丽春之前送来的烟让自己老婆拿去做人情给自己兄弟办调动的事去了,他实在是馋得很,最终,烟瘾战胜了骨气。不过,烟抽归抽,有些老祖宗的规矩还是要遵守的。等他弟弟叶知秋走到近前喊了声"大哥",叶念秋就开口了:"什么时候的事情啊?"

叶知秋一愣,继而想明白他大哥问的是什么意思,连忙解释道:"大哥,这是误会,她不是我女朋友,她是我朋友的女朋友,不过已经分手了。"

"因为你?"叶念秋猛吸了一口烟,烟上的火星就猛地亮起来,红彤彤,映出他满是皱纹风霜的面庞和一双仿佛洞悉一切的眼睛。叶知秋倒抽了一口凉气——潘俏俏和李诚儒的恋爱本来谈得好好的,就因为他去了一趟清流镇,潘俏俏就和李诚儒提了分手。如果事情只是到这里,叶知秋也不足以联想到自身,但是事情的进展是潘俏俏从清流镇来到了思宝乡新月村,来到了他家里,还自称是他的女朋友。眼下又被他大哥一提点,叶知秋再也不能置身事外撇清干系了。

"大哥,事情不是你想的那样的,她不是我的女朋友……"叶念秋又猛吸几口烟,这次的火光红彤彤映现出他脸上难得一见的贪婪又精明的神色,他打断他弟弟的辩解,说道:"其实,这姑娘条件不错,家里有钱,父亲是学区校长,但是有两点不合适,第一个她没有正式工作,这个也不是那么重要,更重要一点她是独生女。"没有正式工作的缺陷可以用好家境、当学区校长的爹弥补,但独生女这一条,叶念秋没办法不计较。"如果你和她谈对象,他们家会不会要求你去当上门女婿?"自己弟弟是不是不讲武德抢别人女朋友,他这个当大哥的不在意,但他在意老祖宗的香火这件事。"小叶啊,咱们家虽然不是有钱人家,但也没穷到要把儿子送给别人当上门女婿的地步,那是要让全村戳脊梁骨笑话的事，咱们家总共就咱们两兄弟，我呢也就生了元宝金宝两个儿子，咱们家和村里其他人家比起来，人丁不算兴旺，你又是咱们家唯一的读书人，我怕把你给出去，将来到地下，祖宗骂我。"

对于大哥的顾虑，叶知秋有些哭笑不得。"大哥你放心，我不会的，再说潘俏俏根本不是我的女朋友。"

就算不是女朋友，但天黑了路途遥远，叶家今天晚上也必须收留潘俏俏过夜，只是叶家拢共就两个房间，大哥大嫂一个房间，叶知秋一个房间，叶知秋没在家的时候，元宝金宝兄弟俩就睡叶知秋的房间。现在，元宝金宝去和自己父母挤一个房间，潘俏俏只能和叶知秋一个房间。原本，叶家顾虑潘俏俏女孩子家的名声，提议让王丽秋和她一个房间，其他大小老爷儿们挤一个房间，但是潘俏俏不同意。她心里嫌弃王丽秋这种在山地里干活的农妇身上脏，所以她宁肯和叶知秋一个房间让自己的名声脏。而她只要嫁给了叶知秋，名声就不脏了。

房间里只有一张床，出于待客之道，自然是给潘俏俏睡的，王丽秋搬出家里的厚棉被在地上打好地铺，带着对小叔子又欣慰又心疼的复杂的心情离开了。这个夜晚，这个房间里的灯泡始终亮着，叶知秋真正认识了这个叫潘俏俏的姑娘，她是一个和许凡完全不同性格的女孩子，她热情、霸道到有些不要脸，比如她以担心叶知秋着凉为由，硬逼着叶知秋将地铺搬去床上。她说："你那么在意名声，可是我自打进了你家的大门，我们的名声就没有了，不管在这个房间里你是睡地铺还是睡床，在外人眼中口中我们都睡在一起了，反正将来我要嫁给你，现在的名声又有什么关系？"叶知秋简直要听哭了，他不禁要想，要是这些话出自许凡的口该多好啊！他的许凡那么懦弱那么小心谨慎，只会拒绝他，与他保持距离，他对他们二人的未来也感到力不从心，不知道怎么样才能有结果。或许还没有等到结果,爱情之树就已经枯死了。想到这些叶知秋很气馁。

　　对于潘俏俏的投怀送抱,叶知秋是理智的,没有丝毫心旌摇荡,他想到更多的是许凡的不争,还有对学弟李诚儒的亏欠。他不可能和潘俏俏有进一步的发展,可李诚儒却是因为他失恋的,他以后要怎么面对李诚儒呢?他们的友情还能继续吗?"你为什么突然和诚儒分手了?"叶知秋作最后的求证,想要对自己的责任作最后的界定,以求开脱。令叶知秋失望的是,潘俏俏明明白白告诉他,因为她爱上了他——她对他是一见钟情,是非君不嫁,是志在必得。叶知秋的心沉到谷底,他就是让李诚儒失恋并痛哭流涕的罪魁祸首。他再也没有了睡意,起床去柜子里拿出李诚儒写给他的信交给潘俏俏,劝道:"诚儒很爱你,我也不想失去诚儒这个好兄弟,我劝你还是和诚儒重归于好。"潘俏俏看了信后对李诚儒越发嗤之以鼻,她本来就对李诚儒没有多大的爱意,是因为父亲潘正义的关系才勉为其难与其交往,现在李诚儒的伤心落寞在她眼中就成了懦弱无用而不是用情至深。叶知秋不同,叶知秋身上有一股让人倾倒的气质,尤其是他在县委宿舍楼前的大榕树下,与许凡并肩而来的时候,他的身上就像长了钩子般将潘俏俏的目光牢牢勾住。李诚儒对她的挽留与不舍在潘俏俏眼中变成了妄想攀龙附凤吃软饭,叶知秋对她的拒绝与冷漠却成了"富贵不能淫"风清气正的男子汉气概。

　　潘俏俏费了一晚上口舌向叶知秋摆明利害关系,比如只要他娶她,她爹潘正义就能以"亲女婿"这个冠冕堂皇的理由去向教委主任申请跨区域调动将叶知秋从思宝乡的一个村校调去清流镇中心校,或者直接将他调去城关学校,到时候再给他们在城里买个房子,小两口直接成为城里人。潘俏俏描绘的未来蓝图叶知秋一点儿都不感兴趣,他的不为所动让他越发迷人,一夜之间,潘俏俏已经陷入爱河最深的河床里不可自拔。

好不容易捱到天明,叶知秋早早起床亲自下厨给潘俏俏做了早饭,等潘俏俏一吃完,他就打发潘俏俏回去。潘俏俏娇滴滴说,除非你送我。山村野地,潘俏俏一个女孩子害怕也正常,尤其潘俏俏说害怕的样子让叶知秋想到常常行走在霞山溪村下山路上的许凡,于是心软了,送潘俏俏去乡里搭班车。一到乡里,潘俏俏直接将叶知秋带去乡政府附近,一辆小车像是和潘俏俏约好了一般停在路边。"这可不是桑塔纳,"潘俏俏终于可以在叶知秋跟前露出优越感,"这是菲亚特126p,波兰进口的,在国内只有'万元户'才买得起,整个桐山县城也找不出几辆。"叶知秋不关心车,他一个穷教书的也不懂车,他关心的是开车的人。那是个二十出头的年轻人,穿着摩登的皮草,一只手伸出车窗外向二人打招呼,腕上赫然戴着一块亮晶晶的表。"他是我堂哥,我大伯的儿子,叫潘文,你别看他年轻,他可能耐了,手底下管着好几个砖厂,他刚好来思宝乡谈生意,所以我让他来接我。"

既然是亲堂哥,叶知秋如释重负,终于可以将潘俏俏这个"烫手山芋"给扔掉了,但是叶知秋不但没有甩掉潘俏俏还被她拉上了车,理由是有现成的车,他理应陪她去清流镇见一下她父母。叶知秋灵机一动,有现成的车,他理应去清流镇见一下许凡的父母。潘俏俏这一次思宝乡之行对叶知秋最大的触动就是她身上勇往直前的勇气,在追求爱情这件事上,自己相比潘俏俏实在是矮了一截,既然他喜欢许凡,就应该勇敢地付诸行动,他总是害怕自己的出现会让许凡在母亲跟前为难,那自己为什么不勇敢地去化解这为难呢?潘俏俏只以为叶知秋在自己的胡搅蛮缠里终于就范,殊不知叶知秋已经在心里铺排开去许家拜访的计划。

一路上，潘文一边开着车，一边透过车内后视镜观察后座上令堂妹神魂颠倒的乡村男老师。男老师模样不错，可惜潘文闻惯了铜臭味，不习惯叶知秋读书人的酸腐味，所以心里颇为鄙夷，认为一个大男人当老师，一个月赚不了几个钱，没出息，然而堂妹喜欢，他也没办法。潘家同一辈分里，堂兄弟很多，但只有潘俏俏一个堂妹，这让几位堂兄对潘俏俏十分宠溺。潘俏俏对几个堂哥也是召之即来挥之即去，就跟大小姐身边养的保镖一样。这一次，因为堂妹潘俏俏的召唤，潘文也只好"顺路"到思宝乡谈生意并将堂妹和她的心上人一起载回清流镇。好几个小时的车程足够潘文牛逼吹破天，叶知秋大致了解了潘文的发迹历程，他是怎么办起个人砖瓦厂赚到第一桶金的，成功后又如何将自己的砖瓦厂承包出去，再去承包镇里的砖瓦厂，镇上的砖瓦厂濒临倒闭，是如何经他的手化腐朽为神奇，扭亏为盈的。

潘文春风得意马蹄疾，就连潘俏俏也跟着意气风发起来，冲叶知秋神气表示："我堂哥现在已经是我们镇上知名的青年农民企业家了，身家好几万，想要嫁给他的姑娘可以排到城关，前几天，丽春到我家里做客，我还给他们俩牵线搭桥呢。"王丽春腹有诗书气自华，怎么可能看上潘文这样满身铜臭味的生意人？这一点叶知秋很有信心，果然就听潘俏俏愤愤不平嘟哝："丽春啊去京城漂了几年，眼高手低，我担心她以后要成为嫁不出去的老姑娘。"背后如此议论自己的好朋友，潘俏俏这个姑娘未免太目中无人了。叶知秋也越发认定潘俏俏与自己不是同一路人，两个人是绝对不可能走到一起的。

一到清流镇，叶知秋就决定和潘俏俏分道扬镳，潘俏俏哪里肯？执意要拉他去潘家做客，叶知秋执意不肯，最后叶知秋说，我把诚儒害得这么惨，不应该先去跟他道个歉吗？这才哄了潘俏俏暂时放过他。不过，一离开潘俏俏视线，叶知秋就往许家跑去。

日头已是近午，正是饭点，许凡是在山上干活，还是在家里吃饭呢？叶知秋逼着自己不去想见到许凡母亲后会是什么样的场面，他不要自己退缩，只逼着自己勇往直前，求爱之路就应该像潘俏俏这样抛下脸面才对。叶知秋一口气跑到许凡家门口，许凡家上着锁没人，叶知秋有些失落。不在家里，那就是在山上干活咯？叶知秋刚想四处看看哪里有上山的路，就见一个初中生模样的少年人从一旁土坡上冲下来。是许平。叶知秋上次来的时候，与他打过照面，没想到许平的记忆力比他更好。

"你不是我姐的男朋友吗？"许平看到叶知秋脱口而出。

虽然还不是，但来自准小舅子的这个称呼让叶知秋很开心。他笑逐颜开走过去，问许平，你姐呢？许平很不开心，"你还问我姐呢，我姐昨晚回来后被我妈骂了，就从家里跑出去，我昨晚找到大半夜，上午又找了半天，到现在也没有找到人，我妈让我别找了，我怎么能不找呢？那可是我亲姐！"许平忧虑重重，抓住叶知秋说道，"现在你来了就太好了，赶紧帮我一起找我姐去。"一听许平的话，叶知秋顿时就慌了，和许平一起拔腿就走。两个人在清流镇大街小巷又转了一圈，还是没有找到人。两人就探讨着许凡可能会去的地方，许平说，要么去外婆家了，要么就是去她的学校。于是两个人决定先去赤霞村的外婆家看看，走到农村信用合作联社门前就遇到了舅舅汪明亮。

汪明亮昨天刚回了趟老家，今天上午才回到镇上的，十分确定告诉许平，昨晚上许凡没有到赤霞村。这下只剩霞山溪学校一个去处了。叶知秋和许平二话不说就向霞山溪村出发。

许凡离家出走后，才发现自己竟然无处可去。天大地大，连一处让她容身的地方都没有，这就是为什么十九年来汪明月可以肆意骂她打她的原因，因为除了那个家，她无处可去。许凡已经哭昏了头，跟只无头苍蝇一样茫然乱窜，停下脚步时发现自己已经置身在漆溪村里。夜幕沉沉压向大地，黑黢黢的大山矗立眼前，那条狭长陡峭的山路像刀子剖开大山留下的疮疤，在她泪雾模糊的视线中没有显得狰狞，反而亲切。大概是悲伤到了极致，痛苦到了极致，所以许凡竟然不觉得害怕了，她在漆溪村的小卖部里买了一把手电筒，一头扎进了山里。

手电筒的光只能照亮眼前一小片山路，许凡不在意，漫野的黑暗裹住了她的哭声。她在想她这短短的十九年人生为何如此不幸，母亲的尖酸刻薄像一把刀子搅烂她的整个童年、少女时期。

黑洞洞的山林中，许凡爆发出一声哀号，惊起林中各种沉睡的飞鸟、老鸦。为什么人生来就这么不公平？潘俏俏又蠢又坏，却锦衣玉食万千宠爱，明明她勤奋刻苦，聪明善良，老天爷却安排给她那样一个母亲，让她堕在生活的泥潭里，想要挣扎着爬起来又被母亲一掌打得跪下去……许凡跪倒在山路上，胸腔里燃烧着熊熊的怨怒之火。她把脸埋在冰冷的石头上，哭到几乎昏厥。许凡就这样在山林里度过了一夜，直到旭日东升，王隽将她唤醒。睁开眼睛看到王隽，许凡惊呆了，而王隽同样惊讶地看着红肿着眼睛的女孩子。她瑟缩在落叶堆中，像一只无家可归胡乱栖身的流浪狗。王隽没有先问她发生了什么事，而是第一时间掏出带来的干粮和水给她。军用水壶里的水还有点温热，许凡迫不及待仰头就喝，喝得太猛被呛得咳嗽，王隽在一旁让她慢点，但她又冷又饿，又迫不及待吃王隽带来的馒头，吃得太急太大口，又被噎个半死。就这样好一阵忙乱狼狈之后终于稍稍缓过劲来，王隽担心她生病，要带她下山看病先，她却笑着说，没事，死不了。既然命运安排她做石头底下一棵卑微的小草，那总有一天她会顶开顽石，见光见日。如果卑贱是小草的宿命,那么顽强就是小草的使命。

"王大哥,你是带着救济粮来看望村里人吗?"许凡盯着王隽身旁的两大编织袋,王隽点点头,省城之行铩羽而归,他实在没办法安心在家里过年,于是就和妻子张罗着拿出家里的年货,又去街上置办了一些物资,一大早就又搭车又走路地送到霞山溪村来。总要让村民们过年时能吃上一顿温饱的团年饭才好啊。

"离村里已经不远了,王大哥,我帮你。"许凡说着爬站起来,费力扛上一个编织袋就走在前头。看着她被编织袋压弯的稚弱却透着倔强的背影,王隽为之一振,赶紧扛上另一个编织袋,跟着她走。

第十二章

叶知秋领着少年许平已经从漆溪村去往霞山溪村,陡峭崎岖的山路布满硌脚的小石头,还有大石尖利的棱角从泥土里冒出来,像野兽张开大口露出的獠牙,让人不得不走得小心谨慎,时刻提防它可能带来的危机。"小平,你之前没走过这条路吧?"叶知秋一边手脚并用往上爬,一边伸手去拉跟在身后的许平,气喘吁吁地问。许平也跟着气喘吁吁说:"我平常要上学,再说了,我妈肯定不让我来啊!今天咱们一起来找我姐,也不能让她知道……""她知道了会揍你?"叶知秋完全一副局外人不明就里地笑,这让许平心里有些堵,没在那个家待过,都是外人,外人懂什么呢?只会想当然看表面。许平这样想着对叶知秋就有些来气,没好气说道:"你懂什么?我妈怎么会揍我?她只会骂我姐,我来霞山溪村找我姐,就够我妈骂她一个月的了,加上你也来霞山溪村找她,这要被我妈知道了,够她骂我姐一年。"

看着少年严肃的脸,叶知秋收了笑容,心情也跟着沉重,他的确是低估了许凡处境的为难程度。他一边将许平推到自己前面去,一边说道:"那你这个做弟弟的就不保护一下你姐?你可是男人……"叶知秋还没说完,许平就冷嗤一声,"说你不懂你还真不懂,我要是帮着我姐,只会更加激怒我妈,我妈是那种打孩子的时候有人来劝就打得更狠的人,没人理她她自己发泄完了就好了,我不掺和,我姐能少受些罪。你不要觉得我在给自己找借口,这就是我们家的相处模式,我妈和我爸吵架的时候,我和我姐也是沉默以对的,就连那次……"许平突然闭了嘴,他总不能告诉叶知秋,那次父母吵架他妈把他爸的裤裆撕破了,结果他爸当场就被送到镇卫生院去缝针,那条裤子还是第二天才送到裁缝店缝裤裆的。他爸的撕裂伤比裤裆还严重,缝针的时候,他爸在镇上卫生院哭爹喊娘。许平不禁要想,如果当时他和他姐上去拉架,他爸的境遇会不会好些,或者他妈下手就更重,让他爸连缝针的机会都没有?许平正胡思乱想着,脚下一个踩空,人就从山路上摔了下去……

许凡忽觉心口一痛,立即用手捂住了心口。"许老师,你怎么了?"是蓝花在喊她。许凡抬头看见蓝花手里正提着一小袋米,整个人眉飞色舞的。"没,没事。"许凡摆摆手,放眼祠堂周围,村民都散去了,王隽带来的物资已经差不多分发完毕。王隽和许凡将两大编织袋的物资扛到村里,李先荣就去把村民们都喊了过来。原本许多人家都为过年无米下锅惨戚戚的,现在好了,有了王隽送来的年货,至少能在除夕夜吃上一顿饱饭了。

"谢谢你啊,王主任。"作为村民小组组长,李先荣对王隽千恩万谢，王隽看看日头，时候不早，他也该下山去了，否则天黑都赶不到家里了。李先荣热情地说："王主任，我送你。"王隽扭头看许凡，年轻的女孩子因为这一顿忙碌，脸颊红红的，眼睛的红肿倒是消退了不少。"许老师，你呢？"王隽问她。因为帮着王隽一起分发物资而让许凡短暂遗忘的不快被王隽一问又立时回来了。许凡勉强笑笑，说道："今天真是谢谢你了，王大哥，不过我就不跟你下山了。"

女老师一定有什么心事，可是王隽不便多问，只能交代李先荣和蓝花好好照顾许凡，李先荣连连保证，让王隽放心，并陪着王隽向村口走去。

"许凡，我晚上还是来学校陪你睡，现在先把这袋米给我婆婆送去。"许凡已经在霞山溪村教了一学期书，蓝花和她早就成了好朋友，因而蓝花也不生分地喊她"许老师"，而是直呼她的名字。蓝花交代完许凡，便提着手里的一小袋米雀跃着向自家走去。看着羊肠小道上，蓝花开开心心的背影，许凡不自禁露出一个笑容。认识这么久，从来没见蓝花这么高兴过。

蓝花走了，许凡便转身进了祠堂，看着祠堂内破破烂烂的课桌椅，冷冷清清的神龛，许凡落寞之余，竟然生出亲切感来。好歹是她一个容身之所。她走进里间的小厨房开始生火做饭，锅里飘出饭香的时候，外头有了脚步声。许凡还以为是蓝花来了，便迎出去："蓝花嫂，不是说晚上吗？你怎么这么快就过来了？"走到外间，许凡愣住了，来人不是蓝花，而是大钟哥。

"大，大钟哥，你……"自从阿英嫂难产过世后，大钟哥整个人就变了，邋里邋遢，萎靡不振，平常路上遇到了，也是快快的，同他打招呼他也不应。想到从前阿英嫂还在的时候，自己去他家蹭灶火的情景，那时候的大钟哥虽然家里清贫，常常食不果腹，可他脸上总是不缺笑容，尤其面对阿英嫂的时候，整个人就跟沐浴在阳光里似的，而现在……

许凡看着眼前的大钟哥，心里唏嘘。现在的大钟哥整个人就像罩在一片阴云里，了无生趣。

"听说有米分，我是不是来迟了？"大钟哥的眼眶深陷，声音也哑哑的。

许凡看了看空荡荡的祠堂，并没有多余的物资剩下来，很是过意不去，便招呼大钟哥留下来吃饭。大钟哥也没有客气，跟着许凡进了厨房，闻着那热腾腾的米饭香吞了吞口水。看着大钟哥上下移动的喉结，许凡知道他是饿惨了，连忙给他张罗饭菜，一时之间手忙脚乱的。大钟哥埋头吃了两碗番薯丝拌米饭才抬起头看许凡，年轻的女老师手足无措坐在灶膛口，手里抓着一把火钳，用一种同情的目光看着他，而那同情里还带着一丝分明的畏惧。同情是因为死去的阿英嫂，而畏惧便是因为眼前这浑身都散发阴冷气息的男人。

当大钟哥放下碗，从矮矮方方的小破木桌旁站起身走向她的时候，许凡眼里的畏惧瞬间就放大了，就像一滴墨落入水中，登时就晕染开来……

"大钟哥，你要干什么？"看着逼近的大钟哥，许凡喊了起来。

第十三章

汪明月在镇卫生院里哭爹喊娘了一阵，被医生骂出了病房，走出病房，她看到走廊长椅上坐着两个年轻人，一个衣裳朴素气质文秀，另一个虽然样貌不咋地，但身材魁梧衣着光鲜，头发也用发胶梳得油光发亮，整个人看起来更精神，自然也更吸引汪明月的目光。两个年轻人见汪明月出来便都从长椅上站起身，齐声唤道："阿姨！"

汪明月不看叶知秋，眼神只锁在潘文身上，许平在做手术的时候，汪明月依稀听闻是这个男青年先垫付的医药费。提到医药费，潘文很大气，摆手说："阿姨，钱的事不用放心上，你既然是我妹夫的亲戚，那就是我潘文的亲戚，这点小钱就算我替你儿子出了也没有关系的，不要急着还……"

妹夫？

叶知秋和汪明月同时看向对方，都从对方的眼神里看到了错愕，又旋即同时看向潘文。潘文将皮包夹到腋窝底下，腾出手往叶知秋肩头重拍了一下。他生得高大，这一拍不轻，叶知秋只觉肩头坠了坠，就听潘文笑着说道："叶知秋，你还装傻充愣呢？今天我妹直接和我三叔说了，昨天晚上在妹夫你家里……生米都做成熟饭了！"

潘文的话让汪明月很尴尬，但又像打了鸡血一般好奇，毕竟是对这种风流韵事最感兴趣的年纪，必须理解她。

而叶知秋顾不得窘迫便替自己辩解：不是……没有……那个……

潘文一副了解的笑容，一把揽住了叶知秋肩头，冲汪明月说道："阿姨，时候不早，我得带我妹夫回去了，不然我妹等着急了。"

汪明月立即善解人意送客。

从镇卫生院到潘家，叶知秋解释了不知多少回，潘文哪里肯听？他反问叶知秋："我妹昨晚是不是去了你们思宝乡新月村？"

叶知秋只好点头。

"是不是住到了你家？"

叶知秋再次点头。

"是不是和你同个房间，同一张床？"

好了，叶知秋无言以对。

潘文握拳在叶知秋肩头轻捶了一下："以后对我妹可好点，虽然她是独生女，但她可有好几个堂哥！"这就威胁上了，"秀才遇到兵"既视感。潘文只以为自己立了一大功，成功替潘俏俏把逃跑的如意郎君重新抓了回去，虽然这中途有些耗时耗钱——送那个摔伤的少年去了镇卫生院接骨，并顺带付了医药费，不过总算成果是喜悦的。令潘文没想到的是，叶知秋给潘家人带来的不是惊喜而是惊吓。这个看起来文质彬彬老实巴交的教书匠竟当着潘正义夫妇的面澄清了他与潘俏俏的关系，并公然拒绝了潘俏俏的求爱。

他义正辞严之后转身离去的背影很有丝大义凛然的意味，竟让潘家人无一人敢上前拦他，全是懵逼脸，直到潘俏俏"哇"地哭出了声。对于父母与堂兄的安慰，潘俏俏置之不理，一味大哭，像个吃不到糖的孩子。好不容易剥好了糖纸，糖果却掉到了地上，滚了一层灰尘，干望着，却再也无法吃了。这种不甘心与懊恼，潘俏俏也知道是怎么一回事，她失去的不是什么爱情，而是面子，所以恼羞成怒，好想把叶知秋抓回来打一顿，但叶知秋已经走了。

叶知秋走出了潘家，夜已深沉。

陌生的街头陌生的风景，冬夜的风吹在脸上冷冰冰的，就连月亮散发冷白月光贴在天际，亦如一张陌生人的脸在冷眼俯瞰。

地上的人正踽踽独行，义气褪尽，心头的火焰便熄灭了，转而被侵骨的寒打败。他在一根电线杆下站住了，拉紧了棉袄的领子，整个人瑟缩着，佝偻着背，跺着麻木的脚，怎个狼狈了得？此时此刻，他在清流镇，距离思宝乡新月村谈不上十万八千里，也绝不可能只是一去二三里，回去是不可能的了，可是他能投奔谁呢？潘俏俏是因为他才把李诚儒甩了的，他怎么好意思去打扰他？虽然李诚儒不知道原委，但他问心有愧啊，只怕以后再也无法坦然面对成儒学弟了。

相比自己的无处安身，叶知秋更悬心许凡的下落。白天的时候，因为许平从山上摔下来骨折了，所以救人要紧，他没法分身去寻找许凡。幸亏遇见了潘文，现在许平这边安顿好了，那许凡呢？她离家出走，到底去了哪里？对许凡的担心让叶知秋打起精神，反正没处落脚，不如就趁夜色去霞山溪村寻找许凡吧。他已经走了无数次那条山路，他知道它有多崎岖多坎坷，但他坚信哪怕走一夜，他也是能走到霞山溪村的。早一点出发就意味着早一点到达。老天爷让他找到许凡吧！让他的许凡平安无事吧！

叶知秋不禁要想，自己是不是手握一只阿拉丁神灯，当他许下内心强烈的愿望时，就有个精灵跳出来对他说，你的愿望就是我的命令。

是的，他的许凡就是这么神奇地出现的，在他迈出第一只脚的时候，许凡就出现了，她披星戴月，从另一盏路灯下蹒跚走了过来。

叶知秋再也顾不得其他，激动地向许凡奔了过去。

对于许凡来说，此时此刻，那从远处路灯的灯光里大步奔来的青年人就是天上降下的神。他张开又箍紧的双臂就是临时筑造的巢，让一只受了创伤的倦鸟有了短暂休憩的家。许凡在那青年人温暖的怀抱里呜呜哭着，哭声密密麻麻，如无数的针，在青年人心头落下细细碎碎的针脚。

午夜的霞山溪村笼罩在一片黑暗里，大钟哥的茅草屋里却亮着蜡烛，烛光映照出大钟哥红肿的面颊。那是他把他自己抽肿的。我真是个混账东西，我应该去死！这句话他已经用畲语说了无数遍了，当着李先荣和蓝花的面。李先荣终于忍不住往大钟哥身上扔了一块石头，骂道："你死了，就有脸面对阿英嫂了？"大钟哥心头一顿，是啊，他干出这样的混账事，活着无言面对许凡老师，死了也没脸见他死去的老婆。他痛苦地揪扯着自己的头发，再次扬起巴掌抽自己的脸。"好了！"李先荣呵斥他，"你就是把脸抽烂了，能对得起谁？"这话叫大钟哥绝望，他只能把头埋在膝盖里呜呜哭起来。他是真的懊悔与痛恨自己，可是他当时是失心疯了，一时鬼迷了心窍，只听李先荣说道："你一时糊涂，好在蓝花及时赶到，没让你酿成大错，这个事就这样吧！等开学，许老师来上课的时候，我和你都向她好好赔罪！"

"许老师还会来霞山溪教书吗？"大钟哥抬起泪痕交错的面孔，不可置信地问。

"会的吧，她是公办老师，学区一天没把她调走，她就一天要来教书，除非她不想要这份工资了。"这一点，李先荣很自信。

李先荣的话让大钟哥和蓝花都松了口气。对于蓝花来说，阿英嫂死了，许凡就是她在村里唯一的朋友，如果许凡也走了，这霞山溪对她来说，就真的一点乐趣都没有了。

清流镇街道上为数不多的路灯的其中一盏下，叶知秋听完了许凡呜咽的讲述，震惊得无以复加，当即骂道："果然是穷山恶水出刁民！"

"刁民"二字让许凡心头颤了颤，她的眼前浮现出大钟哥的样子,她到霞山溪村教了半年书所认识的那个大钟哥,勤劳、善良,对妻子关心备至,对村人彬彬有礼,妻子难产而死对他的打击极大,他整个人就像丢了魂似的,不复往日的阳光明媚,像一团随时都可以倾盆大雨的乌云……在祠堂里,当蓝花冲进来,那个疯魔的大钟哥终于清醒过来,跪在她面前自抽耳光自责懊悔的样子也无法与"刁民"二字相联系。或许,人总有一念之差的时候。

"许凡,你放心,我会再去跟王隽大哥要求的,让他帮你解决调动的事。"叶知秋斩钉截铁,经此一事,他无论如何都不能再忍受把许凡放在霞山溪村教书这么一件事。

提到王隽,许凡想起来,说道:"今天,王隽大哥去霞山溪了。""啊?他去霞山溪干什么?"

"送年货。"

听了许凡的话,叶知秋不太理解,嘟哝道:"都说救急不救穷,霞山溪那么穷,他送一次年货有什么用?"

是啊,有什么用?

王隽这个年根本没法好好过,脑子里挥之不去的就是霞山溪村民们窘迫的一幕幕,他们的口粮不是番薯丝就是野苦菜,居住的茅草房破败不堪,大人衣衫褴褛,小孩光着屁股,没有一个村民能穿上像样的鞋……虽然给他们送去了些年货,但心里依然不能踏实。送一次年货有什么用呢?王隽也明白这个道理,到底该怎么帮助霞山溪村民改变这种贫穷落后的局面呢?王隽手里攥着那封未能刊发出去的新闻稿子,心情沉重,王丽春揉着蓬乱的头发从房间里走出来,看见王隽吓了一大跳。

王隽道:"叫那么大声,小心把妈他们吵醒。"

王丽春立即吐了吐舌头,一边给自己倒水一边问王隽:"大半夜的,哥不睡觉,是还在为霞山溪的村民犯愁?"

王隽眉宇微凝点了点头，王丽春喝了水，干脆在桌边坐了下来，不解道："哥为什么不直接向县里反映，非要舍近求远？"王丽春的问题让王隽不吭声。王丽春明白了，王隽肯定已经向市里领导反映过情况，只不过碰了钉子。也是，以她大哥稳妥的性格，如果不是万不得已，怎么可能越级跑去省城呢？只是没想到，他的一腔热忱到了省里还是被泼了冷水。"哥，一不做二不休，不如把这封信寄去北京吧！"王丽春的提议让王隽眼前一亮，不过王丽春也给她哥把丑话说在了前头，这封信寄去北京也可能石沉大海，此外他还可能要承担一些后果。王隽明白这后果是什么，他越级反映霞山溪村民的贫困现状，无异于揭家丑，说不定最后没有帮到霞山溪的村民，还会给自己招来麻烦，影响自己的前途。他现在是桐山县委宣传部新闻科科长兼报道组组长，同时还担任桐山县县委办公室副主任，年后会有人事变动，现任县委办主任要去另外一个山区县任副县长一职，谁是下一任县委办主任，他和另外两个乡镇书记呼声都很高。年前因为反映霞山溪村民的贫困现状，县委乔副书记就用提拔的事敲打过他。

　　王丽春伸手拍了拍王隽肩头，含义深刻道："桐山县到底是小地方，小地方的水深，哪及北京城海阔凭鱼跃，天高任鸟飞？所以，我无论如何都不会再回到这小县城来发展的，谢谢大哥供我读书，让我可以去大城市发展。"幼年丧父，对于王丽春来说，王隽是兄长，也是父亲。王丽春给了她大哥一个拥抱，带着满心感激。而她这种新式的表达方式显然让王隽还无法适应，他骂了她一句"没大没小"，王丽春嘻嘻哈哈笑着回自己房间去了。

　　王隽这个夜晚注定无眠，关于霞山溪的这篇报道该何去何从，他的内心做着挣扎。遥想自己半生从一个农门出身的少年到今天坐到县委办副主任一职，其间蕴含多少汗水与泪水，心酸不足为外人道也，真的要为一个微不足道的小山村断送自己奋斗半生得来的仕途吗？可霞山溪村民的赤贫景况历历在目，让王隽无论如何都没法撒手不管。全中国，像霞山溪村这样贫穷落后的村子还有多少？作为一个新闻工作者，如果对现实视而不见，只一味随大流，人云亦云，粉饰太平，职业操守在哪里？

王隽去书柜里翻出那本几乎被他翻烂了的《中国的西北角》，在台灯下重新阅读起来。这本书的作者范长江是王隽最敬重的新闻前辈，范长江家客厅屏风上烙铁画两侧的对联式文字——"铁肩担道义，妙手著文章"，一直被王隽当作自己从事新闻职业的座右铭。这夜重读范长江的《中国的西北角》，王隽对新闻记者的认识又加深了一层。1935年7月才26岁的范长江在内忧外患、烽火连天的日子里，踏上了一条北至包头、西达敦煌的漫漫考察路，历时10个月，足迹遍及一万多里路，"山一程、水一程"，"漠漠穷边路，迢迢一骑尘""只有天在上，嶙嶙万山低"，这条路终于刷新了范长江对新闻本质的认知，让他从一位正直的新闻记者成长为一名共产主义战士。

范长江曾经说过，"新闻就是广大群众欲知，应知而未知的重要的事实"，这句话不仅强调了新闻工作中的群众路线，更强调了"问题意识"在记者活动中的重要性。天亮的时候，王隽放下书本，伸出右手搭在了自己的左肩上，心里咀嚼着"铁肩担道义"五个字。他是一名新闻记者，也是一名共产党员，怎能放弃"问题意识"这新闻人赖以生存的生命线？望着窗外透进来的曙光，王隽心头豁然开朗，那曙光已然驱逐了他内心阴霾，为他指明了方向。

第十四章

　　许平终于把汪明月打发回家里去，病房里就剩下他和许凡两人，耳根子清净不少，心情也跟着舒畅了。许平也知道汪明月疼自己，但他受不了汪明月对许凡的态度，他看得难受。躺在病床上，一只脚吊在支架上，张开口吃下许凡喂过来的削好的苹果，许平调皮笑道："我把妈赶走了，姐就可以和姐夫二人世界了。"

　　"什么姐夫，别胡说。"许凡窘迫。

　　许平哈哈一笑问她："姐难道以后不嫁给知秋哥？"

　　被许平点破，许凡的脸一下红了，将手里的另一半苹果往许平嘴里塞去，许平顺势接过咬了一口，一边嚼一边赞叹姐夫买的苹果就是甜。许凡被他逗得哭笑不得，想要打他，他就用脚伤做借口，许凡拿他没办法。姐弟二人正嬉闹着，门外响起了敲门声，许平吐舌头逗许凡"姐夫来了"，许凡红着脸去开门，却发现来人不是叶知秋而是李诚儒。李诚儒手里提着一袋苹果，说是叶知秋回思宝乡前买了寄他送来的。

　　"我姐夫他回去了？"许平惊呼，悻悻然的。

　　叶知秋这几日都是住在李诚儒家里，为了方便帮着许凡照顾许平，他也只好厚着脸皮去找李诚儒。潘俏俏为了让李诚儒死心，早把她心仪叶知秋的事说了，李诚儒倒是个开明的人，觉得这事怪不到叶知秋头上，这只是潘俏俏一厢情愿，何况叶知秋和许凡的关系在李诚儒那里算是已经公开了。李诚儒的"不计前嫌"让叶知秋越发在心里亏欠了他，越发拿李诚儒当兄弟和知己对待。

叶知秋突然回去，许凡也很惊讶，李诚儒便说了实情，原来是叶念秋上山干活时摔了。叶知秋原本不叫李诚儒说这些，怕许凡担心，但李诚儒还是说了，许凡果然担忧不已，但她不知道新月村那边的电话，也没法打给叶知秋。李诚儒走后，许平便向许凡提议："要不，姐你去思宝乡看看？"许凡自然丢给他一个白眼，她弟还在病床上躺着，她扔下亲弟不管跑去看一个素不相干的人，算怎么回事？对于叶家人来说，她和叶知秋现在就是素不相干的人，未来……未来也是。虽然她对叶知秋已从绝对的拒绝，到现在朦朦胧胧暧昧不清半推半就，但心中那份对未来的绝望却是清晰而肯定的。

叶知秋正相反，他的内心对他与许凡的未来充满了确定，许凡就是他命中注定的女孩儿，他叶知秋这辈子非许凡不娶。娶许凡为妻，就是他叶知秋这辈子最大的理想，直到现实狠狠击碎了他的理想。他大哥叶念秋从山上摔下来，脑出血，虽然错过了黄金抢救时机，但好歹通过手术把命从死神手里抢了回来。他大哥能有命活，得益于潘俏俏送来的大笔手术费，这对家境贫困的叶家来说，无疑是一场及时雨。不过，叶念秋虽然命救回来了，后遗症却留下不少，不但偏瘫造成行动不便，还出现了语言障碍。

叶念秋是家里的顶梁柱，顶梁柱倒了，对于王丽秋和两个孩子来说无疑是巨大的打击，王丽秋整日里哭哭啼啼，金宝和元宝兄弟俩也一改往日顽皮劲，沉默了不少。叶知秋看着家里的变故，心里说不出的难过，不过他很快振作起来，毕竟从今往后，大哥、嫂子和两个侄儿就只能依靠他了。王丽秋过去对叶知秋这个小叔子颇有长嫂如母的架势，眼下却把叶知秋当作靠山了，她也知道从今往后她和丈夫、孩子能指望的只有小叔子了。王丽秋对叶知秋充满了愧疚，过去因为家境不好，叶知秋的婚配一直是个难题，现在丈夫出了事，小叔子的婚事更加遥遥无期。所以之前，王丽秋对主动送上门的潘俏俏颇有些嫌弃，觉得她做派没有女孩子的矜持，现在王丽秋对潘俏俏自然大大改观，也在叶知秋跟前大大夸赞了潘俏俏一番，叶知秋只是笑笑，劝他嫂子，自己会想办法将潘家垫付的医药费还上的，欠潘俏俏的人情也会想办法还，让王丽秋不要把这事放心上。

王丽秋是个老实厚道的农村妇女，丈夫的命都是别人用钱救下的，哪能不放心上呢？再加上潘俏俏是个又主动又有心机的，自然能让王丽秋为自己所用。在王丽秋的再三鼓动下，叶知秋终于带着潘俏俏去县城里兜了一回风。凤凰牌自行车是潘文赞助的，叶知秋以前只在读师范的时候借同学的自行车骑过，骑自行车这件事对他来说还是很生疏的，所以载着潘俏俏沿着桐山溪畔一路向北，还没骑出多远两个人就摔了一跤。

"你怎么回事？"要是李诚儒，潘俏俏早就拳打脚踢了，但叶知秋，她可舍不得动手，而是提出让叶知秋背她作为弥补。叶知秋竟然拒绝了，从地上扶起自行车，推着慢慢往前走。因为摔跤，他的一边脚踝被自行车的脚踏板剐破皮流了血，走路一拐一拐的。对于潘俏俏来说，完全是毫不费力的一个要求，竟然碰了钉子，她哪里受得了这种冷落，追上去抓住自行车的把手，杏眼圆瞪看着叶知秋。叶知秋有些无奈，说道："大小姐，你看看周围，大庭广众，好吗？男女授受不亲，你让我背你，合适吗？你是个姑娘家啊！"

叶知秋的保守在潘俏俏眼中迂腐又可爱，她灵机一动，大庭广众叶知秋不好意思背她，那要是去一个没有人的地方呢？

叶知秋忍不住翻白眼，"大小姐，你是个姑娘家，能不能自重？"

叶知秋生气的样子看在潘俏俏眼中，可爱极了。她一开始接近叶知秋，纯粹就是和许凡较劲，然而越得不到的东西越稀罕吧！叶知秋原就生了一副好皮囊，板正固执的性子也在潘俏俏眼中显得越发迷人，让潘俏俏越发深陷其中不可自拔，对叶知秋也越发地志在必得。叶知秋可不知道潘俏俏内心一波三折的小心思，他一直态度强硬：钱一定会还，欠潘俏俏的人情也一定会还。潘俏俏打趣说，还不起的时候可以以身相许。叶知秋终于意识到问题的症结所在了，男女之间非黑即白，决不能搞暧昧的灰色地带，否则害人害己。

"俏俏，我有女朋友了，她叫许凡，所以，对不起。"叶知秋的郑重其事犹如一把最狠的剑刺在潘俏俏心头，妒忌像魔鬼，附在了潘俏俏每一个毛孔里。

许凡惊醒了，她趴在许平的病床前不小心睡着了，还做了个噩梦。想到可怕的梦境，许凡哑然失笑，她怎么突然梦见潘俏俏了？梦里的潘俏俏还是那个张牙舞爪的鬼样子，这是个写实的梦境。

"姐，爸回来了，"许平带给许凡一个好消息，旋即又丢了个炸弹过来，"一到家就和妈吵了一架。"

有许平提前打"预防针"，汪明月到病房的时候，许凡就越发小心翼翼，仔细观察汪明月脸色，果然见她黑沉着脸。许凡提心吊胆但还是跟汪明月说道，马上就要开学了，没法继续在卫生院照顾许平了。"你就是懒！别人的姐姐为弟弟做了多少事，你呢？"汪明月老生常谈骂了许凡一通，仿佛许平受伤是许凡害的。事实上，许平的确是在去霞山溪寻找许凡途中摔断腿的，不过许平没在汪明月跟前说这茬，否则汪明月会当场撕了许凡的。被汪明月从卫生院驱逐回家，许凡如释重负，又有些兴奋，终于要见到父亲许宝山了。

　　许宝山按照惯例应该年前就要回乡过年的，可是却愣是推迟到元宵节才到家，那是因为他在回乡途中搭错了轮船。"爸是吃了不识字的亏，才搭错了船。"一想到在茫茫大海上漂了几天几夜，叫天天不应叫地地不灵的日子，许宝山还是心有余悸。他是硬着头皮在轮船泊在某一个港口的时候下船的，问了不知多少个人，换了不知多少趟车，终于回到了清流镇。回家的感觉真好，奈何，故土亲切，故人却并不亲和。汪明月得知他搭错船后，狠狠骂了他一通。许宝山倒是理解汪明月生气的原因，她无非是觉得钱难赚，而他因为搭错了船路上花了不少冤枉的旅费和饭钱。

　　父亲原本就消瘦，按照平常母亲埋汰他的话就是全身剔不下一碟子肉来，经此一事，更加憔悴，脸上棱角也越发分明，两只眼眶都塌陷进去，看得许凡心疼不已。她给父亲好好煮了一顿饭，不过家里因为许平住院没囤下什么食材，一碟咸菜炒辣椒就着一锅番薯丝稀饭，已叫父亲吃得津津有味。

　　吃饱喝足，父女俩总算可以好好聊天。许宝山询问了许凡在霞山溪教书的一些景况，许凡报喜不报忧只拣好的说，比如村民对她的友善、学生对她的敬爱这些，至于霞山溪的贫困窘迫那些就不说了。她不想平添父亲的担心，让父亲焦虑的同时还要为自己的无能自责。父亲只是个农民，目不识丁，什么关系背景都没有，连回家都能搭错船，何必还要把那么大的责任压在父亲头上呢？想到这些，许凡不禁就要羡慕她的堂姐加师姐许美丽老师。

　　许美丽现在已经不是老师了，而是县委宣传部的一名工作人员。许美丽的职业道路比许凡幸运得多，韩阳师范毕业的时候她是"优秀毕业生"，但每一名"优秀毕业生"的命运是不一样的，这个荣誉能不能作为分配在清流镇中心校的理由，完全看人事领导们肯不肯让它作为理由。作为同一条街上的邻居，汪明月尚且懂得去巴结潘正义，田玉琴那个人精就更谙此道了，就连潘正义也完全没料到自己竟然会被田玉琴摆一道。当初许美丽之所以能留在镇中心校，潘正义还特意请了县教委相关的领导来家里搓了一顿，那一顿饭菜颇费了一点钱，按道理这笔钱应该由田玉琴和许三金夫妇出的，然而等许美丽的分配工作尘埃落定后，田玉琴竟然只送了两瓶破米烧作为谢礼，这让潘正义夫妇俩有些大跌眼镜。潘太太还和汪明月抱怨过此事，田玉琴从此在汪明月那里多了一个把柄，汪明月来气时，就把这丑事在左邻右舍里广播一气。汪明月天真地以为田玉琴许三金夫妇干了这么一件不上台面的事，许美丽在学校教书的日子一定会不好过，潘正义定然要给她使绊子穿小鞋，没想到的是，许美丽还没教满一年书，就被挖去了县委宣传部。起初是借调的名义，后来便是正式调动了。

关于许美丽为什么能调去县委宣传部，田玉琴隐去了县里有位领导也姓田，是她娘家一个本家亲戚的事实，只骄傲宣扬许美丽写得一手好毛笔字，才被县委领导慧眼识珠选走的。潘太太感到疑惑，所以县委宣传部工作人员平常上班是用毛笔写字的吗？潘正义用一种鄙夷又稀奇的目光看着潘太太，宣传部的庄部长是个书法爱好者，毛笔字写得那真叫一个绝。庄部长平常有个爱好，闲暇时间就喜欢待在一间叫"山岚海澜"的书画院里练字，许美丽毛笔字写得好，庄部长自然喜欢与自己有共同爱好的下属。许美丽飞上枝头变凤凰，潘正义肯定是另眼青睐了，就潘太太还记得"破米烧"那一段，潘正义原本就看不上潘太太的小家子气，刚好有了教训她的借口。

潘太太过得挺委屈的，她与潘正义识于微时，少年夫妻倒也恩爱，潘太太赚钱供潘正义读书，潘正义也争气，从普通教师到如今的学区校长，可谓平步青云。只是男人都有那么点共性，一旦发达，还与发妻恩爱如初的凤毛麟角，潘正义好歹没甩了潘太太，保留了她原配的名分，在他自己看来就是报答了潘太太当初供他读书的恩情了，至于其他体面要不要给，就要看自己的心情。潘太太最近很不识趣，老揪着潘正义和一所农村完小校女校长的陈年破事不依不饶唠叨个没完没了，潘正义刚好借许美丽"破米烧"的事冲潘太太发了好大一通火。

清流镇上这些小火焰可烧不到在县里上班的许美丽，她因为毛笔字写得好，所以被分在宣传部的宣传科，王隽是她的直管领导。许美丽个头矮，长得和田玉琴是一个模子里刻出来的，不过因为脑子机灵，看着就很讨喜。下班的时候，许美丽特意等着和王隽一起走，王隽与她一起走出办公室，走下楼梯时随口说道："小许啊，以后不用等我，你可以先下班，我有时候手头事情多，会迟。"

许美丽是个小机灵鬼，自然说自己也是因为手头活多才迟下班的，并不是为了巴结领导。王隽听了哈哈大笑，许美丽瞅准了机会便问他上次那封新闻稿子后来怎么样了？信是已经寄去了北京，但不知道后续如何，王隽绝不可能透露口风，所以许美丽打听不到任何消息。说话间，二人已经走到县委大院门口，王隽便看见了叶知秋。王隽向许美丽介绍了叶知秋，还开玩笑说如果不是叶知秋已经有女朋友了，他很乐意帮他和许美丽牵线。许美丽打量那个站在春阳里的年轻人，的确一表人才，很让人抱好感，只听王隽在一旁想到了什么说道："知秋的女朋友也是你们清流镇的，也是个老师，叫许凡。"

许凡！

许美丽目光一闪。这是一个对她来说，再熟悉不过的名字了，但是许美丽怎么可能和自己的领导说她家和许凡家的恩怨情仇呢?

从小到大,许美丽亲眼见证并亲自参与了无数次田玉琴与汪明月的骂架,每次她都能骂赢,许凡根本就不是她的对手。何况每次她骂赢了,还能看见许凡被汪明月打骂一顿,那更是一件无比酸爽的事。不过这些可不是什么光彩的事,可以让她在领导跟前邀功。许美丽总不能告诉王隽自己认识许凡,两家渊源很深,因为许凡的爹把她许美丽的妈给睡了,所以恒家店那些邻居常常议论她其实是她妈和许凡她爹的种,因为她和许凡两人都会读书,所以她们可能不是什么堂姐妹,而是同父异母的亲姐妹。

许美丽成功被自己的胡思乱想搞得心情很差,和王隽告了别,便匆匆走了。

王隽挽住叶知秋的肩,请他去家里吃饭,并问询他大哥叶念秋的身体怎么样了。叶知秋一一照实回答了,王隽想到自己姐姐王丽秋以后要拉扯两个年幼的孩子,还要照顾一个伤残的丈夫,就叹了口气。叶知秋忙说:"王隽大哥,你放心,我会帮着大嫂的。"王隽看着叶知秋,慨叹这真是个淳朴的好孩子,便说道:"关于你工作调动的事,我会尽力想办法的。"叶知秋却拒绝了,再次把许凡工作调动的事摆在了王隽面前,王隽不由再次看着叶知秋,他从这个年轻人的眼睛里看到了坚定与期待。

第十五章

许宝山在家里没有多待几天就又和同乡的工友们外出打工

了，这次是去蜀中挖隧道。临走前，偷偷给许凡留了一百块钱。这对许凡来说无疑是一笔巨款。许凡不肯要，许宝山就露出愧疚的神色，女儿十九了，看起来却很娇小，一副营养不良的模样，再加上身上那一身旧衣裳，让她整个人都显得寒碜。作为父亲，许宝山很自责，他知道汪明月的性子，也知道女儿的难处，他唉声叹气说都怪自己没本事，没能让孩子过上好日子。许凡听不得父亲这些话，眼眶酸酸的。其实对于许凡来说，吃好穿好也不及父母的几句好言好语，如果母亲也能像父亲一样温和就好了。许凡想到新学期霞山溪那些孩子的学费没有着落，到底还是收了父亲的一百块钱。

去学区缴纳了学费，领到了书，许凡在学区楼下遇到了潘文。

潘文是潘正义的侄子，许家和潘家是一条街的邻居，许凡与潘俏俏又是打小的同学，许凡自然认得潘文。

"谢谢你，潘大哥，帮我弟弟垫付了医药费。"许凡不清楚汪明月是否已经将医药费还给潘文了，虽然许宝山这次回来给了汪明月不少钱，但汪明月一向是"雁过拔毛"的性格，未必就会把钱还给潘文，所以医药费的问题，许凡也不敢深谈。潘文也很识趣，没有纠缠这个话题，而是不由分说从许凡怀里抱过那一捆书，就走向自己停在街边的那辆菲亚特126p。他将书放到车后座上，"砰"地关了车门，回头见许凡依旧呆呆站在学区楼下。他下巴一抬，笑着招呼："许凡，上车，哥送你去霞山溪。"

车已经开在从镇里往村里去的山路上，许凡还感觉像做梦一样。

"会不会耽误你的工作啊？潘文大哥。"副驾驶座上，许凡忍着头晕，问潘文。

潘文一边打着方向盘，一边扭头看了许凡一眼，笑着说道：

"我自己就是砖厂老板，想工作就工作，不想工作就不工作。"那种自鸣得意的笑在许凡跟前如此晃眼，她只觉胸腔里一阵翻涌，赶紧让潘文停车，下车去大吐特吐了一阵。许凡呕吐的时候，潘文很绅士，又是递矿泉水又是递纸巾，这些消费品许凡都是第一次用，心里很不安。一个物质上长期贫瘠的人，骨子里的卑微根深蒂固，很难轻易改变，潘文也表现出了怜香惜玉。

与潘文虽然不算熟，可也绝对不陌生，他是潘俏俏平常最亲密的一个堂哥，与亲哥无异，他对潘俏俏近乎是护犊子的宠溺，一度让许凡羡慕不已。而现在，潘文对潘俏俏的宠溺全给了许凡，这让许凡受宠若惊之余，又惊诧不已。潘文将车子停在了山脚下，背着那捆书，送许凡上山。许凡原本不想让潘文送，可是想到大钟哥，她还是让潘文送了。潘文没想到霞山溪的山路这么难走，上个山，比干他砖厂里的活还要辛苦百倍。

"回头让我三叔把你调到镇上。"路上，潘文挥汗如雨，说道。

许凡自然没有吭声，潘文又自顾自笑说："你相信我，只要我跟我三叔开口，他绝对答应。"

年轻的女孩子手脚并用爬山，飘忽的眼神不敢与他对视。她是当他信口开河吗？潘文自己都感觉到一丝尴尬，所以更加提高了音调强调："到时候我就跟我叔说你是我女朋友，这样他铁定得帮你调到中心校了。"许凡终于明白潘文为什么会无事献殷勤了，原来醉翁之意不在酒，然而那刻在她骨子里的自卑让她无法相信潘文竟然会喜欢她，可是如果不是喜欢，又为什么会对她那么好呢？

整个春天，潘文对许凡的好已经到了让许凡感动的地步。他每周都会来霞山溪接许凡，走着叶知秋走过的路，做着叶知秋做过的事，还做了很多叶知秋没能做到的，比如给许凡送米送菜，比如用他的菲亚特126p接送许凡从镇里到漆溪村，或者从漆溪村到镇里。一次次，许凡想拒绝，可是最终都收下了，她把他的米和菜分给了村民和学生，她也已经习惯了他的菲亚特126p，不再晕车呕吐。她在接受这些的时候，脑海里常常想到叶知秋，不知道他怎么样了，不知道他大哥的伤康复了没有。整个春天，叶知秋都没有来看过她，许凡想，一定是他又要教书又要照顾他大哥，还要帮着他嫂子干活，太忙了。

"你知道吗？俏俏马上就要结婚了，"潘文对许凡说着，又补充了一句，"俏俏满二十周岁了。"潘俏俏的确比许凡大了一岁，成绩不好，留过一级。

"你不好奇她和谁结婚吗？"潘文问。

许凡坐在副驾驶座上，透过摇下的车窗，看窗外的风景，行道树一棵棵急剧向后退去。她的确不好奇，关她什么事呢？难道潘俏俏还会邀请她当伴娘不成？许凡这样想着，潘文就递了一张请柬过来，说道："俏俏托我问你，愿不愿意当她婚礼的伴娘。"许凡猝不及防咳嗽起来。她慌乱间打开了请柬，"叶知秋"的名字落入了她的眼帘，霎时，整个世界都静止了。

春天开始的时候，叶知秋还坚信着他这辈子会娶的女孩一定是许凡，可是春天结束的时候，他要共度一生的人已经变成了潘俏俏。这就是所谓谋事在人成事在天吗？思宝乡新月村的叶家并没有要办婚礼的半点喜气，因为婚礼并不会在这里办。

"念秋，你不要激动，知秋他不是入赘！不是入赘！"王丽秋安抚坐在轮椅上的丈夫。叶念秋蠕动着唇，半晌也吐不出一个字，只能拿眼睛瞅着站在不远处白灰墙边的弟弟叶知秋，手脚都颤抖着。听着他大哥嘴里"咕噜噜"惨烈的声音，叶知秋走了过去，按住他大哥胡乱摆动的手，说道："大哥，没有入赘，真的没有入赘……"

叶知秋的眼里噙着泪，泪光闪闪如阳光映照在叶念秋眼里，让他阴云密布的心绪终于被安抚，可是叶知秋自己却心绪纷乱起来。他从家里跑了出去。王丽秋在后山找到他的时候，他正从甘蔗林里钻出来，手里握着根甘蔗。他对他嫂子说，甘蔗是给金宝元宝摘的。王丽秋看到叶知秋眼里红红的，知道他刚刚坐在甘蔗林里哭过，想到小叔子为这个家的付出，王丽秋心里就堵了一堵墙。她没读过书，成天和土地打交道，不细腻，更不是一个擅长安慰人的，心里所有的关心与愧疚到了嘴里就变成直白的一个问句："你是不是心里还想着那个女老师？"

叶知秋有个心上人，女老师，清流镇的。自从叶念秋想要让小姨子做自己的弟妹后，这在叶家就不是秘密了。现在小叔子要和潘俏俏结婚了，他心里的女老师呢？他和那个女老师到底进展到了哪一步，她知道他要和另一个人结婚了吗？王丽秋有太多问题要问，叶知秋怕她的问题会让自己招架不住，就把甘蔗塞到她手里，转身又钻进了甘蔗林。王丽秋没敢跟进去，虽说长嫂如母，但瓜田李下，叔嫂也要避嫌。她只能站在甘蔗林外，听甘蔗林里传来叶知秋低低的哭声。一个大小伙子的哭声让王丽秋握紧了手里的甘蔗，心也跟着揪紧。

叶知秋很怕他嫂子会冲进甘蔗林，所幸没有，让他得以坐在甘蔗林里好好地哭了一场。这段时间压抑心头的所有委屈都随着这一哭发泄出来，但是因为将许多不开心的情景又都回忆了一遍，他不但没有变轻松，反而更难过心事更重，对许凡也更加想念了。五月份在县里进修校有一个教师培训，面对全市从教不满五年的新教师，许凡应该也会去吧？想到这里，叶知秋的心就砰砰跳动起来，这几个月他使劲控制自己，不让自己去见许凡，但还是偷偷去见了一次，不过是在潘俏俏的陪同下。潘俏俏包了一辆桑塔纳，载着他，一直开到漆溪村的路口，他终于看到了他日思夜想的许凡，不过许凡身边多了一个男人，还多了一辆车，那是潘文和他的菲亚特126p。

"许凡的家境你不会不知道吧？"车上，潘俏俏一副胜券在握的表情，"你能给她什么？你能满足她妈对女婿的要求吗？她妈供许凡读书，就是为了让许凡钓一个金龟婿，好给许家很多很多钱，你行吗？"叶知秋当然不行，且他已经亲自去接受了汪明月的侮辱。见汪明月，也是潘俏俏安排好的，所谓"不见棺材不掉泪"，潘俏俏必须让叶知秋对许凡彻底死心，她的婚姻不可以有绊脚石的。而汪明月也是超级给力，听说有个穷小子癞蛤蟆想吃天鹅肉，对她女儿动了心思，气便不打一处来。她原本就喜欢逞口头之快，逮着叶知秋哪肯善罢甘休？不但拿"穷"这件事大做文章，狠戳叶知秋痛处，最后还给了叶知秋一巴掌。

"妈，你怎么可以打人啊？你不知道我脚摔断的时候就是知秋哥送我去治疗的？"许平单脚跳着将叶知秋送走，转头责怪汪明月。汪明月则振振有词，说自己是为了让叶知秋彻底死心才出手的，这就叫"长痛不如短痛"。过了几日，传出叶知秋和潘俏俏的婚讯后，许平对汪明月狠甩了脸色，质问她，为什么人家潘校长都能相中叶知秋做女婿，偏他妈就相不中？汪明月就教导许平，你小孩子家懂什么？潘校长女儿没有正式工作，所以只能选个次的，但你姐有"铁饭碗"，当然要配个有钱有身份又有地位的男人了。"妈是给自己找女婿吗？妈是给你找姐夫啊！这个人关键要配得上你这个小舅子，你将来可是大学生，要去大城市的，叶知秋一个村里来的，能配得上你？"汪明月理直气壮绘声绘色，许平只能丢给她一连串白眼，反问他妈，叶知秋配不上，那谁配得上？潘校长那个当厂长的侄子吗？汪明月一拍大腿，这个潘文财大气粗，对他们许家相当舍得，如果他来当许平的姐夫，她可以考虑考虑。许平冷哼一声，问她，妈你选了潘文，那信用社的梁主任怎么办？

汪明亮剃头挑子一头热，想给他顶头上司梁生和自己的外甥女许凡牵线，来找汪明月说过两三次了，但因为潘文的关系，汪明月并没有答应，不过也很是心动。潘文虽然有钱，可是开砖厂不也得向信用社贷款？如果梁生这个信用社主任能来当她汪明月的女婿，那可是既有钱又有权啊！到时候，隔壁田玉琴那个贱人还不得在她汪明月跟前矮三分？梁生可以批贷款条子，不过潘文出手大方，女婿再有钱，要是舍不得给老婆的娘家人花，那也是白搭。汪明月不由慨叹，生了个女儿，天下的路都变窄了，梁生和潘文她都拿不定主意，恨不能让他俩来个比武招亲。不过，在汪明月的选择题里，叶知秋是没有资格参加比武招亲的，那许凡的选择题里呢？

教师进修学校的青年教师培训，叶知秋果然看到了许凡。她从潘文的菲亚特126p上下来，礼貌地和潘文道了"谢谢"，便走进了进修校的大门。看到叶知秋，许凡并没有很惊讶，只是脸上已经恢复了最初的疏离。她向他道喜说，恭喜你师哥，要结婚了。她的笑容和声音都冷冰冰的，像被深秋的寒霜冻过。娇娇柔柔的女孩子腰杆子挺得笔直，看在叶知秋眼中是一份刻意而生硬的伪装。他想到那夜清流镇街头路灯下，那个向他奔跑而来的女孩子，她的伪装在投入他怀抱的那一刻冰解冻释。那是唯一一次，她对他敞开心扉。再也回不去了，他与她之间已经隔了厚厚的冰障，再也无法突破了。叶知秋的眼眶热辣辣的，咸涩的泪水想要夺眶而出，但是被使劲压下了，导致他的眼眶胀得酸疼。

叶知秋本来准备了很多话想和许凡说，他要和她解释他与潘俏俏结婚的迫不得已，甚至他还想过只要许凡给他一点点希望，他无论多难都会立马解除与潘俏俏的婚约，可是此时此刻站在许凡跟前，叶知秋才知道自己是多么幼稚。许凡不会给他希望，而他也无法给许凡希望，他们是两个出身寒微的年轻人，彼此有太多的负担，根本无法互相救赎。潘俏俏说的都是对的，他做不了汪明月的金龟婿，而许凡也注定无法成为叶家的理想儿媳。爱情与婚姻，是两码事，一旦失去经济基础做支撑，便是风马牛不相及的两件事。

"祝你幸福，师哥。"这是许凡送给叶知秋的最后一句话，从此萧郎是路人。

看着许凡渐行渐远的背影，叶知秋的胸口划过清晰的疼痛。他终于失去了这个女孩，或许他从未得到过她的心，也就无从失去，不过是从今往后她的前途她的困境都不再需要他来安排和操心了，有比他能力强上百倍的人陪在她身边，他是应该把自己那颗不安忐忑的心好好放下了。

这个五月，阳光灿烂，但是叶知秋的内心却是阴雨连绵。他与潘俏俏在清流镇举行了婚礼，婚礼很隆重，宾客云集，不乏镇上和县里的达官贵人，但叶念秋一家四口都没能来参加，李诚儒也未以伴郎的身份参加婚礼，许凡更不会以伴娘的身份出席。对于叶知秋来说，这个婚礼是他人生里一个崭新的征程，以此为起点，他将与一批此前从未结交过的陌生人打交道，并把他们当亲人。而他昔日里用真心对待过的人们，比如许凡，比如李诚儒，再也做不成朋友了。

第十六章

　　许凡走出小祠堂门口就看见了蓝花，傍晚的山风里，蓝花蜡黄的脸上终于有了一层酒红，那是夕阳给她的面颊补了一层血色，但也让瘦削的颧骨更突兀了。许凡刚想同蓝花说点什么，蓝花扭过身子，蹲路边干呕起来。"我没事，我是……怀孕了。"蓝花呕得泪眼汪汪的，同许凡解释。许凡一喜，向蓝花道贺，蓝花脸上却一点喜色都没有，反而忧心忡忡的。许凡知道蓝花在担心什么，他们一家三口大人尚且只能勉强糊口，这再添一张嘴，生活的压力就更大了。困难虽然摆在眼前，但这孩子无论如何也要生下来，村里已经很久没有添丁了，都是单身汉，病的病死的死，村里人口越来越少，像蓝花这样有生育能力的妇女不过才五六人。

　　"我就是害怕，"蓝花抓着许凡的手，战战兢兢地说，"我害怕会像阿英嫂那样……"蓝花说着，牙根儿不自觉哆嗦了一下。许凡安慰她："不怕，吃饱饭，把身体养得壮壮的，就有力气生孩子……"许凡说着不自觉垂下了头，"吃饱饭"，这不就是最大的困难吗？"等我下一周回来上课的时候，给你带好吃的。"许凡当即决定这个周末会让潘文多买点食物和生活用品，届时带来给蓝花。

　　眼看着太阳要落山了，许凡要抓紧时间下山去，这个时间点，潘文一定已经开着他的菲亚特126p等在漆溪村的路口了吧？许凡刚要和蓝花告别，就看见大钟哥背着一捆柴站在通往小祠堂的田埂上。大钟哥也已经看到了许凡，他愣了愣，旋即一脸惶恐和愧色，一转身跑掉了。他虽然瘦到驼背，但依然是个高挑的汉子，此刻却狼狈地逃窜着,那捆柴在他背上一颠一颠的。"这学期往学校给你送柴的,其实是大钟哥,不是我家阿荣。"蓝花低声解释。许凡顿时就理解了,大钟哥在弥补,也是在赎罪,之前都是选择许凡周末离开学校的时间来送柴,没想到今天许凡因为蓝花耽搁了一下,走得迟了,就两厢撞到了。"替我谢谢他。"许凡笑着交代蓝花,便下山去了。

看着许凡的背影,蓝花也由衷一笑。许老师真是个好人,读过书,心胸广,脾气好,还漂亮……许凡在蓝花眼中已然成了偶像。她抚摸着自己依然扁平的肚子心想,如果不能生儿子,那生个像许凡老师这样的女儿,也是不错的。蓝花旋即又很忧虑,饭都吃不饱,哪还有钱供女儿读书呢?

许凡终于走到了山脚下,潘文的菲亚特126p果然停在老地方,但是这一次许凡没能上车坐在她从春天一直坐到夏天的副驾驶座上。潘文率先从车上下来,在驾驶座的车门上靠了一下下,立即弹簧一样直起身子,一边拍着自己衣服上的灰尘,一边念着,这鬼地方,破山路,还好以后再也不用来了。

许凡已经察觉到这一次的潘文和往常不一样,那些刻意伪装了数月的温情与风度此刻都卸下了面具,而许凡何等聪明,她在几步开外的地方站住了,安静地看着潘文,只等他摊牌。"许老师,回家的时候记得和你妈说说,让她把许平的医药费还给我,欠债还钱,天经地义,赖账就没意思了。"潘文看着许凡,眼里全是鄙夷。在来漆溪村前,他怎么看汪明月的,此刻就怎么看许凡。许凡只简单回应了一个"好"字,就绕过他的菲亚特126p,走上了那条通往镇子的灰扑扑的泥土路。直到许凡走得远了,潘文才回过神来,迈开大腿追了上去。

"许凡,你就不问问我到底发生了什么事?这几个月为什么突然对你大献殷勤,现在又为什么突然把你甩了?"潘文拦住了许凡去路,倒没了之前的气焰。

许凡唇角弯了弯,不知是自嘲还是在嘲笑潘文,说道:"你姓潘,和潘俏俏同个姓,能是什么好东西?"

潘文愣了愣,"不是,大姐你……"

"你几岁?我几岁?你怎么有脸叫我大姐啊?大叔!"许凡给了潘文一记自行领会的眼神,便越过他自行走掉,搞得潘文很郁闷。他回去之后该怎么跟潘俏俏解释,他与许凡摊牌的画风竟然是这样的?就刚刚发生的这一幕,压根儿没法吹牛逼啊。看着那个在土路上走远的女孩子,潘文撇了撇嘴,所以"龙生龙凤生凤老鼠的儿子会打洞"他妈是真的!这死丫头刚刚那要无赖的鬼样子,和她妈有的一拼。潘文想到之前去跟汪明月讨要医药费的情景,汪明月竟然说:"你和我女儿谈了这么久,难道不应该给我点钱?"这几个月,他又是当司机又是当苦力,出钱出力,可是连许凡的手都没碰过,回头还要赔一笔钱,什么无赖!

潘文觉得去找信用社梁生主任贷款都比在许凡母女跟前受到的窝囊气少些。不行,他要是去向潘俏俏如实交底,还不得被潘俏俏打死?潘俏俏跟前,他必须要吹牛逼,无论如何都不能让堂妹看扁自己。而许凡母女这边,他也不能咽下这口气,非得给这不识相的母女俩一点教训不可。

夜幕已经沉沉地压下来,暮霭低得不能再低了,许凡伸手轻轻拭去了面颊上那两颗沉重的泪珠。一切悄无声息的,仿佛她从未哭过一般。这段日子,她不是没有怀疑过潘文,无事献殷勤,非奸即盗。不过,当真相真的揭开丑陋面纱的时候,她一时还是不能坦然接受。其实潘俏俏为了得到叶知秋,大可不必如此大费周章,苦心孤诣设计这么一个局,因为她根本没有能力抓牢叶知秋。许凡低头看自己的手，那双因为从小干活还长出一些老茧的手，看起来根本不像一个十九岁女孩子的手，在虎口和食指侧面的位置上有许多条疤痕，那是小时候切猪菜被菜刀剁了留下的。十九岁原本是个什么样的年纪？山花一样烂漫，承载很多诗情画意，眼里闪烁着星辰大海。许凡放眼望去，她的十九岁看到的是曲折的山路、贫穷的村庄、狼狈的乡民、无助的学生，还有潘正义鄙夷的目光，以及母亲的歇斯底里……

还有前途可言吗？她的当下只有来自潘俏俏的羞辱，来自潘文的羞辱，来自至亲的羞辱……所以她的前途是个什么东西呢？是这低沉的暮霭吗？许凡抬头望天，她从天际里望到了一枚月牙儿。那弯弯的雪亮的月牙儿从云端钻出来，冲她笑着，像是田曼玉漂亮的眯眯眼。上次经过外婆家，田曼玉挺着大肚子来找她玩，说家里有很多吃不完的酸梅要送给她，外婆替她拒绝了。外婆说，怀孕的女人才要吃酸梅，我们许凡还是个闺女。这一次，许凡决定去田曼玉那里把那些酸梅要过来，再带去给蓝花。想到蓝花，许凡想到，潘文摊牌了，她再也无法从潘文那里得到好吃好喝的去救济蓝花和学生了。潘文和潘俏俏以为他们给她做了个局，可以让她出丑，而她又损失了什么呢？她没有损失什么，她得到了食物，还有免费的顺风车，她将那些食物拿去救济霞山溪的村民，节省下来的车费攒起来，她不但没有失去什么，她反而得到了尊重，来自霞山溪村民对她的尊重。要知道，尊严这件事，潘正义不会给她，汪明月也不会给她，阴差阳错的，她通过潘俏俏和潘文得到了。

所以，许凡望着天上的月牙儿笑了，世界还是奇妙的。

许凡到家里的时候比往常晚了两个小时，遭来汪明月一顿臭骂，不过这次许凡竟然没了过去的纠结，暮霭中钻出的月牙儿让她豁达了许多。许平偷偷问她，迟回家是因为潘文没开车去接她吗？许凡说，车倒是开到村口，不过没让她上车。许平就大骂潘文个不要脸的。弟弟和母亲两种骂声，编成了许凡的催眠曲。

　　一觉醒来，家住许凡家前门，儿子在外地包煤矿，一脸麻子，邻居赠外号"猫婶"的林大妈就大驾光临了。汪明月与田玉琴一二十年的官司在左邻右舍里不是什么新鲜事，且邻居里还分成了两拨支持者，这猫婶就是公然站队田玉琴的。死对头田玉琴的死党猫婶突然大驾光临，能有什么好事？猫婶是来给许凡说媒的，说的是同条街上卖猪肉林屠夫家的二儿子。林屠夫夫妻俩靠杀猪卖猪肉为生，一共养了三个儿子，大儿子是个混子，生得牛头马面，粗手粗脚，往门前一站，堪比金刚，连鬼都要被吓退几丈，且还坐过牢；三儿子是个夯子，病歪歪，没啥存在感；唯一像个人的是在船厂上班的二儿子，不过也是个卖苦力活的，怎么可能入得了汪明月的眼？偏猫婶把这二儿子夸上了天，汪明月冷笑，那么好的话为什么不介绍给田玉琴当女婿？猫婶自讨没趣后，不知去和林屠夫夫妻俩说了什么，林屠夫老婆竟亲自登门提亲了。说是提亲，却丝毫尊重都没给，全是讥讽之词，说汪家说到底也是穷人一个，种地的和杀猪的，都是劳苦大众，就不要五十步笑百步，互相看不起了。汪明月只觉受到了奇耻大辱，打发了林屠夫老婆后，就把许凡狠狠骂了一顿，说她为什么把这种苍蝇给招惹来。许凡也很委屈，当然不知道这苍蝇是潘文替她招来的。

　　这个周末，许凡在家里是不得安生了，只能早早动身，逃去赤霞村的外婆家。田曼玉将她已经满月的儿子丢给她后妈，叼着根中华烟出门去找许凡。"给，酸梅。"田曼玉将一个袋子递给许凡，里头的酸梅有已经开封的，还有没开封的。许凡向她道了谢，两个人便坐在山顶一块巴掌大的平地上看夕阳。周围灌木杂草丛生，古树参天，地上的蕨芨草扎着屁股。许凡挪了挪屁股，田曼玉笑着问她是不是被烟熏到了？许凡勉强挤了个苦笑，她心里想劝田曼玉别抽烟了，但嘴巴上却没说。她知道田曼玉不会听她的劝，即便她是为了她的身体着想。田曼玉倒是自己熄灭了烟，将烟蒂扔进旁边的灌木丛。许凡视线不由追着那烟蒂，确定是熄灭了，不会引发一场火灾，方才将目光收回来。田曼玉笑叹她哪里那么不靠谱了？许凡一愣，想要解释什么，但张了张嘴，一个字也说不出来。田曼玉慨叹两人小时候玩得多好啊，现在怎么就说不上话了呢？

许凡从田曼玉的眼神里看到了非常复杂的情愫，有对她的艳羡又有对她的瞧不上。艳羡大抵是因为站在知识的角度，她在高处，田曼玉在低处；瞧不上则是站在财富的角度，她和田曼玉的位置又要颠倒过来，她在低处，田曼玉在高处。不论哪个角度，她和田曼玉都是不对等的，再也回不到小时候无话不谈的玩伴关系里去了。

田曼玉其实有很多委屈，她三四岁的时候亲妈就死了，喝的农药，村里人将她抬下山要去公社卫生所里洗胃，可是担架抬到半路，她就断气了。她会自杀多半源自家暴，但这后来成了田家不可说的秘密。田曼玉的爹很快再娶了个寡妇当老婆，田曼玉就跟着爷爷奶奶长大。田曼玉的后妈带了个儿子过继给田曼玉的爹当儿子，田曼玉十三四岁就去东山打工，就是为这个继兄在奋斗。田曼玉赚了很多钱给继兄在清流镇上买了地基盖了房子，也给他娶了老婆，可以说是田家的大功臣，但是田家并无人感激她，所有人把她的付出当作理所应当，甚至继母还觉得她给的钱远远不够，比如只是帮继兄成了家，尚没有帮他立业。田曼玉怀孕生子这一年都在休整，不能重操旧业，继母言语间就多有不满……可是自尊心不允许田曼玉向许凡倾诉这些。现在她在许凡眼中的人设是一个嫁给富商的阔太太，无忧无虑。

许凡也没法同田曼玉讲述自己的委屈，自己那被生活逼迫得尖酸刻薄的母亲每天都是用怎样让人想死的话侮辱她的，还有自己这份教书的铁饭碗其实并不高大上，一方面潘正义那些学区领导因为家境看不起她，一方面霞山溪穷得吓人，她在那里教书要多狼狈就有多狼狈……跟田曼玉倾诉了就会有所改变吗？并不会，只会让田曼玉看笑话。田曼玉是带了一种见不得她好的心态的，许凡一直能感觉到，她打心底里觉得挺悲哀的，人为什么要长大呢？长大了就变复杂了，没了小时候的单纯。

当许凡把那些酸梅带给蓝花的时候，蓝花抱着许凡又跳又笑，开心得像个孩子，许凡不由在心里唏嘘，她和田曼玉这对旧友竟还不如她和蓝花的关系来得亲密。衣不如新，人也不如新吗？

李小贤病了，有两天没来上课，趁着放学时间，许凡特意去了一趟李小贤家里，一进门就看见李小贤趴在他奶奶那口棺材板上写字。"李小贤，你的病好了？"许凡喜出望外走过去，一摸李小贤额头，还隐隐发着烫。李小贤奶奶就过来说，李小贤死活不让他奶奶用家里的钱去买药，说是要留着下学期交学费用。"许老师，我就是想减轻一些你的压力。"李小贤知道这两个学期，村里孩子能用上新课本都是因为许老师帮大家垫付了学费。许凡完全知道李小贤的意思，这孩子懂事得让人心疼。对于许凡来说，李小贤是学生，也是朋友，是伙伴，在这霞山溪村，蓝花和李小贤对许凡来说就是两道阳光、两缕春风。

许凡将李小贤带到镇上的时候天色已经擦黑了，李小贤出了一身汗，烧反而退了，但许凡还是带他去药店里看了医生买了药。

"老师，我晚上去住你家吗？"李小贤手里握着几包药，很不是滋味。

许凡摇头，"去我舅那里睡吧！"

许凡她舅汪明亮先生此刻正陪着他顶头上司——清流镇信用社主任梁生吃小酒。

第十七章

"明亮，你比我年龄大，按理我应该叫你一声大哥，"梁生端起酒碗呷了一口黄红色的酒酿，汪明亮从老家带来的他妈亲自酿的酒酿味道涩中带甜，又刺激又好入口，喝着得劲，放下酒碗，心满意足继续教训，"但我还是要说你几句……"

汪明亮不等梁生教训忙自觉道："主任你不用说我都知道，我真的已经改了，没再去了。"

"真的？"梁生看着汪明亮并不肯相信。汪明亮有个赌钱的恶习，老是被镇上几个开赌场的哄去赌钱，那赌场开在镇子郊区一处隐蔽的村里，四维都是山，进去了就很难出来，汪明亮一旦去赌就连着几天不来上班，同事找他的人都找不到，好在汪明亮在信用社里存在感很低，以他的学识以及工作能力，根本没法给他安排工作，他不过是补了他大伯的员之后白拿了一份工资，就当是信用社养了个闲人，至于他不来上班，对信用社的日常业务产生不了任何影响。

"真的。"汪明亮点头。

"那你今天……"梁生盯着桌上颇为丰盛的酒菜感到疑惑，

他还以为汪明亮又要提借贷款的事，汪明亮借贷款没有别的目的就是去还赌债的。这次还了下次还赌，梁生可不想惯汪明亮这个恶习。

"我是想给主任你介绍对象的。"汪明亮虽然爱赌钱但不好酒，他拿起筷子夹了一筷子海蜈蚣放到梁生碗里，这海蜈蚣是白天的时候他专门让镇上一个赶海青年跑去滩涂抓的，经他就着咸菜叶子一炒，鲜美喷香。

闻着海蜈蚣的香气，李小贤狠狠吞了吞口水，许凡也跟着喉头生津。两人此刻就站在信用社前面办公区通往后面厨房区的通廊口。在信用社办公区后面，有一平层，被隔成一间一间面积很小的厨房，分给每个信用社的员工使用。这个时间点，其他人都到信用社二楼的宿舍里休息了，厨房前面的院子里只有汪明亮和梁生一个下属一个上司。如果是其他人邀约，这顿小酒梁生是不吃的，但是汪明亮，梁生必须来。身为上司，下属的生活作风、思想动态都出了问题，他有责任有义务教育他帮助他走回正轨。只是没想到，汪明亮今晚的主题竟然是帮他这个顶头上司说媒，说的还是他亲亲的外甥女。

"许凡是老师，正宗的师范生毕业的，潘校长不地道，也不看我们信用社面子，就将她分配去了霞山溪。不过分配差不要紧，她要是嫁给主任你，潘校长肯定会把她调回中心校的。"汪明亮理所当然水到渠成的样子，仿佛此刻他已经做了梁主任的姻亲舅舅，以后在清流镇农村信用合作社就是皇亲国戚了，借贷还赌债还不是小菜一碟的事情？

李小贤抬头看了看身旁的许凡，院子上空拉的电线上吊一盏白炽灯散发耀眼的黄光投射在她脸上，映照出她尴尬的面色。李小贤是个少年了，当然能听出汪明亮话里的意思，许老师的舅舅竟然是在给许老师说媒呢！李小贤朝梁生看过去，那个男人二三十岁，生得面容宽阔，不过身材有点胖，外形上看配不上许老师呢！李小贤腹诽的时候，许凡已经拉了他向外走。

走出信用社，看着黑沉的天空，李小贤问许凡接下来要去哪里，许凡说，去她家吧！万般不愿意回去面对汪明月的臭脾气，但许凡也没有办法，只能领着李小贤往家走，路上交代他见到她妈后要注意些什么。李小贤突然很羡慕地说，许老师有妈妈真幸福。李小贤自幼没了母亲，父亲外出打工，他打小跟着爷爷奶奶长大，自然羡慕有妈的孩子像块宝。许凡听了只能一脸苦笑。两人转眼就从街上走到了通往许凡家的那条路上。那条路因为连接着镇子和附近的村子，并没有路灯，走得深了，就漆黑一片。许凡从包里摸到手电筒，不由顿了顿。这把手电筒是叶知秋送给她的。

"救命啊！"黑暗深处突然传来一声呼救，许凡迅速打开手电筒，向前方照了过去。光线企及之处，但见两个人影纠缠在一起。

"老师，是一个男的要把一个女的拖走。"李小贤少年眼力见好，第一时间就向那对男女冲了过去，许凡也跟着冲过去。

许美丽完全想不到救自己的会是世仇汪明月的女儿许凡。如果不是许凡和李小贤及时出现冲过来，她会被林屠夫的大儿子拖回家去。林屠夫家就在附近，而林屠夫的儿子是个混子，在镇上喝酒打架，还替人顶包坐过牢，什么事都干得出来。一旦被他拖回家去，有什么后果，可想而知。许美丽一想到这茬，就忍不住牙齿打颤。许美丽今天是跟着部长下乡，刚好回了清流镇，晚上镇里招待部长一行吃晚饭，又喝了一顿酒，就迟了。许美丽想着既然回到镇里，晚上还是回家一趟，就没随部长的车回城，谁料想竟在回家路上遇到了那混子，真是倒霉透了。然而更倒霉的是，被许凡撞见了这尴尬的一幕，许美丽不由在心里骂娘。

许美丽没向许凡道谢，那声"谢谢"她说不出口，毕竟从小到大她们一直是世仇的关系。而许凡发现是许美丽后也没有说任何话，打着手电筒拉着李小贤在前头走。许凡先是急走了两步，渐渐又放慢了脚步。许美丽看着前头的灯光与人影，心绪随着脚步一道深深浅浅。她知道许凡是故意放慢了脚步等她，好让她跟着那手电筒的光走。此刻手电筒的光虽然微弱，却让许美丽受到惊吓的心绪渐渐平定下来，虚脱的双脚也渐渐恢复了力气。

很快就走到猫婶家门口，经过一旁的茅厕，拐进一条纵向的小坡，再上几级石头台阶，便看到一排五间砖木结构的二层房子，中间是大厅，大厅左边是许凡的家，大厅右边分别是金珠和田玉琴的家。许美丽上了石阶，三步并作两步就逃回自己家里去。这一夜许美丽辗转反侧到半夜，还能听见许凡家里传来汪明月的骂声。这在过去，许美丽只会幸灾乐祸，可是今夜她对许凡竟然产生了恻隐之心。次日一早，许美丽顶着两个黑眼圈早早起身，洗漱更衣，吃了田玉琴煮的稀饭便要进城回宣传部上班去。

走出家门口，许美丽忍不住就朝许凡家门口看过去，许凡家门紧闭，并未见到许凡的身影，这让许美丽暗松了一口气。她还真不知道要是白天碰到许凡，自己会怎么办，人家毕竟昨夜救了自己，再像过去那样横眉冷对，多多少少是不合适的。可是一直以来都是仇敌的关系，突然间要把许凡当恩人，许美丽过不了自己心里那道坎。只是令许美丽没想到的是，那么尴尬的场面会在十几分钟后就发生了——

许凡和李小贤一口气走到清流镇车路头，李小贤实在忍不住了，嘟哝道："许老师，你昨晚哭了？"许凡觉得没面子，把脸别向另一边假装没听见。她刚一别过脸就看到了许美丽，许美丽也看到了她，不由错愕了一下，因为许凡的一双眼睛正肿得核桃似的。许美丽还来不及因为昨晚的突发状况而尴尬，许凡就尴尬地拉着李小贤，快速走掉了。看着师生俩的背影，许美丽一时愣神，直到耳边响起中巴车的喇叭声她才回过神来。想到八点钟还要上班，许美丽赶紧上了中巴车。中巴车上仅剩了一个空位置，靠窗而坐的青年人一见到她就热情地打招呼："美丽姐！"

是县里国营茶厂的茶叶机械技术工人辛廷伟。

第十八章

部长一度是个烟鬼，常常引发部长夫人的不满。别看部长在部里雷厉风行，对部长夫人是很尊重的。部长夫人不能生育，部长也没有听从家里长辈挑拨就和部长夫人离婚，而是和部长夫人商量着抱养了一个闺女，视如己出。部长夫人不喜部长抽烟，部长就立志把烟戒掉，可是烟瘾跟着部长有些年头了，哪能说戒就戒？后来县里国营茶厂的辛厂长给部长拿了几泡大白茶过来，部长每当烟瘾犯了，就强迫自己喝白茶。一开始，部长喝不惯大白茶，茶味略苦，入口涩涩的。辛厂长就打趣他，也可改为嗑瓜子或者吃水果，转移注意力。部长一大老爷儿们，怎么可能吃那些姑娘家才吃的零嘴？只好还是喝白茶。这么坚持了几个月，部长神奇地把烟给戒了，还从此爱上了喝白茶。为此，部长夫人对辛厂长很是刮目相看，辛厂长变成了部长家里常客。而辛廷伟正是辛厂长的儿子。

部长好友的儿子,许美丽认识的,有次在"山岚海澜"书画院,陪部长练书法,辛廷伟恰好替辛厂长来给部长送茶叶,与许美丽见过一次。部长当时冲许美丽狠夸了辛廷伟一番,说他十七岁就在国营茶厂当了一名茶叶机械技术工人,并没有因为他老子爹是厂长就在国营茶厂里当个吃闲饭的太子爷,年轻人不但勤劳肯干还富有创新精神,国营茶厂在如何改良茶叶的种植结构和如何推动茶叶的机械化生产进程方面取得的进展,辛廷伟功不可没。

许美丽热情和辛廷伟打了招呼,便恭喜他:"听部长说,你现在在主持'茶园喷灌工程'的总体设计,还在主持改进茶叶初制机械设备?"

辛廷伟点点头,语气里透着愉悦:"对热风灶的改进初步有了成效。"说起自己的专业技术,辛廷伟头头是道,热心向许美丽介绍热风灶如何改良事宜,许美丽不懂做茶,听得一个头两个大,赶紧岔开话题问辛廷伟一大早怎么会在这里,辛廷伟道是自己昨儿跟母亲来清流镇下头一个村里,给自己本家的一个姑婆做寿,过了一夜,一大早赶回城里有事。

说到这里,辛廷伟突然两眼放光,兴奋对许美丽道:"美丽姐,也是巧了,我赶回城里,就是要去你们宣传部开会的。"

上班时间还没到,县委大院里人还不多,但王隽已经坐在了宣传部新闻科自己的那间小办公室里。水壶里的水咕噜噜烧开了,王隽拿着自己的水杯走过去倒开水,刚从办公桌上站起身,就看到宣传部部长连山青经过办公室门外。连山青个头不高,也就一米六开外,长相清秀,气质也文雅,大抵是因为喜欢书法常常练字的缘故,身上透着一股子读书人才有的隽永之气,然而却给人一种莫名强势的气场。

看到王隽,连山青在新闻科办公室门口停住脚步,和蔼可亲笑道:"王科长这么早?"

王隽忙放下水杯走向连山青,说道:"昨天不是通知辛厂长以及茶厂的几个技术骨干今天上午到宣传部开会吗?我早一点进来整理会场。"

连山青道:"整理会议室这些活用不着你一个笔杆子动手,你可是我们县委宣传部的'第一把笔',这些杂活交给小许他们几个小年轻去做就可以了。"连山青说着想到许美丽昨夜喝了点酒留在清流镇老家了,估计今天早上都不一定能准时赶进来上班。连山青下意识低头看了看表,只听王隽谦虚笑道:"部长说笑了,难道因为这双手拿了笔就拿不得其他东西了吗?那筷子拿不拿呢?"

连山青哈哈大笑,笑罢郑重看着王隽,"拿筷子事小,拿笔事大,笔杆子的手,可以像女娲一样补天,也可以捅出天大的篓子来,王科,慎重对待你手中的笔。"王隽看着连山青的眼睛,知道他话中有话,说的还是上次那封关于霞山溪村民的信。那封信王隽已经悄悄寄往北京,是石沉大海,还是会一石激起千层浪,王隽每天都很忐忑,希冀着那封信能得到北京的回音,又害怕着会一直没有回音。这些日子,王隽可谓备受煎熬,不过这些煎熬都是王隽内心的挣扎,外部人是不得而知的。先前因为这封信,自己贸然跑去省城的举动一度惊动了县委书记,书记很不高兴,但并没有亲自找王隽谈话,倒是县委乔副书记出面做了这个坏人,把王隽喊去敲打了一顿。而连山青身为王隽的顶头上司,在县里几大常委面前亦是承受了不小的压力,少不得要听书记训上几句话,不过这连山青在王隽面前从来不明着提那封信的事,他从未出声明着阻止。他的沉默给了王隽很大的自由发挥的空间,他把部长的沉默当作一种默许。于是,他为那封信跑去省城碰了一鼻子灰之后就有了更为大胆的举动,将那封信寄去了北京。

许美丽很快就到了宣传部,一到宣传部,就拿了脸盆抹布麻利去会议室擦桌子。会议桌被她擦得焕然一新,茶水也烧好了,等辛厂长领着辛廷伟和茶厂的几个技术骨干到达宣传部时,整个会议室都洋溢着热腾腾的茶香。

辛厂长问辛廷伟,许美丽泡的茶水用的是大白茶,还是大毫茶。辛廷伟不假思索就答了大白茶,茶厂的其他几个技术老骨干忍不住笑起来,纷纷夸赞辛厂长养了个好儿子。在一众夸奖声中,辛厂长听到了其中一个熟悉的声音:"辛厂长,廷伟真是青出于蓝而胜于蓝啊。你像他这么大的时候,可没有这样灵敏的鼻子。"辛厂长一喜,忙从已经落座的位置上站起来,辛厂长一站起来,辛廷伟等人也跟着站起来,齐声唤:"连部长!"连山青身后跟着王隽等人,正器宇轩昂走进会议室。连山青冲众人摆摆手,示意大家坐下,自己也在会议桌上首的主位上坐了下来,其他人则鱼贯走到会议桌的另一边,坐在了辛厂长一行的对面。王隽一落座,就将笔记本打开,钢笔盖拧开,做好了记录的准备。其他人见状也纷纷掏出了笔记本。

连山青清了清嗓子说道:"今天把你们都叫过来,是为了我们桐山县的大白茶和大毫茶去参加茶叶比赛的事情……"

宣传部的会议一直开了一个多小时。会议结束后,连山青特意将辛厂长父子俩留了下来,其他人则各自散去。王隽捧着那本已经记了好几页的笔记本刚回到办公室,许美丽就对他说,王丽春半个小时前给他来电话了,听说他在开会就挂了。王隽"哦"了一声,坐下整理笔记,许美丽忍不住问:"科长不给你妹妹回个电话吗?"王丽春在北京,用办公室电话给自己妹妹打长途电话,这属于公器私用,王隽对自己要求很高,他不愿干这样的事,就对许美丽笑了笑，说王丽春如果真有事，一会儿还会打来的。王丽春很快就再次打来了电话，电话里王丽春忍不住激动的声音，问她哥看到今天的报纸了没？早晨开始办公前，先阅览报纸，这是王隽的习惯，但早上因为参加会议，报纸还没来得及看。王隽问王丽春什么报纸什么新闻让她激动成这样，王丽春卖关子让他自己看。王隽心头隐隐感觉到了什么，他挂了电话问许美丽，老郑把今天的报纸送来了没。许美丽朝墙角的报架努了努嘴，说已经送来了。

收发室的老郑是个结巴，一句话常常要卡三次才能表达出意思，但他工作勤勉，为人低调，深受领导同事同情与喜爱。在宣传部里，上至连山青，下到许美丽，没有人歧视老郑，反而替他惋惜。老郑的亲姐姐在省城某医院高干病房当护士长，专门对接一些老干部的护理工作。如果不是因为老郑的结巴，凭着姐姐这层关系，老郑在这座小县城里谋个一官半职不是难事。老郑虽然没做上官，但不妨碍他成为人生赢家。宣传部里唯一娶了两个老婆的人就是他。许美丽刚到宣传部那会儿，听闻老郑离过婚，便觉此事在老郑面前应该是讳莫如深的，没想到部里人人都可以用这事和老郑开玩笑。许美丽有次就听见连部长笑着打趣老郑，别人都娶一个老婆，就你娶了两个老婆，你是宣传部里最牛的人。老郑就乐呵呵回他，有钱，任性！老郑说这四个字的时候，一点都不结巴，他那张瘦长的一向挂着谦卑的面孔上还露出了难得一见的自信与笑容。相处久了，许美丽还发现，老郑竟是个冬泳的好手，三九天去桐山溪游泳不在话下。真看不出来，老郑那瘦削的身子板竟蕴藏如此大的能力。老郑瘦瘦筋骨肉，是和他的自律分不开的。他不但生活作息规律，工作上更是按部就班有条不紊，比如每天早上八点半前势必要将当天的报纸发放到各个办公室。

此刻，老郑早就将报纸送到各个办公室，新闻科今日份的报纸都已经上了报夹，此刻正挂在墙角的报架上。

许美丽是个机敏的人，不待王隽走去报架，先人一步将今日份的报纸从报架上取了下来，放到了王隽办公桌上。王隽道了谢谢，便快速找到了那张全国权威的主流媒体的报纸。王隽一眼就看到了自己那封信，因为是头版头条……他握着报纸的手颤抖了，眼眶也跟着湿润了，心头连日来的忐忑在这一刻全都归于平静，可是他的心却怎么也平静不下来。

五月的阳光照在霞山溪村贫瘠的山头，许凡和李小贤一起在山头挖野菜。两个人中午吃完饭就到山上挖野菜了，挖了整整一个小时，李小贤的篮子里也才躺了小半篮松松垮垮的野菜。许凡叹口气："咱们村怎么穷成这样，连野菜都不长啊！"李小贤从许凡手上接过好不容易挖到的一根野菜，小心翼翼放到篮子里，问道："所以，许老师你很快就会离开我们霞山溪村吗？"这是李小贤最担心的事情，要是许老师调走了，村里就又没有老师了。李小贤最担心的，对于许凡来说，也是最难实现的，调动哪有那么容易？学区在五月份会举办一场"教坛新秀"比赛，潘正义说了比赛前三名的获奖老师可以调动。调去哪里，潘正义没说，但总比霞山溪好吧？这是许凡唯一的机会，父母没有关系网，是目不识丁的农民，她只能靠自己。如果她在比赛中拿到前三名，那她就可以从霞山溪调走了。许凡在心里暗暗下了决心，可是当着李小贤，她不能将自己的打算说出口，李小贤看着她的眼里，正满含崇拜与依恋。

"不会。"许凡给了李小贤一个善意的谎言，李小贤这才安了心，松口气露出笑容，说："许老师，等我爸回来的时候，我家就有钱了，到时候我让我爸去镇上买几斤猪肉回来，请许老师到我家里吃饭。"看着热情的少年，许凡心头暖暖的，她问李小贤村里其他男人都留在家里种地，怎么他的爸爸会外出打工？李小贤说他们家的地压根种不出红薯，他爸如果留在村里种地，全家都会饿死。"我妈已经跑了，我爸不能再失去我和奶奶两个亲人了。"少年提到他妈的时候，脸上闪过一丝痛苦。许凡没有再问李小贤他妈为什么跑了，村里的女人们病的病，死的死，跑的跑，都是因为一个字：穷。李小贤却嘟哝道："等我爸赚了很多钱回来，我妈妈他也会回来了吧？"李小贤问这问题的时候，眼巴巴看着许凡，许凡冲他点点头，"嗯"了一声。李小贤又问，那要是他妈已经改嫁了怎么办？这让许凡没法回答。正在许凡尴尬的时候，远处山坡上传来村民小组组长李先荣的声音。听到李先荣在喊他们，许凡和李小贤赶紧提了菜篮子向他小跑过去。

"李小贤……"李先荣看着李小贤，吞了吞口水，那个如石头一样压在他心头沉甸甸的消息，此刻变得那么难以起口。

"出了什么事？"许凡问李先荣。太明显了，李组长的脸上每一个细微表情都在说明，他带来的是一个噩耗。

"跟叔回家去再说。"李先荣拉住了李小贤的手。

李小贤家里，他奶奶的那口棺材板上摆放着一个小金瓶——一种像陶罐一样的骨灰盒。里面装的，正是他父亲的骨灰。李小贤的父亲是在西北一个煤矿工地上出的事。"太远了，尸首运不回来，只能就地火化，把骨灰送回来。"李先荣对李小贤说道，声音很低沉。小金瓶旁边放着一叠绿色的百元大钞。这个村里的村民，一辈子也没见过这么多钱，甚至有些人连百元大钞长什么样都从来不知道。李小贤父亲的后事该怎么办，李先荣和村里几个老人商量了一下决定办得风光些，他自己的卖命钱自然要风风光光办他的后事，但李小贤奶奶说，一切从简，因为钱要省下来给李小贤读书，还要留着给李小贤做长大后的老婆本。

在霞山溪村，活人要紧，因为活人越来越少了。许凡去年刚到霞山溪村的时候，村里还有百八十号人，到了今年，人口已经损失了一成，折损的还都是李小贤父亲、阿英嫂、劳家三兄弟这样的青壮年。许凡每到夜里睡在小祠堂的床板上，背脊都凉飕飕的，总感觉深山夜晚的空气里飘着鬼魂。蓝花怀孕了，必须小心为上，所以许凡坚决不让蓝花在晚上来祠堂和自己作伴，万一蓝花的肚子有个好歹，她担不起这责任。添丁，不单单是李先荣和蓝花一家的希望，也是这整个霞山溪村的希望。有孩子才有未来和希望，否则这贫穷的山村只会一日日地越来越靠近消亡。

五月份眼看着就要过去了，接近六月的阳光也越发多了威力，照得霞山溪"眉毛丘"那些红薯地一点水分都没有，许凡帮着蓝花把一桶水从家里提到"眉毛丘"去给李先荣浇地，才走到半山，就见一行人入村而来。那一行都是男人，都是一手拄着粗树枝或者木棍当拐杖，另一手或提着米、油，或提着猪肉，还有人扛着棉被衣服等。那一行人虽然因为行路风尘仆仆汗流浃背的，但他们的衣着打扮一看就是城里来的。在这群人中，有一道熟悉的身影，是王隽。

许凡认出了王隽，不由放下了手里的水桶，她的脑子有些懵，不知道这是怎么回事。王隽也看见了她，正冲她笑着挥手打招呼："许凡老师！"许凡的眼睛湿了，阳光照在她的眼睛上，让她的眼前一片水光潋滟。

那些灿烂耀眼的光波，如此可爱，每一点光波都是希望。

第十九章

　　这个夏天对桐山县来说，注定是不平凡的季节，对于霞山溪的村民来说，山外送来的希望也和这个夏天一样，耀眼而强烈，给这个小山村注入了从未有过的生机。

　　国家级权威媒体编辑部收到了王隽的来信，这封被称为"抹黑改革开放大好形势"的来信并没有被丢进纸篓，反而以内参形式报送中央领导决策层，政治局一位常委立马做了批示。批示件很快被传真到省委办公厅，省委办公厅的《情况简报》上第一时间刊登了中办传阅件，省委领导在传阅件上写道：此件所提要求应限期解决，类似这样的边远山区，也应采取类似的措施。我们对不起这些地区的人民。

　　而紧接着，国家级权威媒体在报纸第一版刊登了王隽的来信，并且配发了评论员文章（该评论员文章引用了《人民日报》1984年6月24日刊登的评论员文章《关怀贫困地区》），文章里写道，实事求是的思想原则要求我们在看到农村形势很好，生产显著增长，人民生活改善的同时也要看到另一面，这就是农村尚有局部地区和少数贫困户在生产生活上还存在着相当大的困难，有一部分农民的温饱问题还没有得到解决。评论员文章还写道，这类贫困现象都出现在老革命根据地、少数民族地区、山区、边疆地区，其中有些地区过去在战争年代曾经对革命做出很大贡献，新中国成立以后理应得到较快的发展，政府在财政上也给予不少的资源，但在过去一段相当长的时间里由于政策上"左"的偏差，这些地区生产、交通、文教、卫生、科技落后的历史状况改变不大，少数群众依然过着"吃粮靠定销，花钱靠救济，生产靠贷款"的穷困日子。评论员文章还表态，我们共产党人的天职就是领导全国人民走共同富裕的道路，如果让这些贫困现象长久继续下去，不但会影响整个农村经济的持续发展，也愧对那里曾为革命做出过牺牲的父老乡亲，少数贫困地区存在的问题，整个说来属于支流问题，但我们决不能因此而忽视它，支流问题拖着不去解决，越积越多在一定条件下也会造成灾难。

评论员文章里尤其批评了过去那种搞浮夸、搞形式主义、报喜不报忧的毛病，指出谁一提到困难，似乎就是给大好形势抹黑，这种毛病如果不克服，势必助长脱离群众、脱离实际的盲目乐观情绪，进而导致工作上的失误。这样的观点和言论无疑给王隽打了一剂强心针，他回想因为这封反映霞山溪村民贫困现状的信，自己所遭受的所有心路历程，唏嘘不已。国家级权威主流媒体的发声，是对他的坚持和决定给出了最好的肯定。

那一天，在接完妹妹王丽春从北京打来的电话后，他当即就找到报纸看到了这篇评论员文章，尔后便坐在宣传部新闻科办公室里愣了好久的神，直到许美丽觉得他不对劲而特意过来叫他，他才发觉不知何时自己脸上竟流满了眼泪。他是激动的，他太激动了，激动于自己的信被印成铅字出现在国家级权威主流媒体的第一版上，激动于评论员文章上的字字珠玑，句句铿锵，激动于评论员文章最后写到的，中央领导同志对各地主政领导干部的提醒："各地在当前农村大好形势下，要重视发现和解决滞留问题，这对继续发展农村好形势是极为重要的，让我们在抓好主流，促进农村大部分地区经济继续繁荣兴旺的同时，下决心到那些贫困落后的地区去走一走，实地调查一下那里究竟是什么样子，有哪些困难，应当采取哪些特殊政策和措施，跟那里的干部群众坐在一起，共同研究治穷致富的门路，能解决的问题就抓紧解决，哪怕是解决一两个问题，总比空发议论好得多。我们深信，既然在党的十一届三中全会之后，多数农村人很快富裕起来，这少数地区只要政策对头，经过努力也一定能较快改变贫困面貌。"

王隽把这段话读了又读，眼泪也止不住流了又流，这段日子自己付出的奔波，承受的委屈，那些个辗转反侧的无眠的夜晚，那些燃烧心头焦灼的心火，全都不算事了。他仿佛看见自己的眼泪与汗水在一片贫瘠干涸的河床里蔓延成汩汩的河流，催生出茂盛的水草，绿油油绿油油，在水中生动地招摇。王隽擦了眼泪，当即决定把这张报纸拿去给他的顶头上司连山青部长过目，再由连部长陪着一起去找县委书记。之前通过县委乔副书记对他的敲打，王隽知道县委书记对他给上级写信的举动颇为不满，只是没有亲自找他谈话而已。要知道有些官员在工作中对等级看得十分重，像王隽只是个小小科长，书记会觉得亲自找他谈话是纡尊降贵，有失身份，一般情况下只会对连部长表达不满，再由连部长去批评王隽。也不知是什么原因让这样一个环节在连部长这里掉了链子，连部长在王隽跟前只字未提那封为霞山溪村民请命的信件，也只字未提他揣着信跑去省城找编辑部投稿的事，就像是从来不知道王隽这个秘密似的，于是一向是书记左膀右臂的乔副书记便当了这个坏人。

现在，国家级权威主流媒体的发声，犹如中南海的信使，让扶贫事业的春雷就此响彻神州大地，春天是真的要来了，谁也挡不住了。同年九月，中央便发出《关于帮助贫困地区尽快改变面貌的通知》，将扶贫事业摆到了具有重要经济意义和政治意义的地位上，要求各级党委和政府必须高度重视，采取十分积极的态度和切实可行的措施，帮助这些地方人民首先摆脱贫困，进而改变生产条件，提高生产能力，发展商品生产，赶上全国经济发展的步伐。王隽怎么也想不到，这场持续了三十多年的波澜壮阔的扶贫事业，最后以轰轰烈烈的"脱贫攻坚"三年决战消除了绝对贫困而胜利收官的伟大壮举，竟是由自己的一封信点燃的星星之火。

彼时的王隽还沉浸在如何与书记化解那微妙的不开心处境的尴尬里，令王隽没有想到的是，他没有机会再和那位县委书记面谈些什么了，因为书记被双规了，桐山县迎来了一位新的县委书记——周挺。

在这个骄阳如火的夏天，周挺书记从一个有着"高山明珠"之称的海拔八百多米的山区县城，来到桐山这座较为富庶的滨海小城履新。履新首日便接到了从省委办公厅下来的传真件。周书记直以为，他主政过的山区县城贫困现象不新鲜，他完全没想到，在这靠山吃山靠海吃海的山海小城也存在贫困现象，那个叫"霞山溪村"的小山村完全可以用"赤贫"来形容。周书记拿着省委办公厅的传真件，即刻便主持召开了县委办公会议，组织县委班子领导认真学习了省委领导批示精神，围绕来信内容展开讨论，群策群力，最后敲定了扶贫方案。会议结束后，周挺书记将王隽叫到了书记办公室，盯着他直笑。被新来的县委书记这样盯着看，王隽心底没有发毛，反而内心暖暖的，只见周挺书记对他竖起了大拇指，用一种极为亲切的声音说道，去霞山溪实地察看，你给我们大家当向导吧。

一支由农业局、粮食局、林业局、供销社、畜牧局、民政局、老区局等部门一把手组成的县扶贫工作队浩浩荡荡向霞山溪村挺近。当这支工作队风尘仆仆汗流浃背站在山顶的村子里，打头阵的周挺书记放下手里的粗树枝拐棍，摘下草帽，用毛巾擦了把汗，回头对王隽打趣道，王科长，你这向导没故意带着大家绕路吧？

这霞山溪村可真够远的啊！周挺书记的幽默让疲惫的众人缓了下神，纷纷笑了起来，周挺书记跟着大家一起笑的同时，神色又不免有些凝重。这霞山溪村起止远，路途还崎岖坎坷，极为难走，一不小心就会摔出事故来，工作队不过进一回山，就人人累得去了半条命，难以想象这村里的男女老少每天是如何在这山里生活出行的。

　　周挺书记沉思的时候，就听一个年轻姑娘的声音随山风飘送过来："你们都是县里来的领导吗？我马上去叫李组长回来。"

　　周挺书记循声望过去，那个二十岁左右的女孩子，个头娇小，衣着朴素，一边冲他们兴奋挥手，一边放下手里那只老旧的黑褐色塑料水桶，转身向一块石头林立的山地跑过去——

　　"周书记，她叫许凡，是霞山溪村小的一名公办老师。"王隽向周挺书记介绍道。

第二十章

　　午饭时分，霞山溪村家家户户的茅草屋里都飘出了呛鼻但幸福的白烟，烟里夹杂着米饭的香味。长长晶莹颗颗分明的米饭粒，诱人地躺在锅里，冒着腾腾的热气。李小贤一进屋，他奶奶就从土灶的灶膛外站起来，去碗橱里拿一只碗走到灶边，掀开锅盖，给李小贤盛饭。随着锅盖掀开，小小的茅草屋里登时饭香四溢。

　　李小贤惊异地问："奶奶，家里的大米不是已经煮完了吗？我还没去漆溪村里买，你怎么就有米下锅了啊？"李小贤正说着，隔壁钟老汉就端着一碗饭边吃边走了进来，竟是一碗热腾腾香喷喷的白米饭。自从拿到了父亲出事故的赔偿款，李小贤顿顿都能吃上白米饭了，但是霞山溪村其他村民可过不上这种好日子，钟老汉每顿都是野菜，偶尔能吃顿番薯丝饭已是泼天的幸福，今天竟然还端上了白米饭。

李小贤看着钟老汉手里那只装着白米饭的碗心里疑惑，那豁口的旧碗与新鲜热腾的白米饭显很不搭配。只听钟老汉对李小贤祖孙俩说道："这辈子做人可真是值了，我终于吃到白米饭了，这只有女人坐月子才能吃到的白米饭啊！我现在就是死也值了！"钟老汉发自肺腑的慨叹，布满皱纹的老脸上开着笑花，像是晚春使劲绽放的最后一抹灿烂，而泪水怎么也控制不住，在那张老脸上淌下两条浑浊的水路。

奶奶告诉李小贤，今天县里来了一大波大官，给全村人送来了大米、鱼、肉、衣服、棉被还有钱。奶奶这辈子见过的最大的官也就是漆溪村的村主任，村民小组组长李先荣在奶奶眼里就是官了，听李组长介绍今天来的官员竟然是县委书记，还有局长们，奶奶难掩激动与忌惮，对李小贤说，这要是在古代，她见到他们是要下跪的。钟老汉吃到白米饭仿佛整个人有了灵光，两只眼里闪烁着雪亮的精气神，乐呵呵打趣李小贤奶奶说，古代的官你给他们下跪他们也不会给你送白米饭和钱啊，只会从你身上敲竹杠。

李小贤看着墙角木桶里躺着一条鱼，鱼鳃一张一合，还活着。他提上那只木桶就跑出了家门，他奶奶在他身后喊，李小贤你去哪里？你饭还没吃呢！李小贤充耳不闻，一口气跑到小祠堂去。他要把这鱼送给许老师，如果许老师不收，他就告诉她，爸爸死了，赔偿了很多钱，他现在是全村最有钱的人，顿顿都可以吃上鱼肉。

许凡正拿一把椅子坐在小祠堂门口，膝盖上摆着作业本，小祠堂的屋檐替她挡住了耀眼的日光，让她得以安静改作业。李小贤还没跑近就兴奋地喊她，许凡立即示意他噤声，起身将作业本放到竹椅上，走向李小贤，问他怎么来了？李小贤将手中的木桶举到许凡面前，激动说，老师你看，好大一条鱼，我帮老师熬鱼汤。李小贤说着就要往小祠堂冲，许凡急忙拉住他，小声提醒说，小祠堂里县里领导们都在开会。

就是奶奶口中的大官吧？李小贤立即拉着许凡小心翼翼走到小祠堂门边去，透过门缝向内看。门内课桌椅被排成一排，县里领导们正坐在椅子上和李组长说话。李组长和大家坐在一起，对着大家千恩万谢的，感谢大家给村民送来了这么多慰问品和慰问金。周挺书记对他说道，都说救急不救穷，打铁还需自身硬，你是村民小组组长，一定要带领全村人过上好日子，光靠救济只能解决一时问题，霞山溪村人要过上好日子，还是要靠自己努力。李组长拼命点头，说书记讲的道理他懂，村里人也懂，但是霞山溪太穷了，村民除了种点番薯，砍点毛竹拿去卖以外，实在找不到其他出路了。"我们霞山溪的村民真的不懒！"李先荣强调这句话的时候，眼里噙着泪水。

周挺书记看看这伤感的年轻汉子，再看看众人，便集思广益，最后由书记当场拍板，下一步，由民政部门再给霞山溪村民每户送一笔救济生活费，粮食部门给每户送一袋大米，畜牧部门给全村送60只山羊崽和50只长毛兔种，林业部门送3000多株杉树苗、2000株水果苗，农业和医药部门则送一批药材种子，再派技术人员实地教授种植方法……

门外，许凡和李小贤互相看了对方一眼，师生俩眼睛里都闪烁着激动的光芒。这下，霞山溪村有救了。正激动着，小祠堂的门推开了，周挺书记一行走了进来。周挺书记问许凡就是霞山溪小学的老师？许凡点点头，周挺书记就嘱咐她，对于村里的孩子来说，读书是改变命运的唯一方式，希望她能好好教书，将霞山溪的孩子们都培养起来。末了，周挺书记说道，教师是一份光荣的职业，但是在农村教书条件艰苦，希望许凡能克服困难，县里也会尽力帮扶霞山溪小学。一旁，王隽忙提醒许凡有什么困难可以向书记提出来。许凡想，自己一心想调走，可是霞山溪只有自己一个老师，如果自己调走了，村里就没有老师了，如果能再来一个老师，那自己有机会调走的时候，就不用对霞山溪的孩子心存愧疚了。想到这些，许凡就向周书记大胆提出，霞山溪小学虽然只有七八个孩子，可孩子们不同年龄要上不同学段，还要上不同科目，就她一个老师，实在教不过来。周挺书记点点头，说他明白了。

一个月以后，霞山溪小学来了一个代课老师：顾军。

顾军今年三十岁不到，是一名回乡知青。十年前他去西南边陲"插队"，恢复高考后，就想要回到故乡来，为此还服用了一些麻黄素和升压灵制造出高血压，喝墨水给自己弄了个"胃穿孔"，终于弄到了一张病退证明。家是回了，可身体也坏了，高考考了几次都是名落孙山，只好赋闲在家。这次，他到霞山溪村校当一名老师，也算是有备而来，先是由县教委负责培训教学方面的业务，同时还到县卫生部门接受了培训，对于治疗一般的常见病不在话下。既是民办教师，也是"赤脚医生"。李先荣这样向许凡介绍顾军。

"你好，许老师。"顾军向许凡伸出手，许凡看着那只手，有点难为情，给了个赧然的笑容，并没有伸出手去。她的脑子里还装着汪明月给她灌输的"男女授受不亲"那一套。

顾军来了，晚上住哪里是一个难题，小祠堂太小了，除了教室和许凡的房间没有多余的空间了，顾军说他可以白天上课，晚上就把学生的课桌椅拼一张床将就一下。李先荣说那怎么行，让顾军晚上时间去小祠堂附近的大钟哥家里和大钟哥挤一挤。李先荣还考虑到许凡毕竟是女孩子，男女共处一室，不方便。顾军爽快接受了李先荣的安排。他是一个眉清目秀的年轻人，除了略瘦，也看不出他的身体有什么病弱，穿着的确良西裤和白衬衫，梳着中分的发型，还显得风度翩翩的。

顾军将行李搬去大钟哥家里，再回到小祠堂的时候，许凡正组织学生放学，顾军便过去帮着擦黑板。送走了学生，许凡背起了背包，和顾军告别，因为她周末还要去学区参加比赛，所以提早回家准备。学区组织的"教坛新秀"比赛分为上课、毛笔字、教学论文等环节，各个环节按比例折算成最后的总分，学区会给比赛中获得前三名的老师从乡村学校调动到镇上的机会，上课比赛已经结束了，许凡在上课比赛中拿到了第一名，被学区请来当评委的县进修学校的老师对许凡的课给予了高度评价，夸赞她"启发教学高八度"，这让许凡振奋不已。这周末就是剩下的毛笔字和教学论文比赛，许凡对自己信心满满，她的字写得不错，写作文也是她从小到大的强项，这次"教坛新秀"比赛，她的实力注定她肯定能拿到前三。只要拿到前三，她就有机会调回镇上教书了。想到这些，许凡美滋滋的，对顾军说道："顾老师，你只要克服完这个学期，下学期我的房间就可以给你住了。"

听了许凡的话，顾军吃惊问："许老师你是不是要调走了？"

许凡没有回答，背着背包踏着轻快的步子下山去了。

令许凡遗憾的是，"教坛新秀"比赛，她并没有获奖。虽然上课单项她拿了第一名，可是毛笔字和教学论文两块，她的分数都很低，综合一下，她的分数就靠后了。李诚儒也没有获奖，在镇上的福东溪，他和许凡不期而遇了。

"别哭了，"李诚儒安慰许凡，"比赛本来就是不公平的，你上课比赛拿了第一名，那是因为有县里进修学校的老师出来当评委，谁课上得好，谁课上得不好，摆在台面上一目了然，可是毛笔字和教学论文是捂起来评分数的，自然把你分数使劲往低了打。"

"为什么？"李诚儒的话让许凡不解。

李诚儒说道："你上课一项分数那么高，如果不把你毛笔字和教学论文两块的分数压低，你总分肯定高啊，你要是拿了前三，那其他人怎么办？"

许凡更不明白了："比赛就是谁的分数高谁获奖啊，没有获奖的人说明技不如人，那有什么办法？"

看着一脸懵懂困惑的小学妹，李诚儒叹口气，她怎么这么天真呢？

"许凡，实话告诉你吧，什么比赛啊，都只是一个调动的借口，都是要走关系的，那些走了关系的，自然在比赛中就能获奖，你看这次比赛获奖的前三名，哪个比你优秀？"

都是镇上一起上学一起长大的，谁有几斤几两，谁不知道谁的底细呢？这次比赛获奖的前三，一个是潘正义海岛老家的，一个是学区教导的干女儿，还有一个老爹去新加坡出过国，家里在镇上是出了名的有钱。

"别委屈，也别自责了。"曾是韩阳师范优秀毕业生，却不能留在镇上中心校，只能去偏远农村教书的李诚儒，好想伸手拍拍小学妹的脑袋，但他忍住了。

许凡问他："诚儒师哥，你怎么知道这些内幕的？"

李诚儒说是张漱对他讲的。张漱学姐在去年学区分配会议上就对许凡说过送红包的事，她能知道这些内幕不稀奇。只是许凡好奇，张漱怎么会对李诚儒说这些，他们不过是同届同学，难道熟到无话不谈吗？李诚儒突然神秘兮兮一笑，告诉许凡，他和张漱很快要订婚了。不过李诚儒脸上的兴奋转瞬即逝，面对许凡的恭喜，他也显得讪讪的。张漱父母倒是同意他俩的婚事，不过有一个条件，那就是要李诚儒当上门女婿。如果自己家境好，张漱家里也就不会拿乔了，如果家境好，他也不会被潘俏俏甩掉。

李诚儒想到这些，再看着眼前的许凡，不禁有同病相怜的感觉。

顾军走出小祠堂，小祠堂门口李小贤正闷闷不乐站着，手里拿着课本也无心看。中午时分，孩子们都放学了，但李小贤吃了饭就从家里跑到学校来，这几天许老师心情不好，让李小贤也跟着心情怏怏的。

"许老师呢？"顾军问。

李小贤指了指远处的田埂，顾军看过去，看到许凡一个人坐在田埂上，背影很是落寞。顾军大步走了过去。听到脚步声，许凡赶紧从田埂上站起来，但眼里的泪是怎么也藏不住了。顾军一脸惊讶问："许老师，你怎么哭了？"许凡知道眼泪掩饰不了，但撒谎也不是她的作风，她不想再提自己"教坛新秀"比赛落榜的糟心事，便岔开了话题，说道："蓝花嫂子最近身体不舒服，顾老师不是答应阿荣哥要去给蓝花嫂子看看吗？"

顾军点点头，"你和我一起去吧。"

第二十一章

蓝花怀孕已经好几个月了，肚子也微微挺了起来，可是这段时间头晕犯困，站都站不住。农村女人怀孕哪有城里女人的待遇，可以躺在床上养胎的？从前因为家里就一条裤子，她和婆婆轮流穿着上山采茶，现在家里不缺裤子穿了，她可以和婆婆一起上山干活去，奈何身体竟然吃不消，别说干活了，走几步路，眼前就漆黑一片。

顾军来给蓝花做了检查，说蓝花是贫血、缺乏营养，要注意补充膳食，还要躺在床上保胎，开了一些药名要李先荣去买。这些药要去城里才能买到，顾军想了想就说下次自己去县里卫生部门要一些来好了。李先荣对顾军千恩万谢的，还让他妈给顾军和许凡各煮一双荷包蛋，顾军和许凡都客气推托，李先荣就说，县里给了慰问金和慰问品，家里的猪也卖了，两双荷包蛋还是吃得起的。而蓝花则用可怜巴巴的眼神瞅着许凡，示意她留下来，似乎有话要对许凡说。

趁着蓝花婆婆煮荷包蛋的功夫，李先荣领着顾军要去后门看那些羊崽和长毛兔种，许凡则扶着蓝花去前门晒太阳，蓝花婆婆忙制止蓝花，说顾老师不是让你躺床上养胎吗？言语中很是不耐烦。顾军就说，孕妇晒晒太阳对胎儿有好处，可以补钙。蓝花婆婆听不懂什么是补钙，但顾老师说可以去晒太阳，她也不能再阻止。许凡扶着蓝花一走到门外，蓝花的眼泪就簌簌落了下来。

"蓝花，你怎么了？"看着蓝花的眼泪，许凡心里很不好受，因为这一段时间蓝花晚间都没去小祠堂陪她，她也就不知道蓝花受了什么委屈。而蓝花必须把心里的委屈和许凡吐一吐，不然她快要压抑得疯掉了。蓝花将许凡拉到距离她家木房子稍微远一点的地方，才放心说话。而蓝花的举动也让许凡猜到蓝花的委屈大抵是因为她婆婆，自古婆媳问题就是个大难题。果不其然，蓝花说道："怀孕本来是好事啊，村里哪家不盼着儿媳妇能怀孕啊？没想到，我怀孕了，她还挑剔我。"蓝花的小嘴噘得老高。

许凡问，她怎么挑剔你了？

蓝花叹口气："她嫌弃我娇气，说哪个女人没怀过孕，没见有谁怀孕了像我这样连路都走不了的。"

蓝花婆婆出生在一个茶背子的家庭，父母都是背茶的背夫，靠背茶赚点工钱养活一家老小。蓝花婆婆打小就看着父母起早贪黑去背茶，父亲是个男人，干这种劳力不在话下，母亲是个女人，也干着和父亲一样的活，父亲一次能背两三百斤的茶，母亲一次也能背个百来斤，就连怀孕也没歇过。有年怀孕八九个月还去背茶，背着上百斤的茶连着走了三天的路，在半路上就生下了蓝花婆婆的小弟弟，生完孩子还要继续背着茶上路，同行的背夫实在看不下去，把她和孩子安置在附近村里，再把她的茶一起分摊了背走。

"县里给村里送了那么多树苗，还有羊崽和长毛兔种，家家户户都分到了，大家的日子都有盼头了，我也想帮着家里一起干活，可是我的身体实在吃不消……"蓝花说这些的时候就有些上气不接下气，只能靠在许凡身上。许凡安慰她，眼下要把身体养好是关键，为了肚子里的孩子，不要和老人家置气，好听的话听一听，不好听的话要么和她大吵，要么当她放屁好了。蓝花听了，不由噗嗤一笑，和婆婆吵架，她这做儿媳妇的没这个胆子，只好当她放屁了。许凡也噗嗤一笑，蓝花这"阿Q"的德性与自己有几分相似，她在汪明月面前，也是这么怂逼的。

和许凡互相笑了一阵子，蓝花果然气顺了不少。

蓝花家后门原来用来养猪的猪圈现在被李先荣改装了，隔出两间，一间用来养羊，一间用来养长毛兔。一只小山羊崽正在圈里"咩咩"叫着，几只长毛兔种则挤在兔笼里。李先荣听着小羊崽子的叫声，再看看那几只毛茸茸可可爱爱的小兔子，整张脸都笑开了花，同顾军憧憬着未来卖羊卖兔子数钱的美滋滋日子，忽然想到不论是那些杉树苗、水果苗、药材种子，还是羊崽、长毛兔，全村都是第一次种第一次养，不知道县里派来教授种植和养殖方法的技术人员什么时候能到。

提到这茬，顾军想起来，他表弟辛廷伟上次和他说过，县里组织了一批农业、林业技术骨干要到霞山溪帮扶助农，他也在名单内。

辛廷伟风尘仆仆地上了一趟北京又风尘仆仆地回到故里，去时是带着任务去，回来是满载盛誉归。这一次全国农作物品种审定委员会主办的茶叶大赛，连山青部长调兵遣将，没有让老将辛厂长出马，而是把这个光荣的任务给到辛廷伟这个年轻人手上。

桐山县地处闽浙交界，东面临海，南、西、北三面环山，虽以山地丘陵为主，但也有辽阔的海域、绵延的岸线，山海川岛，风光旖旎。一方风土养育一方作物，这里的气候、土壤和丰富的水资源为大白茶、大毫茶两种茶树品种的生长、繁衍创造了天时地利的条件。

两种茶树都有上百年栽培史，植株在茶树品种中都较为高大，春芽萌发期都早，芽叶生育力都强，都是发芽整齐，密度大，持嫩性较强，芽叶黄绿色，肥壮，茸毛特多，因而两种茶叶也都适合制作红茶、绿茶以及白茶。由辛廷伟带队的国营茶厂技术骨干一行护送两款茶叶上京"赶考",最终,两款茶树都被全国农作物品种审定委员会认定为国家品种,编为"华茶1号"和"华茶2号",此后在《中国茶树品种志》一书中,大白茶和大毫茶分别位列77个国家审定茶树品种的第一位和第二位。

如此殊荣,立即让这位二十出头的年轻人浑身镀了金般在国营茶厂乃至整个县委大院都闪闪发光起来。在一众"生子当如辛廷伟"的赞誉声里,辛厂长乐得合不拢嘴,可是在儿子跟前却没有半句溢美之词,甚至还傲娇起来,说道:"你不用老子陪都能独立上京完成使命,去宣传部向连部长复命,自然也不用老子再陪了吧?"辛廷伟"被迫独立",只好独自去宣传部向连山青汇报工作。一到宣传部,未见到连山青,先遇到了许美丽。许美丽整张脸都露着讨好的笑,告诉辛廷伟,连部长起先在办公室乐呵呵对众人说要请他顿庆功饭。辛廷伟道是部长客气了,便快步走去部长办公室。

部长办公室里,王隽也在,连部长一见辛廷伟到来,就从办公桌后头站起来,指着辛廷伟对王隽笑道:"说曹操曹操到,霞山溪村之行,你带上小伟一起。"

连部长说着,又看向辛廷伟,道:"庆功宴,等你从霞山溪回来,再请。"

第二十二章

汪明亮被汪明月用扫帚从家里打了出去。他还想再进门,门就被汪明月砰的一声摔上,还好汪明亮及时跳开了,不然脸非被砸成大饼不可。

"明月,我跟你说,过了这个村就没了这个店,梁生主任这么好的女婿你不要,你上哪里再找这样的金龟婿,你回头可别后悔!"对着那扇紧闭的门汪明亮不死心喊道。

"梁主任那么好,你留着给自己当女婿好了!"门内传来汪明月不屑的声音,还伴了一声"呸"。

汪明亮气得牙痒痒,他如果有女儿,这便宜买卖还轮得到汪明月吗?可叹自己光棍一条,哪来的女儿?没女儿可以卖,只能卖外甥女了,可惜他啃不下汪明月这个硬茬。

听着门外汪明亮远去的脚步声,汪明月这才松口气,放下手中扫帚,一回身就看到许平正虎着一张脸不悦地瞪着自己。汪明月忙赔笑:"你的脚并没有好利索,想吃什么想喝什么,妈给你拿,你赶紧去躺着。"汪明月说着就去扶许平,伸出去的手却被许平甩开了。热脸贴了冷屁股,汪明月的脸立刻也沉了下来,没好气道:"你个没良心的,我还不是为了你。"

许平可不想理解他妈的苦心,抱怨之前猫婶替林屠夫家的二儿子来说亲,汪明月不同意,他举双手双脚赞成,可是这梁生主任,汪明月也看不上他就不明白了。梁生是信用社主任,工作体面,收入稳定,和他姐结婚的话,两个人领两份工资,小日子肯定能过得不错,凭着梁生主任的关系,他姐也能从那个鸟不拉屎的霞山溪调到镇上工作。

许平的话让汪明月翻了个白眼,她用手指戳了戳许平的额头,压低声音说起了悄悄话,极尽安抚:"你舅第一次来找我说的时候,我就去打听过这个梁生主任的底细,他家里不怎么样,拿不出多少聘礼的,就算拿了聘礼,还要眼巴巴看着女方当陪嫁还回去,说不定还要女方倒贴。这种姐夫拿来对你有什么好处？信用社主任怎么了？我们又不是潘文，我们家又不需要贷款，再说了贷款来了难道不用还吗？你姐今年才二十岁，这么早嫁出去，我给她读书花掉的那么多钱就打水漂了啊！"

汪明月见儿子的脸色还是很难看，她又赔笑道："许平，妈都是为你好，你姐姐应该嫁一个大官……"

许平听不下去打断他妈，当官的都是老头子，给我姐当爹还差不多。

汪明月嘿嘿一笑，说她也知道年轻人当不了大官，所以应该等哪个大官死了老婆或者离婚了，再让许凡嫁过去。有一个当大官的姐夫罩着，许平的前途就不愁了。汪明月如意算盘打得叮当响，许平却给她泼冷水，说她这是白日做梦。汪明月不以为意，说如果嫁不到大官，也嫁不到大富豪，那就让许凡一辈子都不要嫁出去，每个月给家里上交工资也不错啊！

许平忍无可忍，说他妈实在太过分，就想着全部霸占他姐的工资，一点零花钱都不给，她姐一个人去霞山溪教书，难道不要车费不要吃饭钱？汪明月就说，你姐肯定藏了私房钱，你看她工资卡在我手上，一年来不也在霞山溪活得好好的？

没有钱坐车，他姐都是靠两只脚走路来去，那么长的路，走了公路走山路，走了山路走公路，有时候许凡周末回来，许平看到她两只脚板都走得起泡了。许平心疼姐姐，可是他还只是个中学生，他没有钱帮到许凡，他也没有能力说服自己的母亲改变重男轻女的思想，对姐姐好点，就算做不到一视同仁，至少不要苛待。

"妈，要是将来我不如姐姐孝顺你，你会不会觉得白疼我了？"许平只能这样问他妈。

汪明月丝毫不担心，而是说道，你姐再孝顺也就是个女儿，嫁出去的女儿泼出去的水,哪能指靠她?儿子再不孝也是自家人。

许平就说,那妈也可以不要让姐姐嫁出去,把姐姐留在家里,招个姐夫回来呗。汪明月立即捂了许平的嘴,嘴里乱"呸"了一阵,说道:"妈有儿子为什么要把女儿留在家里招女婿?什么人家才会把女儿留在家里招女婿啊,那是没有儿子的人家,你个傻孩子,你说这种话就是在咒自己!"汪明月简直又恨又痛,心里对许凡更加反感,如果不是因为许凡平常给许平灌迷魂汤,许平也不会说出这种不吉利的话。

费了九牛二虎之力终于站在了霞山溪的村口,一阵夏风吹过,许凡打了个喷嚏,鼻子痒耳朵更痒,不知道谁正在念叨自己。许凡揉了鼻子揉耳朵,发现脚板又酸又疼,忍不住在路边一块石头上坐下来,正脱了鞋子揉脚,就听一个年轻人问她:"妹妹你好,你知道哪有茅厕吗?"许凡一惊,赶紧穿鞋子站起来。当着一个陌生人的面抠脚真是无比尴尬的场景,而对于辛廷伟来说,向一个陌生的女孩子打听茅厕,也是一件尴尬无比的事情。那个女孩子尴尴尬尬穿了鞋给他指了路,他也顾不得其他,尴尴尬尬当着那女孩子的面跑去茅厕解决一下人的三急。

辛廷伟这辈子都没上过这么危险的茅厕,高高的坑上铺了两块木板,踩在上面晃晃悠悠,等他从茅厕出来时,已经一头一脸的汗,他正擦着汗,猛然见那女孩子还站在原地朝着他的方向看过来。辛廷伟定了定神朝她走过去,就听她问道:"你是上不惯这茅厕吧?这茅厕的确不安全,我一般不让村里的小孩去这茅厕方便的,万一摔下去,不得了。"

"那村里人都在哪里方便啊?"

"就地解决呗。"

"你们女孩子也就地解决?"话问出口,辛廷伟愈发尴尬了,怎么可以问一个女孩子这么粗鲁的问题呢？

女孩子倒是不像先前尴尬了，已经从容镇定下来，答他："我房间里有马桶。"

辛廷伟一边尴尬着自己为什么会和一个陌生女孩儿谈论这么不优雅的话题，一边打量眼前的女孩子，女孩子异常年轻，扎着一束马尾辫，看起来二十岁都不到，鹅蛋形脸上秀气的五官还透着一股子青涩，可是一双眼睛却透露一股坚定的眼神。女孩子说话时，声音特别好听，柔柔的，清脆的，普通话特别标准，虽然她衣着朴素，可是身上有一股书卷气，不像是村里的女孩。

辛廷伟自随王隽带领的县里林农业技术骨干一行进入霞山溪村，遇到了村里男女老少各种村民，是不是村里人，还是能一眼分辨出来的，眼前的女孩子显然不是村里人。

"你是村里的老师？"辛廷伟看着远处石壁下那间小小的破祠堂，突然想到了什么，他表哥顾军最近来了霞山溪村当了一名代课老师。听顾军表哥说，村里还有一名公办女老师，毫无疑问就是眼前的女孩子。

面对辛廷伟的询问，许凡笑着点了点头，说道："慧眼识珠，眼力真好。"

辛廷伟一愣，这姑娘哪里是在夸他？分明是在夸她自己啊！

"你是县里派来村里教授村民种植和养殖方法的技术员吧？"许凡也猜到了辛廷伟的身份。

"慧眼识珠，眼力真好。"辛廷伟将这八个字奉还给许凡，许凡听了不由莞尔。年轻的女老师笑起来露出两排贝齿，竟还有两个浅浅的小梨涡，一双眸子亮晶晶的。笑容竟像让这朴素的女孩子上了妆般明媚耀眼起来。辛廷伟看得不由发了呆。

"你怎么称呼？你是负责教授村民种植技术还是养殖技术

啊？"许凡的问题将辛廷伟的思绪拉了回来，他答非所问说："顾军是我的表哥。"

"哦，那这么说你也姓顾咯！"许凡脑子一时没转过弯来。辛廷伟乐了："表哥，不是堂哥！"

许凡做了个"哦"的嘴型，"一表三千里呢。"

辛廷伟看着眼前的女孩子，有些哭笑不得，这丫头似乎有些有趣呢。

"顾军只是我的表哥，所以我不姓顾，我叫辛廷伟。"辛廷伟郑重介绍自己，"我是县里国营茶厂的一名茶叶机械技术工人。"

"我叫许凡，是霞山溪小学的老师。"许凡也郑重介绍了自己，礼尚往来，中国人的传统美德之一。

"所以，握个手吧。"

面对辛廷伟伸过来的手，许凡一下变得拘谨了，从小到大，汪明月的那些骂词此刻又都回响在她的耳边。从小，汪明月就对她洗脑，男男女女是世界上最肮脏的关系，哪怕是和异性多说一句话被汪明月发现了，都能对她进行一番"荡妇羞辱"，这也导致许凡在男性跟前有一种深深的生而为女的羞耻感。过度的矜持透露出的是一份极度的自卑和没有安全感。

许凡的手半晌也没有伸出去，辛廷伟的手也固执地没有收回来，他看着许凡，微笑着说道："很高兴认识你，许老师！"那眼神那笑容透着满满的鼓励，仿佛有一股奇异的力量驱使许凡把手伸了出来——

与一个异性握手，原来是这样一种感觉。许凡能感觉到自己的手心渗出了一丝丝汗，害怕又激动的奇异感觉。

第二十三章

自从国家级主流权威媒体刊登了王隽的来信,以及评论员文章后,全国各地的信件就如雪片般寄往桐山县委宣传部新闻科办公室。收发室的老郑总是抱着一大沓信件,一看到王隽连结巴的普通话也不说了,就只是笑。这些信不单单是寄给王隽的,还有托王隽转交给霞山溪村民的。这些信来自各行各业的人,有干部,有工人,有教师,有学生,还有解放军战士。信中他们对王隽身为一名新闻记者敢于说真话赞誉有加,对贫困的霞山溪村饱含热情与祝福。除了寄信,善良而热情的人们还寄来了现金和粮票,还有衣服和粮食,甚至有人在信中自告奋勇,表示要到穷山村落户。五湖四海的爱心汇成一股暖流,温暖着长期沉浸在贫困冰雨中狼狈苟活的村民。

不单单是霞山溪村人,还有整个桐山县,以及整个闽省东部,都受到了深深的鼓舞。作为全国18个集中连片贫困区之一,闽省东部九个县市里就有六个被列为贫困县,这些地区多是少数民族聚居地区和革命老区根据地,在革命战争年代为胜利作出了流血牺牲的巨大贡献,在发展建设阶段,决不能拖后腿。中央已经把帮助这些边远地区摆脱贫困摆到了高度政治站位和经济发展位置上,五湖四海同胞的关心与温暖也给这些地区人们打了一股鸡血般,把大家的热情极大地调动了起来。

小祠堂平常被当作孩子们读书的小学堂,在迎接县里来村里扶贫的技术骨干时,又被当作了临时村委会。

在临时村委会里,王隽对技术员们做了一番动员讲话之后,技术员们各自领着任务出发了，林业部门的技术员负责教授种植一块的技术，畜牧业部门的技术员则负责教授养殖一块的技术。村民们热热闹闹地跟着各位技术员或上山，或回家，这个被遗忘在大山深处的小村庄从没有过的热闹，整个村庄都回荡着"咩咩""叽叽""嘎嘎"的叫声，每一缕拂过山林的风都充满母性的温柔，即将要有无数的果实无数的新生命在这山村里诞生。

人群退去，小祠堂只剩下王隽和李先荣两个人。

王隽将全国各地寄来的慰问品和慰问金都交到李先荣手上，又从文件包里取出一叠厚厚的信件交给李先荣，说："这些信件都是全国各地的热心人托我转交给你们霞山溪村民的。"

李先荣将信件一封封拆开，作为村里为数不多的识字的人，李先荣逐字逐句读着每一封信，越读越激动，来自二十多个省的信像一道道火焰点燃了他的内心，年轻的汉子忍不住眼眶红了。

"竟然还有人说要到我们霞山溪村落户，帮着我们村里人一起建设霞山溪，陪着大家一起发家致富。"李先荣颤声说道，拿着信纸的手也在颤抖。

王隽说："真没想到素不相识的陌生人给了我们这么多爱心，这种心愿当然是美好的，不过肯定不现实，咱们霞山溪太穷了，怎么可能让外地的朋友来和我们一起受苦呢？"

王隽的分析李先荣完全同意，他道："他们有这份心，霞山溪村人就感激不尽了，上次周挺书记来霞山溪调研的时候说过，打铁还要自身硬，我们霞山溪要发家致富还得靠我们全村人自己勤劳的手，王科长，谢谢你为我们霞山溪做的事，我们霞山溪村人会永远记得你对我们霞山溪的恩情，也请你回县里之后，帮我转告周挺书记，让他放心，我们霞山溪的父老乡亲一定不会辜负他，不会辜负县委、县政府，也不会辜负全国那么多好心人对我们的爱心……"

李先荣从来不是一个会说漂亮话的人，今天这番话，他全部是发自内心的。

王隽点点头，心里也充满了感慨，真没想到自己的一封信不过投石问路，竟会激起千重浪花。如果当初自己碍于领导们的压力，碍于省城那位老编辑的警告，就打退堂鼓，那霞山溪的贫困状况可能永远都无法得到改善，霞山溪的村民还要继续受穷受苦。新中国就是要让老百姓过上好日子的，事实证明的确如此，自己对党和政府的信任是对的，而自己对于一名新闻记者该有的职业操守的坚持也是对的。从今往后，他将更加坚定自己身为一名新闻记者的使命担当——实事求是，敢于说真话，永远为老百姓说真话！对于霞山溪，王隽心里只有不尽的祝福。

从今往后，这霞山溪在王隽心中赫然成了一个像生他养他的老家一样亲切，无论他走到哪里都会深深牵挂的地方，而他对于霞山溪村人来说，也成了霞山溪村人永远不可能忘记的亲人和大恩人。

和李先荣一起走出小祠堂，王隽就看到明媚的阳光里，一男一女两个年轻人一前一后从田埂上走过来，正是辛廷伟和许凡。

又见到王隽，许凡高兴不已。王隽也很高兴，他热情邀请许凡和大家一起上山看技术员们如何教授村民种植。辛廷伟暗暗高兴，王隽的邀请正中他下怀。李先荣带着一行人来到山上一处叫"茶树坪"的小茶园。这里的茶树长得并不好，植株矮矮的干干的，和村里人一样，一副营养不良的样子。

"这茶树品种是非常珍贵的，只是可惜了，没有种好。"辛廷伟向村民们惋惜介绍道。

村里，村民们也会种点茶树，只是番薯地收成不好，这茶树也种得不咋地，春夏两季采点茶叶晒了自家泡茶喝可以，作为经济作物拿去卖钱就不行了，因为拢共也采不了多少茶叶。而村民们只顾种茶，至于自己种的是什么品种的茶树，更没有研究，甚至村民们都不知道茶就是茶，还分品种的吗？

"茶树还分品种的吗？"有人忍不住问。

辛廷伟道："当然，据不完全统计，全国有六百多个茶树品种，每个地方种植的茶树品种也各有不同，西湖龙井，武夷岩茶，雅州边茶，安溪铁观音，六安瓜片等等，别说全国这么多地方了，就拿咱们小小的桐山县来说，茶树种类都有多种，比如菜茶、早逢春、翠岗早、福云6号、大白茶和大毫茶等等。"

提到大白茶和大毫茶，王隽就忍不住向村民们介绍了一下辛廷伟带领两款茶树品种赴京比赛大获全胜，两款茶树分别被认定为"华茶1号""华茶2号"的事。村民们不懂具体的赛事，只听了"一"和"二"就认定这是茶中的"状元"和"榜眼"，登时对辛廷伟刮目相看。这年轻人有两把刷子啊！

"那我们茶树坪的茶树是什么品种啊？"村民们兴致勃勃看着辛廷伟。

辛廷伟从不同的茶树上分别摘下了几片茶叶，对大家介绍道："我说咱们'茶树坪'品种珍贵，就是因为这几株茶树里有大白茶，也有大毫茶……"

所有人的眼睛都聚焦在辛廷伟手中的茶叶上，大家实在看不出这两款茶叶有什么不同，只能听辛廷伟具体分析大白茶和大毫茶两种茶树的区别。随着辛廷伟的讲述，许凡发现，大毫茶的叶质果然更肥厚、丰盈，像针一样的茶芽也更加壮硕、坚挺。如果把大白茶比作小家碧玉，那大毫茶就像是大家闺秀，前者纤巧清弱，后者雍容丰赡。辛廷伟这样的比喻，霞山溪村民可听不懂，许凡是听懂了，她的目光被辛廷伟手中的大毫茶吸引，即便村民们不懂最佳的种茶方法，即便这霞山溪的山地贫瘠，它没有得到很好的养护，几乎是自生自灭，它的芽叶依然显得肥壮，小小秀挺的芽身遍披白毫，色白如银，芽茸毛厚，阳光底下散发出雪白莹亮的光泽来。

在未来，连山青部长正是听了辛廷伟关于大白茶和大毫茶两种茶树的差异分析，才作出决策：将具有绝对优势的大毫茶作为桐山县大力发展茶产业的主栽品种，取代大白茶加以大力推广，桐山县这座全境宜茶的山海小城也因大力发展白茶产业而闻名全国，而以大毫茶为主要制作原料的白茶经过政府大力推动，成了桐山县享誉国内外的一张顶呱呱的名片。

从山上下来，已是晚饭时分。

辛廷伟看着天边夕阳如酒，不由随口念道："日暮苍山远，天寒白屋贫。"

"日虽暮，但苍山不远，就在眼前，白屋是贫，但天尚未寒……"

辛廷伟回过头去，见许凡走了过来，想到女老师这一番俏皮话，不由"噗嗤"一笑。

"受教了，许老师。"辛廷伟打趣道。

许凡脸上却没有任何戏谑神色，不苟言笑的架势，说道："晚饭都做好了，李组长和王科长他们让我来喊你进去吃饭了。"

县技术员们的晚饭被分派到霞山溪各家各户，辛廷伟因为是顾军的表哥，就被安排在小祠堂吃晚饭。小祠堂的晚饭由顾军和李先荣掌勺，家常小菜被做得色香味俱全。

"我这会儿还不饿。"辛廷伟说道。

"不饿也得吃，不然大家会等你一个人，回头饭菜都凉了。

你们现在来，还有可口的饭菜可以招待你们，要是从前你们来霞山溪，招待你们的估计只有野菜汤了。"

"不愧是许老师，听了你这番话，我感觉自己再不去吃饭就是罪大恶极了。"辛廷伟抬头再望一眼西天的落日，有些依依不舍。

"那你再看一分钟。"

许凡的话让辛廷伟讶异了一下，他诧异看向年轻的女老师，她是他肚子里的蛔虫吗？竟然对他内心洞悉得如此清楚，知道他贪恋这可遇不可求的西天美景。

辛廷伟带着被看穿的释然，愉悦地看向天边的夕阳，仿佛那一分钟是许凡恩赐他的，他得抓紧时间好好享受。天边，夕阳如酒，看得辛廷伟都醉了，喃喃道："夕阳无限好，只是近黄昏。"千古名句不由自主脱口而出，辛廷伟想到了什么，扭头看许凡，又打趣道："许老师，可有不同见解？"

还真的有。

"我认为，夕阳无限好，只因近黄昏。"

年轻的女老师也仰头看天边的夕阳，落日的余晖映照在她的面庞上，仿佛给她上了一层胭脂，尤其那双眼睛散发出雪亮的神采，那份坚毅与她小小的身姿、稚嫩的面庞格外不符，令辛廷伟心头好不震撼。

"是"字换成"因"字，因与果互为辩证，看事物的站位登时从悲观消极上升到了乐观积极，一字之差，两种境界，天差地别，辛廷伟忍不住想给年轻的女老师鼓掌叫好。四目相对，无须言语，却已道尽所有。

晚间，在小祠堂门前空旷的场地上，李先荣组织了一场篝火晚会。霞山溪大部分村民都是畲族，能歌善舞是流淌在畲族人血液里的基因，他们拿出压箱底的畲族服饰装扮起来，围着篝火载歌载舞。一身畲族服饰的李小贤异常精神,他和其他孩子们手拉手,唱了一首畲歌。朴素的畲语伴随婉转的旋律,构成了畲族特有的韵味,由清脆的童声歌唱在深山的夜空下,他们歌唱着吃饱穿暖的当下的喜悦和满足,歌唱着明天会更好的憧憬与梦想,歌声勾引了每个人心中的火苗都在灼灼跳动,比夜空下的篝火还要明亮耀眼。

孩子们纯真无邪的面容在橘红色的火光里开出一朵朵可爱的笑花。许凡看着自己的学生们,满怀欣慰,把手都给拍疼了。掌声中,孩子们鞠躬谢幕走回自己的位置。李小贤一坐下,辛廷伟就凑到他耳边耳语了几句,李小贤频频点头,站起来对众人说道:"下面请我们许老师给大家表演节目。"

猝不及防的邀请,连事先征询都没有,还不待许凡拒绝,众人就起哄起来:"唱首歌!唱首歌!"

许凡哭笑不得,不过事到临头她也不矫情,站起来走到场地中央去,篝火的火光将她的脸蛋映得红扑扑的。她说道:"唱歌我不太会,我给大家唱个戏吧!"

许老师竟然会唱戏?辛廷伟向他表哥顾军投去惊讶的目光,顾军耸耸肩表示他到霞山溪也不久,对许老师并不了解。

许凡唱的是段越剧:《我家有个小九妹》。

"我家有个小九妹,聪明伶俐人钦佩,描龙绣凤称能手,琴棋书画件件会……"

《梁山伯与祝英台》的凄美爱情登时就在辛廷伟眼前铺陈开来。

许凡竟然会唱越剧,世界上竟然有如此巧合的事情。

顾军再扭头去看他表弟时,辛廷伟已经露出一脸傻笑。

说来也巧,辛廷伟的母亲蒋萍萍来自越剧的故乡——嵊县。

从嵊县戏校毕业时，恰逢桐山县越剧团在招团员。桐山县地处闽浙交界，闽省本土的闽剧在当地的影响，还不及邻居浙省的越剧广泛。当地人都爱听越剧，吴侬软语特有的魅力深深吸引着桐山县的老百姓。桐山越剧团属于事业编制单位，蒋萍萍主攻的是旦科，考入越剧团时二十岁还不到。年轻的女孩子背井离乡，离开亲人，难免孤单落寞，好在遇到了真命天子，就是辛厂长。

那时候的辛厂长还不是辛厂长，而是和辛廷伟一样的毛头小子，玉树临风，一表人才，而蒋萍萍江南女子温柔可人，与辛厂长并肩一站就是天造地设的一对佳人。于是，蒋萍萍这个嵊州姑娘就这样跨省扎根，与辛厂长不但缔造了爱情童话，还有了爱情结晶。

作为爱情结晶，辛廷伟从小就是听着母亲的越剧长大的。母亲下乡演出时，辛厂长就带着他去后台探班。越剧这个剧种不管旦角生角，演员都以女性居多，女小生是它的一大特色，为此蒋萍萍不无遗憾地表示，如果辛廷伟是个女孩就好了，就可以继承她的衣钵去唱越剧，可惜是个男孩，只能继承辛厂长衣钵，去茶厂当一名茶叶机械技术工人。虽然当不了越剧演员，但耳濡目染，辛廷伟也能哼唱上几段越剧。

篝火晚会散去，技术员们跟着李先荣去村民们家里过夜，辛廷伟要跟顾军去大钟哥的茅草屋里将就一晚。其他孩子都跟着父母回家去了，李小贤留下来帮助许凡打扫现场。辛廷伟看了，也走过来帮着一起扫地。许凡停下扫帚，对他说道："辛技术员，时候不早了，你早些去休息吧，明天还要陪村民上山呢！"

辛廷伟却没有要走的意思，而是看了看李小贤，对许凡说道："县里畲族歌舞团在招演员，他嗓音条件非常不错，又是畲族的，如果考上了，去专门的艺术学校进修几年，回来就是正式演员，有薪水领的。不过他还是个孩子，需要家长陪同去考。"

有这样的好事！

许凡的眼睛登时一亮，李小贤没有父母，奶奶年迈，也不识字，许凡当即决定届时自己陪李小贤去考试，遂向辛廷伟打听考试的具体时间。

听说许凡要陪李小贤去考试，辛廷伟也当即眼前一亮。

"到时候，我送你几盒越剧的磁带吧。"辛廷伟说道。

许凡忙拒绝，辛廷伟则说："客气什么，我自己家里就有，随手给你带几盒呗！你喜欢听《红楼梦》还是《梁祝》？"

见许凡一副无功不受禄的样子，辛廷伟只好解释道："我妈就是唱越剧的，县越剧团的小旦，《梁山伯与祝英台》，我妈就是那个演祝英台的。"

许凡当即露出羡慕的表情。从小，清流镇上但凡有庙会就会请越剧班来唱大戏，她就跟着汪明月女士去戏台下看戏，才子佳人水袖曼舞的演绎在许凡心中深深扎下了越剧情结，小时候她还梦想过长大以后自己能成为一名越剧演员，可惜，长大后，她成了一名乡村女老师。读师范的时候，班上有个女同学也喜欢越剧，她有台录音机，可以播放越剧磁带，许凡就和她一起听一起跟唱，慢慢竟也学会了一些越剧名段。

对于辛廷伟要赠送她越剧磁带的事，许凡并没有放在心上，到了县里畲族歌舞团招考演员的日子，许凡将学生交给顾军，早早地和李小贤向城里出发。师生俩又是步行又是坐车，终于风尘仆仆赶在招考结束的最后半小时赶到考试现场。考试现场安排在县文化站。李小贤进考场了，许凡忐忑地站在文化站的院子里，替李小贤紧张着。忽然她的肩膀被人拍了一下，她回头一看，是一个看起来有些熟悉又有些陌生的少年。

第二十四章

少年看起来比李小贤大一些，圆圆的面庞上，很稀松平常的五官，组合在一起，却莫名有一种眼缘。少年身上的畲族服饰很是抢眼，分明告诉别人他也是来参加畲族歌舞团招考的。

少年冲许凡热情地打招呼："许老师，你还记得我吗？"

许凡看着眼前的少年，短暂的愣怔之后，想起来他是谁了。许凡做了个"哦"的嘴型，少年扭头指着站在走廊上的男人，对许凡说："许老师你看，我爸陪我来考试的。"

真是天涯何处不相逢！许凡没想到时隔一年，竟然会在县文化站遇到阿飖父子俩。钟昌港将儿子刚刚用于考试的提线木偶收进箩筐，就看到了站在儿子身边的许凡。好久不见，突然见到，钟昌港和阿飖一样激动。知道许凡是陪着自己的学生来考试，立即给许凡竖起大拇指，夸她是个尽职尽责的好老师。

三个人在文化站里找了个位置坐下来。钟昌港对阿飖说，好久不见许老师，择日不如撞日，你给许老师表演一下我们畲族提线木偶吧，毕竟当初咱们吃过许老师外婆家的饭。阿飖长期跟着自己父亲进村上山表演，一点也不拘谨，从箩筐里重新拿出木偶，理顺了丝线，就当着许凡的面表演起来。阿飖表演的是刚刚的考试节目《钟良弼》。

相比一年前在外婆家看到的，此刻的阿飖表演水平又精进了不少。许凡一边给阿毽鼓掌，一边在心里担忧着考场内的李小贤，不知道他考得怎么样了。

　　李小贤终于考完了试，额头已经出了一层汗。他走出考场的时候，发现自己的两脚都已经瘫软了。

　　"李小贤！"身后有人叫他，李小贤回头见是一个四五十岁的长得很好看，神色又很和蔼可亲的阿姨。李小贤认得她，刚刚在考场上，这个阿姨可是考官之一。因为是考官，李小贤本能紧张，怔怔看着她，说不出一句话来。

　　蒋萍萍看着少年惊恐不知所措的样子，不由笑了。山里少年特有的淳朴与单纯，让他的紧张变成了一份可爱。而他此刻的紧张又与考场上引吭高歌时的样子判若两人。这是个天生的歌者，或者说天生的艺术家。蒋萍萍在心里对李小贤做着评价，又为儿子辛廷伟的眼光暗暗骄傲。也不知道廷伟是从哪里发现的这么一个宝贝。

　　蒋萍萍从裤兜里拿出两盒磁带递到李小贤面前去，说："有个叫辛廷伟的小哥哥，让我把这两盒磁带交给你。"

　　李小贤将两盒磁带交到许凡手上，难掩激动说："辛技术员没有特意交代，我也知道这两盒磁带是送给老师你的。"

　　辛廷伟果然说话算话，许凡看着手里的两盒磁带，一盒是越剧《红楼梦》，一盒是越剧《梁祝》，又开心又失落，有磁带也没有用啊，她又没有录音机，拿什么播放磁带呢？

　　"辛技术员他人呢？"许凡问李小贤。李小贤摇摇头，说没见到，磁带是辛技术员让一个女考官转交给他的。提到这位女考官，李小贤掩不住喜悦神色，就在刚才他大着胆子问女考官自己会考上吗？女考官笑笑说，很有希望。许凡也不由跟着李小贤激动，不过她叮嘱李小贤，考试结果没有公布前，所有的猜测都不算数，让李小贤保持一颗平常心，能考上最好，考不上也不要气馁，以后还会有机会。

难得进城一趟，又巧遇了钟昌港父子俩，许凡介绍李小贤和阿鼹认识，说如果幸运的话，两个人以后可是同学加同事呢！两个少年倒是没想那么长远，少年特有的天真烂漫的性格让他俩投契得玩在了一起。

李小贤这一天特别高兴，他第一次进城，见识了城里的车水马龙，还认识了新的朋友，当然最令他开心的是吃了很多好吃的。回到霞山溪的时候，李小贤迫不及待将城里买回来的美食送给他奶奶尝尝，又分给了邻居钟老汉。邻居钟老汉家里放了包喜糖，李小贤好奇谁家办喜事发喜糖啊？

霞山溪白事常有，而发喜糖的喜事已经很久都没有发生了。

钟老汉一边把喜糖分给李小贤吃，一边乐呵呵告诉李小贤，是他的本家侄子大钟哥娶媳妇了。

这样的喜事对于霞山溪来说是天大的喜事，村民们对于大钟哥新娶回来的媳妇充满了好奇，可是大钟哥的茅草屋却柴门紧闭。

放学了，许凡见顾军将课桌椅都拼到一起，拼出了一张床的样子，奇怪道："顾老师，你晚上不去大钟哥家里睡觉吗？"

顾军一脸郁闷说："大钟哥家里以后不能去睡了。"

许凡想想也是，大钟哥娶了新媳妇了嘛。提到大钟哥的新媳妇，许凡和霞山溪的村民一样好奇，便问顾军是否见过那位新媳妇，顾军摇摇头，说他也没见过。

好在学校马上就放假了，顾军睡课桌的日子没有持续几天。放暑假那天，许凡和顾军布置完暑假作业，送走学生，各自收拾行囊准备回家。还没走出小祠堂，就见李小贤去而复返。李小贤兴奋指着门外，激动说："许老师，顾老师，来客人了。"

客人不是别人，是王隽、辛廷伟，还有一个妙龄女郎。

许凡和王丽春其实打过照面，在王隽的县委宿舍楼下，与潘俏俏一起。不过许凡已经记不起这茬了。

王隽重新介绍了王丽春："我妹妹！"

对于三人为什么会突然造访霞山溪，许凡只以为他们又是来给村民培训种植和养殖技术的，没想到王丽春是要在霞山溪村驻扎下来的。

"许老师放暑假，我刚好可以借住许老师的房间，许老师没意见吧？"王丽春看着许凡，一脸阳光灿烂的笑容。

这个女孩子像是一个光源，周身都能散发让人炫目的光彩。她站在破旧的小祠堂里，连带着小祠堂都熠熠生辉起来。她时尚的衣着，她铿锵的气度，她四射的活力，都让许凡感到自卑和无所适从。

"当然没有意见，只是这里条件简陋，不知道你能住得习惯不？"许凡很真诚地问。

"必须习惯，在我哥跟前立下了军令状的。"王丽春说着就去拿被褥草席走进里间，众人忙跟进去帮忙。许凡和顾军回家的行程也暂时搁浅。大家花了小半天时间将王丽春带来的墙纸、装饰等把小房间布置得焕然一新，许凡看着跟公主房一样的房间自惭形秽了一下。不是她没有生活的情趣，而是每一份情趣都需要金钱去支撑。不知道这王大小姐这么兴师动众来到霞山溪村到底是要干吗。

只听王隽对王丽春说道："当真决定不回北京了？当真决定要留在霞山溪？"

众人都看向王丽春，王丽春给了她大哥一个非常确定的答案："哥，那些外省人给霞山溪村民的信中都说了，要来霞山溪落户，要帮助霞山溪人发家致富，他们都那么热心，我还是地地道道的本地人，这点觉悟都没有吗？我的觉悟很高，决心也很大，大哥你就放心吧！就许你帮着霞山溪的村民奔走写信，不许我也为霞山溪村民做点贡献吗？如果大哥觉得我的决定是错误的，那也是大哥你把我带偏的。"

王隽有些唏嘘，真没想到妹妹会做出这样的决定。

相比王隽，辛廷伟对王丽春一开始就没有持怀疑态度。他只是担心暑假过后，许凡回学校教书的时候，可以住哪里？应该在房间里再摆一张床，还是在小祠堂旁边再搭一个房间出来？顾军打趣他，身为亲表弟，是不是也应该替自己表哥下学期住哪里的问题上上心？辛廷伟笑笑说，那就留在霞山溪，一起造一间木房子出来再回城。说干就干，顾军果然就和辛廷伟上山砍树去，王丽春也兴冲冲跟他们上山去，说刚好借机请他们当向导，把整个霞山溪村都实地查看一遍。

小祠堂里，就剩下王隽和许凡两个人。

许凡鼓了好几次勇气，终于开口问王隽关于调动的事，之前叶知秋拜托过王隽数次，不知道如今王隽还肯帮她这个忙吗？"教坛新秀"比赛中，自己没有获奖，失去了调动的机会，再难为情，许凡也必须鼓起勇气跟王隽开口。

王隽说道："许凡，我很明白你的心情，也很理解你一个年轻女孩子的处境，我也不是不帮你，我只是还要和你慎重谈一谈，如果你都考虑清楚了，还是坚决想要调动的话，那我愿意帮你。"

许凡听到王隽说愿意帮忙，心里掩不住激动，但又不知道王隽要问自己什么问题，不免有些忐忑。

"王隽大哥要问我什么问题？"

王隽看着柔弱稚嫩的女孩子，还是郑重问道："听说你是一个党员，党员的义务和宗旨是什么？使命和担当是什么？"

许凡愣住了，没有想过王隽会问这么严肃的话题。

王隽说道："你不用马上回答我，我给你一个月的时间，等你考虑清楚了，依然想要调动的话，你就往我的办公室打电话。"

王隽将自己办公室的电话写给了许凡。

山上，王丽春指着一片山地激动说她要在这里养羊，辛廷伟和顾军哈哈大笑，王丽春不服气说自己是认真的。辛廷伟建议她，山羊满山跑，她一个女孩子家不好管理，不如养长毛兔。就在小祠堂附近帮她搭几个兔笼，兔子乖巧温顺，她一个女孩子家养起来容易些，只要种一亩番薯，兔子就不愁吃喝也不愁过冬，等兔子大了剪剪毛，收入可观。

顾军说，他借住过的大钟哥种番薯种得还不错，可以和他要一些番薯种来。

说曹操曹操就到，大钟哥扛着一根毛竹从一旁狭窄的山路上晃晃悠悠经过，顾军立即和他打招呼。王丽春一听是大钟哥，饶有兴味上前请教种番薯的事情。面对眼前这个和山里女孩完全不一样的姑娘，大钟哥局促不知所措，王丽春落落大方让大钟哥放松些，并热情介绍自己。

辛廷伟和顾军收回视线，相视一笑，继续查看旁边的树，哪些适合砍了造房子。顾军想起什么，随口问道："你上次送给许凡两盒越剧磁带啊？"

辛廷伟眼睛一亮，打听八卦般问顾军，许凡高不高兴？

顾军说高兴个屁啊，你光送肉，也不给人配个盘子，让别人直接用手抓吗？

辛廷伟愣了愣，一拍脑袋，说："许凡她没有录音机？"

顾军冷哼一声，警告辛廷伟要送录音机就要新买一台送，千万别把家里老旧的录音机拿来凑数，回头播放不了，还要吃磁带，就是给别人添堵。因为是表兄弟，辛廷伟小时候又调皮，没少干把家里录音机弄坏，又担心被蒋萍萍揍，而让顾军表哥给他修录音机的事。以顾军的聪明才智，高考会失利也是意外。

那边厢王丽春和大钟哥已经交谈完毕，大钟哥颠了颠肩上毛竹准备回家，顾军冲他喊："大钟哥，听说你娶了新嫂子，什么时候请我们喝喜酒啊？"大钟哥像是并没有听到顾军的喊话，加紧脚步下山去。他光着上身，后背被太阳烤得油光发亮，狼狈的背影连带着肩上的毛竹都显得灰溜溜的。顾军奇怪道："我喊这么大声，大钟哥怎么还没听见啊？他不会是假装没听见吧？"王丽春走过来，笑着打趣顾军："你一开口就跟人家讨喜酒喝，可不把人家吓走了吗？"顾军想想也是，倒不是大钟哥小气，而是这霞山溪的村民生活还处在贫困阶段，穷，只能小气。

大钟哥扛着毛竹也顾不得脚下的路，跌跌撞撞一路奔回了家。

他将肩上的毛竹往地上一扔，整个人如泄了气的皮球般跌坐到门口的破竹椅上，目光失神看向自己的茅草屋。从前，每当他从山上回来，阿英都会站在门前迎他，她挺着大肚子，脸上挂着黝黑的笑容。现在，他的阿英连着肚子里的孩子都没有了，门口没有，门内也没有。

门内，是另外一个女人。

门内，伸手不见五指，门缝勉强漏进来一点光，连接着外面的世界。外面的世界外面的光已经很多天很多天没有看到了，陆小思很想念外面的世界外面的光，可是门外毛竹落地的响声将她渴望的外面的世界变得恐怖，令她心惊肉跳，她害怕的男人回来了。

门缝底下的光从一点点突然变成了大片，一如陆晓思体内的恐惧，瞬间放大蔓延，侵蚀她从头到脚每一根神经，令她整个人都战栗起来。站在光源中心的男人正朝她的方向看过来，背光令他成了一道漆黑阴森的暗影。随着木门被砰的一声关上，那男人与黑暗彻底融为一体，唯有野兽般的脚步声一下一下朝她逼近……

辛廷伟顾军和王丽春回到小祠堂的时候，小祠堂只有王隽和李先荣在交谈，许凡已经下山去了。辛廷伟想跟她说，回头送她一台录音机，这样她就可以播放磁带了。

对于王丽春的到来，李先荣激动得不知所措，向王隽保证一定会把他的宝贝妹子照顾好的。王丽春哈哈笑道："李组长，我是来霞山溪干活的，不是来养尊处优的，如果我来霞山溪是为了让你照顾的，那我还不如留在北京城。"王隽知道自己的妹妹上过大学，又在大北京打拼过，见过世面，主意大，她既然决定回到家乡，来到这赤贫的霞山溪落脚，就一定能够带领霞山溪村干出一番事业的。

"王丽春同志，期待你带着霞山溪村民们在未来能够过上有盼头的好日子！"王隽郑重向王丽春提出希冀。

王丽春保证道："给我三年时间，保证叫霞山溪村旧貌换新颜！"王丽春信心满满，众人都很振奋。

第二十五章

这个暑假，日子和以往没什么区别，对于许凡来说，依然是一幅苦难即景。生活的压力把母亲变成尖酸刻薄的妇女，尖酸刻薄一旦成了习惯，就和基因一样，刻在骨子里，牢不可去，无所谓先天与后天的区别。尽管母亲的收入多了一份许凡的工资，可是微博的薪水根本不足以改写母亲尖酸刻薄的基因序列，何况，镇政府还隔三岔五发不出工资，镇上中心校的老师一度还闹起了罢课。暑假，学生不用上课，镇政府也就不怕老师罢课，因此又任性地拖延了一个月的工资。

发不发工资，许凡是无所谓的，反正工资也到不了她的手上，存折握在汪明月手里，只是这样一来她就要多承受些汪明月的坏脾气。不过也没什么，在那个家里，逆来顺受已经成了她的生存法则，不管汪明月骂她什么，骂得多难听，她只要闭紧嘴巴不反驳，甚至把汪明月的话当耳旁风，日子倒也能麻木不仁地过。

只要开学，开学就好了。

许凡竟然开始想念在霞山溪教书的日子，虽然那个村子很穷，山高得仿佛与世隔绝，但至少心是自由的，因为汪明月的骂声也和外界一起被隔绝了。

汪明月却对霞山溪痛恨不已，它的贫穷与僻远，无不让她在情敌田玉琴跟前颜面扫地。同样供女儿读了师范，花着一样的学费，田玉琴的女儿许美丽就可以去县里宣传部工作，而她的女儿却只能在鸟不拉屎的穷山沟里教书。虽然汪明月也不知道宣传部是个什么地方，鸟飞到那里能不能拉屎，单就宣传部在县里，而且和县长、县委书记在一个楼里办公，就可以让她妒忌得发疯。如果许凡能在宣传部工作，她是不是就有望成为县长和县委书记的第二任丈母娘？

汪明月越妒忌田玉琴，就越看许凡不顺眼。和田玉琴吵架，她没有一次是吵赢的，甚至有一次还被田玉琴夫妻俩打到重伤住院，医生为此给汪明月开了麝香的药，导致她多年不育，后来用了偏方才有了许平。骂田玉琴是有后果的，骂自己的女儿就没有后果了，她自认是个成功的母亲，在家里颇有威严，成功把丈夫和女儿都调教成了受气包。

汪明月对霞山溪充满痛恨与厌恶的时候，许凡却对霞山溪依恋不已。按照汪明月的话说，她这个女儿永远也无法与她一条心，她天生站在她的对立面。她的看似乖巧顺服的沉默，实则含着极大的挑衅与破坏力，她的逆来顺受实则是无言的反抗。

许凡手里握着王隽给她的纸条，上面有王隽办公室的电话号码。一个月过去了，暑假已过半，到了王隽与她约定好的日期，她该给王隽回复了。这个回复决定着接下来她的人生走向。如果她依然决定离开霞山溪，离开那个赤贫的村子，王隽是会践行诺言，帮她打点调动的关系，但是王隽在霞山溪对她提出的命题太过博大精深，无疑深深拷问她的灵魂。

在师范里，她以"党外积极分子"的优秀身份光荣入党，虽然她年轻，可她的觉悟是高的。身为一名党员。宗旨当然是"为人民服务"，面对困难的时候身先士卒、攻坚克难、迎难而上，"怕死就不是共产党员"，那共产党员更不怕爬山不怕吃苦和受穷。这一个月，许凡每每想到王隽的问题，每每想到如何回答王隽的灵魂拷问，她的内心就豪情万丈。她想到霞山溪村那些可爱又可怜的孩子们，她愿意，她愿意留下来浇灌他们贫瘠的童年。可是面对汪明月女士澎湃的骂声，她依然是个逆来顺受的受气包。

许凡已有了答案，她握着王隽的小纸条，迈着坚定的步子走出家门。

心中的答案一半来自闪闪发光的党员宗旨，一半则来自年轻血液的桀骜不驯。她不是受气包，她有能力反抗母亲的强权，她要一直待在霞山溪，待在那个穷山村当教书匠，让母亲在田玉琴跟前永远矮人一截。她一边成为党的忠诚战士，一边做着母亲的叛徒。她如此年轻，年轻气盛到让理想与小情绪相得益彰。幸好心中还有伟大理想的召唤与扶持，否则她只能是生活里卑微的弱者，得不到正常母爱的哭哭啼啼的小女孩，终被不幸的原生家庭制造出悲伤的人生惨剧。所以许凡无比感激读书这件事。教育有一股神奇的魔力，能让和她一样的女孩子蒙昧的心智被开启，一旦心智之火被点燃，希望的光明就会驱逐不幸的黑暗。所以她比田曼玉幸运。而这种幸运竟要归功于母亲。

兜兜转转故事又回到原点。如果这个家庭里唯一的决策者汪明月当初不肯让她去读书，而是将她送去东山打工，那她现在就和田曼玉一样，抽着烟生着孩子，同时赚很多钱。她自认现在的自己虽然在婚恋市场上没有行价，但当着老师捧起了铁饭碗，依然要比田曼玉优越，那么她就得感谢自己的母亲汪明月。只是母亲供她读书是想要博取更大的利益，比如能够钓到个县长或县委书记的金龟婿，好为自己的儿子换来光明的前途，初衷不是为她，而是为了自己和儿子。母亲的如意算盘打得叮当响，终不过是一场纸上谈兵的悲剧。母亲的见识与格局注定她不可能有大智慧，谋划更大的人生棋局。她把许凡当棋子，却不懂许凡不过一粒棋子，棋子能有多大作用，关键看下棋的手能使出多大的招数。而作为棋手本身，母亲毫无段位，必须是人生博弈的失败者。

许凡的能力太渺小了，无法改写自己的悲剧以及母亲的悲剧，但是对于那个叫霞山溪的村庄以及村里的孩子们来说，她的能力又是巨大的。在那个村庄里，在那个小祠堂里，她代表着知识，代表着希望，代表着未来，代表着奔向小康，代表着一个村庄的前途。就像太阳对于冬天与黑夜的意义，价值巨大。

她为着她区区二十岁就能有的巨大人生价值，而激情澎湃，信心如霞光万丈，照得她通体发亮。

清水沟旁，许美丽远远就看到了许凡。那个常常与她吵架落败的世仇家的女儿，那个在风雨夜她差点遭意外时意外救了她的恩人，那个常常被邻里风言风语编排与她是同父异母的女孩子，正脚步生风满脸发亮地沿着清水沟走上来。许美丽从没有在许凡身上看到过那样的精气神。她不知道这个暑假在许凡身上是发生了什么经历，让她有这样的蜕变。她只是慌忙迎上去，匆促伸出手拦住了她的去路。这一次从县里回到镇上，她是带着上级交代的任务来的。

"王科长让我来找你的。"那天王科长只不过是偶然上班时念叨起许凡，说一个月了怎么还没有给他打电话。许美丽不知道王隽和许凡之间有什么约定，也不知道自己为什么要自告奋勇帮助王隽来给许凡递消息，或许真的是因为那个风雨夜让她良心发现吧。

看到许美丽，许凡的反应是拘谨的，警惕的，她扬了扬手里的小纸条，说："我正要给他回电话。"

两个从小到大都被放到仇敌位置上去的女孩子，竟然开始面对面交谈，这种感觉很奇怪。许美丽理解许凡眼里的敌意，她自己也在慢慢适应。小孩子本来就是被父辈的人生所裹挟的，父辈让你去爱什么人你就去爱什么人，父辈让你去恨什么人你就去恨什么人，小孩子在未成年阶段总是那么身不由己，在成年后又把儿时的身不由己养成了自发的习惯和信念。小孩子是一种悲剧角色，因为无法决定投胎在什么样的家庭，降生在这个世界上那一刻起很大程度就决定了人生的未来走向以及大结局。

许美丽告诉许凡现在是下班时间，你这个时间点给王隽科长打电话，他不在办公室。

许凡对许美丽说了"谢谢"。

许美丽想起来，她对许凡也欠着一声"谢谢"，关于那个风雨夜，她还没有向许凡道谢。看着许凡已经折回身子沿着清水沟慢慢走回家去的背影，许美丽喃喃说了声"谢谢"。

一"谢"泯恩仇。

从许美丽那里，许凡知道了王隽下午的上班时间，她准备等下午上班时间再给王隽打电话。就在等待的短暂一小时时间里，辛廷伟从天而降，并且在许家闹出了泼天的动静。

汪明月自认一生没有人能挑衅她的权威，除了嫁人前要受父母的气，受家里放的老牛的气以外。不过那对汪明月来说并不丢脸，因为赤霞村每个姑娘都一样，哪个姑娘出嫁前不要劳动不要被父母臭骂的？她以为那就是每个女孩子生来就该有的待遇。她让自己的女儿经历着她自己的亲身经历，她认为这就是天道，是自然而然，是代代相传。虽然嫁给许宝山受穷，汪明月倒没有过分抱怨，她不用再受当姑娘时的窝囊气了，在家庭里她的地位发生了彻底的改变，她从那个受气的人变成了给别人气受的人。这种地位的改变让她尝到了"权威"的滋味，她每每作威作福，便得到一种精神的极度幸福。哪怕是在一个普通的小家庭里，亦有"食物链顶端者"诞生出来并制定规则，有人的地方就有江湖。

可是那个横空出世的年轻人打破了这个规则，让汪明月感到从未有过的奇耻大辱。

辛廷伟提着一台崭新的录音机，以及一堆礼物，走进了许凡家的门。别问他如何知道许凡家的住址，世上无难事只怕有心人。对许凡，他就是那个有心人。他以为他会彬彬有礼出现在许凡的父母跟前，可是人类的礼仪是相对的，是文明人之间才配享有的仪式。而汪明月不可能是个文明人。她是个粗鄙的农村妇女，用着最粗鄙的语言骂着自己的女儿。在辛廷伟眼中，对许凡这样的女孩子用着那样粗鄙的语言，其杀伤力不亚于用刀用剑。柔弱斯文的女孩子，张狂跋扈的村妇，一场力量悬殊的对决，一下就激发了辛廷伟内心的保护欲，他以救世主的姿态降临在这个从未有人敢破坏规则的小家庭里，汪明月的权威像只纸老虎瞬间被打倒在地，一把火烧了个灰飞烟灭。

这个外来人不但斥责了一家之主，还斥责了一家之主的心肝宝贝。

许平也从没有被人这样指摘过，在辛廷伟口中他对自己的认知发生了翻天覆地的变化。一直以来他都自以为自己是个没有被母亲宠坏，特别护姐的好弟弟，可是辛廷伟明明白白告诉他，他是他母亲戕害他姐姐的帮凶，是"助纣为虐"那个"助"。一直以来，他以为他助的都是姐姐，没想到他其实助的是母亲。如果他果真认为母亲是错的，姐姐是可怜的，他就该像辛廷伟那样斥责自己的母亲，像个真正的男人一样保护自己的姐姐，而不是对母亲打骂姐姐的举动见怪不怪。他在享受食物链顶端的人对他的保护与纵容，他同时享受食物链底端的人对他的信任与青睐。前者是因为他的性别轻而易举获得的，后者是因为他身为既得利益者只不过付出了一点点的友善，便一本万利地收获。

看着辛廷伟，许平深有感触。他看到了真正的男人是什么样的，而对比一下，自己的确不像个男人。辛廷伟让少年产生了从未有过的深深的羞耻感。

初次相见，就领略了辛廷伟的风采，少年心中姐夫的形象立马就从叶知秋换成了辛廷伟。只有这样的"英雄"才配当他的姐夫，才能够引领小舅子的人生。为了示好，许平帮着许凡收拾了行囊，并送许凡和辛廷伟出门。这是他受了腿伤之后，第一次恢复手脚麻利。

还在暑假，许凡就回到了霞山溪村，迎接她的是紧挨着小祠堂搭好的一小间木头房子。那是辛廷伟、顾军、王丽春以及村民们的杰作。木房子里被布置得温馨不已，对于许凡来说，那简陋中的温馨无疑满足了内心里小公主的渴望，哪个女孩子没有一个公主梦呢？

"谢谢你啊！辛廷伟。"许凡郑重地向辛廷伟道谢，谢谢他送给她录音机和越剧磁带，更谢谢他为她出头。长期活在汪明月的霸道打压中，许凡何尝不渴望有个人可以出来大声指责汪明月做得不对，可是家里的男人们都没有，父亲和弟弟的骨子里更多的是雌性的柔和，反倒是汪明月的血液里带着雄性的攻击性与破坏力。许凡终于知道一个人的懦弱是相对的，过去她惧怕汪明月，臣服于汪明月，不过是没有人撑腰，一旦有人撑腰，她也可以是一个华丽的叛逆者。她生命里第一个站出来为她撑腰的人，不是父亲，不是弟弟，也不是景老师和叶知秋，而是辛廷伟。她像个仗着天理造反的人，在汪明月女士面前完成了一场革命，拿回自己的工资存折便是她革命的胜利果实。

"我的性格随我爸爸，"许凡笑笑和辛廷伟解释自己一贯的懦弱，"既然我是父母的产物，我的性格里应该也要有我母亲的东西才对。"父亲的懦弱是文明人的劣根性，母亲的无知无畏又是不文明人的优势，许凡就这么发现了调和自己性格的秘诀。她要像父亲一样做个文明人，知道礼义廉耻，同时她又该学习母亲的强悍，只不过要把对弱小的攻击力改为对弱小的守护力，那才是真正强者该做的事情。

辛廷伟笑了，为自己没有看错人而感到欣慰，并支持她的一切决定，比如她打电话告诉王隽她不调动了，她要留在霞山溪好好教书,做这个村庄人们的精神支柱。而辛廷伟,是她的精神支柱。

辛廷伟的梦想却是成为别人的经济支柱。他一心想要帮助霞山溪村民把白茶种好。他毫无保留,倾囊相授。他站在茶树坪的茶树旁,不厌其烦向村民们一遍遍讲解,并亲身示范。他的填鸭式教学让他的汗水变得亢奋,在漫山遍野横冲直撞的日照里闪闪发光。

"你其实还是要注意些授课方法,满堂灌效果会不理想。"坐在茶树坪的茶树旁,许凡递给辛廷伟一条手帕,用课堂教学的视角给辛廷伟提意见。

辛廷伟完全赞同许凡的结论,但是他更担心的还是一些根本的东西,比如霞山溪村的土壤是否适合种植白茶和毫茶。他对许凡说:"早在1965年和1973年,大白茶和大毫茶就被两度确定为全国推广良种,并列为全国区域试验的标准对照种。更早的时候,1958年,大毫茶就经过国家鉴定后面向全国推广,好东西就是要分享的,然而,这种全国性的推广全都失败了。茶苗被推广到安徽、江苏、江西、浙江等地,在当地种植加工,但移种后生长出来的茶叶品质,芽毫粗壮度与制作后的成品茶都和我们本地所产相距甚远,品质掉得不是一个两个级别。"

许凡明白:"淮南之橘,生于淮北则为枳。"

"即便是在咱们桐山县,不同乡镇不同村庄不同高山种出来的白茶品质也是参差不齐的。"所以,辛廷伟担心的是,霞山溪村的土地是否能让白茶成为他们的经济作物呢?如果这方水土并不适合种白茶,那就失去了最基本的支撑,其他一切努力都是白费。

辛廷伟给录音机装上六节大号电池,将越剧磁带《红楼梦》放了进去。袅袅的越音立时在深山老林飘散开来。宝黛的爱情是悲剧，他应该带《梁祝》磁带才对，可是梁祝何尝又不是悲剧呢？在爱情的世界里，一生一死是铁板钉钉的悲剧，一起赴死依然是悲剧，只不过"化蝶"美化了悲剧的氛围。在俗人的认知里，人们总是固执认为唯有婚姻才是爱情的喜剧结局，而不愿承认围城往往是新的悲剧的开始。辛廷伟看着许凡，手里握着雪白的手帕，手帕上有香皂的气息以及他汗水的气息，辛廷伟做了幸福的决定：下次他再来霞山溪的时候，给许凡带一盒《盘妻索妻》的磁带吧。为了许凡，他愿意做一个固执的俗人。他要和许凡结婚！

第二十六章

　　陆小思在茅草屋前朝茶树坪的方向抬起头，那是越剧《葬花》。作为嵊县人，她对乡音再熟悉不过。而在这异地他乡穷乡僻壤，她因听到熟悉的越音激动不已，压抑的内心躁动起来。这里距离她的家乡有多远？为什么这里也有她的乡音？

　　晚上，大钟哥从山上回来了，陆小思端上饭碗，无法掩藏浓浓乡音说："我想听戏。"她提出这个请求的时候，双手抚着肚子，那里已经有了一个新生命的胚芽。生命是无辜的，但生命之初却是有罪的。大钟哥看着她的肚子，三口两口就扒干净碗里的饭，对她说："跟我走！"

　　夏夜的山村蛙鼓蝉鸣，看在陆小思眼中却没有可爱之处，与行走在她前头的男人一样充满了阴森恐怖的气息。她是来自城市的女孩，对深山老林天生充满了未知的恐惧。黑魆魆的山黑魆魆的树无不在她心中演绎了无数关于鬼魅的恐怖故事。那些鬼故事再恐怖也不如走在她前面的男人恐怖。可是现在，这男人是她肚子里孩子的父亲。她深一脚浅一脚跟着这男人的步伐，一手抚在自己还未隆起的肚子上。表面平静，罪恶却已经根植。

男人突然停住脚步，手电筒的光向后打了过来，他的声音轻柔还透着关心说，担心脚下，别摔了。

抛开所有的背景，只听这句话，这是一个多么好的丈夫啊！

可是，他依然是一个罪人！

房间里，录音机正在播放《葬花》："绕绿堤，拂柳丝，穿过花径……"

许凡和王丽春在讨论薛宝钗和林黛玉，两人都喜欢林黛玉，两人都不认同世人对于林黛玉的评价，认为林黛玉虽然悲春伤秋，多愁善感，可也有开朗的一面，尤其林黛玉与人交谈时言辞犀利足见其是个极富情趣、生命力旺盛的人。两人对林黛玉的喜爱与津津乐道一下子拉近了两人的距离，彼此都把对方当作了知音。

王丽春说，我另一个闺蜜就特别讨厌林黛玉，她喜欢薛宝钗。

许凡问是谁。王丽春话到嘴边还是咽下了。潘俏俏和叶知秋结了婚，对于潘俏俏来说，许凡已经是不可说的人物，那么同样，在许凡跟前，潘俏俏也应该是一个不可说的人物才对。

好在，敲门声替王丽春解了围。

大钟哥和陆小思站在许凡房间的门外。

看着来开门的许凡，大钟哥脸上有挥之不去的羞耻感，但为了陆小思，他还是硬着头皮说："你嫂子她也想听戏。"

传说中的大钟哥新娶的媳妇！

许凡和王丽春都很激动，表现出了最大的热情好客。

接下来每天晚上，陆小思都会到小祠堂，和许凡、王丽春一起听戏。三个女孩子在屋子里听戏，大钟哥就拿一把破交椅坐在小祠堂外头等候。手电筒是舍不得打开的，没有月光的时候，他就让自己躲在黑夜里，两只眼睛盯着窗子上煤油灯的投影。

霞山溪村没有电，录音机要播放全靠电池，电池耗电很快，喇叭里传出的越声已经变了音。

许凡和王丽春看向陆小思，有些难为情，但还是下了逐客令。陆小思却并没有要走的意思，反而用一种乞求的眼光看着二人，并作了个想用纸笔写字的手势。许凡和王丽春互视了一眼。陆小思来小祠堂听戏已经有几个晚上了，一直都表现得很平静很正常，像今晚这样的神色还是第一次见。

许凡递上了纸笔，只见陆小思在纸上写下了两个字："救我！"

陆小思是经过多日的观察与考量才发出这样的求救的，她笃定这两个女孩子会帮她。作为一个已经不止被拐卖一次的女孩子，她对任何人都抱着警惕和怀疑的态度，不敢轻易相信。

许凡和王丽春次日一早天蒙蒙亮就下山去了镇上的派出所，当一队工作人员出现在村里，村民们还以为又是县里来的扶贫干部，直到傍晚时分，刚刚从山上干活回来的大钟哥和茅草屋里的陆小思一起被这队工作人员带走，村民们才知道那是一队便衣警察。

大钟哥新娶的媳妇竟是花钱从人贩子手中买来的被拐妇女，当这个消息在村里传开，村民们才想起，怪不得李组长分给大钟哥家的羊崽子、长毛兔种都不见踪影，原来是被他卖了凑钱，再用这些凑来的钱买了陆小思。

大钟哥的事，在霞山溪村引起了非常大的反响，钟老汉为代表的村民们对报警的许凡和王丽春发生了一百八十度态度大转弯，从原来的敬仰与感恩立即变成了敌对、仇视。蓝花非常担心许凡和王丽春,让李先荣去做村民们的思想工作,不料又遭来她婆婆一顿斥责,说她身为村里的媳妇却胳膊肘往外拐,心向着外人,蓝花为此委屈大哭了一场。

而小祠堂那边,许凡和王丽春两个人一起养的几笼长毛兔被偷个精光,小祠堂门口也被堆满粪便,还有村民到小祠堂外吹口哨,极尽招惹,李小贤因为帮助许凡和王丽春说话也被村民打了,事态越发严重,李先荣不得不出面处理。

李先荣赶到小祠堂时,小祠堂门前正分成两拨人马,剑拔弩张。一拨只有三个人:站在小祠堂门内的许凡、王丽春,还有挡在她们面前的少年李小贤,另一波则是小祠堂门外聚集的几十号村民,为首的钟老汉义愤填膺,要求许凡和王丽春去把大钟哥从派出所里救出来,如果大钟哥坐了牢,那霞山溪的村民也不会放过她们二人的。

李先荣大步过去,站到了小祠堂门口的台阶上,对着村民们好言相劝说:"钟大叔,你们大家这是干什么啊?"

"他们是来打人的!"少年李小贤向李先荣展示自己脸上和身上的伤痕。

钟老汉立即说:"我们不是来打人的,我们是来救人的!让她们怎么把大钟送到牢里去的,再怎么把大钟从牢里放出来!"

村民们纷纷附和钟老汉的话,祠堂上空响起一片"说得对""让她们放人""我们来救人"的声音。

王丽春年轻气盛血气方刚,不懂如何与村民打交道,只懂硬碰硬摆事实讲道理,说大钟哥坐牢那是法律的规定,他拐卖妇女就是犯罪,犯罪就应该坐牢。村民们哪里肯认这个道理,只觉得娶老婆花聘礼钱天经地义,大钟哥花钱娶老婆何罪之有?

王丽春说:"你们都是法盲吗?那不是娶老婆,那就是拐卖妇女,他是买家他就必须要坐牢!"

王丽春的话立即引起众怒,如果不是李先荣张开双臂一夫当关,村民们已经要涌进小祠堂了。众人义愤填膺讨伐王丽春,说谁想犯法谁想坐牢?还不是因为穷闹得?村里太穷了,没有女人愿意嫁进村里,村里的人口一年比一年少,再这么下去,整个霞山溪就要人种灭绝了!人们说到激动处痛哭起来,整个小祠堂门前哭声一片。

风萧萧兮,剩下的阳光令人遍体生寒,心头结冰,站在王丽春身后的许凡垂下了沉重的眼眸。

许凡又想到初识大钟哥的样子,那时候阿英嫂还活着,肚子里还怀着孩子,大钟哥日出而作日落而息,日子虽然穷苦,可是充满盼头,因为生命还能繁衍,希望与光明同在。那时候的大钟哥多么勤劳善良质朴单纯。村民们说得也没错,都是穷闹的,普罗大众的人生理想就是安居乐业,夫唱妇随,儿孙绕膝。他们没有什么别的野心,不过是对人间含着最本分的一份夙愿,可是因为贫困,这基本的夙愿竟然成了奢望,成了绮丽的梦想,成了空中楼阁。

陆小思离开霞山溪村之前告诉过许凡,她不会把肚子里的孩子生下来,因为那是罪恶的产物,是对她人生的不公平。没有人能指责陆小思的做法,那是她身为一名受害者应有的权利,受法律保护。

只是女人和孩子一样,都是这个村庄对美好生活的渴望,是贫穷剥夺了他们获得幸福的权利。

贫穷是原罪。

这一天,许凡把自己锁在房间里流了很多眼泪,为陆小思如花的生命却有不幸的遭遇,也为大钟哥,因为对法律的无知导致一念之差，终是害了自己也害了他人。

这个故事里，最大的恶人是贫穷，它和人贩子一样可恶。许凡告诉王丽春，她要进一趟城。

王丽春惊呼："许凡，你这么快就向困难低头？我们不是约好了，要把霞山溪村建设好吗？现在只不过是遇到了一点点小挫折……"

许凡说，不是的，她没有知难而退，她只是要进城再去搬一回救兵。

许凡要搬的救兵就是县委书记周挺。

因为大钟哥的事，她和王丽春与霞山溪村民的宿怨算是结下了，隔阂一天不消除，她与王丽春在霞山溪就一天不能过安生日子。一旦在霞山溪发生其他违法犯罪的事，那么县委县政府前期对霞山溪村的帮扶可就全都付诸东流了。

"疏则通，堵则盈"，矛盾既然出现了，就一定要化解。

周挺书记热情接待了这位霞山溪村来的年轻女老师，他亲自给她倒了茶，对她说："我听新闻科的王隽科长说了你的事，说你放弃了调动的机会，自愿留在霞山溪教书，正是有你这样勇于奉献的年轻人，我们的社会才会越来越好，山村才有希望。"

面对县委书记的夸奖，许凡一点都没有开心，反而郁郁说自己闯祸了，给县委、县政府的扶贫工作捅了篓子。

周挺书记眉头一皱，赶紧让她讲发生了什么事。

听完许凡讲述的大钟哥与陆小思的事，周挺书记说道："你和丽春做得对做得好啊！这哪里是捅篓子？这可以算是见义勇为了。"

许凡心里也完全认为她和王丽春做得对，可是村民的不理解也是实实在在摆在眼前的问题，而村民们的不理解也是情有可原，因为村民们的确遇到了非常现实的难题。贫困是霞山溪村人面临的最严峻的难题，因为贫困，他们无法娶妻生子，人口越来越少，村庄正在萎缩凋零，一时的救济扶贫也改变不了霞山溪村人最终走向消亡的结局。

周挺书记说他明白了。

接下来的霞山溪村迎来了更大力度的扶贫政策倾斜：针对霞山溪村没有水田种不了稻谷，少量山地种番薯自给自足都困难，更别提交公粮的问题了，县里拍板五年内霞山溪村民一律免交征购粮，免售加价粮，这一政策还惠及了霞山溪村所属行政村——漆溪村；针对村里人口逐年减少，单身汉不断增加，育龄妇女只剩下五六个人，县计生部门在严格的节育政策中网开一面，不对有生育能力的年轻男女厉行结扎绝育手术，同时与妇联联合开展"献爱心"活动，举办相亲活动，为村里的小伙子与山外姑娘牵线搭桥。

王丽春和李先荣率领村里几个年轻小伙子，浩浩荡荡开赴城里，参加妇联举办的第一场相亲活动，小伙子们的造型由王丽春亲自打造，各个精气神满满。一场相亲活动下来，竟然成了两对。首战告捷，整个霞山溪村都欢腾了。两对新人看了同一个结婚的日子，王丽春和许凡都被邀请参加喜宴。喜宴虽然简单，可喜庆氛围浓厚，霞山溪村的鞭炮声一直响了一整天。

"三年，"王丽春说道，"给我们三年时间，一定能叫霞山溪村不靠救济帮扶，靠自身骨头长出肉来！"

"就三年！"许凡伸出手，与王丽春拉勾。

鞭炮声里，王丽春和许凡一起放眼那山那树，两个女孩子内心都信心满满。霞山溪村一定会越来越好的！

第二十七章

1989年，夏末秋初的一天。

许美丽走到王隽办公室门口说道："王科长，连部长找您。"又是要谈职务调动的事吧？

王隽心头一片平静湖水。这些年，县委关于人事讨论会议上有许多次提到提拔他职务的事，最终王隽都拒绝了。他对自己的定位始终是一个记者。报道民生疾苦，为农民说话，这是他热爱的事业。

一旦有了清晰的定位与目标，对其他职务晋升也就看得云淡风轻了。

王隽放下手头正在写的稿子，拿了笔记本和钢笔，走出办公室，走向部长办公室。

"王隽，进来，坐。"今天的连山青部长，比起往常更多了一份和蔼可亲。

连部长亲自给王隽泡了一壶白茶。从洗茶具到最后的斟茶，每一个动作都行云流水，像一个专业的茶艺师。这些年，连部长对发展白茶产业一直十分上心，生生从一个门外汉自学成了一个行家。基于这点，王隽对连部长由衷地敬佩。

"以后，我可能没机会再在办公室里给你泡茶了，"连部长举起雪白色的瓷盏敬王隽，"以茶代酒，祝王科长到新的工作岗位上继续大有作为！"

连山青的话让王隽一头雾水。

连山青也不卖关子了，开门见山说道："地委给我们县里打了电话，说是新到任的地委书记点名要你去地区主持地委报《宁东报》复刊事宜。王隽同志，愿你此去，大展宏图，定不辱命！"

幸福来敲门，猝不及防。

对于彼时的王隽来说，这是个机遇，却也是个考验。地委报《宁东报》已经停刊二十年，复刊是势在必行，形势所致，可是放眼整个宁东，人才济济，而他连初中都没毕业，学历低，又没有办报经验，如何胜任呢？

王隽怀着惴惴不安和打退堂鼓的心情奔赴地区，原本想着婉言谢绝领导对自己的错爱，不料地委书记却用数年前他为霞山溪村民请命写的那封求助信作为激励他的理由，说道："没有经验可以边实践边提高，你当年敢于反映霞山溪贫穷落后的情况，说明你有责任担当，凭着这一点，相信你能把报社的工作做好。"

好马怕鞭策，越鞭策跑得越远越快。王隽本就是个有追求有抱负有理想有情怀的记者，哪经得起地委书记如此这般热忱鼓励？顿时热血沸腾，再无顾虑，毅然决然接过了这个艰巨任务。

因为工作调动，王隽也着手举家搬迁至宁东地区事宜，只是妹妹王丽春还在霞山溪村，一时半会儿没法儿立即将消息告诉妹妹，只能先把调动的消息通知清流镇政府的工作人员，再托他们转告漆溪村委会的干部，看看他们能不能再把这个消息递到霞山溪村去。

入秋，一场秋雨一场寒。

王丽春被窗外的雨声惊醒，一个鲤鱼打挺从床上坐了起来，她想到了什么，立即下床，趿着拖鞋就冲出屋外。

屋外，许凡和顾军已经先她一步，蹲在兔笼前。兔笼里，空空如也，那最后一窝长毛兔也不见了。王丽春没有拿伞，一头扎进了雨雾中，许凡和顾军追了上去。

他们三个人冒着风冒着雨，在崎岖的山路上艰难往上。山体上没有茂盛的大树可以遮蔽，零星几棵树木不高也不壮，和这村里人一样，病歪歪一副成不了材的样子。

三年了，没有任何改变，一切都被打回原形。

林业部门送来的几千株杉树苗，枯死的枯死，长大的也是瘦瘪瘪的废柴。不远处"眉毛丘"和"斗笠丘"农地上种下的桃李树，勉强长出几粒果子，还没长熟就喂了野猴子。而山羊崽和长毛兔种也没能逃过这样的命运，三番五次被野狗叼走，村民们死守住的几只羊崽，一方面因为饲养技术不够娴熟，一方面山上缺乏草料，山里茅草又粗又硬，山羊啃吃后满嘴冒血泡，紧接着口腔化脓溃烂，全都患病死掉了。适应性最强的是一些根茎药材，却也被野猪刨出，毁坏得一干二净。

"啊！"伴着许凡一声惊叫，王丽春和顾军同时看向泥泞的山路边，那里是兔子被野狗啃食后剩下的一堆残骸，王丽春"哇"的一声哭了。三年前扶贫播下的希望之种，可谓全军覆没。

雨停了，王丽春还在哭。

许凡坐在一块山石上，远远望着一棵歪脖子树下哭泣的王丽春。顾军正在那里安慰她。三年多了，许凡从没有见过王丽春哭得如此绝望。那绝望就跟铺天盖地的贫瘠一样，压得人喘不过气来。

"我以前从来没有受到过这样的打击，"王丽春絮絮叨叨地说，因为还沉浸在巨大的悲伤里，她说一句话就要重重啜泣一下，"我从大学毕业留在大北京打拼，虽然不算大展宏图，可也算顺风顺水，我想当然地以为，一分耕耘一分收获，世上无难事只怕有心人，三年的时间证明，我错了，我太天真了，老祖宗说救急不救穷，是真理！"

三年前，因为哥哥那封关于霞山溪村渴望治穷致富的信在国家级权威媒体刊出后，全国各地好心人们的爱心都汇聚到这个穷山村，王丽春也满怀一腔热血，放弃大北京的优渥生活回到故乡，在这个穷山村驻扎下来。她豪情万丈想着，自己一定能够治住这个小山村的穷病，然而她被残酷的事实打败。

穷这个顽疾已经深入深山的每一寸土地，病入膏肓，从根上灭绝了它富起来的可能性。

王丽春的眼神里像灰烬灭掉了最后一丝火焰，整个人都蔫了。

"顾军，我打算离开了。"王丽春灰心丧气，像战败的士兵拖着熄火的枪支。

"你做什么决定，我都理解你，支持你。"顾军坐在王丽春身边，低声说道。他是个文弱的男青年，经过一场雨的洗礼，面颊越发苍白了，没有丝毫血色。倒是王丽春，在山里待了三年，都市的气息被山风熏染得变了味道，反而充满虎虎的韧劲。

"只是理解我支持我，不跟我一起行动吗？"王丽春从地上站了起来。

顾军仰着头看着王丽春，年轻的姑娘眉头紧蹙，眼里熄灭的火焰又复燃起来，只是藏着愠怒，那愠怒让她整个人又灵动起来。

"一起……行动？"顾军吞了吞口水，舌头还打了下结。

看着顾军一副困惑不解的模样，王丽春生气了，伸手将顾军从地上拽了起来，生气道："三年了，你真的打算一点表示都不肯给我吗？"

远处，山石上，许凡看着那边，右手拇指指甲不由抠了抠左手拇指指腹。这三年，作为一个旁观者，她明眼瞧得清清楚楚的，顾军和王丽春两人彼此喜欢，可是却从未捅破那层窗户纸，不知道是不是她这一百二十瓦的大灯泡太亮，令他们彼此看不见彼此对自己的喜欢，而都不愿意当那个先开口的人。现在，王丽春先开口了。一开口就天翻地覆。

顾军带着一股子晕眩，脚底踩了棉花般站立不稳。王丽春骂他，别装，这三年，我带你练瑜伽，你身子骨早就不弱了。

好吧，顾军站稳了，问道："你想我表示什么？"

王丽春看着顾军，文弱的男青年脸上是修竹一样的气韵，目光里是岁月静好的神采。

"你是真不明白，还是假不明白啊？"王丽春的爆竹脾气在这一刻全被点燃了，"我说我要离开霞山溪！"

顾军"哦"了一声，又没有然后了，王丽春气愤地抬手，顾军本能躲闪了一下。看着顾军唯唯诺诺的样子，王丽春气结，抬到半空的手负气收了回来。眼看着两人陷入僵局，许凡忙过来做和事佬，冲顾军说道："丽春要离开霞山溪，顾老师你不挽留一下吗？"

"挽留？"顾军愈发一脸茫然。

许凡道："你不挽留，一定是想跟着丽春走吧？"

"啊？"

随着顾军一声惊呼，王丽春气得扭头就走，许凡哭笑不得看着顾军说，你还不去追？脑子虽然慢半拍，但好歹是跟上节奏的顾军迈开大长腿追王丽春而去。看着青春男女的背影落在穷山恶水的背景中，极不协调又富有顽强的生命力，许凡的唇角弯了弯，勾出一个欣慰又落寞无奈的笑意。

虽然是表兄弟，顾军和辛廷伟的性格相距甚远，一个内敛，一个张扬，一个是月亮，一个是太阳。

一抹阳光打在许凡身上，她抬头仰望太阳，同时用手在额前做了个屋檐。

在许凡的认知里，宇宙就是太阳，太阳就是宇宙，至于月亮与星辰是无关紧要，可有可无的。辛廷伟就是她的宇宙她的太阳。而王丽春是顾军的宇宙和太阳。太阳在哪，宇宙就在哪，没有太阳的宇宙毫无意义，是一片废墟。王丽春决定离开，顾军一定也会离开，许凡心里相信顾军会这样选择和追随，她相信爱情的力量。好的爱情能让人消除自卑，能培养人健康的心态，这些年，王丽春很好地疗愈了顾军缺憾的内心，让一只惊弓之鸟不仅愈合了伤口，还重新丰满了羽翼。而辛廷伟之于她，意义是一样的。

那个与茶为伍的青年人成了汪明月的克星，让汪明月收敛了不少臭脾气，他强势加入了她的原生家庭，并影响着她原生家庭过去二十年形成的格局。他还和许凡一起关心着赤霞村的外公外婆。许凡偶尔会不厚道地在心里将辛廷伟和叶知秋做比较，辛廷伟是太阳，叶知秋就只能是月亮，对于寒冷冬夜来说，太阳出现的意义远远大于月亮的意义。而至于景老师，那可能就是不小心划过她生命夜空里的一颗流星。这个以白茶为事业的青年人成功在许凡荒芜的内心种下了一片丰茂的白茶树，可他却无法让白茶在霞山溪村被成功种植。

一方水土难养一方人，辛廷伟最初的担心全都应验了。许凡放眼霞山溪村的山地，这片土地太贫瘠了，种活不了杉树桃李，同样种不好白茶。农作物如是，人也如是。这片土地上的人们是没有希望的，除非离开这片土地。李小贤考上了畲族歌舞团，去了艺校读书，真正跳脱出了这片土地，他的前途一片光明，可是留在这片土地上，留在这座山里的人们呢？继续留在这片土地上，他们还有希望吗？

顾军在跟随王丽春离开霞山溪村前，发挥了赤脚医生最后的作用，替李先荣和蓝花三岁的女儿看病，小女孩也不知是怎么了，上吐下泻，奄奄一息，蜡黄的小脸只剩巴掌大，眼睛也已经睁不开了。顾军手上只有县卫生部门捐赠的一些常规药，给小女孩简单吃了点止泻药，就让李先荣和蓝花送小女孩下山看病。很可惜，小女孩还没送到漆溪村，就在霞山溪村通往漆溪村的半道上咽气了。这对李先荣蓝花夫妇来说是莫大的打击。这个孩子从怀孕到生产都十分不易，是他们费了九牛二虎之力才养下来的，没想到还是夭折了。

李先荣在蓝花的哭声里，将女儿小小的身体用一张破草席卷了，扛了锄头，拿到后山地里埋了。

看着被自己亲手填平的地面，李先荣流下了眼泪。虽然是个女儿，可也是他宠爱着一点点养到这么大的，现在就这样死了，他的内心痛苦不堪。他坐在埋着女儿尸体的山地上，抱膝痛哭。身边有了响动，李先荣抬起泪雾模糊的双眼看到了许凡，她正蹲在地上烧一本已经写完的作业本。

"蓝花总说等你们女儿长大了就到小祠堂跟我读书，可是现在没有机会了，我把这本作业本烧给她，就当作我教她读书认字做她的老师了。"许凡的眼睫毛上挂着泪珠，她刚从李先荣家里出来，陪着蓝花哭了一场。

"谢谢你，许凡老师。"李先荣喉头生疼，他突然想起什么，惊恐问许凡，"顾老师和丽春妹子都离开霞山溪村了，许老师，你也会离开吗？"

许凡低头看着泥土上作业本燃烧过后留下的红红的火星，没有回答李先荣的话。自从顾军回了城，辛廷伟就来找她谈过调动的事。她知道凭着辛廷伟家的关系，完全可以帮她调离霞山溪。可是她走了，霞山溪的孩子们该怎么办呢？要知道霞山溪这种规格的初小校,能分配来像她这样的公办老师,本身就是一件意外的事。如果不是因为公报私仇,她是不可能被潘正义分配到霞山溪村教书的。她要是调走了,霞山溪的孩子就必须每天走很远很坎坷的山路去漆溪村上学,如若不然,就只有辍学一条路。可是她如果不调走,她的个人前途,她和辛廷伟的爱情前途又该怎么办?

第二十八章

县委大楼最高层会议室里灯火通明。桐山县委班子正在召开一场贫困县如何摘帽的会议。作为全国18个集中连片贫困区之一的闽省东部的六个贫困县之一,摘下贫困县帽子,是地委对桐山县提出的要求。可是,桐山县还有像霞山溪村这样扶贫失败的村子,要实现全县脱贫摘帽谈何容易啊?王丽春携着顾军离开霞山溪村,也让王隽知道了霞山溪的近况。王隽特地从地区赶回来,奔赴霞山溪村,用镜头记录了霞山溪村重新陷入贫困的局面,周挺书记、连山青部长等县委领导透过王隽的镜头看到了霞山溪这个穷典型在脱贫致富道路上遇到的困境。

如果像霞山溪村这样的穷山村一天不能脱贫致富,桐山县就一天无法摘下贫困县的帽子。如何帮助霞山溪彻底摆脱贫困,是摆在县委领导班子会议桌上的课题。

都说一方水土养一方人,一个小小的自然村,举全县之力,数年扶贫无功效,只能说明它的水土养不了人。树挪死人挪活,既然"输血"无效，不如举村搬迁，异地"造血"。可是农村人对故土的依恋就像孩子依恋母亲一般，他们能轻而易举接受举村搬迁计划吗？王隽从霞山溪村调研完回宁东地区之前，特意和连山青部长交谈过。举村搬迁，王隽这次重返霞山溪村时也产生了这个设想，可是他在霞山溪村和村民谈心时一提出这个设想就遭到了村民的强烈反对。对于霞山溪的村民来说，那方山土再贫瘠再穷困也是他们祖祖辈辈生活的地方，他们在那里男耕女织养儿育女，代代相传，再穷再苦也是他们的根。落叶都要归根，他们怎么可能还舍弃故园往外搬迁呢？子不嫌母丑，狗不嫌家贫，金窝银窝不如自家的狗窝，这就是霞山溪村民们对他们生活的村庄最朴素的血脉亲情。

连山青部长讲述了霞山溪村民对于举村搬迁计划可能存在的排斥心理后，端起瓷茶杯，喝了口热腾腾的老白茶，继续说道："霞山溪的村民在霞山溪已经生活了三百多年了，要他们搬出村子，搬到一个陌生的地方去，只怕难啊！"

周挺书记说道："我们地委书记在大会小会上反复强调，咱们宁东交通闭塞，信息短缺，是小农经济的一统天下。商品经济的发展较其他贫困地区，显得更为步履艰难。人们说起我们宁东，便是五个字：'老、少、边、岛、贫'，处于这么一种弱鸟的境地，有没有'先飞'这个话题的一席之地呢？我们地委书记说，不但有一席之地，还有大讲一下的必要。地方贫困，观念不能'贫困'。'安贫乐道''穷自在'，'等、靠、要'，怨天尤人等等，这些观念全应在扫荡之列。弱鸟可望先飞，至贫可能先富，但能否实现'先飞''先富'，首先要看我们头脑里有无这种意识。我们地委书记说了，当务之急，是我们的党员、我们的干部、我们的群众都要来一个思想解放，观念更新，四面八方去讲一讲'弱鸟可望先飞，至贫可能先富'的辩证法。"

周挺书记带领全体班子学习了地委书记的讲话精神，让全体班子都振奋不已，摆脱贫困，首要的就是摆脱思想上的"贫困"。

"工作难，才需要我们干部去开展工作，如果工作都那么容易开展，还要我们这些人干吗？"周挺书记旋即拍板和部署了霞山溪村举村搬迁的工作，并对连山青说道："你是宣传部部长，思想工作就由你们宣传部门去做。"

县委书记的交代，连山青怎么可能拒绝？次日就带着许美丽等宣传部门工作人员开赴霞山溪。

这一次，县里来的工作队没有再带来扶贫物资和救济款，每个人都两手空空只带来一张嘴，这让村民们从未有过的反感。

"我们下山去干什么？天不是我们的天，地不是我们的地，死了棺材埋哪里？命里有富自然富，八字上刻着穷命，我们就甘愿受穷！我们过惯了山里的日子，哪也不去，饿死也要留在霞山溪！"许美丽被一个村民直接从家里轰了出来。

虽然周围空无一人，只有穷山恶水，许美丽的脸颊还是火辣辣烧灼起来。

她师范毕业没教多久的书就被调去县委宣传部工作，平日里迎来送往都是体制内体面的干部，谁人与她打交道不是彬彬有礼笑容可掬？就算大家不拿她一普通宣传干部当领导，也要给她顶头上司连山青部长几分薄面啊！打狗还看主人面呢！何曾遇到过这么不给脸的时候？

刁民！许美丽实在忍不住在心里骂道。

许美丽骂骂咧咧走去下一家，实在是气昏了头，也没看路，一个不小心就被一块山石绊了一跤。这一摔不轻，手臂蹭去一层皮，额头也起了包，脚也拐了，脚踝还出了血。许美丽懊恼不已。

"去小祠堂先坐一坐，我那里有碘酒，给你伤口擦一擦。"耳边响起许凡的声音，许美丽愣了愣。

在许凡的搀扶下，许美丽跟跟跄跄走到了小祠堂。一路上，许美丽内心都充满了异样的感觉。那异样的感觉甚至冲淡了难走的山路带给她的想骂娘的感觉。扶着她手臂的是这个女孩子——世仇家的女儿。从小到大，因为母亲间的战争，导致她们俩也被摆到仇敌的位置上去，每次吵架都像两兵对垒，不是你死就是我亡。孩子生来就是被家长裹挟的，因为血缘是最基本的站队，老天爷替你选择好的一种站队，很难以人的意志为转移，要不怎么说"灭亲"是"大义"呢？"大义"总是需要超越人类和人伦的魄力，一般人哪有那智慧与能力？

很显然，她和她身边的女孩子都只是一般人而已。

她们的父亲也都是一般人，被各自的女人裹挟。

许宝山一定不想和田玉琴撕破脸，毕竟是曾经耳鬓厮磨时蹭破脸的情谊，做男人不能太薄情。但他如果对田玉琴有情有义，对自己老婆就显得薄情寡义，老婆毛病再多，那也是自己老婆，田玉琴再温柔也是别人家的老婆。那别人就是许三金。许宝山被自己女人裹挟的时候，许三金也被田玉琴裹挟。他不跟着田玉琴和汪明月干仗，那他这辈子都会被左邻右舍戳脊梁骨，所有人看他头顶都是绿油油的一片。所以他必须和田玉琴站在统一战线上，和汪明月来一场名誉保卫战。但是，就算每次许宝山做缩头乌龟，不加入两个女人的战争，他和田玉琴以二敌一对付汪明月，且屡战屡胜，他的名誉依旧堪忧。骂战他是绝对碾压优势胜利，名誉保卫战却依旧输得一塌糊涂，甚至左邻右舍都开始疯传许美丽不是他许三金生的，而是许宝山的种。

她们两个真的是同父异母的姐妹吗？

一路上，许美丽内心冒出了这么奇异的想法。她把手搭在许凡搀扶着她手臂的手上，心里那离奇的想法越发亲切，唇角竟然还勾出了笑意。

你在发什么疯？一个声音在骂她，另一个声音马上就跳出来辩论。也不是不可能啊！邻居都说她和父亲以及妹妹长得不像。不但脸不像，脑子也不像。她妹许美好从小就是个学渣，留了好几级，依然考不及格，就会在学校里和混混谈恋爱，蠢得一批。而她打小就是学霸，许凡——也是学霸。

许美丽唇角的笑意更多了。她觉得造化那双神奇的手是无所不能的，能叫两个无辜的女孩子成为仇敌，也能叫两个仇敌成为姐妹。就是既可以把水搅浑，又可以拨乱反正。

既然在心里已经把与许凡的关系进行了重新定位，很多过去的情感就要重新激发。比如过去，许凡在霞山溪教书，许美丽幸灾乐祸，现在许美丽就要变成心疼与怜惜。这鸟不拉屎的霞山溪，自己来一次就心有余悸，许凡却天天要在这里生活和工作，那感觉一定是叫天天不应叫地地不灵吧？

"也还好，习惯了就好了。"许凡收起碘酒，给了许美丽一个友好的笑容。

许美丽正坐在许凡的床沿上，对着脚上的伤口吹气，伤口已经擦上了许凡的碘酒，蓝蓝紫紫一块一块的。

"怎么可以习惯？"许美丽抬头看着许凡，不自觉提高了音调，还带了丝恨铁不成钢的语气。

"你这样子真好笑，不知道的还以为你是在关心我呢。"许凡打趣，淡淡嗤笑一下，不过没有任何恶意。

许美丽一时语塞。她们本来是世仇，如今这样心平气和相对已是破天荒，再去关心对方，的确是太不可思议了。然而，这么不可思议的事情的确实实在在地发生了。

"你也不用替我担心,"许凡放好碘酒,回头很认真看着许美丽,说道,"你们不是想让霞山溪整村搬迁吗?村子都搬走了,我不也就自然跟着调走?否则我留下来教谁呢?"

提到搬迁,许美丽懊恼的情绪又回来了,抱怨村民不识相,把政府的好心当作驴肝肺,死守着穷土地不肯搬走就是头发长见识短,一个字:蠢。

许美丽的论调,许凡当然不赞同,她说道:"以我在霞山溪教这么多年书的经验来看,这里的村民是非常淳朴善良的,他们不同意搬迁就是你们工作没做到位。如果工作都那么好做,还要你们这些领导干部干什么?"

许美丽心里一咯噔,这话听着耳熟,出发前,连山青部长就是这么敲打每个工作队人员的。许美丽一边在心里叹服许凡竟然和连山青部长说的话一模一样,一边还是不服气嘟哝道:"说得轻巧,你去做做那些村民思想工作就知道他们有多死脑筋。"

许凡说:"如果是我啊,我就撂开其他村民不管,先去做村民小组组长李先荣的思想工作,因为擒贼先擒王!"

大概一个小时后,许美丽就跟着连山青部长从李先荣家里出来了,两个人脸上都春风满面。做通李先荣和他家人的思想工作的确比起其他村民容易了许多,李先荣的女儿夭折了,这是一个突破口。如果不是因为霞山溪地处偏僻,山高皇帝远,小女儿兴许能得到及时救治而不会夭折了。李先荣还想有别的孩子,不想别的孩子再有小女儿的遭遇了。所以李先荣第一个答应搬,并且表示要和工作队一起做村民们的思想工作。成功搬走了一块拦路石,并且将这块拦路石变成铺路石,连山青心里高兴。

霞山溪村现有二十二户人家,不到一百人,李先荣已经去通知各家各户，让他们到小祠堂集中，连山青部长要召集大家开一个搬迁动员会。

连山青和许美丽从李先荣家里出来，径自走回小祠堂去。

连山青笑着看许美丽："擒贼先擒王，你怎么可以把老乡看作贼呢？"这可不是批评，而是肯定。许美丽忸怩笑道："道理是一样的嘛！""亏你想得出来！"连山青部长哈哈大笑，"怎么想出来的？"这个，许美丽可不想告诉连山青是许凡出的主意，许美丽有许美丽的小心思，领导跟前邀功的事不能让许凡抢风头。再说了，许凡也不是宣传部的工作人员，让连山青知道是她出的好主意也没有用啊，又不能重用提拔她。不过，许美丽心里还是承许凡的情，觉得应该投桃报李一下。

"部长，"许美丽依旧忸忸怩怩模样，说道，"霞山溪村里的女老师是我……堂妹。"

是不是亲姐妹不知道，堂妹总是板上钉钉的合法关系吧？她们两家都姓许，都是从同一个山窝窝里搬到清流镇上的，往上数几辈可能就是同一个祖宗。许美丽为自己与许凡终于有了一个合法的关系激动不已，脚步也雀跃起来，还是连山青提醒她山路窄小心摔倒。许美丽这才想到自己身上还擦着碘酒，赶紧收敛激荡的小心情，说道："我堂妹她从韩阳师范一毕业就被分配到霞山溪教书，已经好几年了，部长你回头可不可以帮她调个学校啊？"

连山青是宣传部部长，同时也是分管全县教育工作的县委常委，全县每年有多少教师的人事调动工作要托关系求到他门下？

"你堂妹，你怎么不早说啊？"教师调动对于别人来说或许是难如登天的事情，可对于连山青来说，不过是在申请调动的报告上签个名字的事情，多大点事？

连山青是第一次见到许凡，对许美丽说道："你堂妹长得和你挺像啊！"这话让许凡和许美丽乍听都有些尴尬。许美丽借口要喝茶逃进了小祠堂里间，连山青便和许凡一起站在小祠堂门前空地上等待李先荣把村民们召集过来。等待的空隙，连山青便和许凡攀谈。连山青说，你一个年轻女孩子，能坚持在这么偏僻又穷困的小山村教书教三四年，精神可嘉，霞山溪村搬走后，你有什么打算吗？

许凡之前听辛廷伟提到过连山青，说连山青部长分管教育，又是他父亲的朋友，如果他让他父亲去找连山青部长谈调动的事，一定没什么大问题，就看看许凡是要留在清流镇上，还是要去城里教书了。此刻听连山青部长问起自己工作的事情，许凡只以为是辛廷伟已经帮她去做过连山青部长关系了，便问道："连部长，是廷伟找您说过我工作调动的事情吗？"

喊辛廷伟为"廷伟"，这么亲昵的称呼，让连山青脸上现出惊讶的神色。许凡则坦诚道："他是我男朋友。"

小祠堂厨房灶台旁，许美丽被自己喝进嘴里的一口茶呛个正着。

李先荣终于把全村人都召集到小祠堂外，二十二户人家每家当家人都来了，大家扛着自家的板凳，或者破交椅，围成一圈。连山青部长站到了圆圈的中心去，他清了清嗓子，说道："老乡们，你们在霞山溪村受穷受苦了大半辈子，我们都感到非常心疼，针对咱们霞山溪村这个现状啊，县里决定对咱们霞山溪村实施整村搬迁计划，树挪死人挪活，老乡们，你们的顾虑县委、县政府都想到了，我们一定会帮助大家克服搬迁后的困难，老乡们不为自己考虑，也要为咱们孩子们考虑考虑啊……"

这场搬迁动员会一直开到日暮西山，长在山里人脑子里根深蒂固的精神桎梏一下子要打开不是一件容易的事，连山青完全理解老乡们心里在害怕什么，担忧什么，他设身处地，苦口婆心，宅基地如何征用，建新房的钱哪里来，各家各户如何补助，搬迁之后生产用地怎么办……这些问题都一一帮助村民们排疑解难，终于说动了全村二十一户人家同意搬家，而最后一个无论如何都做不通思想工作的顽固人就是钟老汉。钟老汉坚决表示，他一个孤寡老人，就算全村只剩他一个人，他也不愿意搬走，老死村里也不怨他人。最后，连部长将这个任务交给清流镇政府和赤溪村委会的干部，大家和李先荣一起登门，找钟老汉又做了四次思想工作，终于解除了老人后顾之忧，让他同意搬迁。

二十二户人家，不上一百号人口，从山上搬到山下，依然是一场大工程。男女老少背着扛着提着各家各户的破物什，在村民小组组长李先荣带领下，在霞山溪村那条鬼斧神工的陡峭又狭长的山路上，像蚂蚁搬家一样，向着山下他们未来的家园——漆溪村进发。次年早春，山下，二十二栋两层楼砖木结构的新房拔地而起，它们耸立在道路两侧，一边各十一栋，每栋的门上都贴着大红对联，"造出一番新天地，福到农家感党恩"，这便是"造福工程"背景下诞生的长安街。安置霞山溪村民的长安街，是"造福工程"孵化的第一个摇篮，它不仅汇聚了宁东地区、桐山县老区、民政、民委、扶贫办等各部门的扶持资金，清流镇党委还发动了全镇干部、职工集体献爱心。解决了生活住房问题，漆溪村委会又在镇政府指导下，划出一片四十亩的溪滩地，给新住民们种粮食。此外，霞山溪村民们也在村民小组组长李先荣带领下，尽量减轻政府负担，自力更生，建设自己的新家园。

在"造福工程"关怀下，霞山溪村民们来了一场思想大解放的行动，与旧传统旧观念彻底决裂，自刨穷根蚂蚁弃窝再垒窝之举是一次成功的尝试，很快就成为"救济式扶贫"向"开发式扶贫"

转变的典型案例，在全县、全地区，乃至全省推广。霞山溪的整村搬迁是一石激起千层浪，先后辐射了宁东地区的三千多个边远自然村 7.7 万户 35.6 万人实施了整村搬迁异地造血工程。

一声春雷，一场春雨，霞山溪的村民彻底告别他们的穷山村，成为长安街上开启新生活的漆溪村人。而漆溪村除了搬来霞山溪村民以外，又搬来了另外几个边远自然村的村民，原本人口并不多的漆溪村一下成了人头攒动、人气十足的大村庄。村里近千号人口有九成都是畲族老乡，因而，它有了新的名字——畲族新村。

第二十九章

辛廷伟风尘仆仆下了长途汽车，直往家里赶去。他这一趟出远门，一走就是大半年，大半年收获满满，先是他带领国营茶厂茶叶机械技术工人们研制出的"银勾"荣获了全省优质茶的称号，又在北京、上海等地建立了白茶销售网络。这对于白茶产业来说可是拨开云雾见日出的盛事。

一直以来，国内流行较广的都是红茶、绿茶等。所谓红茶、绿茶并不是指茶叶品种，而是指茶叶不同的加工工艺。根据不同加工工艺，茶叶被分为红茶、绿茶、青茶、黄茶、黑茶、白茶六大茶类，六大茶类中，白茶是最被边缘化的茶类，国内好饮茶的人群中，对白茶追捧者较少，因而白茶只能墙里开花墙外香，成为出口创汇的茶类，去拓宽国外市场。

20 世纪初叶，闽省省会茶号"马玉记"的一款茉莉白毫银针就荣获了巴拿马博览会的金奖。因桐山县到了冬春季雨露适度，对茶叶发芽极为有利，因而桐山县所产的老白茶一直是20世纪50年代闽省外贸出口刚需产品，囿于场地与气候的原因，白茶产量很低，往往一场春雨，便使正在萎凋的白茶全军覆没，再加上基本上以日光萎凋和手工为主生产，工业化程度不高导致产量不高，物以稀为贵，这也让白茶在海外市场上一直价格不菲。到了60年代，年纪轻轻的辛厂长进入国营茶厂，运用热风萎凋槽技术生产白茶，改变了原有靠天吃饭的不利因素，大大提高了白茶产量。尔后，他又带领茶业工人们发明了新工艺白茶，大获成功，这让白茶产量直线上升，更大份额地占领海外茶叶市场。

国外走俏，国内茶人对白茶却知之甚少。当唐宋饮茶风潮在国内茶会重新盛行，辛廷伟以其年轻人的敏锐嗅觉捕捉到了白茶出口转内销的商机，以白茶"煮老茶"的特点，乘着唐宋饮茶风潮风靡国内茶会的东风，精准打开了国内市场。在全面提倡自然、健康的饮食文化背景下，白茶"最为天然的日晒工艺"和"保健功效"立马成为倡导健康茶人的首选。

经此一事，用"青年才俊""风头无两"等词汇来形容二十出头的辛廷伟再贴切不过了。

蒋萍萍和辛厂长几天前一接到儿子要回来的长途电话，就开始在家里洗洗买买，又是大扫除又是置办吃食，热热闹闹，忙忙碌碌，就跟大过年似的。等辛廷伟一进家门，只见家里花团锦簇，窗明几净，桌上摆着喜庆的水果和新鲜的百合花，粉粉白白、红红绿绿，让人心情愉悦不已。他的房间早被布置得焕然一新，窗玻璃上贴了红色窗花，被褥用的是簇新的缎面，家具也是重新置办过的，乍一看，辛廷伟还以为走进了自己漂漂亮亮的婚房。想到婚房，就要想到许凡，如果他结婚，新娘子除了许凡，还会有谁？

辛厂长一大早就去菜市场买了鸡鸭鱼肉等食材回来，蒋萍萍在越剧团给徒弟们排练也不拖课了，一到下班的点，抓了包就往家里跑，路上顺便经过药材店买了些老山参。蒋萍萍嫁给辛厂长几十年，一日三餐基本都是辛厂长下厨。辛厂长笑称她那水袖下的兰花指怎么可以熏上烟火气？蒋萍萍厨艺不精，辛厂长却是个大厨，逢年过节要张罗团圆饭的时候，都得他掌勺。他在外为国营茶厂掌舵，在内为全家人掌勺，连山青常说他是"出得厅堂，入得厨房"。

辛廷伟洗了个澡，换上干净衣裳，辛厂长掌勺的一桌美食业已摆盘完毕，热气腾腾的老鸡汤里混合着老山参醇厚又质朴的幽香，令辛廷伟胃口大开。

辛厂长给儿子盛一碗老鸡汤，又给心爱的妻子盛一碗老鸡汤，蒋萍萍好久不见儿子，眼里全是儿子，哪有闲暇理会辛厂长？余光瞟他一眼都没有，所有的目光都被儿子吸引。辛厂长一边吃味，一边也忍不住学蒋萍萍一样看着自己毓秀挺拔仪表堂堂的亲儿子，满脸全是老父亲的骄傲与得意。青出于蓝而胜于蓝，对于父母来说，人生一大幸事矣。

而对于孩子来说，人生一大幸事不亚于左手母亲，右手父亲，父母俱在，家庭和美。辛廷伟囫囵喝下一大碗老鸡汤，舔了舔舌尖残留的老山参苦中透着甜、甜中透着苦的味道，心满意足，神清气爽。他看看母亲，又扭头看看父亲，当一个儿子长成一个男人，光有恩爱的父母可不算和美的家庭，还要成家立业。业嘛，他已然立得风生水起，成家就自然成为眼皮子底下的紧要事了。

辛廷伟刚想和父母开口谈成家的事，父母后知后觉，尚沉浸在他立业的喜悦里。

辛厂长认真又热忱地同辛廷伟探讨："我们的老白茶眼下打

开了国内的销售网络，就不能不进一步提高产量，否则脱销的话，将是和滞销一样的笑话，所以，儿子你有什么好的设想吗？"

辛厂长看着儿子，完全看到了自己年轻时候意气勃发的飒爽英姿，于是老父亲眼里满满都是又骄傲又崇拜的眼神。父与子就是如此，小时候，父亲是儿子眼中伟岸的高山，等儿子一天天长大，父亲的形象就变得卑微起来，从高山变成了高山投在地上的影子，而世界已然铺满月光，那轻而易举占领世界的月光便是儿子。辛廷伟果然不负辛厂长所望，思路清晰，头头是道说下一步打算将茶叶初制厂的大型晾青场改造成为加热型白茶萎凋车间，这样既能稳定白茶口感和质量，同时也能提高白茶产量，以供国内国外市场双重销售渠道。

原来辛廷伟比辛厂长早一步开始谋划这个问题了，这让辛厂长对他惊为天人，儿子越来越成熟与睿智了。而在父子俩探讨的时候，蒋萍萍全程不发一言，只做个安静的旁听者。她的目光里全是对自己儿子的仰视之情。曾几何时，蒋萍萍眼里这湖水一样幽深的仰慕是给自己的，辛厂长心里不是滋味，不由想儿子也该有个母亲以外的女人含情脉脉高山仰止地仰视他了。

辛厂长刚想到这茬，就听辛廷伟问他："爸，许凡调到哪个学校了？"

辛厂长心头一颤，儿子早就有心上人了，不是吗？只是那个女老师的家境让辛厂长和蒋萍萍并不太满意，不过他们都是开明的父母，只要儿子喜欢，他们也不会过多阻拦。去年秋季，因为霞山溪村实施了整村搬迁，霞山溪教学点的孩子们直接并入漆溪村小学读书，许凡自然也跟着去漆溪村小学教书。漆溪村不是霞山溪村，学校里有好几个老师，不愁没人上课，所以许凡调走便没有后顾之忧。许凡也当然希望自己能调到镇上中心校教书，可是辛廷伟却觉得还是一步到位比较好，许凡早晚要和自己结婚，以后要生活在城里，如果工作在乡镇，那到底不方便。辛廷伟便委托辛厂长去找连山青部长做关系，希望能把许凡的工作调到城里。

听儿子问起许凡工作调动的事，辛厂长诧异说："许老师不是不愿意调动吗？"

辛廷伟愣住了。

辛廷伟在外这大半年，与许凡没有通过电话，因为许凡家里没有安装电话，他也就没办法与许凡通电话，连过年打个电话问候一下都不能够。除夕夜，辛廷伟在外地给父母打了慰问的电话回来后，一边思念许凡一边守岁。躺在异地他乡小旅馆的床上，看着异地他乡小旅馆的天花板，辛廷伟脑子里全是许凡，连带着天花板上都是许凡的面孔。

热恋中的男女，一日不见如隔三秋，他与许凡将近两百多天没有见到彼此了，许凡是不是如他思念她一般也思念着他呢？

与父亲的交谈，辛廷伟得知许凡竟然还留在漆溪村教书，并没有调到镇上或者城里，这让辛廷伟很吃惊，许凡怎么会不想调动了呢？之前许凡向他明确表达过想要调动的，不知道这其间到底哪里出了意外，不知道许凡到底发生了什么事，辛廷伟再也没了吃饭的心情，抓了外套就冲出了家门。

蒋萍萍和辛厂长面面相觑，意兴阑珊的。娶了媳妇忘了娘，这媳妇还没娶呢！

辛厂长再给蒋萍萍盛了一碗鸡汤，嘿嘿笑道，儿大不由娘，还是老公好，凡事都听老婆的，听老婆话会发达！辛厂长贱嗖嗖的样子换来蒋萍萍一个爱的白眼。

辛廷伟请了辆皮卡车，从城关直接杀向清流镇。

抵达许凡家门口时，玉兔东升，繁星点点，夜幕已拉开了春夜的舞台。

"妈，妈！"许平刚洗好脚，端了洗脚水要去倒，打开门就看见气喘吁吁的辛廷伟，他洗脚水也来不及倒，折身又跑进了屋子。

许平已经上了高中，比起当初的半大小子，个头蹿得和辛廷伟差不多高了，脸上有着和许凡很相似的神韵。辛廷伟看到许平仿佛就看到了许凡，心已经雀跃不已。

汪明月闻声而出，看到门外的人一愣，继而也折回身子，骂许平道："叫妈干吗？叫你姐啊！"

"姐，姐！"

"许凡，许凡！"

母子俩声音一个比一个高，一个比一个激动。

门外，辛廷伟终于平复了一下呼吸，露出了欣慰的笑容。丈母娘和小舅子见到他都如此激动，他的意中人更别说了吧？一定会喜极而泣的。都说小别胜新婚……

辛廷伟正沉浸在美滋滋的情绪里，许凡就从门内走了出来。还是那个记忆中的女孩子，朴素不改旧时衣，相比之下，阔别大半年的辛廷伟倒是焕发别样风采，颇有衣锦还乡的意味。

门内，汪明月和许平竖起耳朵听了许久，汪明月小声问许平："两个人走了？"

许平点点头。汪明月呼出一口气。

"妈，我就说你是杞人忧天吧？"

汪明月听不懂成语，问了句："啥？"

许平只好换个通俗易懂的说法："我说你之前是瞎担心！"

说着，瞅了一眼他妈，整个人也轻松下来，先前，别说他妈，他也瞎操心来着。辛姐夫突然就失联了大半年，他还以为他不要他姐了呢！他在心里这样想，但嘴巴可不能说这丧气话。他妈汪明月就不同了，心里想什么，嘴巴必要说出来，她一辈子都是喜怒形于色，毫无顾忌。她的毫无顾忌无疑给许凡增加了压力。许平知道他姐心里一定这样担忧过，但是面上却装得若无其事，从秋天到冬天，她按部就班去漆溪村教书，周一去周末回，较之从前在霞山溪教书的时候，他姐后来基本不回家了，现在倒是周周回，这要感谢辛姐夫，"调教"好了他妈，改善了他妈和他姐的母女关系，她姐自然就乐意回家了。

想到"调教"这个词，许平心里有些哭笑不得，他妈都多大岁数了，竟还要一个小辈去调教，想来他爸许宝山同志也真是失败。许平不禁又有些担忧，辛姐夫如此厉害，以后会不会也"调教"他姐？他姐长期在他妈的"调教"下，性子软得很，那结了婚还不被辛姐夫拿捏得死死的？许平心有戚戚地想，还是老实巴交的叶姐夫来得靠谱些。许平立即又推翻了自己的想法，叶姐夫如果靠谱，就不会抛弃他姐，成了潘家女婿，嫌贫爱富，攀龙附凤，也不是什么好东西，比起来还是辛姐夫靠谱，敢作敢当雷厉风行。两相对比，叶姐夫更像个阴柔的月亮，辛姐夫就像个火热的太阳，对一个行走在冬天里衣裳单薄的人来说，太阳才是救世主。

许平环顾自家四周，不能说家徒四壁，但也好不了多少，妥妥的寒门，说他姐犹如一个行走在冬天里衣裳单薄的人，完全没说错。那么辛姐夫会是他姐的真命天子，那个带他姐逃出寒门的救世主吗？都说女人有两条命，出生时一条命，嫁人时又是另一条命！作为一个爱姐的弟弟，许平心里深深期待着。

许平心绪纷飞的时候，就听他妈汪明月念叨："这个辛廷伟失踪大半年又来干吗？先前答应了要帮你姐调动工作，结果人影不见一个，害我们全家白高兴了一场，现在又突然冒出来，他想干吗？"

许平心里一咯噔，是啊，如果这个辛廷伟真是他姐的真命天子，就不会在关键时刻失踪大半年了。年轻人一股气血上头，拔腿就往外走去，九头牛都拉不住，他妈更拉不住。许平气鼓鼓追出门外。他家旁边是金珠伯母的家，再过去是许美丽的家，再过去是一条小道，顺着石阶拾级而上，就能通往一片小竹林。小竹林背靠后山，山地、果林、坟墓、春夜里的小动物……丰收与末日矛盾中协调统一，如果是平常许凡可不敢到此一游，阴森的坟墓总是伴随鬼魅传说，从小吓她到大，但是此时此刻，辛廷伟温暖的大手紧握着她的手，大步流星走在她前头，他像周身有光的勇士，一只手握着爱情，一只手仗剑天涯，披荆斩棘，风风火火，又柔情婉转，百折千回，一边为她驱散内心阴霾，一边为她铺就明媚的世界。

她的手小小的，软软的，但因为从小到大干家务干农活，和城里的女孩子比起来粗糙很多，柔弱无骨与掌间的茧构成了异常的触觉。辛廷伟的拇指停留在软硬软硬的小茧上，从一枚小茧滑向另一枚小茧，许凡只觉手心痒痒的，便要抽回自己的手，谁知辛廷伟用力一拉，就将她拉进了怀里，她还没反应过来，一个阔别许久又新鲜热腾的吻便落了下来……

许平猛地刹住脚步，目光落向不远处竹林里拥吻的年轻男女，小伙子只觉脸颊热辣辣烧灼起来。心里是又高兴又羞赧。想多看一眼，又不好意思多看一眼。此情此景若被他妈汪明月看见可就糟了。他一定不能让他妈撞见并且搅黄了这香甜明媚的一幕。小伙子这样想着，立即掉头跑回家去，无论如何都要稳住汪明月。他的脚下又急又乱，好在今晚的月光像男人的胸膛一样敞亮，将脚下照得一清二。

月光也将年轻人眼里的火苗照得一清二楚，那火苗瞬间点燃了许凡心底里不开心的情愫，她一把推开了辛廷伟，用手背揩拭自己湿漉漉又烫又肿的唇。

辛廷伟说："喂，才多久不见，许老师就开始嫌弃自己的男人了？"

这时候不再是优秀才俊、有为青年，在喜欢的女人面前，男人都有些浪荡的通病。许凡是真的嫌恶了，背过身去。辛廷伟哪里肯依？立即绕到她面前，去扳她的肩，去扳她的脸，问无数个你到底怎么了？许凡是真的烦了，推开他，提高了音调："你烦不烦啊？"

月光将心上人脸上的不开心照得一清二楚，辛廷伟终于意识到事情的严重性了，他收起浪子的笑容，问心上人："到底发生了什么事？"许凡还是不吭声，辛廷伟急了："才半年不见，你怎么就变了？说好的调动工作，你竟然也拒绝了。"辛廷伟是真的在抱怨，要是一般教师想要调动，求到连山青门前没有费一番周折是绝对办不到的，不过是因为他爸和连部长是好友，才有这便宜，然而心上人居然不珍惜这样的机会，真不知道她心里是怎么想的。

辛廷伟心里有意见，而许凡的怨气比他大多了。

"半年不见，你也出息了，还学会倒打一耙了。"

要么不开口，要么开口就伤人，辛廷伟莫名委屈，说话也不好听了，"是谁倒打一耙？你一定是有新欢了，所以就嫌弃我这旧爱了，你移情别恋的话，也不需要故意给我脸色看……"

辛廷伟越说越离谱，许凡听得眼珠子都要掉下来，还以为他要说"你移情别恋了那我就走"之类的话，谁知辛廷伟说的是："你的新欢是谁？你把他叫出来，我和他比试一场，让你看看到底谁强谁弱，我还不信了，世界上能有人将你从我身边抢走！"

好幼稚啊！有为青年竟然也有这么幼稚的时候！许凡哭笑不得，冷嗤道："世界上还有其他男人比你更眼瞎的吗？"

辛廷伟："啥？"

"你别'笔试'了，你'口试'吧！"许凡没好气。

辛廷伟笑了，口试，他应该会满分。他捧起许凡的脸重新吻了下来。一场完美的"口试"之后，情侣间的隔阂墙被打通了，重新像过往那样打开了心扉。原来，辛厂长向连山青提了帮许凡调到城里教书的请求，连山青也答应了，老朋友的面子怎么可以不给？但是没过两天，连山青就告诉辛厂长，许凡拒绝了调动。辛厂长好奇连山青部长怎么会知道许凡的决定的？连山青部长说，许凡堂姐就在宣传部他手底下干活呢！许家既然有这层关系网在，何至于要让他辛家走后门？辛厂长也有私心，他和蒋萍萍并不十分接受许凡这个儿媳妇，毕竟两家门不当户不对，但是拗不过儿子喜欢。不到生米煮成熟饭，领证结婚办酒席的那一刻，辛厂长夫妻俩还是会抱着些幻想，万一儿子和许凡吹了……那敢情好啊！

八字没一撇的儿媳妇，这么快就用上他辛家的资源，总归是令人心里不那么开心的事。

于是许凡调动的事，辛厂长就不再过问了。

小竹林里，辛廷伟和许凡四目相对，愣愣失神，这场关于调动的误会，许美丽从中扮演了一个什么角色？

第三十章

许美丽一整天在办公室都显得心神不宁的,眼皮老是跳,整理部长办公室的时候还打碎了茶几上的茶盏。那套建阳茶盏价格不菲,花了连部长大半年的工资,许美丽蹲在地上收拾碎片的时候不小心割了手指,十指连心,肉疼立即转化为心疼。她的工资才多少,每个月至少要交一半给田玉琴和许三金,因为她还有个弟弟,作为长姐,无论如何也要帮衬一下家里。剩下的工资自己开销都紧巴巴的,这还要赔这套茶盏的钱……许美丽眼泪几乎要掉下来,谁知连山青部长却大方得很,笑说旧的不去新的不来,又说打碎了也好,不然放办公室太扎眼,不明所以的访客到办公室一看到这套茶盏,还以为他连山青受贿呢。

许美丽心里感动,在宣传部工作多年,她用眼睛看到的连山青心胸开阔,光明磊落,从来不是小家子气的人。一个能力强干大事的领导,从来都是如此,不拘小节,格局大,站得高看得远。

见许美丽眼睛红红的,眼睫毛湿漉漉的,连山青便说道:"要不,把你先前写的那几幅字让'山岚海澜'书画院替你卖了,再赔我?"

连山青写得一手好字,作为连山青的部下,许美丽也没给连山青丢脸,她的毛笔字也相当精彩。甚至当初,田玉琴本家兄弟向连山青推荐许美丽的时候,正是说这姑娘写得一手好毛笔字才打动连山青,将她从一个乡镇老师调到宣传部改了行的。许美丽也常想,如果自己一直在乡镇做一个女老师,那眼界肯定是不如当一个宣传部干事的。在宣传部工作这些年,她像是一只井底之蛙跳出了深井,看到了广阔的天空与世界,如果没有连山青,就凭她身为田玉琴和许三金的女儿，是没有能力完成从井底跳跃到井台上的壮举的。或许对于其他人来说，这种改行并没有什么了不起，可是对于一个农家女孩，这就是一场壮举。连山青是她许美丽人生最大的贵人，毫无疑问，所以许美丽对连山青一直心怀感激，甚至田玉琴许三金和连山青一起掉水里，只能救一个，她许美丽也会救连山青。因为从社会价值角度来说，连山青能为社会做更大的贡献，至少能改变整个桐山县万千茶农的命运。

被连山青一说，许美丽说道："被部长一说，我好像是打开了一条通往财富之路。"许美丽是真的灵机一动，她有写毛笔字的才艺，为什么不能搞副业呢？既可以改善自己生活质量，又可以多帮衬家里。

连山青却真的只是在开玩笑，见许美丽已经调整了心情，便说起了正事："小许啊，你来宣传部也有些年头了，我一直没和你谈谈你的职业规划。"

许美丽讶异，他们这些手捧铁饭碗，刮风下雨国家都给发工资，根本没有后顾之忧的人，还要什么职业规划？她心里疑惑，嘴上并不会露怯，只是摆出一副洗耳恭听姿态听连山青说教。

连山青说："不知道小许你是打算一辈子就在宣传部当个普通干事，端茶倒水打打杂处理处理琐碎事务，还是在仕途上会有些想法，想提拔当个小领导小干部什么的。"

这个，许美丽还真的从来没想过。她毕竟是农村出来的，父母不可能会给她任何有价值的意见，因为他们自己根本不懂这些。

"虽然你是女同志，但现在不是旧社会了，女孩子也有了受教育和出来工作的机会，既然社会提供了这样的机会，就不能浪费，当然首先你得是对这方面有心的人，毕竟很多女同志还是把嫁人做贤妻良母当自己人生终极目标，所以我得和你好好谈谈心，真正了解你的心理动态,好替你把把关。我也是农村出来的,我们的父母都帮衬不了我们什么,事业方面的事情还是只能靠我们自己努力……"

许美丽的眼睛这次是真的湿了,连山青部长春风和煦的笑脸在她眼里模糊起来,只觉那张脸有无数银光熠熠生辉的。那是许美丽眼泪造成的效果。

果然只有相同境遇的人才会有共鸣,一个上等阶层的人是无法真正理解底层出身人的心的。没有伞的孩子下雨天只能自己努力奔跑。如果换作一个官二代富二代出身的领导根本无法理解这些,而连山青什么都懂,他的心长着和许美丽的心一样的心室和心房,里边每一根血管,每一个造血的动作都是一模一样的。

理解万岁。

"我听部长的安排。"许美丽哽咽说道。

连山青了解地点点头。如果终极人生目标只是当贤妻良母,听父母安排就可以了,没必要听领导的安排。"好好工作,老天是公平的,不会亏待任何一个努力耕耘的人。"

播种才有丰收。许美丽懂。许美丽内心充盈着富足又幸福的感动走出了部长办公室。过道里站着辛廷伟。许美丽眼前一亮,她像一只快乐的小鸟扑扇着有力的小翅膀奔向辛廷伟。"廷伟你回来了?什么时候的事情?"许美丽热情地问,"你是来找部长的吗?辛厂长没有一起来吗?部长在他办公室……"

"我来找你的。"

许美丽愣住了,辛廷伟的脸色不太好,眼里有阴郁的东西,他一向都是最灿烂的晴空,现在天空突然飘来了一片云,且还是灰蒙蒙的一片阴云,这让许美丽心里毛起来。

"许……美丽!"老郑捧着一叠报纸站在办公室门口喊她,

他借助于一个费力甩头的动作终于短暂克服了口吃。许美丽不知道老郑喊她什么事，疾步向老郑奔了过去，辛廷伟却先她一步一只手挡在了办公室门框上。手臂那一侧是老郑，手臂这一侧是许美丽，许美丽整颗心怦怦跳动，一向老实巴交的老郑却突然露出邪坏的笑容，说："我……知道……了，不……打扰……你们……年年年轻……人的……好好好事……"那口齿的慢动作与冬泳健将的麻利手脚完全不配套。

辛廷伟手臂另一侧空荡荡的，老郑已经一溜烟跑得人影不见，许美丽的心跳得更猛烈了，耳边几乎回荡着自己的心跳声：怦怦、怦怦、怦怦……震得她耳膜几乎要裂掉，整个人都燥热起来，她已经清晰感觉额头与手心汗涔涔汗涔涔的。

老郑抱着报纸约莫在门内站了一分钟，再走到门口时，许美丽和辛廷伟都不见了，老郑露出意味深长的笑，像是在他菊花花瓣般的皱纹上铺上了一层明亮的阳光。他刚才躲得还真及时，没有破坏了年轻人之间的好事。虽然他是个口吃，可他耳聪目明，把一些事看得真真的，那些事往往不是明显外露的，很多藏在心底里的心事也难逃他的法眼。

辛廷伟走在前头，许美丽走在后头，两人从楼上下去，一直走到县委大院右侧的几棵玉兰树下才停下脚步。春天了，玉兰花还没有开，但玉兰树的叶子已经透满新绿，新鲜的，嫩油油的，充满希望的绿色在春阳里招摇。那种力量，像极了辛廷伟身上散发的朝气。许美丽一边走一边盯着辛廷伟的背影，心里七上八下小鹿乱撞，辛廷伟猛不丁回身，她就撞在了辛廷伟身上，也不知心虚什么，慌乱什么，许美丽逃开了，向后退了几步。

辛廷伟并没有怜香惜玉安抚什么，直截了当说道："你为什么要跟连部长说，许凡的工作不调动了？"

许美丽一惊，辛廷伟怎么知道这个？

辛廷伟推断出来的。辛厂长找连部长做关系，连部长答应了，连部长又说许凡不调动了，谁跟连部长说的？为什么说了连部长就信了？许凡接触不到连部长，许美丽能接触到，且连部长信任她。

"还以为你和许凡之间已经冰释前嫌，毕竟是上辈人的恩怨，牵涉到子女一辈，是不明智的。我一直以为你是一个明理的人，没想到你不但不明理，你还不明智。"

言下之意，她许美丽"非坏既蠢"。

这一天，在宣传部里，老郑看到许美丽干什么都闷闷不乐的，这让老郑很奇怪，小许不会和辛厂长的儿子分手了吧？年轻人谈恋爱三言两语不和就分手，哪像他们一把岁数了，和老伴再吵也不会离婚。他已经离过一次了，可不想再离一次。如果早知道第二次婚姻也是这样吵吵闹闹，老郑大概第一次婚就不会离，和谁不是过呢？凑合凑合都能过。老郑想到这些的时候，不由感慨自己到底是老了，没了年轻人之间的激情。可不老了吗？马上都要退休了。

部里有同事起哄说，老郑你下个月就退休了，大家安排个饭局，一起小酌几杯，为你庆祝一下。

老郑讪讪，退休有什么好庆祝的？同事们就笑说，退休是新的人生旅途起航了啊！退休就是人生第二春！

老郑笑了，说小许来参加，他就参加。许美丽当然要参加，她平常很注重经营同事之间的关系，一天七八个小时在一起上班，有的时候和家人在一起的时间还没有和同事在一起的时间长呢。

饭局安排在城里很有名的小酒楼，没有大酒店的铺排，可是气氛很好，老郑喝了很多酒，许美丽也喝了很多酒。许美丽喝嗨了，喝断片了，喝疯狂了，一桌子同事无论男女都挨个亲了一遍，其他人许美丽都是亲的脸颊，唯独轮到老郑的时候，许美丽揪起他的头发，让他的脸仰了起来，对着他的嘴唇就亲了下去。老郑震惊了，所有人都震惊了。大家都觉得没脸看，但每个人又都睁着惊骇的眼睛看得津津有味。

许美丽从来没有这样失态过，她会这么失态完全是因为心情不好，而她心情不好是因为辛廷伟给她添堵，辛廷伟之所以给她添堵还不是因为许凡？但是连部长可不管这些原因，出丑了就是出丑了。一个单位一个部门总有那么些事儿精，长舌根，好打小报告，连部长不用隔天，当天晚上就知道了许美丽的"丰功伟绩"，所以许美丽以最快速度离开了宣传部。这夜之前，连部长将许美丽下放到村里当挂村干部，或许是因为提携年轻人，不去基层日后怎么有提拔的借口？但这夜之后，让许美丽去村里，纯粹就是贬谪，一个酒桌上出丑的女属下再留在宣传部，只会丢自己"伟光正"的脸面。

"谢谢部长，"离开宣传部那天，许美丽颇有些依依不舍，对连部长说，"去了村里，我会好好工作，一定不辜负部长对我的栽培，周末，如果您还有去'山岚海澜'书画院练字，我也会去书画院陪您一起练字。"

过去，连部长最喜欢许美丽陪他练字，在"山岚海澜"书画院，他们不再是上级和下属，像是一对愉快的忘年交，就书法这门技艺彼此切磋，互相提点，甚是有趣。但此刻，面对许美丽的提议，连部长连哼都不哼一声，一副他马上要忙，让许美丽快走的样子。

从连部长那里出来，许美丽心里毛毛的，总觉得部长看她的眼神变了，没了过往的亲切。不止连部长，部里同事看她的眼神都变了，总是闪闪烁烁，藏着许多不可告人的秘密似的，就连老郑，一向最平和近人与人为善的老郑看到她都躲了。许美丽想和老郑告个别，老郑的结巴达到了有史以来最严重的程度，到后面干脆变成了哑巴。

许美丽没想到她离开宣传部的情景是这么悲伤，和她想象中的完全不一样，人走茶凉原来就是这么个样子吗？可她不是还会回来吗？她只是被连部长放去农村历练而已啊。

许美丽想不明白，也没工夫去想明白，她怀着万丈豪情离开的宣传部，去的村里。部长之前鼓励她的话还在耳边，像星火点燃她内心奋斗的火焰。爱情算什么？她是个有志女性，儿女情长不是她的追求。或许等她干出一番成绩，爱情自然也就来了吧！许美丽不屑，但又憧憬着辛廷伟回到她身边的样子。

第三十一章

畲族新村的漆树依旧漫山遍野，在寒凉的夜晚里像一个个瘦长的鬼魅。许凡已经习惯了这样的乡村和夜晚，不再害怕，反而感到亲切。没有什么事情不能变成习惯，一旦变成习惯，就会从排斥变成接受，甚至喜欢。她十八岁去了高山上的霞山溪村教书，心里充满恐惧与悲苦，愤懑与不平，现在她跟随霞山溪村的村民从山上搬到了山下，在这由漆溪村改名的畲族新村扎根。村民们在这里生产生活，她在这里工作教书，一切竟有种水到渠成宿命使然的意味。

之前满怀希冀等着辛家帮她调动工作，一直等一直等，也没有等到调动通知，她去学区打听，学区领导告诉她，潘正义在人事会议上并没有提到许凡的名字，许凡以为这大概又是潘正义暗中使坏吧！但是又想，辛家帮她走的可是宣传部连部长的关系，潘正义一个小小的学区校长，惯常巴结领导，见风使舵，不可能这样没有眼力见。不知道是哪个环节出了问题。不过，不能调动也就不能调动了，许凡轻微失落了一下，就让调动这个章节翻篇。且她些微的失落也不是因为调动，而是因为辛廷伟，她想一定是辛家并没有诚心要帮她调动，辛家的态度说明辛廷伟对这段爱情的态度。

现在，辛廷伟结束了外地的工作回来了，她和辛廷伟之间的误会也解开了，一切又回到了正确的频率上。正确的频率只会产生美好的感觉。

所以新学期，许凡在畲族新村小学的工作异常顺利和认真，她打小就会读书，智商是在线的，一个聪明的人只要她愿意，勤勤恳恳，干什么事肯定都要比脑子笨的人来得出彩。因为她课上得好，学区校长潘正义还特地让她去另外一个村校上公开课。县教委和进修学校领导下乡听课，偏偏抽中了清流镇下属一所没有年轻老师的村校，为了向县里来的领导展示清流镇教师们的风采，潘正义调兵遣将，从中心校调派了两名年轻老师外加许凡一起去给那所村校助阵，年轻老师们不但要去那所村校上公开课，还要假装是那所村校的老师，为了装得像，每个人还各抄了半本的教案。

上课那天，潘正义特地坐在许凡上课的那间教室的最后面，和县里的领导一起拿着听课本做听课记录。教室外的窗口站着村校的老教师们，大家伸着脖子看许凡老师上课。这节课后，许凡在清流镇声名鹊起。一下课，老教师们就拉着许凡说，哪个学生原来是不爱讲话的,可是在许凡的课堂上竟然敢举手发言,而且颇为聪明。早在许凡参加"教坛新秀"课比赛的时候,县里进修学校的评委老师就夸过许凡"启发教学高八度",她对学生天生有一种亲和力。潘正义听完许凡的课,一张老脸出现从未有过的笑容,甚至向一起听课的县里领导介绍说许凡是他的老邻居,他看着许凡长大的。

一个人在社会上立足,靠父母或许是得到了什么捷径,但靠自己实力说话,才是堂堂正正,能让自己腰杆子挺直的。

许凡一旦悟到了这点,做人愈发不卑不亢了。

辛廷伟得知这个事之后,忍不住点评一句,你们清流学区这么做不是弄虚作假吗?他们做茶叶的,最忌讳的就是造假。茶叶加工时一旦掺假,就会影响茶叶品质,也会影响整个茶叶品牌的声誉。就算可以得到短暂的眼前利益,常远来看,总归不是一件好事。许凡也反思过自己,她被学区派往那所村校假装那个村校的老师上课,迎接县里检查,学区的行为固然是造假,而她本身也参与了造假,她没有勇气甚至没有意识去揭露或者反抗这种行为,也是懦夫一个。甚至,她为这种造假举动创造了机会,给自己带来一时声名还感到沾沾自喜……

夜深人静,万籁俱寂,许凡一个人走到畲族新村小学校门前的那片田野上,思考人生,思考人性,反思自我。

月光照射在村庄和田野上,肆无忌惮,展露了它不为人知的横行霸道的一面。一直以来,它给世人留下的印象总是温文尔雅,恬淡乖顺,不同于太阳的明媚外露、潇洒恣意。若不是这深夜独处,许凡又怎么会见识到它这暗戳戳蔫坏的一面?想来事物与人皆如此,都有两面性,一面向阳一面向阴,向阳的时候光明磊落总归容易些,因为没有那么多阴暗的角落容许你干见不得人的勾当,向阴的时候，如若也能做到向阳时的刚正不阿，这样的人才是真正的钢铁战士、一股清流。

许凡在田埂上走着，思绪纷飞如蝴蝶，忽听有人"啊"地叫了一声，吓了她一跳。许凡也把对方吓了一跳。

"李小贤，你怎么在这里？"许凡吃惊看着月光下的小青年。

是的，昔日的少年仿佛一夜之间长成了青年人，像《封神榜》里小哪吒的魂魄飘飘悠悠去找他师父太乙真人，太乙真人用莲藕做他的骨骼，莲叶做他的肌肉，为他造了崭新的莲之身，所谓莲之身，电视的演绎手法便是用一个青年人替换了那个小少年。而眼前，记忆很好完成了这种演绎。眼前的李小贤已经不是记忆里那个与她初识在穷山恶水霞山溪村里的小少年，而是一个比她高出很多的青葱挺拔的小青年人。

青年人有些狼狈，他慌乱提着裤子，月光让他的局促尴尬无所遁形。等整理好了尊荣，他方才敢跟许凡打招呼："老……老师……"

"李小贤，你……"许凡也觉得很尴尬，没想到自己深夜深省的时候，会遇到过去的学生李小贤。李小贤按正常现在是在艺校上学才对，怎么会还在村里？就算在村里，这个点也不应该出现在田间地头解决个人三急。

李小贤支支吾吾解释了一番，原来他奶奶生病了，家里没人照顾，李小贤只能跟学校请假回来照顾奶奶。至于为什么夜半要跑到田里解决个人三急，是因为家里条件实在有限。

许凡跟着李小贤回了家，李小贤家里没有灯，因为没有通电，只能用煤油灯照明。除了没有电灯照明，李小贤家里也没有厕所，墙角的尿桶散发出阵阵难闻的尿骚味，许凡忍不住皱了眉头。原来，由于搬迁时间紧，长安街上用来安置霞山溪村民的二十二栋榴房建造质量距离标准差距太远,连基本的粪化池都没有挖,村民们为了解决个人三急只能到处"打游击"。他们长期在深山老林里生活,过着半与世隔绝的日子,风俗习惯、言行举止都与主村人格格不入,这种"打游击"的举动更被主村人视为野蛮和粗俗,看待他们的眼神也变得愈发异样。

"老师,家里味道不太好,"李小贤充满歉意,"我奶奶她病了,不方便,只能在家里解决……"

许凡了解地点点头:"你奶奶她怎么样了?"

二人的交谈声惊醒了睡梦中的老人,许凡发现老人因为生病的缘故,形容憔悴,精神状态更是大不如前。许凡陪着老人说了会子话,为了不打扰老人休息,起身告辞。李小贤送她到门口,许凡看着已经比自己高出好多的李小贤,心里颇为他担心,担心他因为奶奶的病情耽误学业,可是李小贤父亲死了,母亲又早早就离家出走了,只有祖孙俩相依为命,李小贤如果不回来照顾奶奶,奶奶又能依靠谁呢?

"老师,你不用太担心,"李小贤安慰她,又叹息道,"我奶奶的病体倒是还好,主要是精神状态差。老人家自从霞山溪山上搬到这长安街,心里就没踏实过,她每天都担心着自己哪天走了,棺材都没地方埋葬,其实我这几年去了省城读书才发现,大城市早就开始流行火葬了,人死后火化,骨灰用一个骨灰盒装着就可以了,哪还需要操心埋哪里?土地这么金贵……"

许凡忙说:"你可别把这个话在你奶奶跟前说,老人家都忌讳火葬的,回头她的精神压力更大,病体就更难恢复了。"

许凡之所以有这样的感想,是因为她的外公和外婆。汪明亮因为欠了赌债,常常回去纠缠两位老人家,要他们把积蓄拿出来,两位老人家被榨干油水,实在拿不出多余的钱了,汪明亮就威胁说，等他们百年之后，要将二老送去火化，骨灰撒掉，什么入土为安、什么棺材坟墓，想都别想了。两位老人家为此常常相对叹气。辛廷伟上次陪着许凡去外婆家，外婆一看到他俩就忍不住哭了起来。原来汪明亮为了筹资赌钱，竟提前办理了内退，信用社的工作是好不容易补了大外公的员才得到的，现在被汪明亮以区区一笔安置费就糟蹋了，外公外婆怎么能不伤心呢？

汪明亮不争气，汪明月又常常龃龉二老重男轻女，说是小时候连上"夜学"的机会都不给她，叫她小小年纪天天去山上放一头比她个头高出不知多少的老牛，害她一辈子当个睁眼瞎而耿耿于怀，对二老也没有什么耐心，每次回娘家，都和二老唱反调，冷嘲热讽阴阳怪气，将二老气个半死。儿子儿子靠不住，女儿女儿靠不住，二老感叹自己命运乖蹇，养下了一对不孝子女，在赤霞村里也没了往昔的自信，很是抬不起头来。好在，还有许凡这个外孙女是二老心头一点阳光与温暖。

许凡性情温和，又讲道理，对老人家分外孝顺，深得二老欢心。在二老心目中，竟把许凡这个外孙女当自己小女儿一般疼爱。许凡也常常和辛廷伟一起去看望二老，为二老做力所能及的事情。二老家里缺什么少什么，都是辛廷伟添置的，辛廷伟还会把出差在外看到的新鲜物什带回来，供二老用个新鲜。而关于汪明亮威胁二老说将来要将二老尸体送去火化这件事，也是辛廷伟很好化解了二老的心结与顾忌。辛廷伟并没有一味安抚二老汪明亮不会那么做，而是告诉二老连伟人死后都是拿去火化的，甚至他们的骨灰都直接撒在海里，火化并没有什么可怕的。果然有了这样的激励，二老纠结的心竟渐渐放下，甚至开始讨论将来自己百年后，要是真的去火化，骨灰是要撒掉好，还是放骨灰盒里寄在殡仪馆好。

见李小贤闷闷不乐，许凡将辛廷伟劝慰外公外婆的例子告诉了李小贤，李小贤果然灵机一动，说改日试着做做奶奶的思想工作。思想上的困境做一做或许能够改变，可是现实中实实在在的困难该怎么解决呢？李小贤回头望屋里，一灯如豆，微弱的灯光里，奶奶躺在木床上，孱弱的身子在黑乎乎的棉被下越发单薄。他家困难，尚且有当初父亲的赔偿款可以依靠，而霞山溪村里一起搬下来的另外二十一户人家的光景比起他家只会更差，原以为搬迁了，村民们就会过上好日子，可是理想很丰满，现实却总是那么骨感。

许凡知道年轻的孩子心里在想什么，因为她心里也正在忧虑这些，与霞山溪村人相识四五年光景了，心里早有了一种亲切感。村里人的喜怒哀乐，尤其村里孩子们的喜怒哀乐深深牵动女老师的心。这学期，霞山溪村的孩子们又交不起学费了。校长在学校里抱怨了不止一次两次，如果个把孩子交不起学费，校长还可以发动老师们捐个款凑一凑，可是一共十八个孩子呢！十八个孩子的学费可不是一笔小数目，学区那边已经催了好几次，总务主任甚至对校长发了一次狠话，问他是不是把孩子们的学费挪用了，还说之前这些孩子在霞山溪村的时候可从来没有欠过学费，怎么现在整村搬迁了，搬到畲族新村本应该过上好日子才对，反而交不起学费了？校长也很郁闷，霞山溪村没有搬到畲族新村的时候，他们学校可从来没有孩子拖欠过学费。

为此，校长还特地找许凡了解情况，许凡只能苦笑，霞山溪村孩子们的学费一度都是她垫付的。但这些秘密，她没法向校长和盘托出，毕竟畲族新村小学是个大家庭，学校里也有十来个老师，人多嘴杂，她不想招来非议，但孩子们的学费怎么办呢？之前是她求了校长，校长才同意让霞山溪的孩子们先到校上学，学费慢慢想办法，但眼见着开学都要一个月了，孩子们的学费还是没有着落，校长急了，发话霞山溪的孩子们要是再交不出学费，就全部滚回家去！

"老师，我们该怎么办呢？"耳边响起李小贤惆怅的声音。

黑夜里，年轻孩子的话语充满无助。许凡心里堵得慌。年轻的孩子本该踌躇满志、意气风发才对，是什么让他变得如此颓丧和无力？

第三十二章

宁东，一处用于暂时安置报社家属的宿舍楼里。

客厅饭桌上方，一盏样式简单的朴素吊灯垂下长长的线，白色灯罩下白炽灯发出暖色调的黄光，将小小的空间烘托得温馨无比。

王隽将一个信封摆到了饭桌上，围着饭桌而坐的有他的妻子、儿子，还有他的老母亲。大家的目光齐刷刷盯着饭桌上的信封，信封鼓鼓囊囊的，一叠崭新的百元大钞露出绿色的票身，仿佛会发光似的，映得每个人的眼睛亮晶晶亮晶晶的。

"六千元呢！"中年人王隽的脸上露出了孩提才有的小得意，又像是恋爱里撒娇的年轻人，等着心上人的崇拜眼神与奖赏的话语。果然，老母亲和妻子都不负他望，极尽欢喜，他的儿子更是高兴得拍起了掌。除了儿子、丈夫，他还有个父亲的角色。每个角色他都算得上称职。而他的母亲、妻子和儿子作为他的家庭成员，更是称职，从未拖过他的后腿，为了让他安心工作，母亲和妻子操持着家里的家务，儿子顾好自己的学业，从未让他操心，家和亲人一直都是他坚强的后盾。现在，他受地委书记器重，调到宁东，成了《宁东报》的主编，筹备复刊事宜千头万绪，他深知自己学历低起点低，只有比别人花更多时间，付出更多汗水，才不会辜负这份知遇之恩。这段时间，他化身工作狂，白天黑夜都扑在工作上，终于让《宁东报》重新起航，而他的一篇通讯稿还获得了中国新闻奖三等奖，这六千元便是奖金。

在万元户就是大款的年代，六千元实在是一笔巨款，王隽和全家人都筹谋着如何使用这笔奖金，妻子说大姐夫瘫痪了，大姐家里失去了最重要的劳动力，又有金宝和元宝两个半大小子等着吃饭，六千元里匀出一千元钱给大姐家寄去。王隽老母亲一听儿媳妇说这话，心里感动不已，她心里也记挂着大女儿王丽秋一家，但碍于儿媳妇在场，没好意思提，没想到儿媳妇竟自己想到了，这让她对儿媳妇又感激又满意，忙说剩下的钱就别乱开销了，再凑上些积蓄，赶紧在宁东买套房子吧。人到哪里都要有个窝啊。老母亲的提议一下子得到了全家人的认可。

王隽一拍桌子，就这么定了。

这时，门外响起了敲门声。

都已经深夜十一点多了，这么晚还有谁会突然登门？一家人面面相觑，王隽妻子赶紧去开门，门开了，王隽妻子愣了愣，门外的一男一女面生得很。

"请问，王科长是住这儿吗？"

听到这声音，王隽疾步去将门外的人迎进了屋子。来人不是别人，竟是原来霞山溪村的村民小组组长李先荣，还有许凡。

许凡手里提着两大袋子，李先荣则肩上扛着一个大麻袋，里头是蓝花和婆婆今年刚晒的笋干。两人将笋干放到墙角去，对王隽充满了抱歉。李先荣说，王科长，这么晚还来宁东打扰您，实在不应该。他还保留着从前王隽当桐山县委宣传部新闻科科长时大家对王隽的称呼。王隽见他和许凡二人披星戴月风尘仆仆，赶紧让老母亲和妻子去给二人煮夜宵，而二人辗转两百多公里，又是徒步又是转车，历时一整日的确饥肠辘辘，也不推托了。两碗各加了一双荷包蛋的线面下肚后，许凡和李先荣终于缓过劲来。想着此行的目的，二人话到嘴边，又觉难以启齿，最终还是许凡先开了口，等许凡把霞山溪孩子交不起学费的事和王隽说了，李先荣也就抹开了面子，告诉王隽，霞山溪二十二户村民虽然实施整村搬迁计划搬到了畲族新村，可是每一家依旧穷困潦倒，新盖的房子连窗户玻璃都装不起……

这一夜，王隽辗转难眠。

为了节省开销，他没有给许凡和李先荣去旅馆开房间，而是让许凡去和自己妻子挤一个晚上，自己则和李先荣一起在小书房里打地铺。李先荣舟车劳顿，一沾到用棉被铺成的软软的地铺立马昏睡过去，莫说从前在霞山溪的日子，就是搬到长安街这么多日子，他哪里睡过这么厚软的被窝？

听着李先荣酣然的鼾声，王隽睡不着，想着自己忙于应付报社事务，而对霞山溪村的村民缺少了关心，不禁心生愧疚。无论怎么说，自己与霞山溪算是结下了不解之缘，无论自己走到天涯海角，都会牵挂那里的乡民，他们像是长在他心底里的亲人，他们的悲苦与困顿都让他深深心酸与痛苦。他像希望自己母亲和儿子能过上好日子那般，深深希望霞山溪的乡民们能从此过上衣食无忧的好日子，可是事与愿违，他们距离脱贫还有很长的道路。都以为他为霞山溪的乡民们做得已经够多的了，可是事实证明远远不够。

王隽一骨碌从地铺爬起来，悄悄走出了书房。他要好好捋一捋，他该怎么办，他要怎样才能彻底帮助那里的乡民脱贫致富。想到许凡和李先荣为了二十二户人家不辞辛劳奔波前来，将希望寄托在他这个拿笔的记者身上，王隽就感觉肩头的担子沉甸甸沉甸甸的。

一走出书房，王隽就看到妻子站在门外，正笑吟吟看着他，脸上是温婉的神色。不知何时，妻子就这样站在客厅里等他，客厅只开了饭桌上那盏朴素的吊灯，暖色调的灯光像打碎的万花筒，里头的水晶碎末滚得满客厅都是，但恰到好处，没有太过明亮，却足够照亮人心与眼界。妻子文化程度不高，可是最是蕙质兰心，是他的贤内助。妻子说，我就知道你会睡不着。

王隽苦笑，你不也没睡吗？

两人走到饭桌旁坐下，大眼瞪小眼，妻子给他倒茶，说，我有个想法，不知道可行不可行。

王隽说，你说说看。

那六千块奖金，除去寄给大姐的一千，还剩五千，这五千你拿去给霞山溪的村民们吧！

妻子的声音很平和，眼神也很平和，她穿着秋衣秋裤，她连一套专门的睡衣都舍不得买，她整个人都平和而朴素，像他们老家高山上才有的天湖里的水，安安静静，没有丝毫华丽的涟漪，却足够震撼人心。王隽喉咙里像哽了一个鸡蛋，眼眶酸胀得厉害，有热热的液体要夺眶而出，他慌乱站起身大步走到妻子跟前，他想要用大幅度的动作来掩盖自己的失态。妻子见他大步过来，无措地站起了身。他走过来，她恰好站起来，于是他扑到了她肩上，这样就可以避免让妻子看到他的眼泪，而他这个动作竟巧合得变成了一个拥抱。

妻子的脸红了，在黄色的暖色调的白炽灯的灯光里，有一种夕阳如酒的效果。

"你干吗？"妻子不好意思笑着，一只手握成绣花拳打在他的背上。他的背厚实得像是一个庄稼汉，充满可信赖的安全感。他，他原来就是个庄稼汉啊！因为幼年丧父，他打小就做了一个农民，面朝黄土背朝天，小小少年的肩背被太阳炙烤，被风吹雨淋，竟逐步长得壮实，为寡母、为姐妹撑起了一片天，那天空也不知是不是被他的坚韧不拔所感动，竟然为他架起了一座虹桥作为犒劳。他离开了土地，拿起了笔，在虹桥上画下了曼妙多彩的颜色。现在他虽然靠文字为生了，可他骨子里永远都是个农民，他的血管里流着农民的血液，他的基因里刻着农民的勤劳、踏实与刻苦，他的心底里永远都回旋着农民的呼声，他无须与霞山溪二十二户农民兄弟共情，他就是他们的一员，急他们所急，苦他们所苦。

而妻子，与他的心是一样一样的。他们本质上都是农民，性格里都是农民的羞涩与质朴，农民的憨厚与老实，像拥抱这种知识分子才会做的举动，他们怎么可以做呢？多么难为情啊！妻子羞赧着，又开心着。王隽也解放了一回天性，谁说农民不能拥抱，他还要接吻呢！农民的爱情更加甜如蜜不是吗？因为酿蜜的蜜蜂就是蜂农养的啊！

王隽放开妻子，伸出双手捧起了妻子的脸，在她丰厚而质朴的唇上印上了甜甜的吻。

次日一早，夫妻俩就去宁东街上买回二十二床簇新的被套，并将五千块钱一起交到许凡和李先荣手上。

"这笔钱是给咱霞山溪那十八名孩子交学费的。"王隽对许凡和李先荣说道。许凡和李先荣一脸震惊，许凡说："王科长，孩子们的学费要不了这么多。"

"不，"王隽说，"那十八个孩子一年级到六年级全部的学费，都由我来缴。"

不等许凡和李先荣平复心情，王隽又说："还有村民们的门窗玻璃，家里的卫生间，这些钱都由我去筹，我一定争取最快速度、最短时间帮助大家筹集到资金，让大家早日过上安生的日子。"这是一个农民，对其他农民作出的最诚挚的保证。农民兄弟就应该守望相助，这样才能帮助更多农民兄弟过上好日子。

霞山溪村民们的困境终于摆脱了，长安街上洋溢着喜气，虽然不是逢年过节，家家户户却都贴上了大红对联。红红的对联纸，刚劲有力的毛笔字，喻义吉祥的联文，让人看了精神振奋。

许凡正驻足品着长安街上的门联，许美丽就从长安街另一头走了过来，叫她："许凡！"许凡给她了一个笑容，指着那些对联说："美丽，你给村民们写的对联吧？你可真行！"许美丽说："这些都是我应该做的，我有责任让整个畲族新村的人都过上好日子。"许凡点点头，赞同她的话，"是的，这是你的责任，因为你是畲族新村的挂村干部。""你也知道我才是畲族新村的挂村干部啊？"许凡这才发现许美丽神色冷冷的，眉宇间带着霸道，唇角还挂着淡淡的冷笑。

"去村委会吧，有些话，我一直没找到机会和你说。"许美丽说着，迈开步子走在了前头。许凡看着她的背影，像极了骄傲开屏的孔雀，很自负，又带着丝幼稚，许凡不由笑了一下。

第三十三章

　　村委会，那间专门给许美丽办公的办公室里，茶水正冒着热气。茶水是临时泡的，新鲜热腾的白开水浇淋在银针上，白毫密披的银针依旧坚挺，仿佛长了根刚正不阿的脊梁。

　　许美丽和许凡在茶几两侧相对而坐。

　　"这白茶是廷伟送我的，知道我离开宣传部来畲族新村挂职，他特地送我当贺礼的。"许美丽给许凡倒了一杯茶，言语里含着挑衅。

　　许凡淡淡一笑，将那茶杯里的茶水往茶盘里一倒，茶水立即顺着茶盘的缝隙流下去，只余下茶盘上湿漉漉一片水渍。"白茶送你了，怎么不连煮茶方法也顺带教你一下，这么上好的白茶，你这样胡乱泡，是暴殄天物。"许凡说话间，已经着手重新泡起了白茶，动作甚是熟络，脸上的表情也甚是云淡风轻。

　　"咱们白茶的茶韵就是毫香蜜韵，这是咱们桐山县白茶最主要的特征，什么是毫香蜜韵？不同的白茶种类，毫香蜜韵各有不同，但它最早是指白毫银针的一种特别的韵味，滋味鲜爽甘甜有蜜韵，"许凡从茶罐里捏出一根银针来，闻了闻，再伸到许美丽跟前，笑道，"你看这白毫银针外表满披白毫，正是因为芽叶外表上有着丰富的白毫，才使得它具有了毫香这种特殊的韵味。再看这银针的条索和芽针粗壮肥厚，茸毛密，香气清纯，毫香显露，应该还是特级白毫银针——白茶里最珍贵的品类。它在1982年就被国家商业部评为全国名茶，在30种名茶中名列第二，1984年又被商业部评为金奖。如此上品，从泡茶环境到泡茶用水，再到茶具的选择，冲泡流程都有精心的讲究，廷伟送你这么好的茶叶，说明他是如何看重你们之间这段友情，如何看重你这个友人，而你对他，比起他对你来，到底是不够用心了。"

许美丽心里一咯噔，她与辛廷伟，她一直认为是辛廷伟对她不够用心的。怎么能够用心呢？辛廷伟的心在眼前这个女人身上。许美丽定睛看着一几之隔的许凡，她正一边泡茶一边娓娓道来，说什么你这里条件有限，茶具简陋，但茶好，就不能缺了仪式感，说什么品鉴白茶分五道程序：赏干茶、闻香气、观汤色、品滋味、看叶底，每一道程序都缺一不可，方显对茶对送茶之人的尊重，说什么老白茶应该煮着喝，"煮老茶"是白茶一大特色，因为就算几轮冲泡也未必能把茶叶的内含物营养物充分释放出来，利用蒸煮就能解决这个问题。

"放眼中华大地，茶叶虽多，但适合烹煮的茶类并不多，就像人与人之间的感情，乍一看都很好，但真正经得起考验的，可能就凤毛麟角，因为就算你捧出一颗真心来，别人也未必真心相待，不但不能真心换真心，可能换来的还是背后陷害……"

许凡刚说到这里，许美丽就腾地从木沙发上站起来，许凡识趣地闭了嘴，许美丽这才一脸烦躁重新坐下。

许凡若无其事，继续一边泡茶一边侃侃而谈，说村里条件简陋，不允许，不然煮老白茶必须要有一把煮茶壶才好，可以是陶壶、铁壶或者银壶，水晶壶也可以，燃料可以用炭，也可以用固体酒精，当然了，在大城市还可以用电煮茶器，这样方便饮用，咱们小乡村自然没有这种条件，咱们连电都没有。

许美丽顿时愣住了，心头像是被什么重锤抢了一记。

许凡抬头看着许美丽，收敛了脸上若有似无的笑意，说道，许美丽，你来畲族新村是当挂村干部的，不是来当我情敌的，孰重孰轻，你心里没有权衡吗？你喜欢辛廷伟，你光吃醋，光在背后陷害我，做一些阻止我调动的小动作，就能得到爱情了吗？只会让辛廷伟更厌恶你，离你更远，连朋友都和你当不成，你这又是何苦呢？

何苦？

许美丽心里一下一下狠狠酸着，她与许凡，打小认识，不管从前在父母辈的恩怨里，她许美丽自恃多高，自认骂术天下第一，碾压许凡十几条大街，但在爱情这件事上，她彻头彻尾输给了许凡。许凡坐在这间办公室里泡茶的一系列动作，侃侃而谈的底气，谁给她的？是辛廷伟。她的一切关于白茶的认识都来自辛廷伟，且辛廷伟把她教得多好？为什么教得好，是因为用心。为什么用心，是因为有心。辛廷伟对许凡有心，对她许美丽无心。

这就是症结所在。

"许美丽，你也知道你才是畲族新村的挂村干部，那为什么长安街上村民们向你反应生活困难的时候，你却撒手不管呢？长安街的搬迁户没有电没有钱，他们的孩子交不起学费，是谁帮忙解决这些困难的？是王隽大哥多次求助地区水电部门，请求他们无偿支援，才让这二十二户人家安装上电灯，用上电的；也是王隽大哥拿出自己几千块的新闻获奖奖金才帮孩子们交了学费，也是王隽大哥四处筹钱，才让他们家家户户安装上门窗，不至于半夜睡梦中还要被冷风吹醒……许美丽，你又干了些什么？难不成你来挂职就是来谈情说爱争风吃醋的吗？"

许美丽脸上早已挂不住，但她还是嘴硬，嘟哝道："我是畲族新村的挂村干部，我不是只为一条长安街服务的，畲族新村也不是只有霞山溪一个村的移民户，还有大大小小五六个畲族自然村的移民户，你别以为你和李先荣跑去宁东地区找王主编就对畲族新村做了多大贡献，你不过是跑了趟腿而已……"

许美丽说着说着就噤声了，自己也觉得自己底气不足。

两个年轻的女孩子，四目相对，仿佛刀光剑影，道尽所有，却又无声无息。辛廷伟是夹在二人之间那只无形的手，将二人的关系再一次推拒到了敌对的位置上，从前因为父母辈的仇怨，现在是因为男人和爱情，她们虽然都姓许，却注定做不成相亲相爱的姐妹，短暂的冰释前嫌之后就是永远的水火不容。解铃还须系铃人，或许辛廷伟能够化解这种仇怨，但辛廷伟认为没有这个必要。他对许凡说，你和许美丽是两个世界的人，道不同不相为谋。许凡就笑着问他，那辛技术员和我呢？辛廷伟说，当然是同一个世界的人，同一个世界的人得赶紧住到一起才对。许凡听懂了辛廷伟的意思，女性的矜持与羞涩让这个话题点到为止，而进一步的实操必须由辛廷伟去完成，因为他是男人。

辛廷伟先是向父母郑重告知他要和许凡结婚的事，虽说新社会了，男女恋爱自由，不兴古代那套"父母之命媒妁之言"，但传统的礼俗也是要走一遍的，这叫仪式感。仪式感是对新社会爱情的保驾护航，有了仪式，爱情才有了名分。辛廷伟必须给许凡一个最响亮的名分：辛太太。要让许凡入辛家的门，就必须得到男主人辛厂长和女主人蒋萍萍的同意。辛厂长和蒋萍萍会同意吗？会不同意吗？辛廷伟可不担心这个问题，在他心中，父母最是开明，父母又最最爱他，他的决定哪怕是终身大事，父母就算心头有略微遗憾，最终也是要成全的。这就是父母之爱。

辛厂长和蒋萍萍见到许凡的次数并不多，许凡给二人的印象并不出众，就是个朴素的女孩子。她和你不能比，你是个演员，要注意形象，她是个女老师，老师朴素点好。辛厂长这样对蒋萍萍说，蒋萍萍不以为然。哪有女孩子不爱美的？我看她是没钱打扮。蒋萍萍撇撇嘴，很不服气。在将她捧在手心里呵护的丈夫面前，蒋萍萍一向都恃宠而骄。辛厂长笑着安抚她，勤俭节约多好啊，这样的女孩子娶回家肯定持家有道。蒋萍萍翻白眼说，有钱不花和没钱可以花，是两码事。没钱，辛厂长和蒋萍萍终于正视到许凡身上最大的问题。这是一个出生家境不太好的女孩子，有着非常典型的重男轻女的家庭背景，家里有个弟弟，家长眼中女儿就是要帮扶儿子的，这类家庭的父母把这视为不成文的潜规则，家里的财产和女儿没关系，美其名曰以后养老靠儿子不靠女儿，实际情况多是，父母到养老的时候也多去麻烦女儿们，甚至还要一边被女儿伺候着，一边由衷感慨他们这一辈子只有儿子可以依靠了。

这种家庭，这种条件，和他们辛家怎么般配呢？蒋萍萍心里是窝火的。辛厂长也很无奈，但他比蒋萍萍理性，千金难买喜欢，条件再好家庭的女孩子儿子不喜欢有什么办法？既然儿子喜欢，那女孩总有她独到之处。蒋萍萍再絮絮叨叨抱怨的时候，辛厂长就说，大不了将来离婚呗。过不到一起就离婚，但这次总要先给儿子办婚事先，不让儿子尝试一下，怎么知道那女孩是对的人，还是错的人？小马过河要让小马自己去蹚一下水，才知道水的深浅。先结婚过不到一起就离婚，好好的儿子大好青年一个，干吗要摊上一次婚史啊？蒋萍萍心里别扭。辛厂长就说，咱们的儿子青年才俊摊上几次婚史都不降身价。

这话蒋萍萍爱听，于是就这么被辛厂长说动了。辛厂长用来说服蒋萍萍的这套理论，是辛廷伟那里学来的。辛廷伟说父亲理解能力比母亲强，只要做通了父亲的思想工作，再由父亲去做母亲的思想工作就容易多了，因为在母亲心目中父亲是天一般的男子，站得高看得远，母亲崇拜父亲，父亲说的话母亲都听。儿子如此这般马屁拍下来，辛厂长很难不屁颠屁颠为了儿子去游说蒋萍萍。

蒋萍萍说是被说动了,但内心依然有所犹疑和顾虑。既然是结婚,两家人少不得要坐下来商量些下聘、婚礼事宜,她担心许家要狮子大开口,毕竟是重男轻女的家庭,都指望着嫁女儿时捞一把,好贴补给儿子。蒋萍萍的担心不无道理,在嫁女儿这件事上,汪明月就是这么想的。她折算了一下许凡一年工资是多少钱,今年是二十三岁,嫁去辛家活到七八十岁的话,就会给辛家带去五十年的工资,那她向辛家要个二十五年的工资当聘礼钱,不过分吧?

许宝山小声抗议,这样,别人会说我们许家在卖女儿的。

别人,谁啊?田玉琴吗?汪明月一讥讽,许宝山就彻底没声了,汪明月还是不满意,抓着许宝山骂了大半天,为他和自己不是一条心感到气愤。她说,许凡读书的钱是谁出的?如果不是许家出钱供许凡读书,许凡能有个铁饭碗的工作吗?现在许凡要嫁人了,许家白白给别人作嫁衣裳,让辛家捡个大便宜,那辛家是不是要补偿损失给许家?

我这么做还不是为了咱们许平?汪明月只差没揪住许宝山的耳朵骂,还不是因为你这个当爹的不中用,你赚的钱只够塞牙缝,如果你能赚大钱,能像猫婶的儿子一样包煤矿当煤老板,许凡嫁人我不要一分聘礼钱,我还倒贴她嫁妆。

许宝山受到了侮辱,大半辈子的委屈都爆发出来,不过依然只是小声嘟哝说,家里的钱不是我赚的,难道是你赚的?

汪明月更火了,这下是真的揪了许宝山的耳朵骂他,你以为钱是你赚的你就了不起吗?如果没有老娘在家里管理这些钱,就你赚的那点子钱够这个家里开销吗?老娘省吃俭用,把你的工资盘了又盘,钱生钱,咱们家的积蓄才越来越多的,你个忘恩负义的东西，你的良心是被田玉琴吃掉了吗？

汪明月一口一个"田玉琴"彻底把许宝山惹恼了，本来田玉琴在许宝山的人生里也没有那么重要，还不是因为汪明月三天两头要提到这个名字，许宝山想忘都忘不了。这些年，除了田玉琴，他许宝山又不是没有别的女人。出门在外，就跟断线的风筝一样，天高任鸟飞，工棚里有的是工友的女眷，许宝山平常个性温和，若是读点书，势必文质彬彬的，虽然没文化，可也不影响他在糙老爷们当中鹤立鸡群，一个没带家属的单身汉简直是女眷们眼中的香饽饽，只要他愿意，多得是出轨的机会。许宝山有时愿意有时不愿意，他不是那种饥不择食的男人，虽有女人缘，但也讲究些你情我愿男欢女爱。他在工地上有个相好，名字里也有个"琴"字。偏偏，这叫"琴"的女人她男人的名字里也有个"琴"字，全工地都知道许宝山与那叫"琴"的女人关系匪浅，叫"琴"的男人却对许宝山依旧亲如兄弟。这辈子是"琴"字欠了许宝山，还是他许宝山欠了"琴"字啊？

汪明月骂许宝山的每一句话都让许宝山觉得刺耳，偏偏"田玉琴"这个名字听在许宝山耳朵里亲切无比，亲切得他都出现了幻听，耳边是一迭连声"田玉琴"的名字。

许宝山抬起头来看四周，他家后门山地连着田玉琴家的山地，此刻田玉琴正在自家地里拿着个尿勺浇地，猫婶正喊着"田玉琴"的名字和田玉琴打招呼。

原来不是幻听，是真的有人在叫"田玉琴"。许宝山看着田玉琴和猫婶交谈的背影有些恍惚，等许宝山清醒过来的时候，太阳已经落山了，田玉琴也已经回家了，只留许宝山衣衫不整坐在小竹林里。好马不吃回头草，他许宝山犯大忌讳了。每一次他和田玉琴之间的猫腻都是由金珠告诉汪明月的，这一次也不例外。

许宝山觉得金珠简直是长在他背后的一双眼睛，这双眼睛平常都闭着，只要田玉琴出现的时候，眼睛才睁开，将他和田玉琴之间的一举一动都看得一清二楚，并且添油加醋告诉给汪明月。过去没发生什么，金珠都能挑拨得汪明月暴跳如雷，这一次是真的发生什么了，金珠只要如实汇报，汪明月就能火冒三丈。

汪明月吐出的火直接将许宝山烧个半死，如果不是准女婿辛廷伟及时调停，汪明月会和许宝山玉石俱焚的。

辛廷伟似乎注定是汪明月的克星，汪明月天大的火气在辛廷伟跟前也会没了脾气。直到洞房花烛夜，许凡才有机会问辛廷伟，你是怎么做到的？不仅让我妈不再为难我爸了，还让她在聘礼的事情上做了大大的让步？辛廷伟笑笑说，世上无难事，只怕有心人。许凡觉得有道理，便不再纠缠辛廷伟给答案，何况是春宵一刻值千金，何必在旁的人与事上浪费注意力？辛廷伟也不允许她在旁的人与事上浪费注意力，洞房花烛夜，他只允许她的眼里心里脑子里都只有他辛廷伟一个人。

对于许凡来说，一切就像一场梦，犹记得多年前她初出校门，领到第一笔工资，汪明月就激动叫嚣着：你三十岁之前不许结婚！你最好这辈子都不要嫁人！这样你的工资才能留在家里！在母亲的逻辑里，她生了她养了她花钱供她读书，她这辈子就都必须替她打工，身体发肤受之父母，所以她整个人都是父母的，"铁饭碗"也因父母供她读书所有，所以工资也必须是父母的。她不是她，她没有自我，她是母亲的附庸，她是母亲的摇钱树，生钱的机器，她唯独不是个人。而现在，她竟然嫁人了，有了自己的丈夫，有了自己的家庭，未来还会有自己的孩子……她不再是父母兄弟的附庸，她竟然也可以拥有自己的人生路。

爱情是一场梦吧，爱做梦肯做梦的男女才会进入爱情的梦境，她与他巧合地结缘，缔造了这梦境，唯愿长梦不醒，幸福永远。谢谢老天爷送给她一个辛廷伟。谢谢你，辛廷伟，谢谢你来到我的梦境。

第三十四章

听到敲门声，叶念秋伸手去推被窝里的王丽秋，这么晚是谁来了？叶念秋瘫痪了，行动不便，只能王丽秋去开门。王丽秋披衣下床，拉亮了电灯，蹬蹬蹬下楼去。打开门，王丽秋吓了一大跳。门外站着小叔子叶知秋。

"知秋，这么晚，你怎么突然回来了？"王丽秋朝叶知秋身后看去，没有弟妹潘俏俏的身影。往日里，潘俏俏随着叶知秋回新月村探亲，每次都打扮得闪闪发光，站在叶知秋身后就像颗璀璨的星星。这一次，叶知秋身后只有一片苍茫的暮色，像个黑沉沉的笼子，笼子里没有她耀眼的弟妹。

"俏俏呢？"王丽秋问。

叶知秋没有回答，闷头进门，说，嫂子，我走了太长的路，又累又饿，我想吃你亲手煮的面，我还想洗个脚……

他想把脚放在脸盆里，脸盆里放半盆热热的水，好好地烫一烫。他想念这种洗脚方式，他已经很久没有这样洗过脚了，坐在矮矮的竹交椅上洗脚，边洗边泡，洗脚的盆子就是洗脸的盆子，没那么多讲究，不需要区分，擦脚的毛巾也不需要区分，擦了脸还可以擦脚，擦了脚还可以擦脸，他就是只粗鄙的山鸡，和凤凰格格不入，哪怕是放到凤凰窝里也变不成凤凰，只会沦为凤凰取笑的对象。他特么受够了这装逼又屈辱的日子，受够了！

王丽秋最快的速度烧了热水，叶知秋泡脚的工夫，她又煮好了一碗面，面上加一双煎得油滋喷香的荷包蛋。面端到桌上的时候，叶知秋正坐在竹交椅上发愣，水已经变凉，一双脚在凉水里泡得发白。

知秋，你怎么还没洗完脚？赶紧把脚擦了吃面，你这样小心着凉。王丽秋大嗓门提醒叶知秋，语气含着责备与关切，就像天下所有关心儿子的母亲一样。长嫂如母，对于叶知秋来说，王丽秋就是母亲。就像包拯把他嫂子称为"嫂娘"一样。他幼小的时候，嫂娘是他的依靠，现在他是嫂娘的依靠。他之所以能成为嫂娘的依靠，得益于潘俏俏。就在刚才泡脚的工夫，叶知秋环顾家里四周，他发现家里一针一线一桌一椅都烙着潘俏俏的痕迹。虽然这些物什都不是潘俏俏亲自添置的，可是每一笔钱都是潘俏俏出的，所以这个家里的一切都从骨子里散发潘俏俏的气息。

这让叶知秋无助，又绝望。

这些年，潘俏俏和潘文一起赚钱，除了砖厂，还做其他生意。潘家人一直都头脑活络，虽然学习不怎么样，可是生意经炉火纯青，如果生意涉及和政府部门打交道，横竖还有潘正义帮着打通些关节，打理些人际关系，这让这对堂兄妹在赚钱的道路上一路策马奔腾。眼见潘家起高楼，眼见楼越来越高，一时半会儿塌不了。

他和潘俏俏是夫妻，领了证敲了章的，红通通的夫妻。一荣俱荣，一损俱损，他当然希望潘俏俏生意永远都不要失败和亏损，这样叶家才能在潘俏俏的荫蔽下衣食无忧，他的兄嫂才能安然抚养一双侄子长大成人，侄子们才能上好学读好书，出人头地，鲤鱼跃龙门。对于贫民家庭来说，读书是改变命运唯一的出路啊！

唯有读书，才能跳脱原生阶层，像他一样，哪怕只是一个不起眼的教书匠，也还是能有娶学区校长家千金的机会，试想，如果他和他大哥叶念秋一样，是个面朝黄土背朝天的农民，潘俏俏会看得上他吗？潘校长会愿意招他做女婿吗？上门女婿是人人都能当的吗？好家庭的上门女婿没有门槛的吗？

越想到这些，叶知秋的心比盆子里的水还要凉，脸比泡在水里的脚还要白。

他本就走了太多路，从清流镇一直到思宝乡再到新月村，长途跋涉，一路上因为心头有一团火，整个人便如打了鸡血不懂得累，这会子那股气泄下去，整个人就蔫了，从交椅上摔下来，盆子里的水打翻流了满地。

楼上房间里，叶念秋听到楼下的响动，忙扯着嗓子喊："怎么了？出了什么事？谁摔了？知秋？丽秋？"

"没事，你安心睡！"王丽秋不耐烦朝着楼上喊，叶念秋还是不放心不停问到底怎么了，谁摔了，直到叶知秋回应他"大哥我没事"，他方才安静了。

叶知秋已经从地上爬起来，要帮着他嫂子一起处理地上的狼藉，王丽秋不让，让他赶紧把脚擦干吃面去，他悻悻然擦了脚去吃面，随口问金宝元宝呢？王丽秋笑说，你今天怎么了？颠三倒四的，金宝元宝在城里上学呢，平常寄宿，周末才回来，你怎么忘了？叶知秋愣愣失神，时间过得可真快，那俩臭小子都上中学了。可不？王丽秋笑意更深了，小哈都上幼儿园了，金宝元宝当然长大咯。

想到女儿小哈，叶知秋心里一酸，对王丽秋说，嫂子，我要回去了。

小叔子没头没脑地回家来，又没头没脑说要走，王丽秋怎么

238

肯让？拦着门不让叶知秋走，并要大声喊叶念秋，叶知秋这才作罢，乖乖坐到饭桌旁吃面。吃着吃着，眼泪就吧嗒吧嗒往碗里落去。男儿有泪不轻弹，只是未到伤心时。王丽秋见状，心里又急又心疼，问他是不是和潘俏俏吵架了，叶知秋不肯说话，王丽秋又安慰说，哪有夫妻不吵架的？牙齿还有咬到舌头的时候呢！

嫂子，我要和俏俏离婚了。叶知秋终于抬起头，哽咽对王丽秋说道。王丽秋当场被震住了。

离婚，这是潘俏俏提出来的。和当年提出要结婚一样，霸道又强势，不容人拒绝。

为什么啊？王丽秋问，但叶知秋没法给她答案，要不到答案的王丽秋当机立断说，离婚可以，孩子一定要拿回来，再让潘家补偿你一大笔钱，否则你就不离婚！一个目不识丁的农妇，常常六神无主的农妇，突然气场全开，成了果敢又多谋的军师。人在逆势，就会作出取舍，舍去那些无关紧要的，取那些对自己最有利的。这是潜藏于每个人人性里趋利避害的本能。

孩子只能一人一个，小哈给我们，小嘻给潘家。叶知秋说。

王丽秋立马否决，不，小嘻给我们，小哈给潘家，小嘻是男孩，小哈是女孩。重男轻女这是大部分农村女性打娘胎出来就被根植在脑髓里的基因。怨不得她们目光短浅，见识狭隘，身为女性还自轻自贱，要怪只能怪几千年封建传统已将自卑自贱的钉子深深地敲进她们的灵魂里，她们缺失了受教育的机会，导致她们对这根钉子无法自拔，纵使有神奇的手可以替她们拔出钉子，她们的思想里也有那颗钉子凿下的坑，坑里还沾满了钉子的锈。

小嘻不管是男孩女孩，我们都要不过来。叶知秋默默说。

为什么？王丽秋不明白，也不能接受。小嘻的户口不是落在咱们叶家吗？只要不让他们潘家把小嘻的户口移走，小嘻就永远是我们叶家的孩子！目不识丁、常常六神无主的农妇再一次做了果敢的决策。她为自己今夜能够帮着饱读诗书的小叔子出谋划策而变得虎虎生风。

因为计划生育，因为叶知秋是"铁饭碗"，所以他和潘俏俏结婚只能生一个孩子，婚前他们就协商好了，生下来的孩子无论男女都落户在潘家，随潘家的姓，所以小哈的户口上在潘家，小哈姓潘，哪怕小哈从外貌到身形都像极了他，那张小脸蛋活脱脱是他这个亲生父亲的翻版，小哈的户口也依然落在那本户主叫潘正义的户口本上，与户主的关系那一栏明明白白写着"祖孙"两个字，小哈的姓明明白白冠着"潘"姓。如果不是流淌在血液里的基因，谁又能知道小哈是他的女儿呢？

小嘻是意外得来的。

计划生育外的孩子见不得光，如果是生长在一般人家女人的子宫里，这个孩子早被引产了，但投胎是个技术活，小嘻选择潘俏俏做他的母亲。潘俏俏有个父亲叫潘正义，潘正义是清流镇上十个手指内数得上的人物，学区校长，长袖善舞，运筹帷幄，人脉关系四通八达。有了这样能干的外公，小嘻平安出生了，且光明正大上了户口。户口就上在叶念秋和王丽秋的户口本上，只不过是多缴一笔罚款而已，既能光明正大随叶家的姓，叶知秋的"铁饭碗"也能保住，两全其美的事何乐而不为呢？

有个好外公，小嘻的人生从成为一个胚胎开始就顺风顺水、一马平川。小嘻一经长在潘俏俏的肚子里，潘正义就把潘俏俏送去一座海岛养胎。海岛好风光，海水碧蓝，鸥鸟成群，民风淳朴，海鲜丰富。潘正义说，在海岛上出生的孩子一定会像大海一样伟岸，有博大的胸襟，高远的格局，一定是个男子汉，可以帮助潘家传宗接代的男子汉。看，潘大校长的脑髓里也被敲进了一根"重男轻女"的钉子。

潘俏俏在海岛养胎的十个月，叶知秋甚是挂念，不放心她一个人在岛上，岳父大人说，你别操心，有你丈母娘在岛上陪伴她。

李诚儒说，知秋你放心，还有我呢，我也会帮你照看俏俏的。

啊，李诚儒，他的好学弟，他的好兄弟，他的好朋友。他和他同届的韩阳师范老同学张漱已经结婚三四年了，三四年很久，久得令叶知秋都忘记李诚儒曾是潘俏俏的前男友、老情人。他和张漱结婚后，就在张漱父母的运作下，从乡下调到了镇上中心校，和叶知秋做了好同事。

潘俏俏怀孕去海岛养胎的这年，李诚儒去海岛支教。叶知秋开心地说，真是太巧了，我就把俏俏拜托你了，诚儒，我的好师弟。李诚儒笑笑说，你不要客气，这都是我份儿内的事，知秋，我的好师哥。照顾朋友的老婆和孩子算什么份儿内事？照顾自己的女人和孩子才是份儿内事啊！

时至今日，叶知秋方才理解李诚儒当日说的"份儿内事"是什么意思。他只能苦笑，噙着泪苦笑，对王丽秋说，嫂子，小嘻姓谁的姓上谁的户口都不重要，重要的是他身体里流着谁的血。目不识丁、常常六神无主的王丽秋脑子也常常缺根筋，她激动地说，小嘻的身体里虽然一半流着潘家的血，但另一半流着咱们叶家的血，知秋你是男人，小嘻是男孩，小嘻必须跟爸爸，把小哈给潘家！

叶知秋笑了，笑容苦苦的，像朵苦菜花。又有新的泪珠打在了苦菜花上，像是晶莹的露珠，秋天早晨被霜打过的那种。他说，嫂子，啊，嫂子，小哈的身体里才流着我们叶家的血！

楼上，死人一样躺着，却竖着一双活人耳朵的叶念秋喊了起来：王丽秋！王丽秋蹬蹬蹬上楼去了，等她从楼上下来时已经开始抹眼泪，嘴里念叨着为什么偏偏小哈是女孩，小嘻是男孩呢？如果小哈是男孩该多好啊！你看男人就是比女人有用，哪怕男人是个躺在床上的废物，也比女人聪明啊！王丽秋在叶知秋跟前呜呜哭着，比当初公婆死了哭得还伤心。现在是小叔子的婚姻，死了。

知秋啊，你该怎么办呢？许老师已经嫁人了。王丽秋哭成泪人。也许是嫂子哭得太声情并茂，叶知秋就被传染了，不再只是默默掉眼泪，竟跟着哭出了声。这些年，虽然他也去了清流镇，可是他在中心校，她在村里，一年到头也没有什么碰面的机会，但潜意识里他依旧关注她的消息，她结婚这么大的喜事他第一时间就知道了。因为嫁的是城里国营茶厂一个非常有名的茶叶技术员，中心校里多的是八卦这个喜事的女老师，无论他愿意不愿意，都能听到那么一耳朵。而许凡嫁人的消息，王丽秋是从弟弟王隽那里听来的。听王隽讲了不少关于许凡的事，王隽对许凡甚是赞赏，连弟弟这么了不起的人都竖起大拇指夸赞的女孩子不会差到哪里去。王丽秋心里也有些意难平。那个女老师，如果不是家庭条件太差，现在应该是她的弟妹了。可是叶家是穷家末路，娶一个差不多穷的女人进门，不能得娘家任何帮衬，还要去帮衬娘家，那苦日子也是没个尽头。还是娶潘校长家的千金好！好个屁啊！

王丽秋在心里刚转了这个念头，就立马"呸"出了声。

有钱人家的姑娘不好驾驭，什么都要压小叔子一头，如今好了，连绿帽子都给小叔子戴上了。他们叶家人虽穷，可也有骨气，这种龟公当了就是奇耻大辱，潘家必须作出补偿！

一定要潘家赔一大笔钱！王丽秋斩钉截铁地说，你一个人带一个女娃子要再婚，没有钱可不行，养女儿要钱，你再婚也得老婆本。

叶知秋一分钱都没有要，骨子里的清高也不知是天生的穷根上开出的花，还是后天读的书洗脑过后结出的果，总之，他除了小哈，什么都没有从潘家带走。他和潘俏俏离婚的时候，李诚儒也在和张漱闹离婚，不过李诚儒和张漱的离婚手续可没有那么容易，张漱受不了这种打击，一哭二闹三上吊是在所难免。离婚啊，这对于张漱来说是天塌下来的大事，离婚的原因是丈夫出轨，出轨的对象竟然还是自己顶头上司学区校长的女儿，这让张家人有气无处撒，小三是没办法打了，那只能打打李诚儒出气。

还是张母提醒张父，你女婿以后就是潘校长的女婿了，你现在把潘校长的女婿打了，以后咱们张漱还怎么在潘校长手下讨生活？抬头不见低头见，算了吧！庆幸的是，李诚儒和张漱婚后没有养下孩子，张漱以后再嫁没有拖油瓶牵绊，也不难。庆幸的同时又感到憋屈，怪不得那兔崽子迟迟不肯和张漱养个孩子，原来是在外头养下了。以后一定要擦亮眼睛找女婿，切莫再找凤凰男，凤凰男靠不住！张漱父母吞下这口窝囊气，同时又总结出了一条自认宝贵的经验。

第三十五章

"廷伟，你看，在修路！"许凡擦了擦额头的汗，指着岭下的施工现场，激动同辛廷伟说道。

二人此刻正站在那条通往畲族新村的蛤蟆岭上。顺着许凡手指的方向，辛廷伟果然看到了一条正在兴修的砂石公路。这条公路是为了兴建"桑园"水电站才兴修的。宁东地委书记到宁东赴任伊始就十分重视宁东的山林保护和水力资源综合开发，他还十分关注漆溪村这个闻名全国的特困村，指出"要有钱，先办电"，也正是在他任职期间推动下，"桑园"水电站进入了前期筹备阶段。

"桑园"水电站的选址落在畲族新村上游，从完成勘测规划、初步设计、技术评估、初设审查等前期工作、批准立项到落实施工前后历时三年，投资1.3亿元，占地面积7000多平方米，主厂房为地面式顺河向布置，内装三台单机容量为1.25万千瓦的混流式水轮发电机组，总装机容量为3.75万千瓦，投产后平均发电量可达10815万千瓦时。作为闽省"八五"期间34个大中型基建项目之一，它不但终结了方圆百里畲村人们祖祖辈辈以竹片、松香、煤油照明的历史，这座中型引水式水电站在发电之余，还兼有灌溉、防洪和供水等综合效能。

有了公路，这闭塞的畲村从此就打开了山门，村人来来往往再也不用徒步攀登近万级石阶、长达六公里的蛤蟆岭了。辛廷伟欣喜地感慨。许凡忙指着自己，笑说，还有我，我以后到畲村教书也不用爬这条爬死人不偿命的蛤蟆岭了。辛廷伟捏了她的鼻子，板着脸和她开玩笑，许老师还打算一辈子在畲村教书不成？你是不是忘了你现在是辛太太，你除了是学生的老师以外，你还是我辛廷伟的妻子，你长期在村里教书，和我两地分居，还怎么给我生小孩？

许凡的脸"唰"的一下就红了，啐他，呸呸呸，光天化日就想着生小孩，害不害臊？

辛廷伟不害臊，他抬头还拜起了天边的太阳，太阳伯伯快下山，我要和许老师生小孩。

许凡又羞又急，只能不理他，跺了几下脚，一个人朝前跑。辛廷伟就在后面追，说，许老师除非跑到天边去，否则还是要和他辛廷伟生小孩。不不不，许老师就算跑到天边去，也还是要和他辛廷伟生小孩。生小孩！生小孩！整条蛤蟆岭都飘着辛廷伟愉快的笑声。

一个小孩，由一个男人牵着手，站在畲村入口处。

那是一个小女孩，三五岁光景，圆圆的小脸蛋，扎着两个小辫，红红的连衣裙，一双小白鞋，可可爱爱站在男人身边。

男人有一双黑眼圈，令他双目显得忧郁。不只是眼睛，其实他整个人都显得很忧郁。高高瘦瘦的，手边牵着他的女儿，夕阳打在父女俩身上，令整个画面都显得很悲情。

许美丽正和村支书杜山川从长安街那头走过来，然后一抬头，就看到了这对父女。

许美丽在看到这对父女之前，正和杜山川说话，两个人脸色都不好看。村里最近很乱，村民们不思劳作，打牌成风。许美丽让杜山川带着村干部去做村民们思想工作，结果越做越糟，打牌之风不但没有遏制住，反而演变成赌博。赌钱赌输了的，眼红赢钱的，一次两次三次翻不回本，就动手了，打架斗殴，差点闹出人命，赔偿事宜解决不了，矛盾升级，又跑去县里上访。许美丽为此特地被连山青叫去宣传部狠狠批评了一番。

如果你不是我们宣传部出去的，我才懒得骂你！连山青恨铁不成钢，你这个挂村干部怎么当的？好好一个畲族新村被你管成什么样了？鸡毛蒜皮小事也跑去向县长、书记上访，简直无法无天！连山青从没有对许美丽发过这样大的火，许美丽有个错觉：她离开宣传部那天，部长窝在心里的火终于逮着个机会发泄出来了。因为这股火憋了太久，所以火势异常凶猛，许美丽只觉从头到脚都被烧了一遍般，整张脸热辣辣的。从县里回来，她立马就把村支书杜山川喊了来。

她受了连山青一肚子火气，她也得找个人转移一下这火气。

杜山川陪着许美丽在畲族新村纵横阡陌上走了一圈，挨了许美丽一通教训，嘴里赔着笑，心里却很不以为然。杜山川今年四十多岁了，许美丽还是个二十来岁的小年轻，且是个头发长见识短的女人，杜山川根本不把她放在眼里。里子不给，面子还是略给一二的。

杜山川说，许书记，你是不知道村民工作有多难做，原先霞山溪那些移民户没搬来之前，我们漆溪村安静得很，从来没有发生过这样乌七八糟的事情，现在除了霞山溪，还有十几个自然村全都是整村搬到漆溪村来，这些自然村都是畲人，他们少数民族人和咱们本来就不是一种人……

杜山川才说到这里，许美丽立即放下脸打断他，质问他，你这说的叫什么话？我们五十六个民族都是一家人，畲族人就不是中国人了吗？你一个村支书，说出这样的话，脸呢？

杜山川在心里觉得很憋屈，他一个四五十岁的大男人，被一个二十多岁的小丫头片子指着鼻梁骂，太丢脸了。杜山川在心里已经扇了许美丽几十个耳光，但面上依旧赔笑说，许书记教训得是，我这话说得不地道，畲族兄弟既然搬到了漆溪村，和咱们漆溪村人就是一家人，一家人不说两家话……

许美丽的脸依旧臭臭的，教训杜山川，咱们宁东地区是畲族聚居地，咱们桐山县更是畲族人主要聚居地，十几个畲族村的人都搬到了漆溪村，现在，漆溪村三分之二的人口都是畲族人，漆溪村也改名叫畲族新村了，说明什么？说明畲族人才是畲族新村的主人！收起你高高在上的臭姿态，别以为你一个村支书，你就骑到畲族老乡头上去，你要低下头弯下身，你好歹也是村里唯一上过初中的读书人，俯首甘为孺子牛你懂不懂？你一个村支书，可别把自己当官，你要为全村人服务！服务！

小丫头片子教训起人来一套一套的，官当得不大，官威不小。

杜山川被骂，心里不服，嘴上还是一贯的马屁风，与他素日在村民跟前的做派判若两人。但凡是对下能够狠狠踩的，对上就能够可劲地捧。杜山川辩解说，许书记误会我了，我哪里敢在村民们面前耍官威啊？我只差跪在地上为村民们办事了，可是光我一个人工作开展不起来啊，村里其他班子和我不是一条心啊，只会怂恿畲族老乡们和我对着干……

杜山川说着说着就真心实意叫起了苦。

许美丽翻了个慢悠悠的白眼，冷哼道，你算是说到了点儿上，你们村两委班子之间常常意见不同，关系不和，扩大到了群众间的派系，村两委班子才几个人，就搞那么多拉帮结派，还逼着群众站队，李先荣在霞山溪村的时候是村民小组组长，现在是村两委班子成员，他本身就是畲族人，肯定为畲族老乡谋利益多些，你站在他对立面，畲族老乡自然站到李先荣那边去。你是村支书，村两委班子都归你管，你不能处理好干部之间的关系，怪谁？还不是怪你自己工作能力差？

杜山川撇了撇嘴，想为自己辩解几句，许美丽没给他机会，继续说，你是一个脑子多活络的人，你也不是工作能力差，你是心思太多，不能一心一意干村支书的活。

杜山川这下没话说了，的确，自己大部分精力都放在了杜家自己的生意上，对村委会的事务不怎么放心上，不过是挂个名头，出去做生意的时候，名片上能多印个头衔。

"马上就换届了，你要不想干，就趁早挪走，别占着茅坑不拉屎！"许美丽对杜山川丢下这句话，就径直走了。

杜山川目送着她的背影一直走向村口夕阳下那对父女跟前停

住。

"叶知秋，你怎么来了？"许美丽一眼就认出了叶知秋，从前王隽主编还在县委宣传部任新闻科科长的时候，曾想帮许美丽和叶知秋拉郎配。"这是你女儿？"许美丽的目光落在那个红裙子小辫子小白鞋圆脸蛋的小女孩子身上，立即露出亲和力十足的笑容，弯下身，摸着小女孩的脸蛋说，告诉阿姨，你是不是你爸爸的女儿？你叫什么名字？你今年几岁了？

小女孩天真无邪地笑，阿姨你一下子问了这么多问题，我该先回答哪个问题呢？

小女孩性子很活泼，和她内敛含蓄的父亲性格不太一样呢。许美丽在心里做了判断，一定是随了她母亲潘俏俏的性格吧。大名鼎鼎的学区校长潘正义的千金潘俏俏小姐，许美丽心里并不喜欢她。而叶知秋和潘俏俏离婚的事早在清流镇上闹得沸沸扬扬，清流镇本来就巴掌大点地，这么大的狗血八卦不掀起惊涛骇浪才怪。田玉琴的大嘴巴早把这好消息告诉给许美丽，此刻，看着叶知秋父女俩，许美丽按捺不住内心的小雀跃，也不知这幸灾乐祸的心态是怎么来的。

许美丽为了掩饰自己很不地道的内心，拼命和小姑娘拉家常，小姑娘说我以前叫潘小哈，现在叫叶小哈了，许美丽就说，叶小哈更好听。小姑娘表示她也觉得，于是一大一小俩姑娘都发出古里古怪的笑声。叶知秋见不远处还有个男人在等着许美丽，就抱起叶小哈和许美丽说再见，许美丽却撂下杜山川，陪着叶知秋父女俩沿着长安街往畲村深处走去。许美丽一边走一边拉着叶小哈的手，冲叶小哈挤眉弄眼。

被晾在一旁的杜山川看着许美丽和叶知秋父女在夕阳下走远的背影，伸手摸了摸自己的胡子，嘲讽道，不知道的还以为是一家三口。

知秋，你怎么突然来我们畲族新村了？许美丽问。

叶小哈抢着回答，我爸爸要当校长了！圆圆的小脸上满是兴奋。许美丽噗嗤一笑，小丫头片子知道校长是什么意思吗？

叶小哈点头，知道啊，我外公就是校长，管着好多好多人，不但管小孩子，还管老师呢！我妈妈说我爸爸和我外公一样厉害了。

许美丽一点没有敷衍小孩子的意思，竟认真和叶小哈解释，你爸爸管的人可比你外公少多了。

叶小哈很乐观，等我爸爸和我外公一样老的时候，一定也可以管很多很多人！叶小哈一边说一边张开双手比划出一个大大的圆来，把许美丽逗得哈哈大笑。笑罢，许美丽看着叶知秋，正色问他，真的来我们畲族新村当校长了？

叶知秋点点头，是的。

许美丽不太明白，嘟哝道，怎么就来我们畲族新村小学当校长呢？怎么偏偏是我们畲族新村小学呢？

是啊，怎么偏偏是畲族新村小学呢？

当学区把这样的人事安排告诉叶知秋的时候，叶知秋错愕不已，直到潘俏俏来找他，特别大度款款说，夫妻一场，我能帮你的也就这些了。叶知秋对于这样的好心自然忍无可忍，也不知是绿帽子带来的屈辱感还是什么，他骂了潘俏俏一句"无耻"。婚里婚外这些年，叶知秋可从来没有对潘俏俏发火过，他们的夫妻地位本来就不平等，他没有发火的资本。但这次叶知秋是豁出去了。

潘俏俏才没有所谓的羞耻感，依旧真诚无限说，离婚的事小嘻的事都是我对不起你，我只是想弥补你。

叶知秋觉得潘俏俏要么是无耻到可恨，要么就是天真到可笑，把他放到畲村小学当校长算是哪门子的弥补呢？

夕阳深处走来一对男女，手拉手，并肩前行，夕阳的余晖将他们镶得金灿灿光辉无比，像是天上掉下来的一对金童玉女。叶知秋的心咚咚跳动起来，双脚不自觉就灌了铅，再也迈不动步子。潘俏俏，你这个恶毒的女人，确定这是弥补？

爸爸，你怎么不走了？小哈奶声奶气地问。

许美丽也觉察到了叶知秋的异样，她顺着叶知秋的视线望过去，霎时，她的双脚也灌了铅，沉重得再也迈不动步子了。

我们先把行李放到宿舍去，再去学生家里家访一下。女老师对她的丈夫说道，语气里满满的信任。她丈夫毫不犹豫点头，扬了扬手里的袋子说，我知道我知道，就是你那个女学生，对不对？你托我妈去搜罗这些女孩子穿的二手衣服，就是为了给那个女学生的，对不对？

提到女学生，女老师脸上的笑容有些凝固，没了适才一路与丈夫谈笑时的好心情了。她丈夫善解人意揽住她的肩，一边朝坡顶的小学走去，一边安慰她，你别太担心，这个世界上就没有我做不了的思想工作，你看你妈，当初多反对你和我谈恋爱，现在不照样让你嫁给我？

女老师闻言，在坡上驻足，瞪着她丈夫，露出嗔怪的表情，年轻男人意会，哈哈笑着改口说，老婆大人，我错了我错了，不是你妈，是咱妈！女老师的小嘴依然噘着，可劲地矫情。年轻男人就在她的小嘴上啄了一下，然后快速朝校门跑去，女老师被偷袭，又好气又好笑，追着他教训，你又这样，你以后别再这样了，这里是学校，你以为是在家里呢？

坡底下，叶小哈用小手遮住了自己的眼睛，说声"哎呀，羞羞"，许美丽和叶知秋同时收回了视线看向对方，两个人都从彼此的目光里看到了尴尬与伤痛。

你为什么偏偏来我们畲族新村小学当校长呢？这一次，许美丽是明知故问的。叶知秋给了个笑容，苦苦的。有些事，答案显而易见，可是却不能说出口。有些话的确是再也不方便说出口了，譬如，他再也无法对许凡说一句，我爱你。

第三十六章

雷海燕，你爸呢？

坐落在田野中央的一间小木屋，木门被人一脚踹开了，几个男人冲进了屋子，坐在灶膛口烧火的女孩子惊恐地站了起来，她手里抓着一把火钳，敌视着冲进来的男人们，或许是对于敌我力量悬殊的清醒认识，她眼里的敌视又充满了怯弱。

墙角一张破竹床，床上一条黑乎乎的破棉被，棉被下躺着一个病恹恹的老妇人，像一台年久破旧的机器，听到响动挣扎着坐起身，全身的骨架就像机器生锈的零件，立马就能四散开去。老妇人的嗓子也是破的，发出的声音像钢铁的断面，尖锐又粗糙，让闯进来的男人们的耳膜纷纷刺痛起来。

你们想干吗？老妇人的喉咙也是刺痛的，仿佛喊完了这句话，嗓子就已经出血。男人们的耳膜似乎也出血了，他们揉着自己的耳朵，对老妇人赔笑说，大婶，没想干吗，就是来找海燕她爸的，他欠了我们的钱，人躲到哪里去了？

老妇人说，他什么时候欠了你们的钱？他那是欠你们的钱吗？是你们合伙骗他赌钱，他是被你们骗的！

老妇人的话激怒了男人们，他们一改笑脸，向着墙角的小木床围了过去，老妇人抓紧了身上的破棉被，嗓子更破了，喉咙是真的出血了，吐出的每个字都血淋淋的：你们想干吗？你们想杀人吗？

别以为你年龄大，还是个女人，我们就不敢打你！你欠揍，老子就敢收拾你！

男人们话音落，灶膛口的女孩子就抓着烧红的火钳冲了过来，放开我奶奶！年轻的喉咙无须多么撕扯就已经鲜血淋漓。

雷海燕感觉是做了一场长长的噩梦，像母亲离家出走的那个夜晚，奶奶和爸爸都去找母亲了，她一个人躺在墙角的小破竹床上，小小的身子蜷缩在黑乎乎的破棉被下，除了噩梦缠身，她几乎已经死去。梦里，她漫山遍野寻找着自己的母亲，在黑漆漆的漆树林里寻找母亲，母亲再也找不回来了，母亲被鬼抓走了。

你爸就是个鬼！母亲一次次在她耳边喊着，扯着鲜血淋漓的喉咙，喊出的每个字都血淋淋的。

她爸是个什么鬼呢？赌钱的时候是赌鬼，输了喝酒，又成了酒鬼，喝了酒爱打人，就又成了魔鬼。人怎么可以和鬼一起生活呢？她爸对她妈说，嫁鸡随鸡嫁狗随狗，你嫁给了我，就生是我雷家的人，死是我雷家的鬼！可是啊，人怎么可以和鬼一起生活呢？既然嫁给了一只鬼，她也只能做一只鬼，否则这日子没法过了，于是，一瓶农药让她妈一个活生生的人，成了一只活生生的鬼。

雷海燕再也不想梦到自己的母亲了，自从母亲做了鬼后，就在梦里折磨着她，母亲七窍流血的样子和她爸一样恐怖。闭眼是做了鬼的母亲，睁开眼是活成鬼的父亲，她的人生是一场与鬼共舞的噩梦，永远也醒不过来了。

海燕，你好些了吗？

耳边是温柔的女老师的呼唤，雷海燕终于回了神，手心暖暖的，是女老师递给她的一杯热水。

雷海燕环顾四周，哦，还是在她家的小破木屋里，奶奶依旧躺在她的小破木床上，瓦数很低的白炽灯散发昏暗的光线，浓稠的暗黄色，将她的家衬托得像是鬼府，仿佛她七孔流血的母亲就行走在这里。

海燕，别怕，那些人都走了，你和奶奶都安全了。

女老师握着她的手，将她手里的水送到她嘴边，她喝了一口，热水顺着食道往下，温热的液体深入腹地驱散了心底里的恐惧与阴霾。女老师和她的丈夫来得及时，那些坏人被赶走了，她和奶奶安全了。可是她笑不出来，也哭不出来，因为女老师只能来一次，那些坏人却能天天来。

跟老师回学校吧，你已经好几天没有去上学了，海燕。女老师温柔地说，去学校读书，晚上就在老师的宿舍里睡，那些人不敢跑到学校闹事的。

海燕心里一动，可是奶奶怎么办呢？奶奶仿佛能够心灵感应似的，从小竹床里抬起头说，海燕，你快跟你的老师去学校，奶奶没事。

去什么学校？女孩子读什么书？读再多书，将来也是泼出去的水！小木屋的门再一次被人粗暴踹开，这一次进来的是这屋子的男主人，但是海燕看着他走进屋子，就像走进来一只鬼。什么样的人才能对付得了一只鬼呢？要么是捉鬼人，要么是另一群鬼。先前离开的那几个男人竟然去而复返，父亲被逮个正着，许凡和辛廷伟成功将海燕带离了小木屋。

在学校宿舍里，海燕听见女老师问她丈夫，那几个人是你把他们叫回来的吧？她丈夫说，大人之间的事不亲自面对，反而一再逃避，让老人和孩子挡在前面，算怎么回事呢？海燕又听见女老师对她的丈夫说，记得把钱包收好。这一次，女老师的声音压得很低，她丈夫"哦"的一声回应也轻得不能再轻了，可是海燕的耳朵竖得太长，再轻也被她听得一清二楚。

女老师走过来，兴奋地打开一个袋子，袋子里是许多女孩子的衣服，女老师一边往外一件件拿着，一边对她说，海燕，过来，试一试这些衣服，看看合身吗？这些衣服虽然都不是全新的，但这些衣服都挺好看的，你不要嫌弃，可以吗？

她的丈夫站在一边给她打下手，帮腔说，海燕，你老师为了给你找这些衣服，费了好多工夫呢。

海燕低着头走过去，默不作声，一件件试穿女老师带给她的那些衣服。就如女老师所说，虽然那些衣服都不是全新的，可是真的很漂亮，外套也好毛衣也好裙子也好，都是她从来没有见过的漂亮款式。海燕心里是高兴的，可是她拒绝自己笑出来。

海燕，这里还有个发夹，抬头，老师帮你戴起来看看好看不？

海燕没有答应，她拒绝自己笑出来，也拒绝自己抬头。她低头看着自己的脚，脚上的鞋两只都破了洞，两边的脚拇指都露出来。女老师善解人意的声音又响起来说，好像袋子里还有一双鞋呢！

女老师的丈夫立即从袋子里拿出了一双漂亮的皮鞋，朱红色的，亮皮的，带子上有一朵淡黄色的迎春花，好看死了。可是海燕拒绝自己笑出来，也拒绝自己抬头。她顺从地换上了那双皮鞋，继续低着头。这一次，她的视线落在自己的双手上，右手拇指指甲正不停刮抠着左手拇指的指甲盖。

女老师说，海燕抬起头来，让老师看看你戴上发夹好看不？

女老师又说，海燕你抬起头来，你自己照照镜子看看你戴上发夹好看不？

老师的好帮手——她的丈夫已经拿了一面镜子过来，镜子从她低垂的视线垂直的方向伸了过来，立即，她黝黑的面庞就出现在镜面上。她惊恐地抬起了头，当她看到女老师和她丈夫时又慌乱地垂下头去，一垂下头她又看到了镜中的自己，这让她又慌乱地抬起头来……

海燕，真好看！

好看！

女老师和她的丈夫一起欢快地夸赞。

海燕的额上却出汗了，手心也出汗了，全身都出汗了，她开始脱衣服，把女老师送给她的外套胡乱脱下来甩在床上，猴子一样蹿了出去。

事发突然，许凡和辛廷伟来不及回神，海燕已经消失在宿舍门口。

海燕没能跑出学校，她才跑到操场上就被辛廷伟抓住了。许凡从宿舍楼里跑出来，气喘吁吁，困惑又生气地看着海燕。海燕在辛廷伟手上低着头，听许凡问她，海燕，你到底怎么了？你还有什么困难和老师说，老师一定会帮你的。

老师，你喜欢我吗？海燕突然问道。

许凡一愣。

停顿了很久很久，海燕终于抬起头来，看着许凡问道，老师，你明明不喜欢我，为什么还要对我这么好？

女孩子的眼睛闪闪烁烁，泛着鼠目才有的光芒，猥琐如倔强的野草顽固生长，而其间仅有的一丝痛苦与自卑竟也显得贼溜溜

255

贼溜溜的，令许凡整个人都为之一振。

第三十七章

畲村里，男女老少都厌恶着她提防着她，她就是个人人喊打的贼，有着一双与过街老鼠一样目光闪烁的眼睛。

她第一次发现自己长了一双老鼠的眼睛，是在河边洗手帕的时候。她看着水中的自己呆住了，傻住了，内心震惊不已。是什么时候开始，她的眼睛长成了这样？老鼠们去村里人家偷粮食的时候，就是顶着这样一双眼睛，不怀好意的，闪闪烁烁的，对世界充满歹意，又同时保持警惕与敌意。一双不怀好意的鼠目，是什么时候开始竟然长到了她的脸上？

海燕已经搞不清楚，她是先长了一双鼠目而后才变成一个贼，还是她做惯了贼而后才长了一双鼠目。总之，村里人看到她都指指点点，在她背后指指点点，在她面前指指点点，人们的嘴里吐着两个字：小贼！贼是什么？就是小偷！偷不属于自己的东西，比如别人地里的玉米棒，别人地里的小番薯，别人地里的大白菜……然后那些个别人就会拿着尿勺、扁担从田野四面八方赶过来，追着她喊：雷海燕你这个贼！

为什么要当小偷？当小偷天天跟过街老鼠一样被人追着打，有什么好的？有一次，女老师恨铁不成钢地骂她，情绪激动，还带了哭腔。她没有抬头，只低头看自己露出脚拇指的鞋面，心里得意说，当小偷当然好了，当小偷可以让她吃到各种各样好吃的东西，当小偷就不用饿肚子了！

可是，当小偷不是万能的，当小偷也有偷不来的东西，比如豆包弟弟的妈妈。冬天她冷的时候，流鼻涕了，就只能自己擤了擦衣服上，或者往路边一甩，鼻涕就飞到路边的茶树上。鼻涕在绿色的茶叶上沾了灰尘，像一条肮脏猥琐的虫子。豆包弟弟的妈妈说，豆包，流鼻涕了就用手帕擦，手帕脏了妈妈帮你洗一洗就干净了，鼻涕到处擤，恶心！恶心的她与干净的豆包弟弟之间只差一个可以洗手帕的妈妈。

她没有妈妈了，她只能自己洗手帕，她要自己洗手帕之前得先有一条手帕，于是她偷了豆包弟弟的手帕，她也有手帕了。豆包弟弟的手帕被豆包弟弟的妈妈洗得干干净净，上面还有香皂的气息，香喷喷的。手帕有了，就缺鼻涕。她跑到冬天的田野里吹冷风，鼻涕终于也有了，她用手帕捂在鼻子上，大把大把地擤着鼻涕，手帕上终于爬满了鼻涕虫。她兴奋地捧着手帕跑去河边，她把手帕浸到河水中，鼻涕虫却顽固地粘在手帕上，像豆包弟弟牢牢粘在他妈妈身上一样。她低下头，两只小手信心满满揉搓着手帕，没有妈妈的小偷也一定能像豆包弟弟一样干干净净长大。揉着搓着，她呆住了，水面上映出一个小女孩的面孔。那不是小女孩，那是一个小贼！那一双滴溜溜咕噜噜贼丢丢的鼠目，射出两道对世界不怀好意的目光，猥琐的，透过水面，利箭一样射向她。她一吓，向后摔倒了，手帕和鼻涕虫一起随着河水飘走。

豆包弟弟干干净净的手帕啊！

她从地上爬起来，沿着河边向下游跑，可是豆包弟弟干干净净的手帕在河水中越漂越快，再也追不上了。豆包弟弟的手帕漂走了，豆包弟弟的手帕变脏了，上面还粘着她的鼻涕虫……她被女老师抓住了。

女老师说，手帕还会有的，我可以让蓝花阿姨再做几条送给你。

蓝花阿姨是豆包弟弟的蓝花阿姨，手帕是豆包弟弟的手帕，原来你们都知道，你们都知道妈妈和手帕都不属于我，你们都知道我偷了不属于我的东西，我是个贼！

她好想号啕大哭一场，在女老师怀里，可是她流不出眼泪，鼠目流不出眼泪，鼠目只有猥琐的目光，鼠目只有对世界的觊觎与企图，对善良的不知好歹和不怀好意。世界不会喜欢一只老鼠！

我喜欢你！我喜欢你！

在学校的操场上，在秋天的月光里，女老师捧着她的脸，直视着她的眼睛，一遍遍对她说。

怎么可能？她不信。老师，你看清楚我的眼睛了吗？这双眼睛像不像老鼠的眼睛？老鼠是个贼！她这样说的时候，心底里是绝望的汪洋，眼底却是干旱的河床，没有一滴液体，毛细血管炸开后的殷红脉络一如河床龟裂的纹路。

这不是你的错，海燕，如果你像豆包弟弟一样有疼你爱你的爸爸妈妈，你就不会去做贼。你不是去偷东西，你只是因为肚子饿，你只是去找东西吃，就像蚂蚁的肚子饿了，也会出去觅食一样。豆包弟弟肚子饿了，如果没有蓝花阿姨煮饭给他吃，他也要出门觅食的。

啊，老师，什么是觅食？

就是你去田野里剥别人的玉米棒，刨别人的番薯地，摘别人的大白菜。

啊，老师，那不是偷吗？

不是的，那是觅食，孩子，你只是因为肚子饿，你只是去觅食，你不是贼，不是小偷，更不是老鼠，你只是肚子饿，你只是去觅食。

啊，老师，你口中的觅食，像是一首好听的歌。

是的，是一首好听的歌，就像你平常唱过的畲歌。

干旱河床里那些错综复杂的裂痕变大变宽变长，砰的一下，炸开了。绝望的汪洋涌了出来，变成欢快的水流，腾向天空，化成希望的水柱，直抵白云，充满力量。

啊，老师，我哭了。

哭吧哭吧，孩子，你本来就可以哭，因为你还是个孩子啊！

啊，老师，我在你怀里哭了。

哭吧哭吧，孩子，你本来就可以在我的怀里哭，因为我是你的老师啊！

啊，老师，你真的喜欢我？

喜欢，喜欢，一个老师必须喜欢自己的学生，就像一个妈妈必须喜欢自己的孩子。

所以，老师，你就是我的妈妈吗？

是的，孩子，我就是你的妈妈。

辛廷伟在畲村住了几天，跟着许美丽一起去给村里的茶农指导茶叶种植技术。许美丽试探着问，许凡什么时候会调回城里啊？辛廷伟对于这个问题答案很保守，说，随缘吧。

许美丽就说，这怎么能随缘呢？你家又不是没有条件，辛厂长是连部长的好友，连部长依然分管教育呢。

是的，连部长依然分管教育，而你许书记也已经不在宣传部了。

许美丽一滞，脸上蓦地热辣辣的。

仿佛一桩秘事被人挑开了帷幔的一角，进行秘事的人本能绷紧心弦，好在挑起的帷幔被辛廷伟轻轻放下，陈年秘事何必一再算账？与人方便自己方便。许美丽却不这么认为，别人手握她的秘事，她不也手握别人的秘事吗？陈年秘事如酒，越陈越香，一旦掀开盖子，势必刺激带劲有趣。

廷伟，我建议你还是要把许凡调进城比较好。许美丽的眸子忽闪得越真诚，就越像一个事儿逼。

辛廷伟笑笑将她一军说，你是畲族新村的挂村干部，像你这样的领导不应该生怕村里留不住人才对吗？像你这样，巴巴把人才往外推的，大方得有点不像话。

许美丽不以为意，说，我也不能那么自私啊！别说许凡了，就是我自己也不可能一辈子留在村里，都是要进城去的。如果是过去，可能我也希望许凡留在村里教书，这样村里孩子们就有福了，可是现在不一样，现在换校长了啊。

畲族新村小学的新校长是个三十岁都不到的年轻人，人生经历挺悲情的，离婚了，带着个女儿，是个单亲爸爸。新校长长得挺好看的，辛廷伟自认自己的颜值不比新校长逊色，身高也不比他矮，但新校长身上的那股书卷气，在自己身上没有。他长年累月与茶叶为伍，与茶农为伍，与阳光和风雨为伍，身上多了自然界的原始和粗粝。新校长就如他的名字一样，一叶知秋，充满细腻和忧郁的气质，而他也一如他的名字，就算达不到伟大和伟岸，也渴望把男人的雄风展示得明明白白。

我和叶知秋是两种气质的男人吧？

许凡困惑看着辛廷伟，为什么突然要和别人攀比了？

辛廷伟说，没有和别人攀比，只是和叶知秋攀比。他是你的新校长，他不是别人。

许凡盯着辛廷伟，辛廷伟也盯着许凡，四目相对，一边是探究和期待，一边是退避和防御。两边都用沉默切断了话题的继续。这个话题进行不下去了，就换一个话题。辛廷伟说，趁着现在连部长还分管教育，调动的事还是提上日程吧，不知道哪一天他就不在任上了，要是来个分管教育的领导和咱们辛家不熟，到时候要是想要调动，就没那么容易了。许凡有点为难说，到时候，到时候再说呗。辛廷伟着急了，许凡，你除了是一个老师，你还是一个妻子，你将来还要做母亲！许凡小声抗议，我在畲村，就不是你的妻子了吗？我在畲村，你就不跟我生孩子了吗？

妻子水汪汪的大眼睛，盈满柔弱的波光。丈夫的脾气立即就软了平了又波浪了曲折了涟漪了。生孩子，在哪里都可以生啊，只是一定要抓紧时间。

一场抓紧时间说干就干之后，丈夫搂着妻子，柔情似水。许凡，你想继续留在畲村教书，是为了海燕吗？廷伟，你知道吗？不止一个海燕，还有好多好多的海燕，我不想看着她们一个一个都辍了学，不想她们过早就去经历风雨。她们都是柔弱的女孩子，她们的羽翼都没有丰满，不应该这么早就去接受惊涛骇浪的洗礼。保护女孩子就是保护一个家庭、一个民族、一个国家的未来，当父母和家庭无法承担起保护女孩的责任，学校和社会就责无旁贷。在村里，哪怕家庭贫困，男孩子得到读书的机会也比女孩多得多，受教育的机会对一个女孩子来说，太重要了。教育能改变一个女孩的命运，女孩的命运改变了，她的子女她的家庭她的民族她的国家，命运就都改变了。廷伟，我只是一个乡村老师，我的能量太有限了，我只能守护几个孩子，但是能守护一个是一个。

辛廷伟的内心受到了深深的冲击，他重新审视他的妻子，她柔弱的外表下实际有一颗刚毅坚强的心。而这颗心，他在过去并没有充分地了解与挖掘，在她成为他的妻子之后反而显得神秘。因为神秘，所以迷人。他的妻子那缤纷而神秘的内心藏了什么让他不知道的能量，还有——人。

辛廷伟天不亮就动身回城。他没有惊动睡梦中的妻子，一个人悄悄穿衣下床，地铺上睡着小小的海燕，辛廷伟看看地铺上的小女孩，再看看床上他的大女孩，会心一笑，弯身在妻子额上印下一个吻，便蹑手蹑脚出了宿舍楼。刚走出宿舍楼，就遇到了叶知秋，辛廷伟一愣。叶知秋也一愣，他的肩头还挑着一担水。辛廷伟主动同他打招呼说，我回城了，许凡请叶校长多关照了。叶知秋突然想到从前李诚儒对他说，放心吧，俏俏在海岛上，有我帮你照顾呢。他的走神落在辛廷伟眼中就成了僵硬和苦涩的表情，从而引申出别的解读——初恋总是苦涩的，初恋的回忆总能叫人表情僵硬内心又想入非非。这样一想，辛廷伟的表情也变得僵硬和苦涩了。

我回城了，许凡她自己能照顾自己。辛廷伟收回自己的拜托，忐忐忑忑地走了，而叶知秋挑着那担水忐忐忑忑去了厨房。他是校长，很多体力活他都亲力亲为，比如厨房的大水缸，他每天都要挑两担水把它装满，这样许凡就能用来洗菜做饭了。叶知秋被自己的想法吓了一跳，不知何时，水缸里的水已经装满，还往外溢水。水顺着缸沿流向地面，打湿了他的鞋子。冰凉从脚底一直升腾到心上，冷却了他内心突然而来的炽烈。

他茫然地抓着水桶，整个人都失魂落魄，心里一个念头是：潘俏俏，你果然是个恶毒的女人。婚里婚外，他都活在她的设计里。他像一只蜘蛛，逃不出她亲手结下的蛛网。

第三十八章

学校食堂的掌勺问题是由全校老师轮流的，每天谁做饭谁洗碗，叶知秋都安排得清清楚楚。小哈告诉叶知秋，爸爸，我觉得许凡阿姨做的菜最好吃，如果能天天吃到许凡阿姨做的菜就好了。叶知秋的表情苦涩而僵硬。他也曾做过这样的美梦，可惜这辈子他都吃不到许凡烧的饭菜了。每周，学校厨房轮到许凡做饭的时候，他就自己躲房间里吃一包泡面，他不能吃许凡烧的饭菜，他怕吃了上瘾。他想到那天清晨，在灰蒙蒙的天光里，在学校操场偶遇的那个男人，心里忍不住充满妒忌。那男人是如何做到的？搞定了那么难缠的汪明月女士，抱得美人归，而他，成了爱情的失败者。

叶知秋，你忘了吗？在爱情的世界里，你还没有资格自称失败者，因为你不战而逃，许凡是你亲手放弃的，你为了物质和利益投进了潘俏俏的怀抱。潘俏俏为你编织的温柔乡，是个坑，是个陷阱，里面布满机关和凶器，所以你亲手选择了一条不归路，像一只海鲨迷失在浅滩的海水里，浪潮退去，迎接你的只有毁灭的结局。回头路？不存在的。数年前，你已亲手将来路掩埋，所以现在你已经没有退路。

许凡，怎么可能成为你的退路？在这个世界上，谁又会为谁等在原处？谁又会完全丧失自我，去做另一个人的退路？让一个走到绝境的人面对已经封死的路口，奢望退路，这是对他最大的折磨。而潘俏俏，虚伪地称之为弥补。不是弥补，是惩罚。潘俏俏，你果然是个恶毒又记仇的女人，你或许从没有忘记在我们的婚姻里，你在我这里遭到的屈辱，所以小嘻是你对我的惩罚和报复，把我放到许凡身边，亦是你对我的惩罚和报复。不爱，则是我对你种下的屈辱的种子。

当小哈在厨房跟着许凡和老师们厮混的时候，叶知秋一个人沿着畲村的田野来来回回，痛定思痛。

叶校长，你干吗呢？叶知秋痛定思痛的时候，遇到了同样在痛定思痛的许美丽。许书记，你是遇到了什么心事吗？叶知秋反客为主，主动关心起了许美丽。许美丽的确有心事，她又被连部长喊进城里骂了一通，狗血淋头，酣畅酸爽。还不是因为村里的事情？许美丽快快不乐，如果早知道下基层这么辛苦这么累，工作这么难搞，她才不要下来当什么驻村干部呢？留在宣传部里，背靠部长好乘凉，不香吗？

来畲村小学当校长也有一段时间了，叶知秋对畲村里的情况也有所了解，毕竟村民们作为畲村小学孩子们的家长，学校也有诸多要与他们打交道的地方。赌博，是村里一大恶习，村民们赌博成风，对孩子的学业是完全撒手不管状态，村里的孩子三天两头不来上课的不在少数，都需要他这个校长带着其他老师逐一上门劝返。劝回课堂，落下的功课又要动员老师们给学生补缺补漏，这样他这个校长就有些吃力不讨好，家长那里讨不到好，老师这边也是怨言多多，他成了猪八戒照镜子，里外不是人。老师们说，辍学是常态，父母都不管孩子，当老师的那么上心干吗？将来学生又不给老师养老！老师们还说，以前的校长可不这样，老师上完课就可以走人，不像现在常常要加班加点给学生补课，补课又没有补课费。

在一堆质疑和反对声里，只有一个人从不质疑，完全服从，默默支持，那就是许凡。

啊，怎么又想到许凡了呢？

叶知秋赶紧转移自己的注意力，他的眼睛拼命聚焦，看着许美丽。他的眼睛使劲聚焦的时候，雪亮雪亮的，看着许美丽时也变得脉脉，看得许美丽的心怦怦直跳，委屈如排山倒海，一股脑向叶知秋倾吐：连部长对我说，筑牢堡垒，核心就是选对村支书，村支书要有能力更要有担当，在外面做生意的就别当村干部，要有魄力还要有耐力，复杂的利益诉求面前，既能顾全大局，还能受得了委屈。杜山川一心只顾自己手头的生意，根本不能一心一意带领村民脱贫致富，他不适合再继续担任畲族新村的村支书了。

许美丽也不知道自己怎么就和叶知秋攀谈起来了，甚至比和村两委班子成员探讨问题还要自然。

叶知秋点点头，问，那你心中有没有合适的村支书人选？

有的，李先荣。

畲族新村畲民占到了三分之二，李先荣作为畲族人，有群众基础，自从霞山溪实施整村搬迁计划后，李先荣依靠"造福工程"政策，在村里第一个养起了鱼。他年轻有干劲，头脑灵活，思想先进，很快就通过养鱼成了村里的经济大户。此前一直担任杜山川的文书，不过虽然只是个文书，却一点都不畏怯杜山川，杜山川有任何不到的地方，他都直言不讳，大胆指出，并且积极给意见和解决方案。奈何，李先荣这些举动在杜山川眼里成了逾矩。许美丽完全相信，如果杜山川是古代的芝麻官，一定会指责李先荣所作所为是大逆不道。

叶知秋虽然认识李先荣时间不长，可是对李先荣的印象却颇好，好几次他带领老师去辍学生家里做劝返工作的时候，都是李先荣帮着出面，才成功劝返的。

群众基础和工作能力，许美丽都不担心，许美丽担心的一点是，李先荣和杜山川一样也有自己的生意，他当了村支书之后会不会重蹈杜山川覆辙，只顾自己的鱼塘，对村里的工作敷衍了事？

叶知秋给许美丽支招说，你可以亲自找他谈一谈啊，不当面谈一谈，怎么了解他的心理动向呢？许美丽觉得有道理，依言去找李先荣面谈，李先荣果然爽快保证，只要村民选他当村支书，他就把鱼塘扔给家里，一心一意带领村民发家致富。这让许美丽心头卸下了一块大石头。

村里忙着换届选举的时候,许凡忙着家访。海燕的父亲因为欠赌债被债主打坏了脑子,海燕反倒可以天天来上课,因为被打坏了脑子的海燕爹不赌钱了,不发脾气了,看着海燕只会傻呵呵地笑,像个天真无邪的孩童,再也不会逼迫海燕辍学了。学校里的老师同情海燕这么小爹就傻了,海燕一点都不以为然,她悄悄对许凡说,从前他脑子没被打坏的时候,也不管我和奶奶的,他不去赚钱,赚点小钱还不够还赌债,脾气还不好,回到家来只会打人打东西,现在,挺好的,他不打我也不骂我了,也不拦着不让我上学了。

小小的女孩子瘦瘦的,黑黑的,笑起来的时候,露出两排贝齿,眼睛也没了往日里的猥琐目光,只是她乐观的笑容让许凡心里酸酸的。的确,不称职的父母对于孩子来说是灾难,还不如没有。不过,要是称职的父母突然失去,那对于孩子来说同样是灾难。

许凡站在兰小金、兰小玉姐妹俩的家门外,喊了好久的"小金""小玉"也不见有人来开门。海燕忍不住上前推门,发现兰家家门是虚掩的。家里空无一人,阴森森,冷飕飕,没有一丝人气,让人不由毛骨悚然。许凡拉着海燕从兰家退了出来,海燕眼珠子一转,说,老师,我知道小金小玉在哪里。

海燕说着拉许凡去了后山,后山番薯地里,小金小玉姐妹俩正跟着母亲还有爷爷奶奶在刨番薯丝。已经是冬天了,天气很冷,姐妹俩的衣裳却很单薄,没有外套,毛衣的手肘部位已经破损,毛线掉出来,随着姐妹俩的跑动在风中一飘一飘的。姐姐小金已经上高年级了,妹妹小玉还在上中年级,但是小玉的个头没有比小金矮多少,乍一看很难分清哪个是姐姐哪个是妹妹。姐妹俩和他们的母亲长得并不相像,五官都随了她们的父亲,这让她们的母亲看到她们时本能就要忧伤一下。

小金,小玉,许老师来找你们了!海燕扯着嗓子喊。年轻的喉咙发出轻快的声音，再也没有血淋淋的刺耳感了。

小金和小玉看到许凡都一喜，两人各捧着一个大番薯向许凡跑了过来，嘴里喊着"老师！老师！"愉快又心酸的。

小金，小玉，你们怎么这么久都不去学校上课了？许凡看着二人问。小金小玉脸上的笑容没有了，低声嘟哝说，老师，我爸爸死了。许凡知道这件事，小金小玉的父亲前段日子过世了，那是一个很温情的父亲，虽然是个农村汉子，可是对一双女儿却一腔柔肠，从不打骂，大声言语都没有。因而，他的过世就更显得悲剧。他是大病离世的，为了治病花费了家里所有积蓄，且让家里举了债，钱花了，人却没留住，留下一堆债务和两个幼小的女儿、一双年迈的父母给自己的妻子。

人死不能复生，但孩子的书总要读的。坐在番薯地的田埂上，许凡对兰家的两位老人说道。

两个老人看看远处还在刨番薯丝的儿媳妇，再看看紧紧依偎在女老师身边的两个孙女，除了沉默便是叹气。女老师说的道理他们懂，但也不懂，他们也没读过书，对于读书的好处他们实在没有什么深刻的体会，何况女孩子读书有什么用处呢？反正将来也是要嫁人的。

小金马上就小学毕业了，已经是个大姑娘了，我们打算让她去东山打工。爷爷说道。小玉小一些，在家里帮两年，等小金在东山站稳脚跟了，再带小玉一起去。我们都老了，她们爸爸又走了，她们妈也是个没本事的女人，家里这些债务只能靠姐俩打工来还了。

东山，对于清流镇的女孩子们来说，是个耳熟能详的名字。女孩子们读不起书的，大都去了东山，她们在东山赚到第一桶金，打开了新世界的大门，掌握了财富密码。东山对于清流人来说，就是个金窝。田曼玉就是在东山发家致富的。汪明月不止一次羡慕那些把女儿送去东山尔后发家致富的人家,然后对许凡大发雷霆。

去了东山,小金小玉的人生就毁了。许凡眼里泪水忍不住打转,语气里是满满的乞求。爷爷很坚决,又很无奈,苦笑说,穷才会把一个人的人生毁掉。穷还会把一个人的命毁掉。如果他们家有钱,大儿子生病就不会耽误治疗,也就不会病死了。他已经失去大儿子了,不能再失去二儿子了,白发人送黑发人的痛承受一次就够了,无论如何不能再发生第二次。他只有一个儿子了。东山的老板也是咱们清流人,都是老乡,会照顾好小金的。爷爷看着挽着女老师手臂怯生生看着他的大孙女,眼神很慈祥也很愧疚,鼻头酸酸的。东山的老板是个很大方的女人,小金还没去打工呢,她就已经先垫付了半年的工资,有了这笔钱,小金的叔叔就有钱治病了。

小金哪一天走?许凡问。

爷爷说,过年后吧,开春了就去东山。

许凡从田埂上站了起来,女孩子们,以及爷爷奶奶都跟着从地上站了起来。

那现在先跟我回学校上课。许凡对爷爷奶奶说道,不容商量的。

叶知秋敲了钟,操场上孩子们纷纷向教室跑去,小哈仰起头对叶知秋说道,爸爸,我也去上课了。学校里有个学前班,小哈就在学前班里上课。叶知秋点点头,小哈就撒开小脚向教室跑去。昨日刚下过一场冬雨,操场地面还是湿漉漉的,被孩子们踩出了许许多多的坑坑洼洼,小哈跑过坑坑洼洼时,鞋子和裤脚瞬间就沾满了泥水。爸爸,怎么办啊?小小的女孩子可怜巴巴扭头看站在廊下,手里还握着敲钟绳的父亲。叶知秋笑着朝她挥挥手,血液里流着农村人基因的孩子哪来那么多娇气的毛病呢？父亲的笑容鼓舞了小女孩子，她又撒开小脚丫子向教室跑去，两只小手在身后张开像小燕子扑扇的翅膀。

叶知秋一直目送女儿进了教室，那破旧的教室让他的视线不由暗了暗。畲村小学的条件比起镇上的幼儿园差了好多，跟城里更是没法比。潘俏俏和李诚儒组成了新家庭，带着小嘻一家三口搬去了城里，小哈只能跟着他来到乡下。潘俏俏和李诚儒都向他表示过，如果小哈想跟他们一起住到城里去也可以，可是自尊心不允许他同意。在潘俏俏的新家里，李诚儒才是父亲，小哈在那个家里算什么呢？

可是，这畲村的学校的确太旧太破了，下雨天屋顶的瓦片就开始漏水，木头窗子常常被风吹得摇摇晃晃。叶知秋在内心里也纠结着，自己为小哈作出的选择是不是太自私了？

叶知秋正黯然着，就看到校门口走进来一个女老师和三个女学生，女学生们争相拉着女老师的手，她们一起蹚过操场的泥泞，小心翼翼向着教室走来。叶知秋迎向四人，问道，许凡，你把小金小玉接回来了？许凡脸上没有笑意，表情挺沉重的，看了他一会儿，突然说道，叶校长，周末，你能陪我去一个地方吗？

第三十九章

走在畲族新村通往霞山溪村的山路上，叶知秋有一种不真实的感觉。这条山道在他记忆深处已经被掩藏了不知多久，而此刻在他脚下早已杂草丛生荆棘遍布，比起当年更为崎岖坎坷难以行进。

山路狭窄只能容纳一个人行进，叶知秋拿着镰刀在前头披荆斩棘，好不容易劈开一方净土，便停住脚步，回头把手伸给许凡，因为行路气喘吁吁大汗淋漓的许凡看着那只手避开了。叶知秋讪讪收回了自己的手。人生的路再难走，他也已经不是那个可以陪她同行的人，而他有幸还能再被她邀请来走这一趟山路，已经是意外之喜了。

我一个人不敢走这山路，许凡说道，廷伟他最近忙茶厂的事，没能到畲村找我，所以只能麻烦你陪我走这一趟了。许凡的话带着抱歉又带着生疏的客气。

叶知秋了解地点点头。他们是要穿过霞山溪村再走去赤霞村。许凡的外公外婆家就在赤霞村，从畲村直接出发，比回到镇上再去赤霞村要节省时间，不过因为要经过霞山溪村，路也变得难走很多。再难走也要走，这是一个老师的天职。许凡不能眼睁睁看着自己的学生跳进火坑。

赤霞村的那对老人正在烧火做饭。灶膛里红红的火苗映照出外公满是褶皱的面孔，他的面孔立即暖融融起来，可是他的心依然冰凉凉的。儿子汪明亮赌钱、卖工作的事在村里已经传得沸沸扬扬，让两个老人很是没脸，见谁都抬不起头来，从地里一回来就窝在家里不出门。女儿汪明月从来也没有给二老带来过什么温暖，对于二老来说，生活里唯一的慰藉便是外孙女和外孙女婿了。想到这里，外公抬头问正在灶台炒菜的外婆，许凡和廷伟有一段日子没来了吧？

外婆也很想念许凡呢！正要说什么，门口就出现了许凡的身影。

许凡！外婆最先看到了许凡，随着外婆的呼唤外公也扭头看门口，门口的天光里站着一对年轻人。外公和外婆欣喜地迎向他们，许凡，廷伟……外公和外婆愣住了，那个年轻人并不是他们的外孙女婿。

看着外公外婆错愕的表情，许凡放开了叶知秋的手，山路难走，她中途不小心摔倒了，扭了脚，是叶知秋一直背着她走到赤霞村的。眼看着外婆家就在眼前了，许凡不能再让叶知秋背自己，就下来自己走，可是脚上疼痛难忍，只能走得踉踉跄跄，叶知秋不放心就一路扶着她。他是我学校的校长，陪我到赤霞村来找曼玉的。许凡向两位老人解释。家里来了客人，又是外孙女学校的校长，两位老人哪敢怠慢？急忙搜罗出家里的鸡蛋，张罗出两大碗香喷喷的面条来。吃面的时候，两个老人又和许凡讲了些田曼玉的近况，这次她是回来招工的，村里很多女孩子的父母都已经同意让自家的女孩子跟着田曼玉去东山打工。

见到许凡，田曼玉挺意外的，可是很快意外就变成热情的笑容，不过那热情落在许凡眼中多多少少都有了虚伪的成分。真实的错愕到虚伪的笑，转换也就一秒钟的事情，这一秒钟，田曼玉一定是苦修了多年才能做到这般自如成精的。不过，许凡现在没心情研究田曼玉的修精术，她直奔主题说，开春，小金不能跟你去东山。

田曼玉了解了许凡的来意，她和她一起走到她们从小到大常常一起玩耍的山头，先是连着抽了几根烟，方才说道，你就是一个老师而已，又不是她的爹妈，你管得未免也太宽了些。

许凡说，我是老师，我的学生要辍学了，我当然要管，这是分内的事。

田曼玉将手里还剩一半的烟往地上一扔，扭头看许凡，唇角带着一抹讥笑说，你是老师，学生家里没钱买米，你管不？病了没钱买药，你管不？欠了债没钱还，你管不？

许凡当然知道每个贫困家庭面临的困境是什么，这些困境很严峻，但不该由孩子去面对，更不该靠毁灭女孩子们的人生去摆脱困境，女孩子们的人生毁了，只会让家庭和社会陷入更大的困境。拯救和保护女孩，家庭、学校和社会都有不可推卸的责任。她虽然力量微小，但她是老师，就从她做起好了。

许凡上前踩灭了田曼玉扔在地上的半支烟，并着已经燃着的杂草上的火星一起踩灭，她说，曼玉，外公外婆都和我说了，你这次回来在村里大面积招工，准备带村里的女孩们去东山打工，或许你的出发点是好的，你想带女孩们去赚钱，来改善家里的经济条件，可是那些女孩子她们还在上学，连十六岁都不到，像兰小金，她连小学都没有毕业，曼玉你知道你在干什么吗？你在干违法犯罪的事！

田曼玉一凛，她又从口袋里掏出烟盒，想要掏一支烟来抽，可是不知怎的，烟盒竟然掉到地上去了。许凡先她一步从地上捡起烟盒来递给她，劝道，抽烟对身体不好，你很多年前就开始抽烟了，能戒还是戒了吧。田曼玉接过烟盒，又掏了几次烟，没能成功，干脆将烟盒往对面树丛里一扔，一边望天一边嘟哝道，我也是十六岁不到就去东山打工的，小时候我也很爱读书，可是我小学都没机会读完……

不知怎的，田曼玉的眼里有了泪意。她环顾山头四周，依稀记得就在这里，幼年的她和许凡一起憧憬着未来，那时候她的梦想也是长大以后当一名老师，然而她连一名学生都没能当完。她仰着头，将眼泪倒逼回身体里，然后看着许凡，说，我也是十六岁不到就去东山的，我也是书没念完就去东山的，谁犯罪了？谁去坐牢了？她的情绪激动起来，声音颤抖，手脚发麻。

许凡走上前，将她抱在怀里，感受着她浑身的颤抖直至渐渐安静，方才说道，曼玉，你是受害者，你忍心女孩子们都重走你的老路吗？你敢说你在东山的日子很幸福？曼玉不敢说，每个人自己的日子过得如何，就像饮水冷暖自知。再不幸福再痛苦又如何，总比没钱强。她至少赚到了很多钱，改善了家里的生活条件，想到这些曼玉又有了底气，她打起精神在许凡耳边说，可是我赚到了钱，很多很多钱，是你一个穷教书的多少年都赚不到的钱。

许凡笑得很安静，她更紧地抱住了田曼玉，在她耳边说，钱是个好东西，但不能让这么好的东西沦为罪恶的工具，如果你执意要带这些女孩子们去东山，曼玉，我会报警的。

叶知秋听到响动时，许凡已经被田曼玉推倒在地上。如果不是叶知秋及时赶过来阻止，不知道田曼玉还会怎样发疯。叶知秋从地上扶起许凡时，她的面颊上有鲜红的五指印，那是刚才田曼玉打的。

深夜的时候，辛廷伟去县中心医院接到了许凡，她的脚上被护士处理过伤口，脸颊也涂抹了药膏，但依然肿胀得厉害。许凡坐在推床上被护士检查时，叶知秋就站在她身旁，一脸焦灼的神色。辛廷伟出现在护士站门口看到那一幕，有一瞬的恍惚，他看着护士站里的那对男女，竟有看一对情侣或夫妻的错觉。

辛廷伟来了，叶知秋感到不自在，辛廷伟礼貌地和他打招呼，礼貌地向他道谢，与许凡一起在县医院门口双双向他挥手道别。辛廷伟问叶知秋晚上去哪里，叶知秋不知道，却是只能朝着辛廷伟和许凡相反的方向踽踽独行。走了很久，叶知秋终于停住脚步回过身去，他看到不知何时辛廷伟竟然已经背起了许凡，路灯的灯光将二人的影子投在地上，拉出长长的一道。那一道影子是两

273

道影子的交叠与重合，比两道分离的影子凝合，比单独一道影子丰满，这样的影子叫夫妻。

叶知秋心里酸酸的，他收回视线看自己前方的路，他的面前只有一道影子。他从此是孤独的一个人。哦，不是一个人，他还有他的小哈。他绵软又颓丧的影子又变得笔直刚正起来。

许凡趴在辛廷伟背上，双手在辛廷伟的脖子前环绕，她的面颊靠在他的脖子与面颊的一侧，感受着他肌肤的冰凉。你怎么知道我在医院啊？许凡在他肩头问道。辛廷伟说，一个在医院工作的朋友看到了告诉我的。说完，他反问许凡，为什么受伤了是叶知秋陪着来医院，而不是让他陪着来？许凡很坦诚说，因为让叶知秋陪着去了一趟外婆家。辛廷伟一怔。许凡旋即把事情来龙去脉都和辛廷伟报备了一遍，辛廷伟的内心就像打翻了五味瓶，有一味叫"醋"的东西逐渐取代了其他几个味道，酸酸的，涩涩的，在腹腔里升腾。

对不起，这段时间我太忙了，疏忽了对你的关心。辛廷伟抱歉地说。

许凡在他背上伸出手摸摸他的面颊，笑着说了一句：傻瓜。

最亲密的人之间才会有的这样的昵称，瞬间就让辛廷伟内心的酸涩化成了甜蜜与柔软。背着许凡走在县城深夜的街头，他故意把脚步放得很慢很慢，直到许凡在他背上打了个喷嚏，他才惊觉这可是冬天的深夜，不可以拿来做恩爱的秀场。他放下许凡，将她拥入怀中，用自己的厚外套牢牢裹住了她，让她小鸟依人般依偎在自己怀里，然后问，这样就不冷了吧？许凡在他怀里点点头，她的小脑袋磕在他的胸口，一下一下，小鸟啄食一般，磕得他的心在胸腔里咚咚直跳。

回到家里已是深夜，他去厨房煮了鸡蛋，剥了蛋壳，用一条手帕包了，想要用来给许凡敷脸。他在厨房忙碌的时候惊动了蒋萍萍。半夜梦醒去厨房看到正在煮鸡蛋的儿子，蒋萍萍噘了噘嘴，不太开心地被儿子劝回房间去了。劝走了母亲，辛廷伟拿着手帕包好的鸡蛋走去自己的房间。刚走进房间便看到许凡拿着一张存折在发愣，他顿时有些慌，手里的鸡蛋也变得愈发烫手，从左手换到右手又从右手换到了左手，只听许凡问他，我的存折上工资怎么变成零了？他不敢直视妻子的目光，只是胡乱地问，你要用钱？是许平要教学费还是爸妈那边要用钱？

许凡最反感这种话题，自从嫁给了辛廷伟，婆婆特别忌讳她会拿自己工资贴补娘家这桩事。在辛家，她特别注意这方面，不是要在婆婆面前委曲求全，而是为了辛廷伟，她必须有所妥协。

和我娘家没关系，是我自己要用钱，我自己的工资我有权支配吧？许凡这样反问的时候，语气很生硬，表情也是冷冰冰的。她的对于工资使用权的这套理论还是早年辛廷伟教她的。

生活费我会给你准备的，回头还是把你的工作调回城里来吧，这样你吃住在家里，开销也节省。

听了辛廷伟的话，许凡甩下了存折，一个人窝到了床上，辛廷伟要用鸡蛋帮她敷脸蛋也被她推开了。她心里郁闷得很，她是想从存折里取一部分工资先借给小金小玉的叔叔治病，不让小金跟田曼玉去东山赚钱，那小金叔叔的病总要有钱治疗吧？可是现在存折里的工资不翼而飞了。她知道辛廷伟一定是把这笔钱拿去急用了，她只是气他为什么支取她的工资却不事先和她通口气。这种先斩后奏的行为太霸道，太不尊重人了。

许凡一个人面朝里躺着，辛廷伟只好也上床去，关了房间里的灯，钻进被窝，从后面抱住了许凡，在她耳边道歉说，我在城里，你在畲村，我联系不上你，我只好自作主张，想着等你回家了再告诉你。

廷伟的为人如何许凡难道还不知道吗？她多年的恋人如今的丈夫，他是怎样的人她最清楚。许凡也不想无理取闹了，转过身，问他，那你把钱拿去干吗了？

黑暗中没有传来辛廷伟的回应，只有长久的沉默。许凡再次背过身去，这一回，辛廷伟知道许凡是真的生气了。

冷战就这么持续着。许凡回了畲村，辛廷伟留在城内。令许凡苦恼的是，兰小金和兰小玉家以后的日子该怎么办？债务怎么办？姐妹俩的叔叔生病了该怎么办？还是叶知秋带了个好消息给她，告诉她别替姐俩的叔叔担心了，他的病已经治得差不多了。

原来，小金小玉的叔叔只是因为饮食不节生了胃病，才导致常常腹痛，手脚乏力面黄肌瘦的，有次下地干活时因为老牛消极怠工不愿犁地，小伙子便用鞭子抽了老牛几下，谁知老牛也是个倔强的，就不犁地，还拿铜铃大的眼睛直勾勾瞅着他，他一吓，自此便噩梦缠身，梦里总梦到自己被水牛攻击，家里便帮他去求神问卦，跳大神的说他是冲撞了牛魔王大仙，需得做法事才能保命。因为小金小玉的父亲过世了，家里老人承受不了再一次的丧子之痛，便病急乱投医，又听跳大神的忽悠去借钱给他做了三天三夜的法事。钱花了，法事也做了，可是病却不见好，腹痛也越来越严重。还是叶知秋去找了许美丽帮忙，许美丽带着小金叔叔去县里中心医院做了胃镜，检查报告一出，病根也就找到了，小金叔叔得的是胃溃疡。

结局真是令人哭笑不得，但过程也蛮令人心酸，都是愚昧惹的祸，缺乏基本的文化知识才导致这种花钱不讨好的事情发生。

谢谢你啊，叶校长。许凡真诚又感激。叶知秋笑笑说，谢什么，小金和小玉也是我的学生啊。

他们都是老师，所作所为不过都是尽一个老师的天职而已。

他们正在畲村小学的厨房里做午饭，许凡的芋头汤煮好了，起锅装碗，但太烫了，差点打翻了碗。叶知秋急忙帮她将汤端到了饭桌上。小哈在一旁欢天喜地拍着小手欢呼说，太好了，又可以喝到许凡阿姨炖的芋头汤了，爸爸你也尝一尝吧，许凡阿姨炖的芋头汤可好喝了。可可爱爱的童声将"芋头"念成了"鱼头"，叶知秋有些窘迫，岔开话题说许凡阿姨炖的是芋头汤不是鱼头汤！谁知，小哈小姑娘立即又馋起了河里的鱼头汤，说，爸爸爸爸那你可不可以帮我去钓鱼，钓了鱼让许凡阿姨炖鱼头汤，我就可以喝到鱼头汤了。

叶知秋窘迫地看看女儿，又窘迫地看看许凡。许凡倒是大方得很，摸摸小哈的小脑袋说，可以啊，只要你爸爸钓到了鱼，我就给小哈炖鱼头汤。

于是，叶知秋被迫营业，制作了钓鱼竿去河里钓鱼。许凡领着小哈，还有海燕等几个学生去河边给他助威打气。叶知秋钓上一条鱼，许凡就和孩子们一起鼓掌欢呼，笑声一串串，银铃一般在河水上空飘荡。许凡说，大家唱个畲歌帮叶老师加油吧！海燕就起了个头，畲村的孩子们就跟着唱了起来。畲歌畲语，童声童趣，其乐无穷。歌声中，叶知秋回头看许凡，她的身边是小哈和学生们，她的身后是畲村的青山绿水，那画面极美，像是浑然天成的音韵，他一时看得呆了，手里的鱼又落回河水中，孩子们惊呼起来，叶知秋手忙脚乱投入追鱼行动。重新落回水中的鱼在河水里摇头摆尾使劲前行，叶知秋手里举着钓鱼竿，沿着河边，追着那游动的鱼儿，步履生风。他的身后跟着欢呼的小哈和学生们，于是前行的队伍像一条低徊的长龙风筝。

许凡坐在河边看他们的背影，一时露出傻傻的笑。海燕坐在许凡身边，拉拉许凡的衣襟说，老师，我好像看见辛叔叔了。许凡回头，身后除了畲村的山水并没有辛廷伟的身影。海燕确定地说，我真的看见辛叔叔了，就在那里。顺着海燕手指的方向，许凡看见了一座小小的柴草垛。她站起身大步走向那柴草垛，一直绕到柴草垛后边去，也没有看到辛廷伟的身影。

一定是海燕看花了眼，可是海燕坚定地说，她真的看到辛叔叔了。许凡心里也坚定地说，海燕是你看花了眼。她和辛廷伟已经冷战很久了。她在畲村教书，还可以淡化一下冷战的气氛，可是马上就要放寒假了。放了寒假总要回城里去，回家里去，冷战里的夫妻又该怎么办呢？

许凡很忐忑，不管要不要承认，那个城里的房子已经成了她的家，因为她嫁给了那个房子里的男人辛廷伟，所以她学会了人在屋檐下不得不低头。许凡不知道大城市里的女孩是什么处境，她只知道农村的女孩子生来就是一种可怜的生物，在娘家她们是外人，因为她们是会泼出去的水，在婆家她们同样是外人，因为她们没有冠夫姓。娘家的房子和你没有关系，那是家里儿子们的财产，夫家的房子同样和你没有关系，因为那是他们父母办给他们的婚前财产。女孩子活在这个世界上，像是浮游的生物，是辛廷伟让她有了停泊的港湾。

许凡是爱辛廷伟的，爱情里还带有很多很多感激的情愫，在她从小到大被畸形的家庭教育打压成一个失去自我的人的时候，是辛廷伟唤醒了她的意识，帮助她寻回了自我。可是，那个曾经救赎他的人又用亲身示范告诉她，一切都是骗局和假象，比如她自己的工资不是她的，成了另外一个人可以自由支配的资源，而她竟然对于自己工资如何被使用还没有知情权。

没有找到辛廷伟，许凡心里充满了失落。她与辛廷伟已经失联很久了，她忙着学校里的教学工作，忙着去劝返不来上课的学生，她成了一个马不停蹄还有些焦头烂额的乡村老师，而她的丈夫又在忙些什么呢？许凡不知道。许凡突然发现辛廷伟已经很久不跟她说茶厂的事了，关于茶叶的销路，关于茶厂的经营，过去辛廷伟总是头头是道滔滔不绝，现在他们夫妻之间别说共同语言了，还有些彼此失联的意味。

这哪里还像是夫妻呢？从畲村到县城，说远不远，说近不近，这段距离足可以让两颗原本亲近的心彼此走远。

放寒假那天，许凡目送孩子们走出学校，再回头看破旧的畲村小学，那青的砖灰的瓦，陈旧的木柱子被雨水与时光浸泡长出了小伞一般的树菇，一切显得灰扑扑却又充满盎然生机。许凡也去城里听过课，看到过城里漂亮的教学楼、窗明几净的教室，辛廷伟曾问她，羡慕城里教书的老师吗？等你进了城就可以在这样漂亮的教室上课了。而畲村的孩子呢？什么时候才可以离开这破旧的教室，坐在和城里孩子一样漂亮的教室里上课？许凡心头沉甸甸的，双脚也沉甸甸的。

李先荣提了一大桶活鱼走进学校，远远就同她打招呼。他说，许老师，你还没回城就太好了，我特意从我家鱼塘里捞了这一桶鱼，让你带回城里，辛技术员很久没来畲村了，我想烤条鱼，再和他一起坐下来小酌几杯都没机会。她的辛技术员，她也很久没见了。许凡眼眶胀胀的酸酸的。许凡说，鱼太多了，留几条给叶校长他们吧。李先荣乐呵呵的，说叶校长就在畲村，还怕吃不到我家鱼塘里的鱼吗？

叶知秋寒假里不回家吗？许凡很诧异，李先荣乐陶陶地告诉许凡，在多方联络下，香港有个沈先生打算捐助十六万元给畲村小学建一座崭新的教学楼，以后孩子们再也不用在破旧不堪的旧校舍里上课了，所以身为一校之长，叶知秋要筹建新教学楼，没空回家过年了。这真是个振奋人心的好消息，许凡太高兴了，提着李先荣送的鱼，恨不能立马就飞回城里把这个好消息同辛廷伟分享。

第四十章

辛厂长和蒋萍萍一推开家门就闻到了新鲜热腾的鱼香味，饭桌上已摆好了一桌全鱼宴。许凡围着围裙从厨房奔出来，热情洋溢地唤他们，爸，妈，你们回来了，等廷伟也回来，就可以开饭了。

蒋萍萍和辛厂长互视一眼，看向许凡，冷淡又不解。蒋萍萍说，廷伟去北京了，你不知道吗？许凡一怔，廷伟为什么要去北京啊？又是茶厂派他出差吗？马上就过年了，怎么还派他出差呢？许凡说着，把目光投向辛厂长。身为茶厂的领导，这个问题必须由辛厂长回答。提到茶厂，辛厂长脸色闷闷的，茶厂已经宣布破产了，廷伟没有和你说吗？

辛廷伟本来要找许凡说的。

作为辛厂长的儿子，在茶厂里一直被大家默认为辛厂长的接班人，对茶厂的发展一直都呕心沥血的。过去二十年，茶叶一直是计划经济的产品，国家二类物资，营销全部由上级制定，工厂主要进行茶叶加工生产、技术研发、机械设备维修、茶叶质量和产量的提升就可以，这些技术层面的问题对初进入茶厂的辛廷伟来说是阳光碰到了雨露，一拍即合。他的父亲辛厂长掌舵下的茶厂，恰逢省茶叶公司为解决茉莉花与茶坯不平衡，要求桐山县全面实行"红改绿"，即全面停止生产红茶，改为生产绿茶阶段，茶厂顺应形势发展，按计划生产烘青绿茶。辛廷伟接手后，茶厂生产的茶类除了窨制加工成茉莉花茶的烘青绿茶，还有用秋季收购的粗老茶叶生产出的新工艺白茶，专门出口港澳地区。

新工艺白茶刚问世时，每年的订单为一千担，20世纪70年代以后增加到二至四千担，到了辛廷伟手上，最高年份生产的新工艺白茶一度达到四千八百担。作为全国五万担产茶基地县之一，桐山县一度掀起密植茶园的高潮，茶园面积不断增加，茶青产量迅速增加。为了适应新形势，茶厂通过征地进一步扩容，同步添置了许多生产设备，还培养了一批以辛廷伟为代表的白茶新技术人才，新工艺白茶广受好评。改革开放后，茶叶生产又进入一个新时期，茶叶市场放开，打破了计划经济时代茶叶属于国家二类物资的市场垄断，茶叶可以自主性经营，茶厂生产的茶叶除了供应省外贸公司出口外，还可以自主运往华北和东北地区实施内销。

眼看着茶厂地盘扩大，大型晾青场也被改造成为加热型白茶萎凋车间，人员不断增多，还有职业技术学校的茶叶加工和茶叶审评两个专业的毕业生分配过来，辛廷伟带领大家一边开展茶叶生产，一边开展文娱活动，正值茶厂发展进入了新鲜血液的高峰时期，却不料一下跌入断崖。时也，势也。茶厂破产，进入资产重组阶段，工厂里的工人则要另行安置，退休职工领取退休金，其他职工则要自谋职业，最惨的是那些临近退休的职工，没有退休金可以领，又不能像年轻人那样自谋生路，甚至茶厂对这些职工的安置经费也呈现短缺现象，而辛廷伟动用许凡的存折正是为了发放这批工人的安置经费。

辛家的饭桌上全鱼宴还在冒着热腾腾的香气，可是谁也没有了食欲。

廷伟上次不是专门去了畲村一趟，我以为他都已经和你说清楚了。他不是有意动用你的工资存折，只是临时借用。蒋萍萍说着拿出一个信封，里头是一叠鼓鼓囊囊的钞票，递给许凡说道，我们知道你也不容易，你娘家那边也有很多要用钱的地方，所以我和你爸把廷伟挪用的钱给你凑出来了。

许凡面对那个信封，心里就像燃了一块炭，炭越来越红，猛地就窜出火星来。妈，她说，我嫁给廷伟这些年，我从来没有贴补过娘家一分钱，如果廷伟事先跟我说真话，我会不同意把我的积蓄拿出来给他急用吗？

事后说就来不及吗？你在畲村，山高皇帝远，他去找你一趟容易吗？家里同你说过不止一次的调动问题，你点头了吗？茶厂破产了，廷伟一直在善后，已经够忙的了，还要去照顾你的情绪，他吃不好睡不好，因为你和他冷战，他还专门跑了趟畲村，结果呢？你原谅他了吗？在你眼中，你的丈夫还不及存折上那一笔小小的工资值钱，对吗？

蒋萍萍本来还有更难听的话要说出来，比如这种小门小户上不得台面的女孩子就不该娶进门，眼里只有钱，屁大点钱也能看成天大等等，被辛厂长及时制止了，因为许凡的眼里已经蓄满了眼泪。

许凡，你妈刀子口豆腐心，你别往心里去。辛厂长的劝慰让蒋萍萍很是不爽，腾地起身回房，砰的一声关上房门。老婆生气，后果严重，辛厂长急忙也跟着回房去安慰她。许凡一个人在客厅里坐了很久，方才拿起茶几上的信封，慢慢走回房去。

关上房门，转身看房内的一切，卧室里大幅的婚纱照上，辛廷伟正冲她暖暖笑着。这让许凡的眼泪吧嗒吧嗒滚下来。此时此刻，她无比想念她的丈夫，她想起那天看叶知秋在河边钓鱼，海燕扯着她的衣角说，老师，我看到辛叔叔了。原来海燕没有看错，辛廷伟真的去畲村找她了。既然去了畲村，为什么又不见她呢？

辛廷伟，你到底搞什么鬼啊？许凡一边哭一边在心里骂，她拖着蹒跚的步子走去床边，弯身拉开床头柜的抽屉，将手里的信封放进去。刚一拉开抽屉，一份离婚协议书就映入眼帘，许凡整个人都呆住了。离婚协议书下还放着一封手写信，许凡拿起那封信，坐在地上看了起来，越看眼泪就越流下来，可是她又止不住地发笑，嘴里骂道，辛廷伟，你这个傻瓜！

辛廷伟猛不丁打了个喷嚏，他正揉着发痒的鼻子，就有熟悉的茶老板走过来同他打趣说，家里老婆想你了吧？辛廷伟愣了愣，继而尴尬地笑了笑，继续干活。他待的地方是北京的茶叶交易市场，说是交易市场，实际上条件很艰苦，就是一个大棚下挤了很多商户，一家商户挨着一家商户，说是商户，其实就是只供一人转身的格子间，空间狭小，像是在杂乱的市场里摆地摊，前面是茶叶的摊位，后面是吃住的地方。茶厂破产，他身为年轻茶人，北上创业。事业失败了，可以重新开始，而感情呢？

辛廷伟想起那天去畲村看到的那一幕，许凡和孩子们跟着叶知秋一起在河边钓鱼，多开心啊！这种简简单单的开心日子，是他没有办法给她的。他是一名茶人，做茶卖茶是他毕生事业，为了事业，他对自己的妻子连基本的陪伴都无法实现，现在他更因为茶厂的变故北上创业，与妻子只会更加聚少离多，无法给她足够的关心。感情和婚姻都是需要经营的，一再放任自生自灭，只会让婚姻与感情都走向消亡，让两颗炙热的心渐渐冷却。辛廷伟在自己的格子间里，伸手摸了摸自己的心口，那里，一颗心已经熄灭了火焰，可是依然有烧灼的感觉折磨着神经，酸酸的痛楚弥漫在胸腔里。

不知道是不是习惯了丈夫这种身份，这些年他不再是一个单独的个体，他是一个女人的丈夫，身上要替一个女人背负一些责任。他被一个女人需要，他成了天一样的存在，伟岸又高远。很多年前，他对那女人说，人总归是要靠自己才能实现人生价值的，人不应该依附于任何一个人完成自我修炼，那时的他意气风发生机勃勃，现在回想多么可笑？他错了，大错特错，原来，一个人的价值只有依附于另外一个人才能实现，至少他是这样，他在成为那个女人的丈夫之后才有了属于自己的完满。

但是现在，这种完满残缺了，像一弯钩月，孤零零悬挂在庞大的天际里，无边无际的孤独侵吞着他本来强大的内心。他竟然开始脆弱。

每天忙完茶店的生意，行走在深夜的大北京街头，那孤独就排山倒海，几乎将他吞没。许凡啊，他的妻子，站在未来的十字入口，他们俩都该何去何从呢？爱情、事业、婚姻等等，他们都该如何取舍与平衡？他在大北京街头长途跋涉，身边是各种闪烁的霓虹悉数流逝，他与冬天的风雪做着抗衡，不知不觉竟然走到了天桥下。那露天架起的天桥有着晶莹的幕布，站在天桥下只要抬头便可望见幕布上流光溢彩的画面，有时是金红色的鲤鱼在漫游，有时是黄灿灿的游龙在摆尾。五彩的龙宫从水底被搬到了天空，于夜色里，于人仰望的视线中，熠熠生辉，烂漫多姿。

过年了，北京城没有焰火，遥远的时空仿佛传来烟花爆竹的声响，将他的心也拉回到那遥远的滨海小城，拉回那遥远的畲村。过年了，许凡在哪里吃的团年饭？是留在畲村，还是回到城里，还是去了娘家？

冬夜的风雪拍打在他的脸上，冰寒刺骨。寒冷冻住了他的手脚，冻住他的躯体，却冻不住他的心绪，他的心绪全是他的妻子，他对她的思念穿越风雪，穿越时空，他的妻子是否如他思念她一般也思念着他？此时此刻，她是否与他一起共享这一片夜空？他仰望这一片夜空，夜空里全是妻子的笑脸，数年来他们一起的点点滴滴如胶卷回放在夜幕里，妻子的音容笑貌在云端刺痛他的目光与心扉。他的目光太痛了，心太痛了，于是他低下了头，一低下头还是望见妻子，她站在天桥外的风雪里微笑地注视着他。

她穿着一件大红色的风雪衣，脖子上围着厚厚的毛线围巾，在一片银装素裹的世界里一枝独秀。

幻觉。

辛廷伟自嘲地笑了，旋即他就撒开双脚张开双臂向那雪中的一枝红梅奔跑过去。就算是幻觉，他也要抓住。而那幻觉竟也向他奔跑而来。一枝会跑的红梅，在夜空下的雪地里，踩着霓虹的光芒，灵动又可爱地向他奔跑而来，像一串燃烧的流萤，热烈鲜红，一头就撞进了他的怀里，在他的怀里灼灼燃烧。

我像不像孟姜女？她激动地说，一双眸子亮晶晶，泛着粼粼的波光。孟姜女千里寻夫，可是再也找不到她的丈夫了，所以她只能把长城哭倒，而我的丈夫被我找到了。她在他怀里仰着头，笑得像个傻子。我不知道你什么时候会回家，什么时候能和我团聚，所以我问爸爸要了你的地址，就直接来找你了。老北京好远啊！我坐了好久好久的长途汽车，好不容易到了北京城，好不容易找到茶叶交易市场，可是你为什么不好好待在你住的地方呢？你非要一路走一路走，一走就走这么远一走就走这么久，叫我在你身后一路追一路追，追得好辛苦，幸好你只是走路，如果你是打车，我可能就把你追丢了，不过没关系，我已经找到了你在北京城的窝，我就可以回那里等你，你逛累了总是要回去睡觉的吧？

她絮絮叨叨，自说自话，喊喊喳喳，像一只聒噪的小麻雀。

她说着说着就捏起小粉拳捶打他的胸口，你为什么不停下来等等我？你这个坏蛋！辛廷伟，你是个坏蛋！她哭了，眼泪吧嗒吧嗒往下掉，滑过被风雪冻得红扑扑的脸颊。她的鼻尖也红扑扑的，泛着好看的晶莹的光。

所以，不是幻觉？

辛廷伟笑了，被风雪冻到麻木的四肢百骸此刻都复苏了，活过来了。这些日子，他过得像行尸走肉，像没有感觉的机器，像木头……总之他过得不像一个人。生而为人，就有喜怒哀乐，悲欢离合，就该生动活泼，有声有色，多姿多彩，可是这些日子，他的世界像黑白电视，没有斑斓生动的音画，他活得像个聋子，瞎子，智障……他，是个死人。而现在，他活了。是怀里的小女子叫他活过来的。

她说，离婚协议书我看了，但我不同意，辛廷伟你这个傻瓜！她的小粉拳在他怀里捶着，像鼓手擂鼓，激发昂扬的士气掀起惊涛巨浪。

他一把抱起了他怀中的小女子，在雪地里夜空下疯狂地旋转。全宇宙都能听见他的笑声。

是的，他就是个傻瓜，怎么了？傻人有傻福，不是吗？

番外篇

这是一场视频会议，全国脱贫攻坚总结表彰大会。

隔着电视荧屏都能感受到此时此刻首都北京会议现场的隆重

氛围。会议上，习近平总书记宣布了经过全党全国各族人民共同努力，在迎来中国共产党成立一百周年的重要时刻，我国脱贫攻坚战取得了全面胜利,现行标准下9899万农村贫困人口全部脱贫，832个贫困县全部摘帽，12.8万个贫困村全部出列，区域性整体贫困得到解决，完成了消除绝对贫困的艰巨任务，创造了又一个彪炳史册的人间奇迹！

一间容纳百人的大会议室里响起一阵热烈的掌声，掌声还在继续，一阵又一阵，自发的，感动的，激烈的。与会现场百来个工作人员的笑脸，与电视荧屏里接受奖章、证书和奖牌的"全国脱贫攻坚楷模"们的笑脸一样，热情洋溢，满含希望。

这是桐山市教育局五楼的大会议室，此刻，市教育局董局长正带领全体局机关工作人员，与全国九千多万党员一起，共同见证这个属于全党、全国各族人民的伟大光荣时刻。会议接近尾声的时候，办公室主任陈荣从第一排会议桌上站起来，走向会议桌最后一排靠近后门位置上的女孩子。陈荣是教育局历届办公室主任里最年轻的，才三十几岁，只是头上已经长了不少白头发，远远望去就像在头上落了一层霜。女孩子只有二十来岁，梳着马尾辫，一条橘红色的吊带牛仔裤，坐在最角落的位置里，拿着笔，在笔记本上记录着视频会议的内容，像一颗低调又新鲜的水果。

感觉到有人走过来，她抬起头来，那是一张美得不低调的面孔，鹅蛋形的，化着淡妆，眉眼安静又甜美，目光很有神，雪亮雪亮的，像是有两颗宝石在安静地放着光芒，又低调又不低调。这一张又低调又不低调的面孔全是取得她父母五官里的优点长的。陈荣已经走到了她的身边，她停下笔，看着他，露出询问的表情。陈荣弯身，用一种友善又平和的语气，轻声说道："辛茹，视频会议结束后，去局长办公室一趟。"

辛茹，就是她的名字。她父亲给她取这个名字的意思就是希望她记得养育之恩不易，含辛茹苦，要学会感恩，孝顺，善良。

听了陈荣的话，辛茹把目光投向会议室第一排正聚精会神观看视频会议的教育局局长，不知道他叫自己是为了什么事。她只是一名教育局普通工作人员，平常与局长之间对接业务不多，她所在的教育局初教股有什么业务，都是由股长和局长直接对接的。

视频会议结束后，辛茹立即直奔局长室门口。站了一会儿，就见办公室主任怀抱一本黑色皮的大本笔记本，陪着董局长从走廊那端走过来，他们身后还跟着她的顶头上司——教育局初教股的洪股长。洪股长再过两年就要退休了，可是看起来依然精神矍铄，比实际年龄要年轻很多。他是个气质温润的男人，有着很好的修养，待人接物都很随和。辛茹大学一毕业就通过考编，成了教育局机关的一名工作人员，而洪股长也同时段离开原来担任校长的市区小学，进入教育局机关负责初教股的业务，所以辛茹和他已经一起共事三年多了。

又是局长，又是股长，又是办公室主任，这架势让辛茹内心不由有些忐忑，不知道一会儿领导们要和自己讲些什么。

"局里决定派你去担任畲族新村小学的校长。"董局长把一杯茶放到辛茹面前，笑着对她说道。董局长调到教育局才一年多，这还是他第一次面对面与辛茹谈话。

辛茹差点被自己口水呛到，只听洪股长说："现在畲族新村小学更准确一点，应该叫桐山市实验小学畲族新村校区。"辛茹知道这茬，把畲族新村小学定为实验小学分校，是为了更好地扶持畲村的教育，让畲村学校实现与市区优质学校的教育资源共享。而洪股长这段日子一直配合市政府、清流镇政府积极落实这件事。目前，各种手续都齐活了。

"你这个校长一到位啊，教育局、实验小学，以及市政府、清流镇政府的领导们都会到畲族新村小学一起参加挂牌仪式。"董局长说道。

"让我去当校长？"辛茹忽闪着她的大眼睛，问局长，"你们确定？"

董局长和洪股长互视一眼，忍不住哈哈大笑，陈荣也跟着笑了起来。"这的确是赶鸭子上架，"董局长说，"局里原本定的是另外的人选，但阴差阳错的，最后没有定下来，这万事俱备，只差校长可不行啊，一个学校怎么能够没有校长呢？就算这个学校规模再小，也得有领头羊，何况现在的畲村小学学生可不少，我们班子会议上也对这个校长人选感到头痛，好在洪股长向我们班子力荐你，班子经过讨论后觉得你是个不错的人选，所以我们今天把你叫过来，想听听你自己的意见。"

局长室里，三个男人齐刷刷看着那个女孩子。那个女孩子才二十多岁，一张面孔尚有稚气，马尾辫，吊带裤，小白鞋，这如果走在大街上，说是个高中生也不违和。这样年轻的孩子，还是个女孩子，就要把她放到一个学校去当校长，而且还是一所农村学校，这样的决定其实挺大胆的。

而那个女孩子更大胆，她响亮说了三个字"我愿意"，便站起来对局长室里的三个人郑重鞠了一躬。

从局长室出来，和辛茹一起走下楼梯，洪股长扭头看身边的女孩子，忍不住笑起来。

辛茹拍着手上的笔记本，也笑起来，说："没有想到我答应得这么爽快，对吧？"

"意料之外，又意料之中。"洪股长说。她本来就是个大胆又率性的年轻人，共事三年，他对她的性格还是比较了解的，她做事雷厉风行，执行力很强，且是个有抱负的年轻人，不想当将军的兵不是好士兵，而辛茹是个好兵。她面对局长的谈话，不矫揉造作，干脆又果断地接下这个任务，至少证明他的推荐是没有错的。这个女孩子身上有让人眼前一亮，并值得信任的东西，比如魄力和自信。

"知道你为什么会推荐我。"辛茹说道。

"哦，说来听听。"洪股长饶有兴味。

辛茹说："你是觉得我妈妈曾在畲族新村小学教了半辈子书，为畲村的教育事业奉献了半辈子，而我应该女承母业。"

洪股长向辛茹竖起大拇指，"竟是我肚子里的蛔虫！"

辛茹噘起嘴，"那要是我妈妈她不愿意呢？我毕竟是她的独生女，把我放到农村，她要是舍不得呢？"

"她不会的。"洪股长十分笃定。作为省级优秀教育工作者，许凡老师有高于常人的思想觉悟与教育情怀。

"哦，原来你是我妈肚子里的蛔虫啊。"

洪股长一愣，而辛茹已经跑下了楼梯，楼梯上留下一串她随意哼唱的"啦啦啦啦啦啦"的歌声。洪股长在心里慨叹，年轻真好，年轻人是早晨八九点钟的太阳，驮着希望冉冉上升。而他们这些老人已经到了快要退休的年纪，纵使壮志满酬，也不得不把舞台交给年轻一辈去载歌载舞。

初教股除了洪股长和辛茹以外，还有两位同事，王副股长和周督学。两个人和洪股长同龄，意味着三个人要在同一年一起从教育局退休。夕阳无限好，只是近黄昏。他们三人每每在办公室里聊到"退休"这个话题的时候，就会有无限感慨，很快就不需要再过上班下班的日子了，含饴弄孙，清闲自在，却也总觉得生活会少掉什么。人一旦退休后，精神状态会呈断崖式下跌趋势。

很多人活一辈子，是通过工作去实现自我价值的，一旦退休，人生仿佛就进入了倒计时。

这时候，辛茹就会说，换个角度，把格局打开，退休意味着新的人生阶段要起航了，你们三个都有很强的业务能力，要是因为退休就让自己的业务能力束之高阁岂不可惜？可以有一千种开创新事业的方法，比如老洪，你在教育教学方面是资深的行家，就可以去办工作室，退休了，没有行政方面事务缠身，就可以潜心指导一线老师们提升自己的教育教学水平，带领他们搞教育教学研究，教育教学研究很重要，一个不搞教育教学研究的老师就不是一个好老师，意味着他没有思考，没有科研精神……

女孩子侃侃而谈的样子听起来很无稽，却让老洪三人心下都灵机一动。

想到这些，洪股长唇边愈发露出笑容。辛茹从来都是一个有思想有创造力的年轻人，所以让她去畲族新村当校长，一定会给畲村的教育带来不一样的面貌的。洪股长对此充满了信心。

辛茹对自己也充满了信心，她是带着特别兴奋的心情下班回家的。一路上，将小电驴骑到飞起。夏日的风将她的秀发吹得高高飘起，充满生命的力量。

听到外面小电驴的声音，蒋萍萍和辛厂长一个扔下手里的喷水壶，一个扔下手里的书本，一齐奔向门口。他们身后，院子里适才被浇过的花朵，和那架刚才被坐过的秋千都在风中摇荡。

"下班了？宝贝！"

"奶奶的小心肝儿，肚子饿了没？你爷爷已经做好午饭了。"蒋萍萍和辛厂长热情迎接着他们的宝贝孙女辛茹。

辛茹停好小电驴，挤到两位老人中间，一边一个挽着他们的胳膊，左看看右看看，愉悦从心底里满溢出来。"爷爷奶奶，辛茹有大喜事要向你们汇报，不过要当着我爸我妈的面再一起说，"辛茹说着问，"我爸我妈呢？"

城市看守所的大幅铁门徐徐打开，负责羁押任务的武警将一个瘦高的四五十岁男人送到看守所大门口。男人手里抓着个塑料手提袋，手提袋里是他的衣服和一些日用品。他胡子拉碴，头发也很长了，邋里邋遢的，脸上很是沧桑憔悴。

他跨出看守所大门，看守所外的阳光照射在他身上，令他整个人都惊惶惶的。

看守所外的一辆小车上下来一对男女，两个人都已年过半百，可是身上的神采奕奕与看守所门前的男人形成鲜明的对比。见到男人，两人都加快脚步迎过去，唤道："许平！"

"姐姐，姐夫。"看着来人，男人面露愧色，不敢直视二人。被他唤作姐夫的男人接过他手里的手提袋，被他唤作姐姐的女人挽住了他的胳膊。"先回家再说，沐个浴，吃个饭，打起精神，一切从头来过。"女人安慰他。他点头，"嗯"了一声，低头跟着夫妇俩上了路边的小车。

一路上，许平很是恍惚。先是在看守所待了几个月，后来判刑后，因为刑期不足三个月，便没有去监狱，继续在看守所里把剩下的刑期服完，前后也就不到一年的时间，可是对他而言却仿佛过了一个世纪般。

遥想他大学毕业后，在省城打拼兜兜转转一直不顺，姐夫便说，回来跟着他一起创业吧。彼时，姐夫在广州、上海、北京卖茉莉花茶，很是走俏，可是不知怎的，千禧年前后，姐夫突然结束了外头的生意，执意回到桐山，创办了白茶厂，还承包了茶园。承包茶园这种"胆大包天"的行动，花费了姐姐姐夫的所有积蓄，因而各种负面声音喧嚣尘上，刻薄一点的人就嘲笑他们是傻子，厚道一点的则担心他们会破产。

姐夫承包的茶园是一座没有人要的破山，草长得比人还高，在当时，茶农普遍使用农药给茶园除草，姐夫却坚定认为真正的有机茶园才是未来茶业的发展趋势，给子孙留一片净土才是可持续发展之道。姐夫亲自上阵，和聘请的工人一起依靠人海战术除草。茶老板混成了除草工人。这个景况之下，姐夫喊他回乡一起创业，他是犹豫的，他母亲汪明月也坚决反对，认为他姐夫喊他从省城回来就是要他给他当个免费苦力，因此他婉拒了姐夫的邀请，而姐夫在一年半以后成功拿到了有机茶园的认证证书，此后又遍请专家监测土壤的疏松程度、含铁量、微量元素、酸碱度，为茶苗生长培养出了最适宜的土壤温床，还完全按照国际ISO9000质量体系标准修建新的制茶厂，以茶叶加工的最高标准来保证出产茶叶的质量。

此外，姐夫的白茶厂还率先开始研究老白茶氧化、转化和酝化的规律，第一个建立了专业的白茶酝化仓，为之后的老白茶仓储量提供了可能。姐夫又带领公司技术人员尝试将白茶压饼制作，通过团队先后七年的奋斗，"中国白茶第一饼"问世，此后，白茶饼赢得了前所未有的成功，获得了市场的广泛认可，而压制白茶第一饼的模具现在还保存在姐夫白茶庄园的茶叶博物馆里，作为历史的见证。

良好的生态环境、精选的品种、先进的加工工艺及设备，以及经验丰富的原国营茶厂技师和带有先进技术理念的大学毕业生的加入，使姐夫的白茶厂迅速壮大，不仅拥有了数个大型生态有机茶园基地、白茶庄园、现代化白茶生产线、传统工艺体验馆，还成了全国白茶标准参与制定单位，国家白茶标准实物样制作单位，以及闽省的白茶生产标杆企业。

姐夫白茶厂的日益壮大令他对当初自己婉拒姐夫回乡创业的邀请感到后悔不已，母亲汪明月也对姐姐姐夫颇为不满，认为当初他们并没有诚心邀请他一起赚钱，只是口头说说而已。姐姐姐夫便再次对他抛出了橄榄枝，于是他便到了姐夫的白茶厂开始做起了白茶生意。背靠姐夫好乘凉，他在姐夫的白茶厂里混得挺风生水起，赚得了一些钱后，他便开始不甘于屈居人下了，自己弄了个白茶作坊，把自己多年在姐夫厂里赚到的钱以及父母的晚年积蓄都投了进去，姐夫也很乐意扶持他，主动将一些订单让给他，还派了技术工人去作坊指导，千叮咛万嘱咐，无论如何要按照白茶行业标准去生产茶叶，然而他自己作死，并没有听姐夫的话，且利欲熏心低价收购了一批违规茶青，生产出来的茶叶被检测出农残超标，到了涉刑程度。

　　做茶，大钱没有赚到，反而面临牢狱之灾，这是许平没有想到的，也是汪明月没有想到的，一急之下，竟然中风了。

　　辛廷伟作为白茶行业的领军人，自己小舅子干出了这种有损白茶行业形象的事情，他必须大义灭亲。昔日的桐山县早就摘掉了"贫困县"的帽子，并且撤县建市，于2007年开始确立白茶为本地的主打产业后，就将质量安全确定为茶产业发展和品牌建设的生命线，茶叶质量安全被坚决摆到了首位，严厉打击违规使用农药、除草剂，茶叶落地晾晒等行为，如果发现茶园有违规使用除草剂的，坚决铲除。哪家茶企生产的茶叶以次充好，一经发现就要面临行政处罚，而一旦茶叶检测出农残超标，相关人员要面临牢狱之灾，不容商量。

　　这些年，对于政府的这些规定，并不是所有茶农和茶老板都心甘情愿遵守，他们由于个人认识与文化水平受限，在茶叶质量把关上一直都存在侥幸心理。而许平坐牢这件事，无疑给了他们一个响亮的耳光，把他们切实打醒了，知道了严把茶叶质量关绝不是一句放在空头文件上的话。而许平作为直接受教训的人，愈发认清了这件事的严重性。可是说什么都太晚了，牢也坐了，事业也毁了，从此往后身上还背上一个污点，祸及自己子女未来的前途，还连累老母亲得了中风。想到这些，许平的心就跟油煎一样。

"姐姐，姐夫，你们家，我就不去了。"在车子即将驶到辛家别墅的时候，许平突然说道。

"先去我们家吃个饭，别多想，家里饭菜都已经做好了。"许凡安慰许平。

许平摇摇头说："不了，我要回自己家去，我要早点回去看看妈。"

许凡和辛廷伟拗不过他，只好如他所愿。

将许平送回自己家，又去探望了汪明月，辛廷伟和许凡才打道回府。将车子停到车库，两人才走到花园里，就见辛茹迎出来，朝他们身后看去，问："爸，妈，舅舅呢？你们不是去接舅舅了吗？"

"你舅回自己家去了。"辛廷伟摸摸女儿的头，女儿已经二十好几，早已是个大姑娘了，可是父亲眼中，女儿永远都是个孩子。

没有见到许平，辛茹挺失落的，从小到大舅舅都非常疼爱她这个外甥女，舅舅在做生意上走了歪路得到了该有的惩罚，如今他刑满出狱，辛茹无比希望他能够重新开始，无论是事业还是生活。"早知道应该和爸爸妈妈一起去接舅舅回家的。"辛茹嘟哝。许凡笑着说，"你舅舅刚回家，还没调整好心态，过几天，我们再一起去看他。"

抛开了许平的话题，等辛廷伟和许凡进屋，一家人坐下来吃饭的时候，辛茹当着父母和祖父母的面宣布了教育局任命她去畲族新村小学当校长的消息。这个消息一出，四个长辈全都感到惊讶，辛廷伟疑惑地问："你们教育局怎么会突然做出这样的决定的？你就是一个二十多岁的姑娘家，作为一名教育局业务股室的普通工作人员，爸爸完全相信你的能力，但是让你去当一个学校的校长……"辛廷伟看着自己的女儿，怎么看都不是当一个学校校长的料。辛廷伟的话让辛厂长和蒋萍萍两口子特别不能忍受，当即就和他辩论了起来。辛厂长摆了很多辛茹的优势，年轻，有文化，眼界开阔，思想解放，蒋萍萍又补充辛茹的其他优点，诸如女孩子心细，辛茹除了心细还胆大，肯学习，勤奋等等，愣是把辛廷伟说得哑口无言。

辛廷伟看着自己已经头发花白戴上老花眼镜的父母摇了摇头，不过脸上洋溢着笑容，都说隔代亲隔代亲，还真是的。自从有了辛茹，父母与许凡之间的关系就其乐融融了。辛茹真是全家的开心果，小黏合剂。

父亲与祖父母都表了态，辛茹把目光投向许凡问："妈，你怎么看啊？"已经年过半百，且退休了几年的许凡老师，脸上愈发沉淀了岁月的温柔大方，她看着青春烂漫的女儿，遥想自己当年的青春岁月，有些唏嘘，问道："你自己怎么看呢？"

辛茹没有想到母亲会把问题重新抛回来给她。"教育局都把这个光荣的任务交给我了……"辛茹拉长了尾音。

"所以干就完事儿了啊！"许凡一说完，辛廷伟"噗嗤"笑出了声，对辛茹说："你看你妈退休了清闲可以到处旅游，刚从东北旅游几天回来，说话都是东北味儿了。"全家人都笑了，笑声之余，辛茹心里也在思考，派她去担任畲族新村小学校长是组织对她这个人的信任，哪来那么多意见和胆怯？的确是接受命令，服从安排，捋起袖子加油干就得了。

于是，辛茹对父母提出要求，这周末陪她去畲族新村先看看。

辛廷伟和许凡也很久没去畲族新村看看了，当即便同意了。

周末，辛廷伟开车，许凡和辛茹坐在后座上，一家三口向畲乡出发。畲乡早已不是记忆里的畲乡，一条投资五千多万的旅游公路全线通车五六年了，连接了畲乡与临近的两个AAAAA级风景区，从硬件设施上根本解决了祖祖辈辈彼此之间只能依靠水路走访的问题，促使旅游产业成了畲乡的经济产业。要致富先修路，这条旅游公路不仅方便了游客，还使方圆数百里的村民出行更加方便，从而大大加快了大家致富的脚步。

昔日，以霞山溪村为代表的一批小山村依靠政府"输血"扶贫致富失败后，在"换血"扶贫新思路指导下，实施整村搬迁计划搬迁到了漆溪村，主村人与一二十个因为"造福工程"搬迁而来的自然村，共同构成了崭新的畲族新村，但因为长期以来小农经济思维影响，村民们手头一宽裕就开始骄傲自满，大手大脚花钱，大兴迷信，赌博酗酒，宗族矛盾频发，扶贫初见成效的村庄一下子乌烟瘴气，扶贫成效也毁于一旦。好在上级马上意识到根源所在，那就是党建工作没抓好。加强党建是脱贫关键，给钱给物，不如帮建一个好支部，只有给力的村两委班子，才能切实抓好基层的脱贫工作。省里派下来一位挂村"第一书记"，"第一书记"有过军旅经历，一上任就以"铁腕"手段扼住了村里赌博等不正之风，而后又凝结了村两委班子的力量，走村串户，了解畲族新村的人员构成和资源分布，将家家户户的经济收入，村里产业发展、水利设施等等方面都摸排清楚，尔后在村两委会议上提出了"立足当地资源优势和区位优势""生态立村、旅游兴村、农业强村"的发展思路，将打造"中国扶贫第一村"和"生态旅游畲族风情特色村"定位为畲族新村的发展方向。他身先士卒，充分发挥"领头羊"作用，挂职几年间，先后争取了各级扶贫资金，帮助村里开发了四十多个扶贫项目，真正实现了"造血"脱贫新功能。

从"输血"到"换血"再到"造血"，从不断探索到最终取得成功，畲乡的脱贫之路正是整个中国扶贫事业的缩影。

一路上，山水风光无限好，宽敞平坦的水泥路上，时有旅游大巴和私人小车行驶而过，辛廷伟三人心情都显得舒畅。一个小时不到的车程，车子便抵达畲村村口。三人下车，但见一个风光旖旎的村寨屹立在青山环绕、重峦叠嶂之间，两条清澈的溪水绕村而过，一块刻着"中国扶贫第一村"金色大字的石碑默默伫立，像一个经历了风霜雨雪考验之后愈加英勇强大的战士。

"爸，妈，我怎么记得小时候跟着妈来畲村，看到的这块石碑字的颜色是红色的啊？而且字也不叫'中国扶贫第一村'，而是'全国扶贫第一村'。"辛茹感到奇怪，难道是自己记错了？

许凡解释，那块"全国扶贫第一村"红色字体的石碑是2008年由村民提出，村委会积极筹措资金，选了一块高一米六，宽七十厘米的青石条镌刻而成的，不过"全国扶贫第一村"几个字并没有得到上级有关部门命名，是由村民自发立碑，目的是为了让子孙后代永远铭记党的恩情，永远跟党走，以"扶贫第一村"鞭策自己，朝着更好的小康生活前进。次年，国务院扶贫开发领导小组办公室发文明确要求选送畲村"中国扶贫第一村"的照片资料，畲族新村以此契机布置了"中国扶贫第一村"的展览室，到了2014年国家级权威媒体刊登王隽关于霞山溪村渴望治穷致富来信三十周年的纪念日子，一块崭新的镌刻着"中国扶贫第一村"金色大字的石碑在蓬勃的雨露里矗立到了畲村村口，成了地标性建筑。后来，时任国务院扶贫领导小组办公室主任在几个司长和省市各级扶贫领导陪同下，来到畲村调研，亲口认了"中国扶贫第一村"这块招牌。

许凡正说着，就听有人唤他们："许凡！廷伟！辛茹！"

许凡、辛廷伟和辛茹一起循声望去，只见村口大路上，一个老者和一个中年人一人一边牵着一个五六岁的幼童并肩而来，老者已经六七十岁，可是看起来阳光灿烂，精神矍铄。中年人身着警服，比老者身形还要高大些，行走在整洁的村道上一身正气。而那个小男童，五官脸型，就连走路的样子都有老者的影子。他们三人是一家三代人的关系。

"爸妈，是王伯伯。"辛茹兴奋地说着，就和许凡、辛廷伟一起迎向王隽三人。

两班人马热烈握手问好之后，许凡抱起那个小男童问："王隽大哥，这是您家的小孙孙吗？"

幼童指指王隽又指指中年人，奶声奶气说："这是我爷爷，这是我爸爸，我家里还有奶奶、妈妈和哥哥，他们在宁东，没有来畲村做客。"童言童语，天真可爱，惹得众人哈哈大笑。

王隽笑逐颜开，乐陶陶介绍："这个淘气的小家伙啊，是国家放开二胎政策后首批出生的。"

"今年几岁了？"辛廷伟问。

"六岁了。"中年人答。

辛廷伟数了数，"不对啊，二胎政策是2016年才放开的……"

中年人不好意思说："那时候，国家卫健委的同志说心急的夫妻可以先怀，我，就属于心急的那一批，赶在2016年生了一只'猴子'。"

"怪不得我妈妈天天说我'猴急'。"幼童的话惹得众人再次哈哈大笑。

许凡将幼童还给他的父亲，对王隽说道："王大哥，这次你去北京参加全国脱贫攻坚总结表彰大会，还荣获了'全国脱贫攻坚先进个人'称号，真是可喜可贺啊。"辛廷伟和辛茹也向王隽道喜，王隽摆摆手，说："我在脱贫一线奋斗了三十多年，见证了我们党波澜壮阔的扶贫事业，如今'脱贫攻坚'战取得了伟大胜利，其间凝结了全党扶贫工作者们的心血，我作为一名老党员，一名退休干部，只是代表大家去领奖而已，殊荣属于每一个扶贫工作者，这次去北京，最高兴的事情就是能够面对面聆听总书记讲话，让人心潮澎湃啊！"王隽说到这里，一张已经有了很多皱纹的脸上，仍然难以掩饰激动的情绪。

　　"我父亲今天特意到畲村来，就是为了与村民们分享这份殊荣，同时向村民们传达总书记在全国脱贫攻坚总结表彰大会上的重要讲话精神，让大家齐心协力继续奋斗，巩固来之不易的脱贫成果，向着乡村振兴持续发力。"身着警服器宇轩昂的中年人接过他父亲的话茬向辛廷伟三人说道。他是王隽的儿子，名叫王明，原本在城区派出所任职，为了传承父亲的扶贫志愿，在2015年国家发起"脱贫攻坚"战开始，就来到畲族新村任派出所所长一职。"我父亲这几天说得最多的就是'脱贫摘帽不是终点，而是新生活、新奋斗的起点'！"

　　王隽看着儿子，眼里满是欣慰，笑着说："我老了，咱们畲村如何巩固拓展'脱贫攻坚'成果和全面推进乡村振兴，还是要看你们年轻人。"

　　"爷爷，什么是'乡村振兴'？"幼童在他父亲怀里，小眼睛忽闪忽闪看着他的爷爷。王隽看着孙子，眼里都是慈爱，说："就是让农民过上好日子。"幼童歪小脑袋不解说："爷爷，你们不是说'脱贫攻坚'战已经胜利了吗？农民伯伯不是已经过上好日子了吗？咱们畲村里每个人都过上好日子了啊！"王隽一边从王明手里抱过幼童一边耐心和他解释："扶贫胜利，是让农民过上好日子，'乡村振兴'就是要让农民过上更好的日子。"

幼童点点头，淘气地伸出两只小手捧住了他爷爷的脸庞，笑嘻嘻说："我明白了，爷爷就是帮助农民伯伯过上好日子的，爸爸就是要帮助农民伯伯过上更好日子的。"

众人都向幼童竖起了大拇指。

辛廷伟笑着对王明所长说道："王明所长这是子承父业啊。"

"那我算不算是女承母业呢？"辛茹的话成功引起了王隽父子的注意，同时许凡老师朝她丢过来一个嗔怪的眼神，辛廷伟则包容又宠溺，对王隽和王明介绍说："王老，王所长，你们还不知道，我们辛茹马上就要到畲族新村小学担任校长了。"

"爸，是桐山市实验小学畲族新村校区。"辛茹郑重纠正辛廷伟。

王隽和王明都喜出望外，王明问："真的吗？"

"是真的，王所长，以后辛茹到了畲族新村工作，还要拜托王所长多照顾。"许凡对王明说道。

王明连连点头说："必需的！"

"这可太好了！"王隽激动不已，上前拍拍辛茹的头，看看许凡又看看辛廷伟，颇为感慨说："你妈妈当年十八九岁踏出校门就去了霞山溪村教书，后来跟着霞山溪搬迁到畲村，可以说，你妈妈是和我一起见证畲村人是如何在党的关怀下，一步步脱离贫困过上幸福日子的，去年，我们打赢了'脱贫攻坚'战，今年是中国共产党成立一百周年，也是我们党带领全体人民实现第一个一百年'奋斗目标'——全面建成小康社会年，我们的农民已经过上了幸福日子，可是幸福是无止境的，带领农民勇于创造更加幸福生活的脚步不能停，习近平总书记在全国脱贫攻坚总结表彰大会上的重要讲话中指出，乡村振兴是实现中华民族伟大复兴的一项重大任务。全面实施乡村振兴战略的深度、广度、难度都不亚于脱贫攻坚，要完善政策体系、工作体系、制度体系……"

每个人听着王隽的讲述都入了神，而王隽把目光投向辛茹意味深长说："实施乡村振兴战略，除了加强农村道路建设、继续改善农村人居环境、加强农村医疗卫生服务体系建设、完善农村社区治理机制这些方面，教育是最不能忽视的一环，是阻断贫困代际传递的重要途径。虽然我们农村生活质量提高了，可是和大城市比起来依然有明显差距，留不住人才，尤其是教育人才，小辛茹，现在你既然来了畲村，可就要担负起这个责任啊！"

许凡拍拍辛茹的肩，嘱咐道："听到王伯伯说的话了吗？辛茹你可要好好干。"

辛茹便说："那我们现在先去学校看一看吧！"

要到畲村小学，必须先穿过长安新街。许凡退休后一直没回畲村，此番陪着丈夫女儿，并着昔日的好兄长王隽等人，重走这条长安新街，别有一番滋味在心头。长800米、宽15米的长安新街两侧的民居，白墙黛瓦，错落有致，掩映在绿树与翠竹间，古典又时尚。街道两侧茶叶店、特产店、小酒楼、农家乐令人目不暇接，还有银行、卫生所、警务室、法庭代办点等一应俱全。商业牌匾、路灯、垃圾箱、指示牌、停车位，均统一制成，干净整洁，井然有序。每家店面的招牌上都写着醒目的"中国扶贫第一村"的名号。遥想当初，霞山溪的村民们初搬到这条街上时，连门窗都没有钱安装，居住条件是如何简陋，而如今与那时候相比真是一个天上一个地下。

辛廷伟笑着指着路边一家手打面店，说："以后辛茹吃食堂吃腻了,就可以到这家手打面店尝尝,咱们畲村的手打面是出了名的好吃。"

一家挂着"畲村手打面"招牌的店铺门口,面店老板正围着围裙,拿着一根数米长的竹筒"压"面团。大块的面团子在竹擀面杖下被压到扁平,面店老板勾起大腿坐压在擀面杖的另一头,有节奏地跳跃,反反复复数次终于把面团渐渐压成又薄又匀的面皮,等面皮被压到光滑,就用菜刀切成细长的面条下锅。

王明所长热情介绍说:"全国各地都有手打面,但咱们畲村的手打面制作有自己的特色,面条特别劲道,绵软嫩滑,又Q又弹牙,韧性十足,特别有嚼头,高汤也好喝,吃的时候还要加卤鸡腿和肉燕才显得豪气,咱们畲村还有很多特色小吃,管吃饱的有乌米饭、菅叶粽和糍粑等,回头我都带你去尝尝。"

辛茹马上道谢:"谢谢王所长。"

说话间,几个人已经到了畲村小学。但见青翠的毛竹山和碧绿茶园的背景中,两座粉红色外墙的教学楼傲然耸立,犹如镶嵌在青山绿水间两颗鲜艳的宝珠。周末,学校的大门锁了,王明联系了学校负责人吴校长,吴校长很快就从家里赶到学校,开了门,将众人领进了学校。粉红色的教学楼,红绿相间的塑胶跑道,教学楼下走廊上精美的书廊,乡村小学的现代化气息向着众人扑面而来。吴校长又领着众人参观了学校的功能室和教室,每间教室里都安装了"班班通"现代媒体教学设备,图书馆、阅览室、美术室、科学实验室、心理健康咨询室、书法室、舞蹈室等功能室也十分齐全。吴校长介绍说,当年,香港的沈先生捐助了十六万元兴建了一座教学楼,让畲村的孩子再也不用坐在破败不堪的校舍里读书,后来通过省民宗厅挂职干部牵线搭桥,内蒙古的王董事长又捐助了一百五十万元,为学校扩建了现代化教学楼,做了塑胶跑道的操场，添置了各种体育设施，又后来在政府和社会各界关怀下，又给学校配置了电脑室和电脑、多媒体讲堂等，这才让畲村小学于前几年被上级教育部门评为了"农村义务教育标准化学校"。

吴校长如数家珍，辛茹笑着说："吴校长还不知道吧，有更高的荣誉等着咱们畲村小学呢，省教育厅发布的《关于乡村温馨校园建设典型案例推荐对象的公示》中，畲村小学已经被推荐为教育部乡村温馨校园建设的典型案例。市教育局已经收到通知了，我现在把这个喜讯分享给你。"

吴校长听了喜出望外。

王隽颇为感慨说道："三十多年来，咱们畲村小学的发展始终与畲村的脱贫进程同步。在党和政府的关怀下、在社会各界的大力帮扶下，咱们畲村小学实现了从'小而弱'到'小而美''小而优'的华丽蜕变可以说畲村小学的'教育脱贫'之路正是畲村艰苦奋斗、摆脱贫困、走向全面小康的一个生动缩影！"

"王老，你说得对。"王隽的话让众人深有感触。

"那眼下，畲村小学还有什么困难呢？"辛茹突然抛出问题，吴校长面上笑容不见了，指了指许凡，对辛茹说："你妈妈在畲村教了一辈子书，她最知道畲村小学的问题与困难是什么？"

辛茹把目光投向许凡，许凡则说："等回去的时候，妈给你好好说说，要回答你的问题，三言两语还真的不够说。"

王明所长便招呼大家，既然来了畲村，就让他尽地主之谊，好好带领大家去游览一下畲村。等游览了畲村的七彩农场、玻璃栈道，坐竹排长溪上领略两岸风光之后，众人都打道回府。

一天的旅程很疲累，可是辛茹却睡不着，她去敲了父母卧室的门，许凡也知道辛茹为什么来敲门，穿了睡袍，母女俩走到露天阳台上畅谈，辛廷伟则殷勤地在一旁茶几上给两人煮上一壶老白茶。一边喝着父亲递过来的白茶，辛茹一边问母亲："妈，你在畲村待了一辈子，你说说看，畲村的教育还存在哪些问题与困境啊？"

许凡抿了一口白茶，放下雪白色的茶盏，看着女儿，目光里是一份历经岁月的恬淡，说道："其实今天在畲村，你王隽伯伯已经给你点出来了。"

许凡没有直接点破，而是问辛茹："过去，畲村的校长是吴校长，以后，畲村的校长是你，你觉得你和吴校长，谁能带领畲村的教育走向更广阔的未来？"

如果是别人纵使内心有些真实的想法，这个时候也不会好意思说出口，但是辛茹的性格不同，她坦率真诚，而且当着自己父母的面更不需要虚伪。她说："当然是我。"

"何以见得？"辛廷伟提壶给女儿茶盏里斟满茶液，没有调侃，只有认真的探讨。

辛茹便不卑不亢分析起来："抛开年龄的层面不提，一个学校的管理者，最重要的是要带领学校提升教育教学质量，吴校长一辈子在乡村基层，他的优势是有着丰富的一线管理经验，但是在教育理念上、教育教学理论上还是要再加强学习的。乡村的孩子如何与外面世界接轨，如何提升与大城市孩子的竞争力，不至于在起跑线上输得太惨，先进的教育理念和教育教学方法都必不可少，如果学校的管理者自己本身都没有接触到最前沿的最先进的理论知识，那在实践上肯定存在局限性。"

许凡对于女儿的言论十分惊讶，她没有想到女儿竟然有如此见识，而自己在乡村工作了一辈子，的确眼界狭窄了。

辛廷伟继续问辛茹："那你认为你的优势在哪里呢？"

辛茹再喝一口茶，想了想，说："我在局里工作了几年，平时很注重学习，上级印发的相关文件我都认真研读，自从我们董局长来教育局之后，开展了每周一次的理论学习课，我对习近平总书记的讲话精神以及党史、党的教育方针政策有了更为系统的学习，这大大提升了我的眼界与格局，我想干什么事情，思想都是第一位的，有理论武装思想，再有思想解放、实事求是的态度，无论干什么事情都能事半功倍。"

"年轻人，懂政策，肯学习，有干劲，"辛廷伟悉数数着女儿的优点，点点头说道，"爸爸相信你一定能把畲村的教育事业干好的。"辛廷伟举起茶杯，以茶代酒，和女儿碰了杯。

放下茶杯，辛茹再次把目光投向许凡，"妈，你还没跟我说说畲村学校的弱势与困境呢。"

"其实刚才已经点到了，只不过没有展开说，而是让你用你和吴校长作为具体事例自己先讲一讲，其实畲村教育的问题和困难可以从你与吴校长之间的比较扩展到整个教师队伍。妈妈在畲村教了一辈子书，妈妈最知道自己与城里老师们的差距在哪里，可能我们农村老师和城里老师比起来，在爱心方面并不比城里老师少，可是在教育理念、教学方法等方面的确和城里老师的差距不是一点点，城里学校的教学质量为什么就比农村教学质量好，就在于教师的差距。"

辛茹突然明白母亲要说的是什么意思了，眼下的畲村在硬件设备上已经和城里学校没有什么明显差距，无论是图书馆的藏书，还是其他功能室，教室里的现代教学媒体设备等一应俱全，差就差在师资力量上。所有的竞争，人才是第一位的。近几年教育局不但研究制定了《关于统筹推进县域内城乡义务教育一体改革发展的实施意见》，同时持续开展联动片区活动，由市区实验小学等几个龙头大校牵头，将全市学校分为几个联动片区，定期开展教育教学活动，试图实现市区学校与农村学校的资源共享。收效不错，但农村师资队伍的问题依然明显，教师流动性大，年轻教师往往考虑着进城，语文、数学等学科教师呈现年龄结构老化现象，教育教学质量不高，而音乐、美术、信息技术这样的专业教师更是稀缺，这些都严重影响了学校的教育教学质量。无论哪个行业，竞争的根本性都落实在人才上，如何提升畲村教育的质量，母亲说得对，关键在人才。

捋清了这些，辛茹没有害怕，反而内心有了更为清晰的思路，以及更为坚定的信心。

上课铃响了，操场上孩子们纷纷跑向自己的教室。桐山市实验小学的一间教室门口，一个留着齐耳短发的女孩子正在探头探脑。走廊上已经空无一人，学生们都回了自己的教室，一个三十岁左右衣着摩登的女老师踩着高跟鞋，手里托茶盘那样托着教科书，从走廊那端走过来，她的波浪卷棕色秀发在肩头一甩一甩，让她像一个走秀的模特。

等她快要走到教室门口的时候，女孩子窜了出去，说道："雷老师，送给你的！"

女孩子手里举着一串珠串。"我给你做的。"她说话时，黑框眼镜下，两只眼睛显得很恐怖，眼白仿佛快要兜不住眼珠子，可是她唇边的笑容依然天真无邪质朴可爱。这是女孩子送给她的不知道第几串手串了。女孩子是个随班就读的智力障碍儿童，在课堂上她听不懂老师上的课，也听不懂同学们回答的问题是什么意思，她觉得学校真的无聊透了。雷老师就问她，你有喜欢做的事情吗？她说她喜欢画画，雷老师就说，那以后在我的语文课上，你都可以画画。女孩子很担心，老师你不会骂我吗？雷老师微笑着说，怎么会？

女孩子就在雷老师的课堂上一张纸一张纸的画，虽然她的画也不好看，可是她画画时脸上的笑容显得特别好看，这让雷老师很欣慰。

女孩子以前给雷老师送手串的时候，雷老师也会拒绝，可是女孩子脸上的表情特失落，那种失落让雷老师很过意不去，她就不再拒绝收女孩子的手串了，等手串收得多了，她再把手串拆成珠子送给女孩子，女孩子就又有了珠子可以串手串送给她。这样循环往复，成了他们师生间的默契。

"谢谢你。"雷老师当着女孩子面，将手串戴在了手腕上，女孩子露出很开心的笑容。雷老师揽着女孩子的肩一走进教室，便看到教室最后一排坐着辛茹。

辛茹站起来，扬了扬手里的听课本，对雷老师说："海燕姐，我来听个随堂课。"

今天教育局工作人员到实验小学检查教学常规，没想到是辛茹来听自己的随堂课。辛茹是自己恩师许凡老师的女儿，而自己如今已经是名师工作室的领衔人，省地市各级奖项都拿过，还拿过全国性教学比赛一等奖，一节随堂课而已，实在没什么好紧张。而对于辛茹来说，听课可不是主要目的，她是为了来和雷海燕商量一件事的。

下课的时候，辛茹收起听课记录本，对雷海燕说道："海燕姐，今天中午我请你吃饭。"

"既然我是姐姐，应该我请你才对。"雷海燕笑着揽住辛茹的肩膀。

两个人找了一家咖啡西餐厅，找了个靠窗的位置坐下，雷海燕用手机微信扫了桌上的点餐码，问辛茹："你吃什么？"

辛茹说:"你吃什么我吃什么。"

雷海燕笑了,于是点了两份牛排和两杯咖啡,对辛茹说:"都当教育局领导了,还是和小时候一样淘气。"

"可别再叫我什么领导了,"辛茹无语摇摇头,"海燕姐,你一天不挤兑我就不开心,是吧?"

"是的。"雷海燕说着,两个人相视大笑。

从前,雷海燕在城里上了中学,许凡老师周末从畲村回来,便会邀请雷海燕去家里吃饭,那时候小辛茹才上幼儿园,就跟在她后面,她吃什么她吃什么,她干什么她也要干什么,就跟小跟屁虫一样。那时候许凡老师就说,你们俩都是独生子女,长大以后结个伴,不孤单。

雷海燕回忆起过往,心头暖暖的。

辛茹心头也暖暖的,海燕姐这些年对她就像亲妹子,无论是大学里,还是回来工作这几年,两人是无话不谈的姐妹。如今自己求上门,不知道她会支持自己的想法吗?辛茹看着雷海燕,心头想。

牛排上来了,咖啡也端上来了,辛茹一直默默吃,心里揣度着,不知如何开口,还是雷海燕先开口问她:"辛茹,你找我到底什么事啊?"

辛茹知道,无论一件事情多难,只有去做才有成功的可能,于是她跟雷海燕开口说:"海燕姐,我马上就要去畲村当校长了,我想邀请你跟我一起回畲村,助力畲村的教育事业。"

辛茹期待地看着雷海燕,雷海燕挺意外的,但她很快镇定下来,说道:"我虽然从畲村出来,但是……你妈妈当年可是亲口告诉过我,能走出去就可以,不要回头,不要想着去回报,不要给自己背负思想枷锁,这样从畲村走出去的女孩子们才能真正获得自由和幸福。"

"我妈妈是我妈妈，我是我，何况此一时彼一时，我妈妈那时候之所以会对你这样说，她是为了你的幸福着想，而你现在的确过得很好，是实验小学的名师，无论事业还是家庭都很幸福，说明我妈妈对你说的话没有错……"

雷海燕笑着打断辛茹，"那你现在还让我回畲村？"

"我邀请你回畲村，不只是因为你是畲村人就道德绑架你，更因为你的教学水平和业务能力，我既然去了畲村当校长，就有这个责任和义务努力办好畲村的教育，可是教育事业光靠校长一个人是干不起来的，没有优质的师资力量，教育就是无米之炊，所以海燕姐，你可以支持我也支持一下畲村的教育吗？你毕竟也是畲村走出来的，你比其他畲村以外的人对畲村更有一份情怀与使命……"

辛茹说到这里，还是用上了道德绑架这一招。她拿出一封调动申请报告，对雷海燕说："关于调动的申请报告我都替你拟好了，你仔细考虑考虑，如果愿意，你就拿着这份调动申请报告去教育局找董局长签字。海燕姐，我希望我在畲村能够等到你。"辛茹说着，站起来，向雷海燕郑重鞠了一躬。

桐山市实验小学畲族新村校区的挂牌仪式是在一个阳光明媚的日子里举行的。在挂牌仪式之前，市教育局已经组织召开过畲村学校发展规划的座谈会，由董局长组织，市里、镇里、村里的相关领导干部都出席了会议，就如何发展畲村教育、缩小城乡教育差距方面提出了建设性的建议和意见，董局长也就如何大力推进集团化办学理念，有效整合教育资源，将城区的优质资源下沉到农村，让农村孩子在家门口就能够享受到优质的教育环境方面做了强有力的表态。

震耳欲聋的鞭炮声里，桐山市实验小学畲族新村校区正式挂牌。褚褐色的大理石上，鎏金大字神采奕奕，旁边雕刻着实验小学的绿色校徽，预示着从今往后畲族新村校区将由桐山市实验小学进行统一标准化管理，教学计划、教学进度、常规管理、教研活动、质量检测、教师评价等都将与实验小学实现常态化同步。现场除了各级领导、学校师生，还有畲村乡民。大家共同见证这一喜庆的时刻，董局长站在台上发言："乡村教育事业的发展，是乡村振兴战略的重要基石，未来，市教育局会选调优秀教师到畲村任教，在'办学条件、队伍建设、教育质量'等各方面统筹推动城乡教育均衡发展，并不断加大对乡村教育的投入，通过'大手牵小手'，以强校带薄弱校，全面夯实教育基础，努力办好人民满意的教育！"

热烈的掌声里，辛茹发现人群最后站着一个衣着摩登的女老师，大红裙子，波浪卷发，高跟鞋，小挎包，笑容明媚，如盛夏怒放的美人蕉。

辛茹喜出望外跑过去，唤道："海燕姐！"

"辛茹校长，你可别误会，我只是回一趟娘家，可不是来给你当手下的。"

听着雷海燕的话，辛茹多少有些失落。见她露出失落的表情，雷海燕立即哈哈笑起来，伸手揪揪她的头发说："好了好了，不和你卖关子了，我的申请调动的报告，已经提交给教育局了，等过了你们教育局的人事会议，我就真的回畲村来给你打下手了。"

辛茹看着雷海燕满脸的郑重其事，知道她不是开玩笑，于是重新高兴起来。她紧紧抱住雷海燕，难掩激动说："海燕姐，真的太好了太好了！"

雷海燕说："我下来畲村可以，但是有个条件。""什么条

311

件？"辛茹抬起头问。

"我要当分管教学副校长。"雷海燕一点都不含糊。

辛茹向她做了个"加油"的动作，"你放心，我觉得这个可以有，我一定会帮你向局里努力争取的。"

雷海燕是市里的教学名师，有她来做畲村学校的分管教学副校长，那畲村学校的教育教学质量可就有了坚实的保证了。

畲村小学有了新的身份，成了实验小学的分校，有了新的校长，有了新的分管教学副校长，一切都向着欣欣向荣的局面发展。辛茹校长新官上任三把火，各项业务都抓得风生水起，这让在学校里工作几十年的老教师们难免就有了怨气。辛茹特意找吴校长谈了一回心，希望他能去做做所有老教师的思想工作，可是吴校长自己的负面情绪也不小，他抱怨说："我们都快退休了，一辈子也没什么盼头，而且我们农村孩子反正再怎么学也学不过城里孩子，你就放过我们这些老人吧！"

吴校长在畲村工作半辈子，在老师里是极有威望的，他的情绪自然影响并团结了其他老教师，形成了一个小团体。这个老教师小团体凝聚力很强，仿佛与辛茹、雷海燕等人形成了对立面。畲村一共一百多名学生，十几个老师，三分之二以上都是老教师，老教师群体没有工作干劲，对学校工作充满抵触心理，那学校工作还如何开展呢？雷海燕的脾气比较急，如果不是辛茹拦着，差点就要和吴校长起冲突。干工作，人动不起来，再好的筹谋都是徒劳。辛茹为此挺苦恼的。

母亲跟她说过，遇到难题的时候就去畲村里走走，看看长安街，看看七彩农场，看看"中国扶贫第一村"的招牌，或许会有不一样的感受。辛茹这天在畲村里走了很久很久，一个人逛荡在七彩农场里，去鲜花区看了台湾九品香水莲和大型睡莲，还有搭

"神八"遨游太空的莲花种子,去蝴蝶生态园看了斑蝶、蛱蝶、凤蝶、粉蝶,还有枯叶蝶,去四季果园区看百香果和树葡萄,又去看了大大小小的鱼塘,看鱼塘里活蹦乱跳的糠鱼,又去走了白墙黛瓦的长安街,长安街上整齐划一的"中国扶贫第一村"的招牌让辛茹的内心蓦然得到了宁静。

辛茹理解了母亲的话。"中国扶贫第一村"几个字的确有一股奇异的力量,这是艰苦奋斗的力量,迎难而上的力量,顽强不屈的力量,这是"弱鸟先飞"的力量,"滴水穿石"的力量,"久久为功"的力量。正是有了这样的力量,畲村才能摘掉"贫困帽"实现贫困率清零,再到如今万象更新的好生活。母亲在畲村教了一辈子书,一定也遇到了各种各样的困难,工作上的,家庭上的,可是母亲坚持下来了,母亲一定是受了这股力量的鼓舞才能克服在农村从教的诸多困难吧?

干事业哪有容易的?哪一项事业能够随随便便成功?辛茹找了路边的一块大石头坐下来,对着阳光伸出手去。金灿灿的阳光洒落在"中国扶贫第一村"的招牌上,再洒落到她的手上,又从她的指缝里漏下来落在她年轻的面庞上。困难都是有的,但只要斗志不松懈,办法永远都比困难多。

辛茹想通了这层就站起身,这便看到长安街上走过来三个人:中间是一个五十开外的男士,一左一右分别是一个五十多岁的女士和一个看起来二十七八岁的年轻女人。三人都挺光鲜体面,尤其年轻女人身上有一股子书卷气,却又朝气蓬勃不呆板。辛茹认出了来人,喜笑颜开迎上去,唤道:"叶叔叔!许阿姨!"

来人正是叶知秋和许美丽。

"辛茹校长,你好啊!"叶知秋笑着和辛茹打招呼,带着长辈对晚辈的疼爱的打趣语气。

"小辛茹，当了校长就不一样了哈。"许美丽也同辛茹打趣。辛茹被叶知秋和许美丽一口一个"校长"叫得不好意思，撒了下娇，把目光投向一旁年轻漂亮一身知性气质的女人，那年轻女人主动自我介绍："辛茹不认识我了？我是你小哈姐。"

辛茹看着叶小哈，的确是有些认不出来了。小时候跟着母亲来畲村玩的时候，在学校里见过叶小哈，后来长大后，叶小哈去外地上了大学又留在外地工作，两人就没再见过面。

"小哈姐，你不是在北京一所小学里教书吗？怎么这个时间段会和叔叔阿姨一起出现在畲村啊？"辛茹感到惊奇。

还是许美丽说道："辛茹，是你叶叔叔做了你小哈姐的思想工作，让她回来助力畲村的教育事业，同时也是支持你这个新校长。"

辛茹太意外了，曾听母亲说过叶小哈本科和硕士都读的是美术学院，毕业后也一直留在北京工作，为了培养叶小哈，叶知秋和许美丽夫妇俩花了很多金钱和心血，这才将叶小哈培养成才。叶小哈能在北京落地生根，这一直是叶知秋和许美丽夫妻俩的骄傲。虽然许美丽只是后妈，但对叶小哈倒是真心实意，许美丽不但书法写得好，画画也很强，叶小哈在美术方面能够有所成就，还是许美丽当的启蒙老师。

"小哈姐，你放弃了在大北京那么好的工作，来畲村支教……"见辛茹又惊又喜又意外的样子，叶知秋便说："你小哈姐不吃亏，她是作为我们市政府的特殊引进人才回到畲村来的，再说，教师和其他职业又不同，咱们当老师的还是要有些安贫乐道的情怀才好。"

"从今往后，就是你的兵了，辛校长请多关照啊！"叶小哈给了辛茹一个特别真诚的笑容。

辛茹太感动了，也太激动了，有些想哭。美育课程是许多农村学校在办学实践中的一块短板，虽然畲村小学在提升美育课程质量方面得到了很多扶持，许多帮扶单位对学校实施了多种渠道、多种形式的精准帮扶，比如省文联、省教育厅、省舞协共建的"新农村少儿美育工程舞蹈教育基地"便选择在畲村小学落户，每隔两三周就有舞蹈志愿者来到畲村开展艺术扶贫工作，本省也有师范学院把畲村小学定为学院的"大学生志愿者社会实践基地"，每学期都有学院的大学生志愿者来到学校开展为期两三周的支教活动，但学校专职的音乐、美术老师配备不足，如今有毕业于中央美院，又在北京有着丰富美术教学经验的叶小哈加入学校美育教师队伍，那畲村的孩子真的有福了。

这天午饭的时候，辛茹自掏腰包请叶知秋一行在畲村的"天然居"里吃了一顿大餐。饭后，许美丽和叶小哈要去走玻璃栈道，叶知秋恐高，辛茹便陪着他去长溪坐竹排。

泛舟溪上，辛茹望着叶知秋已经斑白的头发，很真诚地和他探讨："叶叔叔，人老了，心态会有哪些改变啊？"

看着长溪两岸风光旖旎，叶知秋心情平和又愉悦，他说道："古人说三十而立，四十不惑，五十而知天命，人的年龄大了，心态也变平和了，年轻的时候会计较的事情，到老了可能就都看开了，年轻的时候觉得天大的事情，到老了也就看淡了放下了，平和了，安静了，与世无争了……"

"同时也就失去了斗志，失去了干工作的热情和动力了吗？"辛茹接着叶知秋的话茬，问道。

叶知秋一颤，看着辛茹严肃又有些苦恼的表情，他明白了什么。作为曾经在畲村工作过并担任过校长的人，叶知秋对学校里老教师们的工作状态还是了解的。他对辛茹说道："不是失去了斗志，也不是失去了干工作的热情和动力，很多时候都是因为环境原因。"

辛茹坐正了身子，听叶知秋说下去。

"不可否认，我们的工作环境对老年人并不友好，总觉得老年人年龄大了，身体肯定不好，心态肯定也不好，所以在工作中就会以照顾老年人为由，让他们失去重要工作的机会，慢慢的，他们也就被边缘化了。"

"难道不是为了照顾老年人吗？"辛茹不明白。

叶知秋摇摇头，"有个成语叫'用进废退'，生物体的器官经常使用就会变得发达，而不经常使用就会逐渐退化。比如鸡的翅膀长期不飞，就失去了起飞的功能，飞也飞不高了。人又何尝不是如此？大脑越勤于思考就越灵活，越懒惰不动脑，久而久之就成了生锈的链条，无法运转了。对于老教师的管理，不正是这个道理吗？在我们的工作环境里，常常把老教师看作是即将下沉的夕阳，以照顾老同志的名义闲置他们，让他们渐渐失去了工作的积极性，久而久之他们便成了无法开动的机器。这些一方面是管理人员思想认识的问题，一方面是老教师自身思想认识的问题，双方思想认识都不到位，就形成了僵局。""叶叔叔，谢谢你。"辛茹的内心很受震动。无论做什么事，思想动员都是第一位的，成功的思想动员等于成功了一半。她已然知道自己该怎么做了。

一场桐山市实验小学畲族新村校区老教师座谈会几天后在学校教师会议室里召开了。座谈会上是辛茹给老教师们准备的茶歇，除了甜品和水果，还给每人都准备了一个茶饼，这是辛廷伟白茶厂里今年最走俏的一款茶饼。吃着果点，品着白茶，辛茹开始倾听老教师们的真实心声……

没有人是愿意自己被当作一个废物的，没有一个人不渴望实现自己的人生价值，无论何种性别、何种职业、何种年龄，没有一个人不渴望得到别人的重视与认可，没有人会喜欢被别人忽视去坐冷板凳。辛茹告诉自己，虽然她还年轻，但她一定会努力做一个有情怀、低姿态、肯学习、有作为的教育人。世上无难事，只要肯登攀。辛茹校长，你可以的！辛茹对自己说。

"辛茹校长，她一定可以的。"畲族新村民俗文化博物馆里，一个身着畲族服饰的男人正同一个穿西装的男人在交谈。两个人约莫三十来岁，正是意气风发的年纪。身穿畲族服饰的男人刚刚给来参观的一批嘉宾表演完畲族提线木偶小品，正将道具木偶收进箱子。这几年为了弘扬社会正气，宣传党的富民政策，讴歌美好生活，他们剧团在市委宣传部的指导下，成立了"山哈梦"宣讲小分队，进农村、进企业、进机关、进社区，把党的十九大精神、农村集体产权制度改革、移风易俗等内容，编成畲族提线木偶小品，演出已经成为常态。

听他肯定辛茹，穿西装的男人忙附和："我也是之前去看许凡老师才知道辛茹来畲村当校长的事，小丫头片子可能还不知道今天我们两个也在畲村吧？不如我们两个去学校找她，晚上蹭她一顿饭怎么样？"

"李小贤，你反正从文化站下到畲村担任这个畲族民俗文化博物馆的馆长了，未来几年你和辛茹抬头不见低头见，有的是机会蹭饭，我平常演出忙，难得到一趟畲村，今天晚上这顿饭我是一定要去蹭的。"

"阿鳃，真是三岁看八十，想当初咱们两个一起在省艺校上学的时候，你就跟饿死鬼投胎似的，一天到晚就惦记着吃，没想到十几年过去了，你这一点没变啊！"

"民以食为天，有什么好大惊小怪的？"钟阿鳃呵呵笑着，浑然不以为意。

见钟阿魍已经收拾好了箱子,李小贤便同他一起离开畲族民俗文化博物馆朝学校走去。一路上,钟阿魍同李小贤说起自己正在编写一些包含童趣、弘扬正能量的畲族提线木偶表演小品,期待用寓教于乐的形式,激发孩子们对传统文化的兴趣,好配合市委宣传部新一年要开展的"传统文化进校园"活动。李小贤点头赞同说:"咱们是畲村,'传统文化进校园'的话,你这'畲族提线木偶'艺术绝对不能错过。"两人正说着,便听有人问路:"请问畲村小学怎么走?"

问路的是个二十七八岁的年轻人,他开了几个小时的车从外地赶回城里,又从城里开车到畲村,显得风尘仆仆的。年轻人个子很高,眉目清朗,有着极好的外形,只是人显得很憔悴,也不知是旅途劳顿还是别的什么原因。不过,虽然疲惫,一双眼睛依然目光炯炯,向李小贤和钟阿魍问路时,也很彬彬有礼。

"巧了,我们也正要去畲村小学呢,只是小伙子你是谁啊?你去畲村小学干什么?"李小贤问年轻人。

"我叫陈侨英,我是来找辛茹校长的。"年轻人说道。

桐山市实验小学畲族新村校区教师会议室里,辛茹校长打了个喷嚏,所有人都把目光投向她,辛茹揉了揉鼻子,有些尴尬地笑,说:"不好意思啊,我们继续座谈。"

吴校长递了张纸巾过来,语气平和道:"辛茹校长,先散会吧,你这段时间也很累了,虽然是年轻人,但也要注意休息,身体才是革命的本钱。我们老教师的心声你也都倾听了,你的心声我们大家也都听到了,你放心吧,未来,至少在我们这些老教师退休前,我们都会好好配合辛茹校长把畲村的教育工作做好的。"

"放心吧,校长。"

整个会议室里都是老教师们的声音。

辛茹的鼻子有些发酸，父母一直教育她，人与人之间无论什么样的关系，贵在坦诚相待，只要以心交心，齐心协力，没有什么困难是不可以克服的，也没有什么事业是干不好的。

辛茹从位置上站起来，向着各位老教师鞠了一躬，带了点沙哑的哭腔说道："在我看来，生命是永恒的，英魂是不朽的，人间也只是生命列车的一段旅程而已，年龄不是终点，只要有一颗热爱生活的心，我们永远十八岁。"年轻的女孩子笑着，眼里闪着泪花。

会议室里响起一阵由衷的掌声。

辛茹走出会议室，便看到操场上雷海燕朝她招手，喊："辛校长，快来看，谁来找你了。"

辛茹约莫看到了认出了李小贤和钟阿飔，她忙不迭下楼去，可是到了操场上，她的脚步就迈不动了。李小贤和钟阿飔的身后赫然还有一个人，那人正迈开他的大长腿，大步流星向她走了过来。

"辛茹！"他大声喊她的名字。

辛茹的笑容有些僵硬，她没有想到她会在畲村见到陈侨英，她完全想象不到他一个已经定居外省的人突然出现在这里用意何在。

陈侨英说："辛茹，我当然是为你而回来的。"

辛茹用手背揩去眼里的泪花，自嘲笑笑说："陈侨英你开什么玩笑，我们已经分手很久了。"

"那你现在有男朋友了吗？"陈侨英看着神色倔强的女孩子。

辛茹抬眼看操场上，她本来想要抓个临时男朋友的，可是操场上的男性们年龄大的大小的小，没有谁可以扮演她临时的男朋友。她的沉默和局促令风尘仆仆的年轻人抬头看了看天然后笑起来，说道："我也还没有女朋友，所以就在这畲村开启一段新的爱情佳话吧。辛茹小姐。"

辛茹也抬头望了望天，唇边止不住露出笑容来。何止爱情？畲村的人们还要开启一段新的奋斗旅程呢！

后记：赤溪精神

谢梅李

我第一次到赤溪，是搭乘了"古御林"白茶卓可太董事长的顺风车。

2016年，我们福安师范97级（1）班在赤溪举办同学会。之所以把同学会的地点选在赤溪，是因为彼时"中国扶贫第一村"赤溪已经成功摘掉了贫困帽，且结合当地的农业资源和畲族文化，打造了一个既能展示农业生产过程，又能满足游客休闲娱乐需求的农旅基地——福建省级农民创业园"千亩高优农业示范园"。园内不但有各种观赏性花卉、新优水果和名贵中药材，可以让游客四季都能体验到亲自采摘的乐趣，还能参与如真人CS、射箭、鸟类观赏、烧烤、垂钓等多种户外素质拓展活动，同时还引进投资商，共同开发了特色产业园项目，除了建设种植草莓和御豆的标准大棚，还建成了白茶制作体验区，吸引成千上万游客参与从茶叶采摘到加工的全过程。对于福鼎白茶来说，这在当时是一项走在时尚前沿的项目。

卓可太董事长前往赤溪，正是去考察白茶制作体验区，去向赤溪的白茶人"取经"的。而我们把同学会的地点定在赤溪，则是"跟风"，赶了文旅观光的新潮流。我因为错过同学会安排的专趟中巴车，只能在一位同学的联系下，乘坐了卓可太董事长的顺风车。

通过车上的闲聊，我了解到卓可太董事长竟然与我同龄，一个同龄人已经在2013年成立了古御林茶产业（福建）有限公司，次年又成立了旗下子公司福建沐云山茶业有限公司，身价不菲，反观我，无论个人生活，还是写作事业，都处在人生低谷，看不到前途，心里顿时生出了自卑的情愫来。

"我们做人要多一点'赤溪精神'。"卓可太董事长鼓励我说。

大概是为了给逆境中的我一点希望，卓可太董事长向我讲述他的原生家庭和创业经历，他和我一样，出生于并不富裕的农民家庭，父亲为了支持他和哥哥们创业，卖掉了家里的老宅得到了七千块钱，送他们去上海做大理石生意。不到二十岁的他跟着哥哥们在上海打拼多年，起早贪黑，吃苦耐劳，好不容易积攒了一点财富。2007年，福鼎市委市政府成立了福鼎市茶业发展领导小组，大力打造"福鼎白茶"公共品牌，这让满身干劲的卓可太看到了更好的商机，于是只身转战北京卖茶叶。

"在北京卖茶卖得好好的，怎么突然又回来了呢？"我问。

"为了让高山白茶走出高山，为了让更多的人喝到最好的福鼎白茶。"卓可太董事长说。

卓可太的老家在福鼎市管阳镇天竹村，天竹村位于福鼎市西北部，距离市区约39公里。村庄周围群山环抱，与浙江省温州市泰顺县的上排村和下排村相邻。天竹村地处700米以上海拔的高山地带，具有典型的山地气候特征，为白茶的生长提供了极为适宜的环境条件。这里的土地肥沃，生长的白茶长年与云雾、流霞、青苔、森林为伴，是优质的原生态白茶。

从北京回来，卓可太通过严格的选拔，有幸拜入"福鼎白茶制作技艺非遗传承人"王奕森老先生门下，学习福鼎白茶制作技艺，并培育了2000多亩高山生态茶园，其中生态低碳茶园达500亩，建成面积一万多平方米的第一期古御林山庄，在全国各地拓展直营、经销、加盟店……立志为广大消费者提供一杯生态低碳、古法非遗、全程溯源、文化赋能的优质高山白茶。

"事业是光明的,但道路是艰苦的,多一点'赤溪精神'吧,未来都是可期的。"与我同龄的卓可太董事长,竟以前辈的口吻,语重心长地对我说。

"赤溪精神"是什么呢?

2016年2月19日上午,习近平总书记在人民网演播室视频连线正在赤溪村采访的记者和村里的干部群众代表。习近平总书记在连线中说:"赤溪村今年给我写了信,我看了感觉很亲切。赤溪村的历程是全国扶贫的历程,我们要很好地总结,要不断地向全面建成小康继续努力。"

习近平总书记还在连线中寄语赤溪村:"'中国扶贫第一村'这个评价是很高的,这里面也确实凝聚着宁德人民群众、赤溪村的心血和汗水。我在宁德讲过,滴水穿石,久久为功,弱鸟先飞,你们做到了。你们的实践也印证了我们现在的方针,就是扶贫工作要因地制宜,精准发力。希望赤溪村再接再厉,在现有取得很好成绩的基础上,自强不息,继续努力。扶贫根本还要靠自力更生,还要靠乡亲们内生动力。但是党和国家会一直关心你们、支持你们!"

弱鸟要先飞,要自力更生,要自强不息,才会遇到贵人,无疑,那位被习近平总书记称为"活地图""活字典"的王绍据先生是赤溪遇到的贵人,党和政府更是赤溪村遇到的大贵人。

而我当时的处境,与曾经一穷二白的赤溪村多么相似,"赤溪精神"鼓舞着创业中的卓可太拼搏奋斗,也激励着我在写作道路上不停前行。习近平总书记在2019年3月4日参加全国政协十三届二次会议文化艺术界、社会科学界委员联组会时发表讲话:"文化文艺工作者要跳出'身边的小小的悲欢',走进实践深处,观照人民生活,表达人民心声,用心用情用功抒写人民、描绘人民、歌唱人民。"2021年，以赤溪村发展历程为原型的小说《明媚世界》，通过层层选拔，入选了福建省文联、省作协联合开展的长篇小说（重点题材）扶持项目，这是在习近平总书记讲话精神指导下，我长达二十年默默无闻写作生涯里取得的第一个成绩，开出的第一朵花，打开了我写作的新思路，找到了写作的新方向，此后以嵛山岛乡村振兴事业发展为背景的小说《澄碧千顷》获得了更大的成功与关注。

时光来到2024年，此时的我，生活正在向好，写作事业也有了起色，以柏洋村成功打造乡村振兴之共同富裕柏洋样板为原型的小说《明星村》成功入选2024年中国作家协会网络文学重点作品扶持项目乡村振兴主题。那个曾经向我谈论"赤溪精神"的卓可太董事长，正把"古御林"打造成一家集茶叶种植、生产加工、产品研发、渠道销售、定制合作于一体的综合型福鼎白茶龙头企业，并积极担起企业家的职责反哺社会，譬如成为2023年度"福鼎白茶助学基金会"市级发起人。而我笔下的主角——赤溪村，获得了"中国美丽休闲乡村""中国传统古村落""全国法制宣传教育先进单位"等荣誉，登上了"中国名村影响力排行榜"，"中国扶贫第一村"正在走向属于她的明媚世界。

一本书的创作与出版诸多不易，在此特别感谢"全国脱贫攻坚先进个人""2017年全国脱贫攻坚奖奉献奖"获得者王绍据先生，为本书创作提供了翔实丰富的资料，感谢福鼎市委常委、市政府常务副市长庄超和，福鼎市纪委监委四级调研员、赤溪村乡村振兴指导员陈世孝，磻溪镇党委书记沈潺，福鼎市文联原主席、福鼎市作协原主席王祥康等领导的大力关心与支持。

最后，祝福我们的赤溪，前程似锦，"赤溪精神"照亮更多人的前路，一起开创更好的"明媚世界"。